kiepenheuer
AUFBAU VERLAGSGRUPPE

Taavi Soininvaara

Finnisches Quartett

Kriminalroman

Aus dem Finnischen
von Peter Uhlmann

Gustav Kiepenheuer Verlag

Die Originalausgabe unter dem Titel
Vihan enkeli
erschien 2004 bei Tammi, Helsinki.

ISBN-10: 3-378-00677-3
ISBN-13: 978-3-378-00677-5

1. Auflage 2006

Published by agreement with Tammi Publishers, Helsinki.
Satz Dörlemann Satz GmbH, Lemförde
Einbandgestaltung gold, Anke Fesel und Kai Dieterich
Druck und Binden GGP Media GmbH, Pößneck
Printed in Germany

www.gustav-kiepenheuer-verlag.de

Wer mit Ungeheuern kämpft, mag zusehn,
daß er nicht dabei zum Ungeheuer wird.
Und wenn du lange in einen Abgrund blickst,
blickt der Abgrund auch in dich hinein.

Friedrich Nietzsche

SONNABEND

Maifeiertag

1

Jorge Oliveira riß die Tür des Versorgungseingangs auf, die er vom Alarmsystem abgetrennt hatte. Der Elektronikexperte ging mit glühendem Enthusiasmus zu Werke: Dieser Anschlag würde die Welt verändern. In Den Haag war es genau drei Uhr nachts. Ein Regenguß rauschte in der Dunkelheit herab, die Tropfen tanzten auf dem Asphalt, als das Terroristentrio in schwarzen Kevlar-Overalls und Gesichtsmasken die Zentrale betrat. Das Schwierigste stand ihnen noch bevor.

In dem dunklen Flur leuchteten hier und da rote Punkte. Trotz seiner Fähigkeiten vermochte auch Oliveira die Bewegungsmelder nicht auszuschalten, aber mit einer präzisen Choreographie konnte man ihre leblosen, rot glühenden Augen umgehen. Lasse Nordman, Jorge Oliveira und Ulrike Berger bewegten sich in dem stockfinsteren Flur wie Meister des modernen Tanzes: erst auf dem Bauch, dann an die Wand gedrückt und schließlich in der Hocke.

Lasse Nordman, der voranging, blieb stehen, um ruhig durchzuatmen. Er sah in dem stockfinsteren Flur keinen einzigen Lichtschimmer. Sein Mund war ausgetrocknet. Er ging seitwärts weiter, den Rücken an der Wand, plötzlich stieß er mit der Armbanduhr irgendwo an; es krachte, und dann fiel etwas zu Boden. Ihm stockte der Atem, und sein Puls raste. Eine Sekunde verging, eine zweite – kein Alarm. Wütend biß Nordman die Zähne zusammen: Sie hatten diese Bewegungen Dutzende Male geübt, aber gegen den Zufall war man nie gefeit.

Dann endlich erreichten die Ökoterroristen den Treppenflur. Genau wie die unterirdischen Stockwerke wurde dieser nur mit Kameras überwacht, so daß sie jetzt schneller voran kamen. Sie stiegen hinunter ins zweite Kellergeschoß und rannten dann im Lichtkegel der Taschenlampen die endlosen Flure entlang. Oliveira kannte den Grundriß des Gebäudes auswendig. Die Bilder der Überwachungskameras auf dem Weg, den er gewählt hatte, waren auf den Bildschirmen in der Kontrollzentrale des Gebäudes nicht ununterbrochen zu sehen. Schließlich blieb das Trio vor der gläsernen Schiebetür der EDV-Zentrale von Dutch Oil stehen. Oliveira holte aus seinem Rucksack einen kleinen Palm-Computer, steckte die daran befestigte Keycard in den Kartenleser der Tür und tippte einen Code ein. Mit einem Rauschen öffnete sich die Schiebetür. Ein Alarmsignal war nicht zu hören.

Oliveira stürzte zum Zentralserver der Firma, Ulrike Berger stellte sich neben ihn, und Lasse Nordman blieb an der Tür stehen, um den Flur zu beobachten. Als der Portugiese die Tastatur einige Minuten lang heftig bearbeitet hatte, riß er sich die Maske vom Gesicht. »Ihr könnt die Masken abnehmen, die Überwachungskameras sind ausgeschaltet«, flüsterte er auf englisch. Dann holte er aus der Schenkeltasche seines Overalls eine CD, steckte sie in den Computer und hämmerte auf die Tastatur ein wie ein Pianist kurz vor dem furiosen Finale. Im fahlen Licht des Bildschirms leuchtete er wie ein phosphoreszierendes Gespenst, und der kühle Luftzug aus der Klimaanlage ließ die Haare auf seinen Handrücken zu Berge stehen. Oliveiras Aufgabe bestand darin, die Datensysteme des größten europäischen Ölkonzerns zu zerstören. Wenn ihm das gelang, wäre Dutch Oil völlig lahmgelegt.

Lasse Nordman, der den Flur überwachte, zog die Maske vom Kopf, fuhr sich durch sein blondes, kurzgeschnittenes

Haar und wischte sich den Schweiß von der Stirn. Bisher verlief alles nach Plan. Das mußte auch so sein, schließlich hatte die Zelle ihren Anschlag monatelang vorbereitet. Nordman lächelte, als Ulrike Berger neben ihn trat und tief Luft holte. »Drei Stunden lang warten?« flüsterte Lasse. So viel Zeit blieb ihnen: Um sechs Uhr elf ging die Sonne auf, und gegen sieben Uhr würden die ersten Mitarbeiter im Hauptgebäude von Dutch Oil eintreffen. Ulrike berührte mit den Lippen fast das Ohr ihres Geliebten. »Die neue Weltordnung entsteht nicht innerhalb eines Augenblicks«, sagte sie leise, leckte sein Ohr und machte auf dem Absatz kehrt.

Lasse betrachtete die blonde Österreicherin, die auf ihren Platz an Jorges Seite zurückkehrte. Ulrike wirkte auch jetzt ruhig und entschlossen; in ihrer unerschütterlichen Überzeugung lag etwas Kaltes. Die Tochter eines Pfarrers, die das Studium der internationalen Politik aufgegeben hatte, um sich den Ökoterroristen anzuschließen, wollte voller Enthusiasmus eine gerechtere Welt schaffen.

Für den Finnen war dies der stolzeste Augenblick seines Lebens; er hatte also doch seinen Weg gefunden. Auch er würde seinen Platz in der langen Reihe der Nordman-Männer einnehmen und die Familientradition auf neue Art und neuem Niveau fortsetzen. Das hier war der Beginn der tatsächlichen Veränderung: Final Action würde die Weltordnung erschüttern genau wie die schlimmsten Terroranschläge der letzten Jahre, jedoch auf zivilisierte Weise, ohne Menschenopfer. Ihre Anschläge würden ein solches Klima der Angst schaffen, daß selbst jene Konzerne, die den Erdball am rücksichtslosesten zerstörten, ihre schwerwiegenden Verbrechen freiwillig beenden würden.

»Final Action – zwingt zur Änderung«, Lasse ließ sich den Slogan der Organisation auf der Zunge zergehen; er hatte sich die Losung selbst ausgedacht. In der neuen Weltordnung würde der Kapitalismus akzeptiert, aber gezwungen werden, die Regeln einzuhalten, die Final Action diktierte: Ein beträchtlicher Teil der Gewinne müßte für den Umweltschutz, die Verbesserung der Verhältnisse in den Entwicklungsländern und erneuerbare Energiequellen eingesetzt werden. Die Ausbeutung der Entwicklungsländer und die Zerstörung der Umwelt würden überall eingestellt werden. Wenn die Unternehmen gegen die Regeln verstießen, würden sie zwangsweise zur Räson gebracht werden. Dank den Regeln von Final Action könnte sogar die Globalisierung zu guten Resultaten führen. Für alle. Die Erreichung des Ziels rückte näher. Und das war erst der Anfang.

Jorge Oliveira unterbrach seine Arbeit, ließ die Fingergelenke knacken und dehnte die Hände. »Hier findet man alles: Marketing, Vertrieb, Produktentwicklung, Forschung, die Ölfelder, Produktionsbetriebe, Raffinerien, Kunden … In Kürze wird diese Firma nirgendwo in der Welt mehr Geschäfte machen können, und das für Wochen.«

Die Minuten krochen langsam dahin, aber Ulrike wurde nicht ungeduldig. In ihr perlte die Freude: Sie war dabei, wenn die Aorta im Herzen von Dutch Oil aufgeschnitten wurde; im Herzen eines Unternehmens, das den Lebensraum und die Umwelt der Entwicklungsländer zerstörte und überall in der Welt die natürlichen Ressourcen der Ureinwohner ausbeutete: in den Deltaregionen des Niger, in der russischen Tundra, im Regenwald des Amazonas … Es gab für diesen Anschlag kein besseres Ziel.

»Nur noch ein paar Minuten«, flüsterte Jorge.

Lasse und Ulrike holten aus ihren Rucksäcken Spraydosen, schüttelten sie einen Augenblick und sprühten in meterhohen blutroten Buchstaben an die Wände der EDV-Zentrale: FINAL ACTION. Dann filmte Lasse den Ort des Anschlags mit einem Camcorder, und Ulrike fotografierte mit ihrer Digitalkamera, bis der Speicher voll war.

Urplötzlich gingen die Lichter in der EDV-Zentrale an, die drei Terroristen erstarrten. Alarmsirenen waren jedoch nicht zu hören. Die Computer und die anderen elektrischen Geräte sprangen an, es knackte und rauschte, und dann kam Leben auf die Bildschirme. Auf einem von ihnen tauchte ein Verhandlungstisch auf, an dem Männer in dunklen Anzügen und mit ernster Miene saßen. Wörter strömten aus den Lautsprechern des Computers, jemand redete.

Jorge regulierte die Bildschärfe und die Lautstärke. Die Öko-Aktivisten erkannten den Vorstandsvorsitzenden von Dutch Oil, Jaap van der Waal. Der offensichtlich gutgelaunte dicke Holländer sprach mit ruhiger Stimme und streichelte einen Papillon mit großen Ohren, der auf seinem Schoß lag und gähnte.

Je mehr Versammlungsteilnehmer die drei erkannten, um so mehr wuchs ihr Erstaunen: An dem Tisch, dessen Oberfläche glänzte, saßen in trauter Eintracht die führenden Männer von vier Ölkonzernen, einem britischen, einem französischen, einem russischen und einem amerikanischen.

»Wer zum Teufel hat das auf den Monitor geschaltet?« sagte Jorge verwundert.

»Ist das eine Aufzeichnung?« fragte Ulrike.

Jorge zeigte mit dem Finger auf die Uhrzeit, die unten am Bildrand lief. »Das ist live. Was zum Henker wird da geplant – mitten in der Nacht?«

Lasse schaute unverwandt auf einen kleinen dunkelhaarigen Mann, der schweigend den anderen zuhörte. Das war keiner der Ölkönige, aber Lasse hatte das Gesicht schon irgendwann gesehen. Aber wo?

Jaap van der Waal saß im Beratungsraum des Vorstands von Dutch Oil unter einem Ölgemälde von Peter Paul Rubens mit einem biblischen Motiv. Er räusperte sich, und die Konzernchefs verstummten. »Unsere nordirische Assistentin, Fräulein Cash, hat mitgeteilt, daß die Liquidierung der Physiker heute fortgesetzt wird.«

»Der Engel des Zorns fliegt nach Norden«, sagte der Boß des russischen Ölkonzerns mit einem unsicheren Lächeln und starrte auf den Busen der Gräfin, die auf dem Gemälde an der gegenüberliegenden Wand posierte.

»Heute ist ein Finne an der Reihe …«, van der Waal holte einen Zettel aus der Tasche. »… Dr. Elvas.« Er sprach den Namen langsam aus und betonte die letzte Silbe.

Die Beratung der Ölmagnaten wurde unterbrochen, als Pieter, van der Waals Sicherheitschef, laut in sein Sprechfunkgerät fluchte. Dann beugte er sich vor und berichtete seinem Arbeitgeber leise, was geschehen war. Van der Waals Gesicht wurde rot, als er von dem Trio hörte, das in die EDV-Zentrale eingedrungen war und dort gerade die Beratung des Konsortiums auf einem der Monitore verfolgte.

»Wieviel haben sie gehört?« Van der Waals weiche Stimme stieg ins Falsett. Die Mienen seiner einflußreichen Gäste wurden immer angespannter.

Pieter schüttelte den Kopf. »Das läßt sich unmöglich sagen.«

Van der Waal wies mit einer Bewegung zur anderen Seite des Beratungsraums, Pieter folgte seinem Arbeitgeber, der langsam in seinem watschelnden Gang bis ans andere Ende des Raums lief, wo man sie nicht mehr hören konnte. »Niemand darf etwas von dem Konsortium erfahren«, sagte er, und Pieter wußte, was er zu tun hatte.

Die Alarmsirenen heulten auf, der Lärm war ohrenbetäubend, auch die restlichen Leuchtstoffröhren gingen flakkernd an, und die Glasschiebetüren rauschten zu. Panik befiel die Ökoterroristen. Alle drei wußten, wenn sie erwischt wurden, dann bedeutete das, eine lange Zeit im Knast abzusitzen. Durch ihren Anschlag würden Dutch Oil gewaltige wirtschaftliche Schäden entstehen. Die Überwachungskameras surrten leise und richteten sich auf sie.

»Masken auf!« befahl Lasse. »Jorge, öffne die Schiebetür.« Zwanzig Sekunden später rannten sie schon den unterirdischen Flur entlang; jetzt brauchten sie die Überwachungskameras und die Bewegungsmelder nicht mehr zu beachten.

Durch den Versorgungseingang stürzten die drei hinaus auf den asphaltierten Hinterhof, exakt im selben Augenblick verwandelten sich die Wände des Hauptgebäudes von Dutch Oil in ein Lichtermeer. Sowohl hinter ihnen im Flur als auch vor ihnen auf dem Hof waren Rufe in niederländischer Sprache zu hören. Auf den wenigen Metern bis zu ihrem VW-Transporter wurde das Trio vom strömenden Regen völlig durchnäßt. Lasse gab Gas und lenkte den Wagen auf die Carel-van-Bylandt-Laan, noch bevor die zuletzt eingestiegene Ulrike die Tür schließen konnte.

Die Dunkelheit, der heftige Regen und der schwarze Asphalt verschlangen fast das ganze Licht der Straßenbeleuchtung. Ulrike mußte sich zur Windschutzscheibe vorbeugen und die Augen zusammenkneifen, um zu sehen, was auf den Straßenschildern stand. Lasse wartete nicht auf ihre Anweisungen, er glaubte zu wissen, in welcher Richtung das Naturschutzgebiet von Meijendel und die Küste lagen. Der Transporter raste nach Nordwesten.

»Sie folgen uns«, stieß Ulrike hervor. Sie schaute in den Rückspiegel und fluchte auf deutsch. Dann erkannte sie das erste große Hinweisschild, auf dem »Wassenaar« zu lesen war, die Straße hieß »Benoordenhoutseweg«. Also stimmte die Richtung. Lasse schaltete in einen höheren Gang und trat das Gaspedal bis zum Boden durch.

Ulrikes Angst wuchs, je näher die Verfolger kamen. Der

Pkw der Sicherheitsleute beschleunigte und schnitt die Kurven, auf einer Strecke von wenigen Kilometern erreichten die Holländer fast die Stoßstange des Transporters. Der Regen bombardierte die Frontscheibe mit solcher Wucht, daß die Scheibenwischer nichts ausrichten konnten, obwohl sie auf Hochtouren liefen.

Das Licht der Straßenlaternen wurde noch schummriger, als der Transporter das Zentrum von Den Haag hinter sich ließ. Die Straße hatte nun viele Kurven, in denen sich der Wagen bedrohlich neigte. Dann hörte man Schüsse, und die Heckscheibe zerbarst. Der Transporter schwankte hin und her, geriet auf der nassen Fahrbahn ins Rutschen und schlidderte wie ein Bleigewicht auf dem Eis über den feuchten, teflonglatten Asphalt auf den Randstreifen zu.

Der Aufprall brachte alles zum Stehen, nur nicht die Scheibenwischer. Lasse spürte einen brennenden Schmerz in der Brust unter dem Sicherheitsgurt, er hob den Kopf und sah Blut auf der zu einem Mosaik zersprungenen Frontscheibe. Das Genick schmerzte, als er sich nach seinen Gefährten umschaute: Jorge war kaum noch bei Bewußtsein, er ächzte und hielt sich den Arm, aber Ulrike schien zum Glück den Aufprall ohne Verletzungen überstanden zu haben.

»Kannst du dich bewegen?« fragte er Jorge und erhielt als Antwort ein undeutliches Murmeln.

Schon drang das Licht der Autoscheinwerfer ihrer Verfolger in dic Fahrerkabine. Lasse gab knurrend ein paar Befehle und sprang hinaus in den Regen. Sein Herz hämmerte. Er ging nach hinten zur Hecktür, holte drei Rucksäcke mit ihrer Ausrüstung heraus und ging wieder nach vorn, um Ulrike zu helfen, die Jorge stützte. Sie besaßen einen kleinen Vorsprung vor ihren Verfolgern, im Naturschutzgebiet von Meijendel war es stockdunkel, der heftige Regen übertönte alle Geräusche, und Lasse Nordman wußte, wie man nachts im Wald untertaucht.

2

»Es bringt der Zornengel Ezrael Männer und Weiber und wirft sie an einen Ort der Finsternis, die Hölle der Männer. Sie stehen bis zur Mitte ihres Leibes in Flammen, und ein Geist des Zornes peitscht sie mit jeglicher Züchtigung …« Der blonde junge Mann sprach voller Genuß die Worte aus der Offenbarung des Petrus vor sich hin, als er den Schauplatz der bevorstehenden RACHE verließ. Nun war alles bereit, er hatte sich jede Einzelheit des Ortes der Rache und der umliegenden Häuserblocks eingeprägt, genau wie die Verstecke und die Überwachungskameras auf dem Fluchtweg. Mit den Innenräumen und dem Grundriß des Gebäudes hatte er sich schon am Vortag vertraut gemacht. Die Kraft wirkte befreiend: Er war Ezrael, der Engel des Zorns, und bald würde er die BESTIE füttern.

Ezrael ging in aller Ruhe durch das Zentrum Helsinkis, ohne darüber verwundert zu sein, warum in einer nordeuropäischen Hauptstadt am Morgen eines warmen und schönen Maifeiertags Dutzende Menschen in zügelloser Trunkenheit durch die Straßen schwankten. Der Geruch der Sünde stieg ihm in die Nase, er war dunkel wie Kloakenschlamm, drang überallhin und begrub alles unter sich. Das Gefühl war fast schwarz, aber doch nicht ganz. Das Schwarz beherrschte alles, selbst die Bestie, es war eine Kraft, die verband und alles Böse in sich aufsaugte.

Auf der Mannerheimintie wurde ihm klar, daß er an seinem Hotel vorbeigelaufen war. Er blieb stehen und zuckte zusammen, als ein junges Mädchen, das aus dem Nichts auftauchte, nach dem Kragen seiner Jacke faßte. »Eh, Alter … haste mal ’ne Zigarette«, stammelte das Mädchen; Schnapsgeruch schlug Ezrael ins Gesicht.

Er erwiderte auf englisch, er sei Tourist, und drückte ihr einen Fünf-Euro-Schein in die Hand, um sie wieder loszuwerden. Dann deutete er kurz sein strahlendes Lächeln an, drehte sich um, ging weiter und bemühte sich, Mitleid für das Kind zu empfinden. *»Und weil du gesehen hast die Klage, welche die Sünder treffen wird in den letzten Tagen, darum ist dein Herz betrübt.«*

Natürlich hätte er das Mädchen gern gewarnt, aber er durfte nicht. Wenn man sich unter Sündern befand, mußte man sich wie ein Sünder verhalten, die Regeln der Sünder befolgen und so aussehen wie einer von ihnen. Sonst wurde man gefaßt. Also mußte man alle irreführen, das war wegen seines AUFTRAGS notwendig. Und es war so einfach. Er kannte die Welt des Bösen durch und durch, obwohl er schon seit Jahren nicht mehr in ihr lebte. Deswegen fiel es ihm so leicht, seine Rolle unter den Sündern zu spielen. Aber er vergaß niemals auch nur für einen Augenblick, daß die Wahrheit woanders lag.

In seinem Zimmer im Hotel Torni zog sich Ezrael nackt aus und stellte eine kleine Kopie des Freskos »Die Verkündigung an Maria« auf den Schreibtisch. Wie durch einen Zauber verwandelte das auf verwirrende Weise eindrucksvolle Werk Fra Angelicos das Hotelzimmer in jene Mönchszelle des Klosters San Marco in Florenz, an deren Wand der Renaissance-Künstler das Originalfresko vor fast sechshundert Jahren gemalt hatte. Der Engel auf der »Verkündigung an Maria« war so gekonnt und vollkommen dargestellt, daß es anderen Malern nie gelungen war, mehr als nur einen blassen Schimmer seiner auf das Wesentliche reduzierten Schönheit zu erreichen.

Die Flamme der Kerze zögerte, ehe sie richtig aufleuchtete. Ihr Geruch beschwor eine Spur von Weiß herauf, der Farbe des Glaubens, die er einst sehen würde. Vom Glanz der Verklärung träumte er nur, den sahen allein die Erlösten. Der Geruch des Stearins drang in seine Nase, und der Duft einer jahrhundertealten Tradition beruhigte ihn.

Der Geruchssinn war das, was in der Welt am meisten unterschätzt wurde. Es war Ezraels stärkste Sinneswahrnehmung, er konnte den Schmerz, die Bedrohung, das Blut riechen. Und den Sieg … Und wenn die Bilder der ERSCHEINUNGEN über ihn herfielen, spürte er auch den schweißigen, von Kohle und Bier gewürzten Geruch des SOLDATEN. Den Geruch des Hasses und des Zorns. Und der Bestie.

Die Bestie, die schon immer in ihm wohnte, lebte vom Haß und war nur im Zaum zu halten, wenn sie Rache üben durfte. Vor langer Zeit, als sich die Bestie noch mit Feuer zufriedengab, hatte er, um sie zu besänftigen, zunächst leerstehende Lagerräume, dann Garagen und Geschäfte und schließlich Wohnhäuser in Brand gesteckt. Aber die Bestie war stärker geworden, bis ihr das Feuer nicht mehr genügte. Wie ein Blitz aus heiterem Himmel tauchte vor ihm das schmerzverzerrte Gesicht des Mädchens auf, das in der Shankill Road gestorben war; die Welt des Bösen schickte zuweilen Erscheinungen. Die hatte er nicht unter Kontrolle: Es waren Bilder von dem Finger, vom Soldaten, von sechsundsechzigeinhalb Penny …

Die Bestie riß und zerrte an ihm, und die Bilder der Erscheinungen durchliefen ihn heiß, quälend, einladend: die helle Haut des Mädchens, das blitzende Messer, das in das Fleisch eindrang … Ezrael griff nach der Peitsche. Man mußte die Bestie im Zaum halten, ansonsten würde sie sich aus ihm herausfressen, bis sie frei war, und dann konnte sie nichts mehr aufhalten. Er schlug sich kräftig auf den Rücken, ein zweites Mal, Dutzende Male. Die Lederriemen klatschten schmerzhaft auf die Haut, zerrissen sie aber nicht. Die Bestie war schnell gezähmt, sie wußte, daß der nächste Augenblick der Rache unmittelbar bevorstand.

Ezrael ging ins Bad, trat vor den Spiegel und strich sich die schweißnassen strohblonden Haare aus der Stirn. Das runde Gesicht, die großen Augen und die roten Wangen ließen ihn jünger aussehen, als er war. Seine Gesichtszüge waren schön, kindlich und vollendet, das hatte ihm der BOTE einmal vor langer Zeit gesagt. Nach Meinung des Boten sah er aus wie ein Engel. Nur der verkrüppelte Fingerstumpf an der linken Hand erinnerte daran, daß auch er nicht vollkommen war. Auch ihn hatte man auf die Probe gestellt wie Hiob, das war das Schicksal der AUSERWÄHLTEN, *»... denn wen der Herr liebt, den züchtigt er; er schlägt mit der Rute jeden Sohn, den er gern hat.«*

Der Augenblick der Rache rückte näher, es war an der Zeit, daß er seinen Auftrag noch einmal durchging. Auf dem kleinen Tisch lag ein Buch; die goldgelben Fransen des ausgefaserten Leineneinbands schaukelten, als Ezrael sein Evangelium aufschlug. Seit seiner Kindheit hatte er alle Wunder und OFFENBARUNGEN aufgeschrieben, in der Hoffnung, daß man sein Buch eines Tages als »Ezraels Evangelium« bezeichnen würde. Er nannte es jetzt schon so.

Ezrael hatte immer gewußt, daß er anders, daß er etwas Besonderes war. Bereits vor langer Zeit, schon in der Kindheit, als er noch in der Welt des Bösen lebte, hatte er seine Suche begonnen. Viele endlose, graue Jahre hatte er vergeblich einen Auftrag gesucht, erbeten. Geändert hatte sich alles erst dann, als er zum erstenmal betete, der Soldat solle aufhören, ihn zu schlagen, und der hatte wirklich aufgehört. Danach war ihm der Gottesdienst jeden Sonntag nicht mehr als Zwang erschienen – er hatte einen Verbündeten gefunden.

Ezrael blätterte in seinem Evangelium, bis er bei den abgegriffenen Seiten mit den Eintragungen aus seiner Kindheit anlangte. »Ich bin AUSERWÄHLT worden«, hatte er mit zehn Jahren geschrieben. Die Eintragung stammte aus der Zeit, bevor er den Auftrag erhalten hatte, aus seiner Zeit der Heimsuchung. In deren Verlauf hatte man ihn mit Offenbarungen vorbereitet. Im nachhinein erschien es nur natürlich, daß es drei gewesen waren: Denn auch Jonas verbrachte seinerzeit drei Tage und drei Nächte im Bauch des Wals; der MEISTER sagte, er habe den Tempel innerhalb von drei Tagen neu errichtet, Petrus verleugnete den Meister dreimal, der Allerhöchste ist dreifaltig, die Wiederauferstehung des Meisters geschah am dritten Tag …

Er las die Berichte über seine drei Offenbarungen, als wäre es das erste Mal, obwohl er sogar ihre kleinsten Details auswendig kannte. Die erste Offenbarung hatte er gehabt, nachdem er den mit Ölfarben selbstgemalten Engel »Boten« genannt hatte. Die zweite, nachdem er um eine Offenbarung gebeten hatte, als er die Bibel an einer zufälligen Stelle aufschlug und die ersten Sätze las, die ihm ins Auge fielen: *»Siehe, ich sende meinen Boten, daß er mir den Weg bereite.«* Die dritte folgte Jahre später, als der Bote selbst zu ihm kam und sagte: »Ich bin der Bote, und du bist Ezrael, der Engel des Zorns.« Da war er vollkommen überzeugt gewesen, daß er nun ein Auserwählter war.

Nur ein Verrückter würde sich einbilden, daß all das zufällig geschehen war. Und er war nicht verrückt, ganz im Gegenteil. Nachdem er die Gewißheit erlangt hatte, öffnete er sein Herz, und da drang das Licht mit der gleichen Kraft, die alles erschütterte, in ihn ein wie der Schwefel in Gomorra; eine solche Erfahrung konnte sich niemand einbilden. Sie änderte alles: *»Wenn dir nun diese Zeichen kommen, so tue, was dir unter die Hand kommt; denn Gott ist mit dir.«*

Der Bote hatte ihm den Auftrag überbracht: Die Nachricht, worum es bei alldem ging und was er tun mußte. Ezrael spürte eine Welle der Wärme, als er an den Boten dachte. Der hatte die Aufgabe erhalten, ihn hinzuführen zur Veränderung – ihn zum Engel des Zorns zu machen. Es war der Bote gewesen, der ihm den Inhalt des dritten Geheimnisses von Fatima verraten hatte: die Verschwörung der katholischen Kirche, durch die den Gläubigen die Wahrheit über zwei heilige apokryphe Schriften – die Petrus-Offenbarung und das Thomas-Evangelium – vorenthalten wurde. Die VERRÄTER, die im Auftrag der katholischen Kirche handelten, verheimlichten den Gläubigen die Wahrheit, aber der Bote wußte, wer die Verräter waren. An ihnen allen mußte Rache genommen werden, und das würde der Engel des Zorns tun. Das war sein Auftrag, und dieser Auftrag hielt die Bestie in Schach.

Nichts würde ihn aufhalten, jedenfalls nicht das Gesetz der Sünder, er war nur an das Gesetz des Allerhöchsten gebunden. Alles war klar und logisch, für alles gab es eine Ursache und eine Erklärung. *»Dann werdet ihr die Wahrheit erkennen, und die Wahrheit macht euch frei.«*

Ezrael klappte das Evangelium zu, daß es krachte, ihm wurde klar, daß sein Magen vor Hunger knurrte. Er ließ das Wasser im Bad laufen, bis es so kalt war, daß ihm die Finger schmerzten, dann füllte er einen Becher mit dem Wasser des Lebens. Die Einweckgläser fanden sich in seinem Gepäck; er aß das, was auch der Mönch Coemgen lange vor ihm gegessen hatte – Honig und Gras. Er war wie Johannes – die Stimme eines Predigers in der Wüste. Auch er würde dem Herrn den Weg bereiten. Die heiligen Worte strömten ihm zu wie das Wasser aus einer Quelle. *»Wer hat euch denn gewiesen, daß ihr dem künftigen Zorn entrinnen werdet?«*

Voller Stolz dachte Ezrael daran, welche Ehre ihm zuteil wurde. Man hatte ihn als Dreißigjährigen auserwählt wie den Meister, und sicher würde auch er mit dreiunddreißig Jahren sterben. Deswegen mußte der Auftrag schnell ausgeführt werden, noch vor dem 24. Juni, dem Tag Johannis, an dem er vierunddreißig Jahre alt werden würde. Er war an Johannis geboren und der Meister zu Weihnachten, ihre Geburtstage teilten das Jahr in zwei Hälften. Die Bestie und das Lamm.

Heute würde der Engel des Zorns seine Flügel zum viertenmal ausbreiten. Er hatte schon die brennende Haut des italienischen Physikers gerochen, die Panik des ertrinkenden Franzosen durch die dunkle, schmutzige Wasseroberfläche gesehen und beobachtet, wie der Deutsche zwischen zwei Autos zerschmettert wurde. Welche Erinnerung würde die nächste Rache beim Engel des Zorns hinterlassen?

3

Arto Ratamos Sicherung brannte endgültig durch, als in der Wohnung über ihm morgens um halb zehn eine Motorsäge in Gang gesetzt wurde. Das Aufheulen schallte durch die Räume des Mehrfamilienhauses wie der Ruf des Polartauchers über den See. Die Maifeier in der WG der Chemiestudenten nahm nun solch erschreckende Formen an, daß man irgend etwas unternehmen mußte. In der letzten Nacht hatte sich Ratamo zähneknirschend die Hälfte der Titel des Popsängers Frederik und irgendein entfernt an ein Didjeridoo erinnerndes Geheul anhören müssen, wobei er schließlich zu der Vermutung gelangt war, daß es nicht aus der Stereoanlage kam, sondern aus den Lungen eines Chemiestudenten. Jetzt hätte er am liebsten im Gegenzug die Regler voll aufgezogen und den Titel »Der König zieht um nach Puumala« von den Rehtorit erdröhnen lassen, aber er wollte nicht der ganzen Nachbarschaft den Krieg erklären. Der Deckel der Kautabakdose schnappte auf, erbost schob sich Ratamo einen Priem unter die Oberlippe.

Würde er sich wirklich nicht scheuen, die Studententruppe anzuschwärzen? War er schon so alt, daß er nicht mehr wußte, welche Dummheiten er selbst während seines Medizinstudiums angestellt hatte? Ungewollt mußte er lächeln, als ihm der Vorabend eines Maifeiertags vor vielen

Jahren einfiel. Damals hatte er einen Blechharnisch, die Werbung für eine Biermarke, die nun schon das Zeitliche gesegnet hatte, an der Tür einer Kneipe in Punavuori geklaut und zur Maifeier in die Clubräume der Medizinstudenten geschleppt. Bei der Polizei war eine Flut von Anrufen zu dem Harnischdieb eingegangen. Daraufhin traf die Obrigkeit in den Clubräumen ein, und seine Kommilitonen versteckten ihn mitsamt dem Harnisch im Kühlraum. Die Polizisten wurden sie wieder los, aber dann mußte man in den Kneipen der Umgebung den Clubchef und die Schlüssel für den Kühlraum suchen. Der Harnischdieb in seinen Sommersachen war inzwischen fast erfroren. Als er den fünf Grad kühlen Raum endlich verlassen konnte, taute er den inneren Frost mit Schnaps auf und betrank sich dabei bis zur totalen Besinnungslosigkeit. Davon erholte er sich geistig erst, nachdem er den ganzen Mai keinen Alkohol angerührt hatte. Dieser Maifeiertag zählte für ihn wahrhaftig nicht zu den gelungensten, wohl aber zu den unvergeßlichen.

Schluß mit den Erinnerungen, die Motorsäge mußte zum Schweigen und der Lärm über ihm rechtzeitig gedämpft werden. Er hatte Nellis Großmutter und ihren Patenonkel mit Familie zum Abendessen eingeladen, um seine Tochter von dem Trubel am Ersten Mai fernzuhalten. Ratamo griff zum Telefon und wählte die 10022.

»Notrufzentrale der Polizei, Saari.«

»Oberkommissar Arto Ratamo von der Sicherheitspolizei, Tag. Ich habe ja viel Verständnis für Feiern zum Ersten Mai, aber in der Korkeavuorenkatu wird jetzt eine Streife gebraucht«, sagte er forsch und berichtete von dem irren Krach der Studenten.

Der Beamte, der Telefondienst hatte, notierte Ratamos Namen und Kontaktdaten und versprach, bei nächster Gelegenheit eine Streife vorbeizuschicken, wies allerdings darauf hin, daß es wegen des Hochbetriebs am Ersten Mai eine ganze Weile dauern könnte.

Ratamo schlich zur Tür von Nellis Zimmer, spähte hinein und hörte an ihrem Schnaufen, daß seine Tochter noch in tiefem Schlaf lag. Was würde er doch für so einen guten Schlaf geben. Seine Schlafschwierigkeiten waren in den letzten Monaten so schlimm geworden, daß er schon ernsthaft überlegte, ob er sich Pillen besorgen sollte, obwohl er ansonsten Medikamente mied wie eine Amputation.

Die Stelle als Oberkommissar hatte Ratamo vor etwa zwei Wochen bekommen, als er in die neue Antiterroreinheit der operativen Abteilung der Sicherheitspolizei berufen worden war, und er hatte sich an den Titel noch nicht gewöhnt. Die Ernennung hatte bei einigen Kollegen in der SUPO für böses Blut gesorgt, obwohl er seiner Meinung nach bei den schwierigsten Ermittlungen der letzten Jahre seine Qualifikation unter Beweis gestellt hatte. In gewisser Weise verstand er den Groll der von ihren Dienstjahren her älteren Ermittler: Er arbeitete erst seit gut drei Jahren im Haus und hatte gerade vor einem Monat die Zeugnisse für den gehobenen Polizeidienst erhalten. Der Chef der SUPO, Jussi Ketonen, hatte ihm die Stelle wohl als eine Art Abschiedsgeschenk besorgt; in etwa zwei Wochen würde er in Rente gehen.

Ratamo wartete am Fenster auf die Polizei und schaute dann und wann auf die Straße hinaus; das milde Wetter und das helle Sonnenlicht waren ihm so willkommen wie jedes Jahr im Frühling. Die Freude darüber wurde getrübt, als er eine alte Frau mit einem Hut erblickte, die nicht einmal am Fußgängerüberweg wagte, die Straße zu queren, weil die Autofahrer das Tempo nicht drosselten.

Aus irgendeinem Grund schweiften seine Gedanken derzeit öfter als früher ab und beschäftigten sich mit bedrükkenden Themen; obwohl er nach dem Abschluß des Studiums, für das seine ganze Freizeit draufgegangen war, hart trainiert hatte, so daß er sich in einer glänzenden Form befand, und er hatte auch versucht, sich psychisch zu entspannen. Es schien so, als würde es ihm immer schwerer fallen, die Last des Bösen zu tragen, dem er bei den Ermittlungen begegnete. Und die gewalttätigen Weltereignisse in der letzten Zeit hatten dieses Gefühl noch verschlimmert. Manchmal fragte er sich sogar, ob es damals wirklich eine kluge Entscheidung gewesen war, die Laufbahn eines Virusforschers gegen die Arbeit eines Polizisten einzutauschen. Vor drei Jahren hatte er sich naiv ausgemalt, daß er bei der SUPO auf der Seite des Guten gegen das Böse kämpfen würde, aber jetzt schien es so, als wäre das Böse in ihn eingedrungen. Und dieses Gespenst besiegte niemand, man konnte mit ihm höchstens Waffenstillstand schließen.

Ratamo sah, wie die Grüne Minna auf dem Fußweg hielt, und rannte die Treppe hinunter. »Ich habe am Telefon gesagt, daß eine Streife kommen soll. Die Studenten über mir feiern schon drei Tage hintereinander. Und drei Nächte.«

Die Blicke der Kollegen von der Schutzpolizei in ihren Overalls wanderten langsam von Ratamos abgelatschten Tigerpantoffeln zu seinen schmutzigen Trainingshosen, lasen auf dem schwarzen T-Shirt den Text »Wer hat Hauptmann Iwan Below erschossen?« und verharrten schließlich auf seinem Gesicht, das von dem wirren kurzgeschnittenen Haar und dunklen Bartstoppeln umrahmt wurde.

Ratamo wurde klar, daß er keinen sehr ansprechenden Eindruck machte, aber zum Glück fand sich ein Mittel gegen die Vertrauenskrise. Er zeigte seinen Dienstausweis: »Ratamo von der SUPO.« Die drei betraten das Treppenhaus, und das Duo von der Schutzpolizei hörte verblüfft, wie die Motorsäge aufheulte.

Die Polizistin drückte ein dutzendmal auf die Klingel der Studentenbude. Vergeblich. Das Geräusch der Motorsäge wurde lauter, ebbte ab und nahm wieder zu, es klang so, als würde etwas zerschnitten. Ratamo schlug vor, den Hausmeister, der im Erdgeschoß wohnte, telefonisch herbeizurufen.

Man hörte den Mann im Treppenhaus schimpfen, lange bevor er im Blickfeld der Polizisten auftauchte. Seinem Fluchen zufolge hätte er die studentischen Störenfriede am liebsten dorthin geschickt, wo keine zusätzliche Heizung gebraucht wird. Außerdem machte er diverse Andeutungen, wonach die angehenden Chemiker auch schwarz Schnaps destillieren würden. Dann steckte er seinen Universalschlüssel ins Schloß, drehte ihn um, und einer der Polizisten riß die Tür auf.

Bei dem Anblick, der sich in der Küche bot, stockte den Polizisten der Atem, und sie tasteten nach ihren Waffen. Ein halbnackter Mann mit einem weißen Gesichtsschutz drückte das Sägeblatt in eine Leiche, die an einem Fleischerhaken hing, Fleischfetzen und Knochensplitter flogen bis an die Wände. Das Aufheulen der Säge bohrte sich in den Schädel der Eindringlinge.

»Polizei! Schalten Sie die Säge aus!« brüllte die Polizistin, und ihr Partner stand schußbereit da.

Im selben Augenblick erschien aus einer Ecke der Küche ein Mädchen mit einer Videokamera in der Hand und einer Studentenmütze auf dem Hinterkopf und lächelte verdutzt. »Haben wir zuviel Lärm gemacht?«

»Was zum Teufel … geschieht hier?« stieß Ratamo hervor, während der »Waldarbeiter« mit der Maske die Kleidung von dem Kadaver löste, der am Haken hing. Der Ringelschwanz und die Klauen verrieten, daß es sich bei dem Opfer um ein Schwein handelte, dessen Rumpf gut abgehangen aussah.

»Das wird das Erste-Mai-Video des Jahrhunderts. Ein absoluter Klassiker«, stammelte der dürftig bekleidete Mann mit der Säge, der nur noch lallen konnte.

»Ist die Benutzung einer Motorsäge in der Wohnung verboten?« fragte die Kamerafrau grinsend.

»Verdammte Idioten ...«, schimpfte der Hausmeister.

Es dauerte einen Augenblick, bis die Polizistin erfaßt hatte, was hier im Gange war. »Es hat Beschwerden gegeben. Wegen des Krachs.« Dann fiel ihr ein, was der Hausmeister berichtet hatte. »Hier soll Schnaps gebrannt werden.«

»Schön wär's«, entgegnete der betrunkene Motorsägenmann, und sein Lachen hallte durch die ganze Wohnung.

»Sie haben sicher nichts dagegen, wenn wir uns ein wenig umsehen«, sagte der Polizist und wartete nicht auf eine Erlaubnis.

Staunend gingen die Polizisten durch die Wohnung, die ein einziges Flaschenmeer war, und verhedderten sich mit jedem Schritt mehr in den Papierschlangen, die überall herumhingen.* Hier und da lagen junge Leute, die im Suff eingeschlafen waren. Ein als Superman verkleideter junger Mann trug auf dem Kopf einen Schweißhelm, an dessen Visier eine Schnapsflasche befestigt war. Wenn er das Visier hochschob, neigte sich die Flasche, und er konnte sich die Kehle befeuchten. Der Superman ächzte mannhaft, obwohl seine säuerliche Miene verriet, daß ihm der Frühstücksbrei kurz vor den Mandeln stand.

Ratamo mußte unwillkürlich lächeln. In seiner Studienzeit hätte er sich bei einer derartigen Fete so gut aufgehoben gefühlt wie die Zähne im Mund.

Von einem Gefäß, in dem Schnaps gebrannt wurde, war jedoch keine Spur zu entdecken, sosehr die Polizisten auch danach suchten. Für einen Augenblick glaubte Ratamo, daß ein angehender Mann, der auf einer kleinen Kommode saß, eine Mütze der TH-Studenten trug und mit ernster

* In Finnland wird der Maifeiertag insbesondere von Studenten ausgelassen begangen und trägt karnevalistische Züge. Anm. d. Übers.

Miene vor sich hin starrte, den Schnaps bewachte. Doch dann tunkte der junge Mann die schwarze Bommel seiner Mütze, die an einer langen Schnur hing, in ein volles Bierglas, schwenkte die vor Flüssigkeit triefende Bommel in seinen Mund, saugte daran und lächelte stolz: »Ohne Hände.«

Ratamo lachte schallend, kontrollierte die Kommode ohne Ergebnis und suchte weiter. Nachdem er zwei Runden durch die Wohnung gedreht hatte, blieb er in der Küche stehen und überlegte, was die Studenten wohl mit dem Schweinsrumpf machen würden. Plötzlich hörte er einen Tropfen fallen. Er schaute zum Spülbecken und hörte das Geräusch erneut. Aber der Hahn des Waschbeckens tropfte nicht. Er blickte sich um und versuchte das Geräusch zu orten ... dipp, dipp, dipp ... Die Mienen der Studenten erstarrten, und einer von ihnen machte einen Schritt zum Spültisch, blieb aber stehen, als Ratamo seine Absicht bemerkte.

Die Tropfen fielen in die Kanne der Kaffeemaschine, obwohl das Gerät nicht einmal eingeschaltet war. »Das Timing ist das wichtigste, sagte der Regentänzer«, witzelte Ratamo, griff nach der Kanne und spürte den stechenden Geruch des Selbstgebrannten in der Nase. Er steckte den Finger erst in die Kanne, dann in den Mund und verzog das Gesicht vor Ekel: Der mit kaltem Kaffee vermischte Schnaps schmeckte genauso widerlich, wie man es sich vorstellte. Ratamo versuchte die Kaffeemaschine hochzuheben, aber die rührte sich nicht vom Fleck. Er beugte sich vor, sah das weiß gestrichene Metallrohr unter dem Tisch und folgte ihm bis ins Bad, wo das Rohr hinter der Waschmaschine verschwand. Ratamo öffnete den Deckel der Waschmaschine, eines uralten »Waschbären«, und der intensive Hefegeruch von Selbstgebranntem stieg ihm in die Nase.

»Das ist nur ... für den Eigenbedarf«, stotterte der Amateurschlächter mit nun sehr ernster Miene.

»Eine Praktikumsübung. Wir studieren Chemie«, fügte die Kamerafrau hinzu.

Die Polizisten kümmerten sich um die Angelegenheit, und Ratamo stieg lachend die Treppe hinunter und ging in seine Wohnung. Es ärgerte ihn schon, daß er die Streife gerufen hatte: Wegen des tröpfelnden Selbstgebrannten würden die Studenten Schwierigkeiten bekommen.

Nelli war am Bauerntisch in der Küche mit ihren Requisiten für den Ersten Mai beschäftigt. Ratamo verdrehte die Augen, als er einen rot lodernden Skorpion auf der nackten Schulter des Mädchens entdeckte. »Was verdammt noch mal ist das?« brüllte er, griff nach Nellis Arm und fuhr zusammen, als er den Blick des Mädchens bemerkte.

Nelli starrte ihren Vater wie einen Geisteskranken an. »Nun reg dich mal wieder ab, du Blödmann. In etwa zwei Wochen ist das weg.«

Ratamo war so erleichtert, daß er nicht einmal Lust hatte, sich darüber zu beschweren, wie sie mit ihm redete. Einen Augenblick lang hatte er schon befürchtet, Nelli hätte sich eine bleibende Tätowierung machen lassen. Er schlurfte ins Schlafzimmer, ließ sich aufs Bett fallen und dachte überhaupt nicht daran, die Pantoffeln auszuziehen.

Er müßte wieder einmal ernsthaft mit Nelli reden. Das Mädchen verhielt sich derzeit wie ein Teenager, obwohl sie erst zehn Jahre alt war. Und dabei hatte er in den letzten Wochen mehr Freizeit mit seiner Tochter verbracht als je zuvor. War das schon die Pubertät? Die durfte doch noch nicht anfangen! In diesem Frühjahr hatte Nelli aufgehört, Geige zu spielen, und war zweimal beim Rauchen und einmal beim Schulschwänzen erwischt worden. Ratamos düstere Gedanken wanderten vier Jahre zurück. Er fürchtete, die Traumata, die der Tod von Nellis Mutter hinterlassen hatte, könnten nun bewirken, daß die Pubertät schwieriger als gewöhnlich wurde. Oder lag die Ursache der Probleme nur darin, daß die Kinder heutzutage einfach viel zu früh in die Welt der Erwachsenen hineingezogen wurden: Die kleinen Mädchen benutzten schon viel zu zeitig Make-up und BHs, die Kunden, denen man mit der Behauptung, es sei sexy, alles mögliche verkaufte, wurden immer jünger, und so wurden Kindern die Schönheitsideale der Erwachsenen aufgedrängt.

Ratamo machte sich auch Vorwürfe, weil in Nellis Leben die Muttergestalt fehlte. Ihm fiel seine neueste Freundin ein, eine bildende Künstlerin, die unter dem Namen Ilona Si unverständliche Raumkunstwerke schuf. Bei dem Gedanken an ihre neueste Schöpfung, ein Werk aus Fußfesseln, einer Perücke und Zahnpasta mit dem Titel »Gebäck«, bekam Ratamo Kopfschmerzen. Doch als er an Ilona dachte, mußte er lächeln. Bei ihrem ersten Date hatte sie aus Blaubeerkuchen ein Abendessen zubereitet, und beim zweitenmal hatten sie schon stundenlang die Polster des Diwans in ihrem Atelier zerwühlt. Er sehnte sich nach Ilonas Lebensfreude.

4

Schlüpfrige kleine Gliederfüße piekten auf Lasse Nordmans Schenkel, als irgendein daumengroßes Tierchen zu seinen Lenden hinaufflitzte. Der Haufen aus Zweigen und moderndem Laub bebte, als Lasse vorsichtig den Reißverschluß seines Overalls öffnete und die Hand auf seinen Schenkel gleiten ließ. Das weiche, schleimige Wesen wurde unter dem Handteller zu Brei zerquetscht.

Der Kommandotrupp von Final Action versteckte sich in einem Wald des Naturschutzgebietes von Meijendel, weit entfernt von den markierten Pfaden, den Naturfreunden und Wanderern. Es war kurz vor neun Uhr morgens. Die dünnen, hohen Wolken filterten das Sonnenlicht, so daß es einen orangefarbenen Ton erhielt; der Duft des Frühsommers vermischte sich mit dem Geruch der verrottenden Blätter. In Holland war es fast immer windig.

Lasse spannte seine Muskeln an, um warm zu bleiben, und drückte Ulrikes Hand, die an seiner Seite zitterte. Jorge lag rechts von ihm und atmete schwer. Er hatte in der Nacht viel Blut verloren, bevor Lasse eine Aderpresse anlegen konnte. Das Trio war gezwungen gewesen, sich im Gelände zu verstecken, weil der vom Blutverlust geschwächte Portugiese nicht im Laufschritt durch das Naturschutzgelände fliehen konnte. Ein Stöhnen kam über seine Lippen, der Mann brauchte mehr Schmerzmittel und eine Behandlung im Krankenhaus.

Ohne Jorge wäre die Flucht leicht gelungen: Als ehemaliger Ausbilder für das Überlebenstraining bei der Armee konnte sich Lasse mühelos im Rücken des »Feindes« bewegen, zudem hatte er sich bei der Planung der Fluchtwege nach dem Anschlag gegen Dutch Oil genau mit dem Gelände von Meijendel vertraut gemacht. Zum Glück war Meijendel mit seinen Dünengebieten so ausgedehnt, fast zweitausend Hektar groß, daß die Hunde der Verfolger ihr Versteck nicht unbedingt finden würden. Erst recht nicht, nachdem Lasse hier und da Pfefferspray auf ihre Spuren gesprüht hatte, das würde den Geruchssinn zumindest einiger Hunde betäuben.

Plötzlich wurde Jorges Atmen zu einem leisen Geheul, und Lasse zischte: »Versuch noch einen Augenblick durchzuhalten. Mir wird schon etwas einfallen«, flüsterte er auf englisch, und Jorges Klage verstummte. Lasse ging noch einmal alle Alternativen durch, aber das änderte nichts an der Wahrheit: Sie konnten nur dann alle drei fliehen, wenn sie ihre Verfolger eliminierten. Doch Final Action akzeptierte keine Gewalt, in welcher Form auch immer.

Warum lagen sie hier? Die Ereignisse in der Zentrale von Dutch Oil ergaben für Lasse kein verständliches Ganzes. Warum hatten sich die Führer der weltgrößten Ölkonzerne zu einem Konsortium zusammengeschlossen, und warum trafen sie sich mitten in der Nacht? Physiker werden umgebracht ... Der Engel des Zorns ... Und warum spukte ihm das Gesicht des kleinen dunkelhaarigen Mannes im Kopf herum?

Er lauschte der Stille, sie wirkte bedrohlich, fast zu perfekt. Von den Sicherheitsleuten van der Waals und den Hunden war kein Laut zu hören. Was würde passieren, wenn die Sicherheitsleute sie fänden? Warum hatten die Gorillas den Transporter beschossen, wollten sie den Wagen anhalten oder sie umbringen? Und wo blieb die Polizei? Lasse spürte, wie er als Kommandeur unter Druck stand. Die Sonne würde erst heute abend gegen neun Uhr untergehen, Jorge mußte jedoch vorher behandelt werden. Am meisten bedrückte Lasse allerdings die Sorge um seine Lebensgefährtin: Wie lange hielt Ulrike in dem kalten Versteck durch?

Er hatte brennende Lust, die Verfolger herauszufordern, schließlich war er Soldat und Offizier. Das war für ihn seit seiner Kindheit der einzig mögliche Beruf gewesen, genau wie für seinen Vater, den Großvater und viele Generationen der Nordmans vor ihnen. Die Männer seiner Familie hatten in allen finnischen Kriegen vom 16. Jahrhundert bis zum Ende des Zweiten Weltkriegs in Lappland mitgekämpft. Auch seine Soldatenlaufbahn hatte vielversprechend begonnen. Nach dem Studium an der Hochschule für Landesverteidigung und den weiterführenden Studien in den USA schienen ihm alle Wege offenzustehen, bis nach ganz oben. Aber die Alltagsroutine eines Oberleutnants tötete die erhabenen Grundsätze und ehrgeizigen Erwartungen innerhalb weniger Jahre.

Über Jahrhunderte, bis hin zu den letzten Jahrzehnten, war der Offiziersberuf von allen möglichen der ehrenhafteste gewesen, aber so war es nicht mehr. Das Saufen im Offizierskasino, der ständige Papierkrieg, das Bemühen, zu Auslandseinsätzen abkommandiert zu werden, und das Warten auf die Beförderung reichten nicht aus, um Lasse zu motivieren. Eine ernsthafte Herausforderung gab es heutzutage nur, wenn man sich als Söldner anwerben ließ, aber Lasse wollte nicht um des Geldes oder des Tötens willen Krieg führen, sondern um irgend etwas Wertvolles zu verteidigen. Auch das Warten auf den Beitritt zur NATO könnte wegen der Unentschlossenheit der Politiker noch Jahre dauern. Und für wen würde er als NATO-Soldat kämpfen?

Irgendwo weit weg knackte ein Ast, und Lasse lauschte angespannt. Zum Teufel noch mal, irgend etwas mußte ihm einfallen. Wenn man sie faßte, dann würde das die Vernichtung von Final Action und wahrscheinlich auch eine Gefängnisstrafe und die Trennung von Ulrike bedeuten. Als ahnte sie seine Gedanken, drückte sich Ulrike noch enger an ihn. Die Frau zitterte vor Kälte, und Lasse spürte seine Gefühle genauso intensiv wie an jedem einzelnen Tag, seit sie sich vor sechs Jahren in Wien getroffen und verliebt hatten. Es war unangenehm, zugeben zu müssen, daß er Ulrike immer noch um die Reinheit ihrer Gedankenwelt, den echten Idealismus und die Leidenschaft der Überzeugung beneidete. Anscheinend erfüllte Ulrike auch ihn mit pulsierendem Leben. Es war ihr Verdienst, daß er nun etwas genauso Ehrenvolles tat wie die Männer der Nordman-Familie vor ihm. Ulrike hatte ihn überredet, sich am Aktionismus von Greenpeace, an Global Witness, den Friends of Earth und den Sabotage-Akten der Earth Liberation Front zu beteiligen. Schließlich war Final Action entstanden. Deren Ökoterrorismus war die Kriegsführung der Gegenwart, sie schlugen im Rücken des Feindes zu wie einst die Männer der Fernspähtrupps.

Lasse schrak zusammen, ein Hund bellte kurz, und zwar ganz in der Nähe. Dann wühlte etwas wütend in den Blättern und dem Abfall, der auf seinen Beinen lag. Er schnellte hoch, so daß die Blätter durch die Luft flogen, und sah vor sich die weiße Zahnreihe und die stechenden dunklen Augen eines dumpf knurrenden Schäferhundes. Der große Hund griff im selben Augenblick an, als Lasse sich aufrichtete und hinkniete; er packte den Köter an der Kehle, legte die andere Hand um sein Genick und drückte den Kopf des Tiers mit einem Ruck nach hinten. Es knackte, und das Genick war gebrochen. Weit entfernt am Horizont rannten zwei Sicherheitsleute in dunklen Anzügen auf sie zu, konnten sie aber noch nicht sehen.

Hastig grub er Jorge und Ulrike aus. Die Wunde des bleichen und zitternden Portugiesen blutete wieder, die Mullbinde war dunkelrot gefärbt. Die Blicke der Männer trafen sich, und beide begriffen, daß Jorge nicht zu Fuß fliehen konnte.

»Los, lauft. Ich krieche etwas weiter weg vom Versteck. Vielleicht folgen die Sicherheitsleute euch.« Die Stimme des Portugiesen wirkte brüchig, als er seinen Gefährten diesen Befehl gab. Die angstgeweiteten Augen sagten etwas ganz anderes als seine Worte.

Ulrike umarmte Jorge und versuchte ihm Mut zu machen, aber ihre Stimme versagte. Lasse mußte sie am Ärmel wegziehen. Sie rannten tiefer in den Wald.

Jorge konnte nur ein paar Schritte machen, dann explodierte der Schmerz in seinem Körper, und er fiel auf die Knie. Er spürte die Hitze in seinem Kopf und bemühte sich mit aller Gewalt, bei Bewußtsein zu bleiben. Das Herz klopfte in der Wunde am Arm. Er kroch weiter, bis ein wütend bellender Hund ihm den Weg abschnitt. Er rührte sich nicht und starrte in die blutgierige Fratze des Riesenköters. Die bewaffneten Sicherheitsleute waren immer noch weit entfernt. Wo blieben die Polizisten? Was würden die Sicherheitsleute tun?

Die Wahrheit war wie ein Schlag ins Gesicht: Man würde ihn erwischen, und er brauchte Hilfe. Möglicherweise verhörte ihn die Polizei tagelang, vielleicht würde man nicht zulassen, daß er sich einen Anwalt besorgte oder wenigstens mit jemandem sprechen konnte. Terrorverdächtige wurden heutzutage auch in den zivilisierten Ländern nach Gutdünken behandelt.

Er beschloß, seiner Freundin Gloria eine SMS zu schikken, sie war zusammen mit einem anderen Aktivisten dafür zuständig, die finanziellen Mittel für Final Action aufzutreiben. Er würde die Nachricht in Mirandesisch, seiner Muttersprache, schreiben; das verstand kein Außenstehender, aber Gloria würde begreifen, daß sie sich die Nachricht von jemandem übersetzen lassen mußte, der Mirandesisch sprach. Er schaute über die Schulter und sah, daß die Sicherheitsleute nur noch ein paar hundert Meter entfernt waren. Und der Köter, der tollwütig aussah, fletschte vor ihm immer noch die Zähne. Eile war geboten. Was sollte er schreiben? Jorge dachte angestrengt nach, und dann fielen ihm eines nach dem anderen die Worte van der Waals ein, sogar der Name des finnischen Physikers. Auf einer Fahrradtour von Lissabon nach Sevilla hatte Jorge einmal in einer kleinen Grenzstadt namens Elvas übernachtet.

Jorge schaltete sein Handy ein und tippte in fieberhafter Eile: *»Man hat mich erwischt. Die Verfolger sind keine Polizisten. Helft. Konsortium der Ölkonzerne, geleitet von van der Waal, Assistentin Mary Cash, Physiker werden umgebracht – der Finne Elvas stirbt heute. Engel des Zorns …«*

Die unvollendete Nachricht stieg in den Äther, als Jorge neben dem Kläffen des Schäferhundes schon das Schnaufen und die Schritte der Sicherheitsleute hörte. Er suchte die SMS im Speicher des Handys, um sie zu löschen, als einer der beiden Sicherheitsleute nach dem blutigen Verband griff und ihm den Arm verdrehte. Jorge schrie auf vor Schmerz, aber der Schrei brach ab, als ihm ein Schlag in den Magen den Atem nahm. Einer der Männer zielte mit der Pistole auf Jorges Stirn, und der andere steckte sein Handy ein.

Die Angst lähmte Jorges Gedanken, als die Sicherheitsleute kurz und heftig auf niederländisch miteinander sprachen, dann nahm ihn der eine an den Beinen, der andere an den Armen. Die Angst wurde zur Panik, als die Männer ihn zu einem Teich schleppten. Das kalte Wasser lief in seine Schuhe, die Füße wurden naß. Jorge Oliveira begriff, was für ein Schicksal ihn erwartete, als ihn eine Hand im Genick packte; in seinem Gehirn explodierte das Entsetzen, und er übergab sich. Sein Kopf wurde in das kühle, trübe Wasser gedrückt, Jorge sträubte und wehrte sich wie ein Tobsüchtiger, er hielt den Atem an, versuchte mit aller Macht, bei Bewußtsein zu bleiben und sich am Leben festzuklammern, an den vom Wasser gebrochenen Lichtstrahlen, an dem Herz, das in seinem Körper hämmerte … Dann begrub die Dunkelheit alles unter sich.

5

Die Finnen mit ihrem Wohlstand und ihrem hohen Bildungsniveau schwelgten in der Sünde wie die Huren von Sodom und schienen jeden Augenblick der Ausschweifung aus tiefstem Herzen zu genießen. Ezrael hatte sich die Finnen kühl und etwas steif vorgestellt und konnte nicht verstehen, wie es möglich war, daß sie wegen des Ersten Mai völlig den Verstand verloren. Im Hotel Lord feierten Hunderte, der größte Teil von ihnen segelte stark betrunken über das Mosaikparkett im Festsaal des pompösen Jugendstilrestaurants, sie begrapschten einander, kreischten, tanzten … Aber jetzt befand er sich unter Sündern und mußte sich wie sie benehmen … Die Rache würde nur gelingen, wenn er imstande war, die Bestie unter Kontrolle zu halten.

Ezrael ließ seinen Blick über die gewaltigen grünen Kachelöfen und die kunstvoll geschnitzten Holzornamente der Wandpfeiler in dem zwei Etagen hohen Festsaal wandern. Der Geruch von Alkohol, Parfüm und Schweiß vermischte sich in Ezraels Nase zum lasterhaften Moschus der Sünde. Er hörte dem Blasorchester zu, das Helme und altertümliche Feuerwehruniformen trug und absichtlich falsch spielte, und er begriff nicht, warum das Festpublikum den Auftritt amüsant fand. Der Chor namens Dominante, der vorher aufgetreten war, hatte wenigstens noch ein paar schöne Renaissance-Lieder vorgetragen. Ezrael blätterte im Programm der Maifeier. Obwohl er die Sprache nicht verstand, bemerkte er, daß es schon vor einer Viertelstunde, um sechs Uhr, einen Wechsel des Orchesters hätte geben müssen. Seine linke Hand behielt er wohlweislich in der Hosentasche, denn der Fingerstumpf war ein zu auffälliges Merkmal, das man sich leicht einprägte.

Eine junge blonde Frau von reiner Schönheit in einem durchsichtigen dünnen Sommerkleid tanzte mitten auf dem Parkett ohne Partner wie in Trance. Berauscht von ihren eigenen Bewegungen, zeichnete sie mit den Armen und Hüften einen Bogen in die Luft wie einst Salome am Hofe des Königs. Durch die verlockende und provozierende Vorführung der betrunkenen Schönheit tauchte vor Ezrael das Bild einer Erscheinung auf: das zur Todesgrimasse verzerrte Gesicht des Mädchens von der Shankill Road. Wieder stellte man ihn auf die Probe. Die Tänzerin führte ihn mit ihrer Wollust in Versuchung und verlockte ihn zum Bösen wie seinerzeit das Mädchen ... Genauso hatte Salome für Herodes getanzt, den König betört und erreicht, daß er ihr den Kopf von Johannes dem Täufer schenkte. Auf einem silbernen Tablett.

Die Bestie in Ezrael riß und zerrte an den Ketten; er saß schon über eine Stunde unter den Sündern, und es war schwer, die Bestie kurz vor der Rache im Zaum zu halten, gerade in der Zeit dürstete es sie besonders stark nach Blut. »Unter den Sündern verhält man sich wie die Sünder und handelt nach deren Regeln«, wiederholte Ezrael für sich, und das gab ihm Kraft. Er war der Engel des Zorns, und der Engel schwebte über seinem Opfer.

Ezrael verdrängte den Lärm des Orchesters in die entlegensten Winkel seines Gehirns und starrte auf den Verräter namens Elvas, der auf der anderen Seite des Saals unter den vergitterten Fenstern saß. Das vierte Opfer des Engels. Der Gedanke an den Auftrag beruhigte die Bestie und erfüllte Ezrael mit Stolz. Nichts auch nur annähernd Gleichartiges hatte er empfunden, bevor er den Auftrag erhielt: den Sinn und die Gewißheit der bevorstehenden Erlösung. Vorher hatte er nur die Bestie gespürt. *»Es ist schon die Axt den Bäumen an die Wurzel gelegt. Darum, welcher Baum nicht gute Frucht bringt, wird abgehauen und ins Feuer geworfen.«*

Eine Kellnerin blieb vor Ezrael stehen und zog die Augenbrauen hoch, das bedeutete: »Was darf's sein?« Ezrael deutete sein liebevollstes Lächeln an, seine Augen strahlten, und er schüttelte den Kopf. Die Kellnerin antwortete mit einem Gesichtsausdruck, der mehr als freundlich war, das erkannte auch Ezrael; die Sünder hätten vermutlich gesagt, daß die Frau damit ihr Interesse zeigte. Doch auch diese Wollust würde im Feuer untergehen. Manchmal ängstigte es Ezrael, wie leicht es ihm fiel, sich genauso zu verhalten wie die Sünder.

Würde sich die Kellnerin an ihn erinnern? Jetzt bereute

er, daß er keinen Alkohol bestellt hatte. Zum Glück feierten in dem Restaurant auch viele Ausländer: Er hatte auf der Toilette Englisch gehört, und an einem Tisch saßen ein paar Männer aus Asien. Besser wäre er in der Masse untergetaucht, wenn er sich als Student getarnt hätte, mit seinem kindlichen Gesicht wäre ihm das trotz seiner dreiunddreißig Jahre spielend gelungen, doch mit einem Studenten hätte garantiert irgend jemand Bekanntschaft schließen wollen, das wäre unvermeidlich gewesen. Jetzt beabsichtigte er, sich Leute, die seine Gesellschaft suchten, mit der Lüge vom Leibe zu halten, er warte auf seine Freunde.

»Komm tanzen, Süßer, entspann dich ein bißchen ...« Eine Frau mittleren Alters, die sich in einen viel zu engen Jeansrock gezwängt hatte, stand vor Ezrael, beugte sich über ihn und drängte ihr fast bis zum Nabel reichendes Dekolleté so nahe an sein Gesicht, daß er den Maiglöckchenduft roch. Die Bestie in ihm bewegte sich, und das Rot leuchtete auf. Ihr Parfüm war genauso billig wie die Frau selbst; sogar das Mädchen von der Shankill Road hatte sich diesen Duft leisten können.

Ezrael lächelte und zog die Augenbrauen zu einem verführerischen Bogen. Dann wies er mit der Hand auf eine unbekannte junge Frau, die in der Nähe tanzte, und tippte auf den glänzenden Ring an einem Finger der rechten Hand. Die Busenkönigin verschwand ohne Beute.

Und wenn die ganze Welt niederbrannte – seine Kulissen würden nicht einstürzen, es sei denn, er selbst wollte es. Nichts Äußeres hatte Einfluß auf ihn, alles Wesentliche war in ihm. Dank seinem irischen Blut bereitete es ihm keinerlei Schwierigkeiten, den Verlockungen der Welt des Bösen zu entsagen. Die irischen Mönche und Nonnen hatten die Askese seit den Urzeiten des christlichen Glaubens meisterlich beherrscht. Die Nonne Íte ließ Insekten an ihrem Körper fressen und lebte in so vollkommener Entsagung, daß Gott einen Engel schickte, der ihr etwas zu essen brachte. Und der Mönch Coemgen aß nur Gras und trank Wasser und betete der Überlieferung nach völlig bewegungslos so lange, daß Vögel ein Nest am Saum seiner Kutte bauten. Ezrael glaubte, daß er selbst etwas noch Größeres werden würde.

Ezrael konzentrierte sich auf den unmittelbar bevorstehenden Racheakt. Er und der Bote hatten alles sorgfältig vorbereitet. Ezrael wußte schon, als er ins Hotel Lord kam, daß der Verräter Elvas sich sinnlos betrinken würde. Jetzt war es kurz vor halb sieben, und Elvas schien schon stark alkoholisiert zu sein und schwankte, obwohl sein Sohn, der im »Orchester der Polytechniker« Klarinette spielte, erst in einer Stunde auftreten würde. Die Rache an diesem Verräter würde fast zu einfach werden, man mußte nur auf den geeigneten Augenblick warten.

Er wollte erst zuschlagen, wenn der Verräter nach Hause ging, denn im Hotel Lord gab es Hunderte potentielle Zeugen. Ezrael hatte noch zahlreiche Unfälle auf Lager; ursprünglich plante er, Elvas an Blutverlust sterben zu lassen, aber jetzt wußte er, wie er sich an diesem Verräter am liebsten rächen würde. Er drehte sich auf dem Stuhl um und spürte, wie seine Schultern von den Peitschenhieben brannten.

Der Schmerz belebte ihn. Er führte einen Auftrag aus, den ihm der Allerhöchste erteilt hatte, nichts konnte ihn bezwingen oder vernichten, er war nicht einmal verwundbar. *»Und der Engel Ezrael bringt die Seelen der Getöteten herbei; und sie sehen die Qual derer, die sie getötet haben, und sie sagen untereinander: Gerechtigkeit und Recht ist das Gericht Gottes.«* Ezrael war zufrieden, ja beinahe froh. Er würde dem Verräter einen Dienst erweisen: Töten war ein Akt der Liebe, denn nur durch den Tod ging man in die Ewigkeit ein.

Urplötzlich sprang der Verräter auf, stürzte sich in die

Menschenmenge, stieß die Leute beiseite und bahnte sich einen Weg aus dem Saal hinaus. Dann torkelte er die prächtige Hoteltreppe hinunter, auf der zum Glück gerade nur ein paar Leute unterwegs waren. Ezrael folgte ihm. Der Verräter wankte durch das Foyer zur Toilette, stürzte an der Schlange der Wartenden vorbei in eine Kabine und übergab sich in hohem Bogen. Es dauerte einige Minuten, bis die Tür wieder aufging und der Verräter zum Waschbecken schwankte und sich neben Ezrael die Hände wusch. Elvas stank nach Sünde. Wenn es jemand verdiente zu sterben, dann war es er. Das Rot kam immer näher.

Sie traten fast hintereinander durch die massive Jugendstiltür des Hotels Lord hinaus, und Ezrael zog die engen, dünnen Lederhandschuhe an. In seinem Kopf färbte sich alles orange, das war der letzte Schritt, gleich würde alles die Farbe der Bestie annehmen. Der Verräter stand eine Weile schwankend auf der Straße, ging dann ein paar Schritte in Richtung Hietalahti, lehnte sich an die graue Granitwand des Hotels und wühlte in den Taschen seines Popelinemantels.

Der Zorn explodierte, und eine rote Feuerwalze brach in Ezraels Kopf los, als die Bestie sich befreite und die Macht übernahm. *»Und Ezrael, der Engel des Zorns, peitscht sie mit jeglicher Züchtigung.«* Ezrael packte den Verräter im Genick und drückte zu.

»Was zum Teufel … Wer …«, stammelte Elvas, konnte aber in Ezraels Zangengriff den Kopf nicht drehen.

»Auftrag und Gericht«, sagte Ezrael und drückte noch kräftiger zu, so daß der Verräter verstummte und in seinem Griff wie eine Marionette weiterstolperte. Der Verräter mußte bei Bewußtsein bleiben, ohne Schmerzen würde die Rache nicht ausgeführt. Als ihnen Passanten entgegenkamen, zerrte Ezrael einen Arm des Verräters auf seine Schulter, stützte ihn, so als wäre er bei der Maifeier im Suff eingeschlafen, und schleppte ihn in den Torweg, der auf den Innenhof des Hauses neben dem Hotel führte.

Die Türen zu den Treppenhäusern lagen in der Mitte des Torwegs einander gegenüber, man sah sie weder vom Innenhof noch von der Lönnrotinkatu. Ezrael lockerte seinen Griff und stieß den nach Schnaps und Erbrochenem stinkenden Verräter auf die Betonschwelle von Aufgang A. Er versuchte aufzustehen, aber Ezrael schlug auf ihn ein, bis er liegenblieb. Bewußtlos schlagen durfte er ihn nicht, denn die Rache wäre keine Rache, wenn der Verräter sie nicht sehen und spüren würde.

Aus der Tasche seines Sakkos holte Ezrael eine große Injektionsspritze, setzte sie an den Hals des Verräters, stach die Nadel in die Vene und entleerte die mit Luft gefüllte Spritze in die Blutbahn. Dann entfernte er den Kolben, so daß sich die Spritze mit Luft füllte, drückte ihn wieder hinein und preßte noch mehr Luft in sein Opfer. Wahrheit in die Unreinheit, mit jedem Schub, mit der Kraft des Zorns. Nach der zehnten Injektion begann der Verräter so laut zu jammern und zu schreien, daß Ezrael ihm die Hand auf den Mund pressen und warten mußte, bis der Lärm verstummte. Schließlich verlor der Verräter das Bewußtsein.

Nachdem Ezrael genügend Luft in den Verräter hineingepumpt hatte, drückte er den Finger auf dessen Hals und stellte zufrieden fest, daß der Auftrag erfüllt war, und das innerhalb weniger Minuten und völlig problemlos. Er stopfte die Instrumente in seine Taschen und spürte eine Woge des Stolzes. Er hatte den vierten Verräter geopfert, die Bestie war gefüttert. Er bereitete den Weg für die Wahrheit, so wie vor ihm der heilige Johannes. *»Wer überwindet, dem will ich zu essen geben vom Holz des Lebens.«*

6

Der schwedische Stürmer fiel genauso theatralisch wie General Custer in der Schlacht am Little Big Horn, der Schiedsrichter hob den Arm als Zeichen für eine Zeitstrafe, und ein Popcornregen prasselte auf den Fernsehbildschirm, weil sich Arto Ratamo über den Mann im Zebrahemd ärgerte. Ratamos Tochter Nelli lachte schadenfroh, und Musti, die helle Labradorhündin des SUPO-Chefs Jussi Ketonen, fraß das Popcorn, das auf dem Fußboden lag.

»Der ist vor Altersschwäche umgefallen, verdammt noch mal«, schimpfte Timo Aalto, Ratamos Freund seit Kindertagen. Er stand am Wohnzimmerfenster und strich über den glatten Scheitel der neuesten Anschaffung Ratamos aus dem Trödelladen, einer Gipsbüste von Urho Kekkonen. Ratamo verstand nicht, warum Himoaalto selbst die unbedeutendsten Spiele der Eishockeyweltmeisterschaft so ernst nahm, daß er keine Sekunde ruhig sitzen bleiben konnte.

Nellis Großmutter Marketta trank nach dem Abendessen zur Verdauung Kaffee und Cognac, doch ihr Ehemann Jussi Ketonen aß immer noch, als wäre es seine Henkersmahlzeit. Dann und wann wechselte das Paar Blicke voller Zuneigung, es schien so, als hätten sie nicht im letzten Sommer geheiratet, sondern an diesem Morgen.

Ketonen überlegte, ob er den Rest des Kartoffelsalats gleich aus der Schüssel essen sollte, dann bemerkte er Markettas eisigen Blick und schaufelte die Delikatesse auf seinen Teller zu den Wienern, die mit einer dicken Senfschicht bedeckt waren. Eine solche Schlemmerei war für ihn heutzutage ein seltener Luxus, denn Marketta sorgte dafür, daß er eine strenge Diät einhielt. Oder zumindest versuchte sie es. Um seine Gemütsruhe zu bewahren, mußte Ketonen ab und zu ausbrechen. Dann verspeiste er genüßlich irgend etwas Fettes und Minderwertiges. Genaugenommen geschah das ziemlich oft. Als das letzte Würstchen in seinem Mund verschwunden war, rülpste der SUPO-Chef so gedämpft, daß Marketta es nicht hörte, und befreite dann seinen gewaltigen Bauch, indem er den obersten Hosenknopf öffnete. Bei den Hosenträgern war der Spielraum ausgereizt. Musti bettelte ihr Herrchen immer noch vergeblich um Leckerbissen an.

»Du hast also deinen Vater nicht zum Essen eingeladen«, erkundigte sich Marketta neugierig und kratzte ihre geröteten Arme. Schon seit Monaten wurde die Ursache für den unangenehmen Hautausschlag gesucht, jetzt vermuteten die Ärzte, daß sie auf ihre alten Tage noch eine Allergie bekommen hatte.

»Erstens ist Tapani nicht mein Vater, und zweitens ist der Alte heutzutage bei einer Feier nicht gerade sehr unterhaltsam. Er redet stundenlang von seinem Krebs, sogar auf den Anrufbeantworter«, antwortete Ratamo in schärferem Ton als beabsichtigt. Aus irgendeinem Grund fiel es ihm schwerer, über Tapanis Krebs zu sprechen, als dem Patienten selbst. Vielleicht lag das daran, daß die Prognose so schlecht war: Der Krebs im fortgeschrittenen Stadium schickte von der Bauchspeicheldrüse Metastasen in die Leber und die Lunge. Schon über ein Jahr kämpfte der Vater gegen seine Krankheit, die meisten Patienten verstarben viel schneller.

Beim Gedanken an den Vater fielen Ratamo seine eigenen privaten Ermittlungen ein. Vor einem Jahr hatte er erfahren, daß er nicht der Sohn seines im Kirchenbuch eingetragenen Vaters war, durch einen DNA-Test wurde das bestätigt. Im letzten Winter hatte Ratamo dann insgeheim versucht, die Identität seines biologischen Vaters zu klären. Wie schwierig das war, stellte sich sehr schnell heraus: Seine Mutter war vor dreißig Jahren gestorben, und die wenigen Verwandten und Bekannten, die noch lebten, wußten von den Ereignissen in den sechziger Jahren nicht viel oder erinnerten sich nicht. Tapani seinerseits schwieg wie ein Pantomime.

Ratamo kostete seinen Calvados und beschloß, an etwas Angenehmes zu denken, aber diesmal konnte nicht einmal das fröhliche Gesicht Nellis, die auf dem Sofa saß und ein Bonbon kaute, seine Laune verbessern. Ratamos Blick wanderte zu seinem Patenkind, das mit seiner Mutter auf dem Teppich saß und »Stern von Afrika« spielte. Warum blieb Nelli nicht genauso lieb und nett wie Timos Laura? Bei Laura waren nicht die geringsten Anzeichen des Trotzalters zu erkennen. Hatte das nicht gerade sehr harmonische Leben bei ihnen zu Hause Nelli vorzeitig zum Teenager gemacht, oder entwickelte sich seine Tochter einfach schneller als ihre Altersgefährtinnen? Ihm graute vor der Zukunft.

Drei Sekunden vor Ende der Strafzeit ging Schweden vier zu zwei in Führung, und Timo Aaltos Flüche unterbrachen Ratamos Gedankengänge. Das letzte Drittel des Vorrundenspiels näherte sich seinem Ende, die Entscheidung war also gefallen. Überrascht stellte Ratamo fest, daß Nelli von allen am hitzigsten reagierte, sie bewarf ihn mit einer Papierschlange und schmiß eine Rolle so heftig an die funktionalistische Deckenlampe, daß es schepperte.

»Wußtet ihr, daß ein erwachsener Löwe im Durchschnitt etwa zwanzig Stunden am Tag schläft«, bemerkte Himoaalto lakonisch und warf einen grimmigen Blick auf die schwedischen Eishockeyfans mit ihren Wikingerhelmen, die auf dem Bildschirm ausgelassen feierten.

»Die Wikinger waren übrigens zumeist Norweger und Dänen«, kommentierte Ratamo mürrisch.

Ketonen rückte auf seinem Stuhl nach hinten und fuhr sich durch die grauen Haare. »In dem Geschichtsbuch, das in der Volksschule von Pälkäne gelesen wurde, haben die finnischen Stämme der Westküste seinerzeit die Wikingerdörfer an der schwedischen Ostküste geplündert.«

Himoaalto holte ein paar Münzen aus der Tasche und drückte sie Ratamo in die Hand. Die Siegerwette mußte man sofort bezahlen, das war so üblich.

»Der Mann hat einen unglaublichen Dusel. Du könntest einen Telefonservice aufmachen und Wett-Tips abgeben.«

»Geh nicht in die Hocke, wenn du Sporen an den Stiefeln hast. Da hast du einen Tipp«, entgegnete Ratamo. In dem Augenblick klingelte Ketonens Handy.

Der Chef der SUPO sah zufrieden aus, als er sein Telefon hervorholte, denn die letzten Meter auf dem Leidensweg der Eishockeynationalmannschaft interessierten ihn nicht übermäßig. Der Anrufer war Ulla Palosuo, die künftige Chefin der SUPO. »Ist alles in Ordnung?« fragte Ketonen.

Palosuo bedauerte, daß sie den Chef am Feiertag stören mußte. »Erinnerst du dich an die Europol-Berichte über die drei Physiker, die in der letzten Zeit in Europa gestorben sind?« Damit kam sie sofort zur Sache und erhielt von Ketonen als Antwort ein Brummen. »In der Nähe des Hotels Lord hat man jetzt eben den vierten gefunden. Hannu Elvas leitete das finnische Forschungsprogramm auf dem Gebiet der Fusionsenergie.«

»Gottverdammich«, Ketonen dehnte seine Hosenträger. »Ist es auch ein Unfall?«

Palosuo dachte einen Augenblick nach. »Nichts weist auf ein Verbrechen hin, Elvas war stockbetrunken, als er starb. Aber Europol und Interpol werden sich garantiert für den Fall interessieren, vielleicht wäre es also klug, auch von uns jemanden ins Hotel Lord zu schicken. Dann können wir zumindest einen genaueren Bericht schreiben.«

Ketonen versprach, sich um die Sache zu kümmern. Er schaltete das Telefon aus und bedeutete Ratamo, der neugierig zugehört hatte, ihm in die Küche zu folgen. Sie setzten sich an den Bauerntisch. Ketonen entdeckte ein paar

Wiener, die man in der Packung vergessen hatte, und stopfte sie sich in den Mund. »Weißt du, was ein Fusionsreaktor ist?« murmelte er.

»Ist nicht die Sonne ein Fusionsreaktor?«

Ketonen räusperte sich. »Die Fusionsreaktion beruht auf der Verschmelzung von Atomkernen und die heutzutage verwendete Fissionsreaktion auf der Kernspaltung. Der Fusionsreaktor wird die Welt mehr verändern als jede andere Erfindung in der Geschichte, eingeschlossen das Feuer und das Rad. Er wird die Energieprobleme der Erde ein für allemal lösen.«

»Eine ziemlich gewagte Behauptung«, erwiderte Ratamo und lächelte skeptisch.

»Nein, das sind Fakten. Den Brennstoff für den Fusionsreaktor liefert der Wasserstoff im Meerwasser, er erzeugt Energie beinahe umsonst und fast ohne Schadstoffe, radioaktiver Abfall mit langer Halbwertzeit entsteht überhaupt nicht und auch kein Treibhausgas.« Ketonen bemerkte, daß er sich für das Thema begeisterte, und schlürfte Bier aus einem uralten Glas mit Werbung für die Marke Amiraali. »Ich habe die Berichte von Europol äußerst sorgfältig gelesen«, sagte er, so als wolle er sich entschuldigen.

Nelli schlich sich auf dem Parkettfußboden lautlos an ihren Vater an und wollte ihn gerade mit einem lauten Ruf erschrecken, da drehte sich Ratamo um und spritzte dem Mädchen Schlagsahne auf die Nase. Es kam zu einer Balgerei, die erst aufhörte, als Ratamo seine Tochter hochhob und auf die Bank setzte.

Ketonen lächelte. »Die Erfindung eines funktionsfähigen Fusionsreaktors wird auch die ganze Weltwirtschaft revolutionieren. Dank der kostenlosen Energie steigt der Lebensstandard in den Entwicklungsländern, viele von denen, die heute über Wirtschaftsmacht verfügen, werden eingehen, da der Preis des Öls abstürzt, und wer weiß, wie viele Ölkonzerne von der Liste der zehn weltgrößten Unternehmen verschwinden.«

»Und womit hängt das nun zusammen?« fragte Ratamo, während sich Nelli mit einem Kichern aus seiner Umarmung befreite.

»In Europa sind innerhalb eines halben Jahres drei Physiker gestorben, alle Pioniere auf irgendeinem speziellen Gebiet der Fusionsforschung.« Ketonen wählte seine Worte mit Bedacht, da Nelli zuhörte. »Jetzt hat man in der Nähe des Hotels Lord den vierten Physiker gefunden, den Finnen Hannu Elvas. Du kannst dir sicher denken, daß der Fall die Behörden überall in Europa interessieren wird.« Ketonen wirkte nachdenklich.

Ratamo schüttelte den Kopf und ahnte Schlimmes. Das roch nach der nächsten Ermittlung.

»Wie wäre es, wenn du mal kurz im Lord vorbeischaust«, schlug Ketonen vor. »Das könnte die letzte Ermittlung in meiner Zeit werden. Liimatta kommt auch erst Ende der Woche von der Konferenz in Brüssel zurück.« Seppo Liimatta, der Chef der Antiterroreinheit, war Ratamos unmittelbarer Vorgesetzter.

»Am Abend des Maifeiertages, nach ein paar Bier und Calvados?« protestierte Ratamo.

»Komm, wir machen noch mal etwas zusammen«, appellierte Ketonen an Ratamo, obwohl auch ein einfacher Befehl genügt hätte.

Nelli wirkte enttäuscht. »Wieder muß jemand auf Arbeit, wenn's gerade mal schön ist«, schimpfte sie und schlurfte demonstrativ aus der Küche.

Ratamo wetterte eine Weile, versprach dann aber, ins Lord zu gehen. Das Eishockeyspiel war längst vorbei und erledigt, und der Abend würde in jedem Fall ruhig werden. Vielleicht blieb noch Zeit, um auf dem Rückweg mit Ilona im Seahorse vorbeizuschauen und ein Bier zu trinken. Eine so ungewöhnliche Frau wie Ilona war Ratamo noch nie über den Weg gelaufen, es tat gut, zu wissen, daß für manche Menschen das Leben nicht aus Leistungsdruck und kleinbürgerlichen Zwängen bestand.

Ratamo teilte seinen Gästen mit, daß er gehen müsse, bestellte ein Taxi, zog den Sommermantel an und schnappte sich die Kautabakdose, die im Flur auf dem Spiegeltisch lag. Nachdem Marketta ihm auf seine Bitte hin versprochen hatte, daß sie und Ketonen nicht eher gehen würden, bevor er wieder zu Hause war, rannte Ratamo die Treppen hinunter auf die Straße.

7

Das Zentrum von Amsterdam sah aus wie nach einer Straßenschlacht: Überlall lagen Unmengen von Müll herum, Kleidungsstücke, Möbel, leere Flaschen, Bierbüchsen, Spielzeug. Verwundete sah man jedoch nicht, nur Touristen mit roten Augen und betrübter Miene und Einheimische, die Bewegung an der frischen Luft suchten. Vom Karnevalstreiben des gestrigen »Tages der Königin«, des alljährlich stattfindenden größten Festes in Amsterdam, waren nur die erbärmlichen Folgen übriggeblieben. Die Zäune, mit denen die Rasenflächen vor den Hunderttausenden feiernden Menschen geschützt wurden, standen immer noch da, und Hunderte Verkaufsstände warteten darauf, daß man sie abbaute. Am »Tag der Königin« brauchten die Straßenhändler für das, was sie verkauften, keine Steuern zu zahlen, so daß alles, was Beine hatte, am Straßenrand seinen Stand aufbaute, wobei einer wackliger aussah als der andere.

Die dunkelroten Haare rahmten Mary Cashs schmales Gesicht, ihre Haarspitzen pendelten im gleichen Rhythmus auf ihren Schultern wie die Zigarette in ihrem Mundwinkel.

Sie überquerte den Dam-Platz, ging in Richtung Keizersgracht und schaute hinüber zum Königsschloß im Licht der Abendsonne und zu den Glasmalereien am Querschiff der Nieuwe Kerk. Der Wind schien noch stärker zu werden.

Jaap van der Waal, der Leiter des Konsortiums, hatte Mary kurzfristig, vor ein paar Stunden, um ein Treffen gebeten. Das bedeutete, daß es schlechte Nachrichten gab, in der Regel plante van der Waal die Begegnungen mit neurotischer Genauigkeit.

War Ezrael etwas zugestoßen, überlegte Mary und stellte verwundert fest, daß sie nicht einmal mehr, wenn sie an ihren Bruder dachte, seinen richtigen Namen verwendete. Und das war gut so, denn wenn ihr in Ezraels Anwesenheit sein richtiger Name herausrutschte, würde das den Bruder an die Vergangenheit erinnern, und das durfte nicht geschehen. Ezrael war ihre Schöpfung. Allerdings – das mußte sie der Wahrheit halber zugeben – hatte auch der Vater (oder Soldat, wie Ezrael ihn in seiner kranken Welt nannte) einen großen Anteil daran gehabt, daß der Engel des Zorns geboren wurde.

Mary bog in den Molsteeg ein, überquerte die Souistraat und erreichte das Ende des kurzen Torensteegs am Ufer des Singel-Kanals. Wenn sie an den Vater dachte, spürte sie immer noch Angst und Bedrängnis; der Mann hatte ihr Entsetzliches angetan. Es machte sie wütend, daß dieses Schwein nie für seine Taten zur Verantwortung gezogen wurde, weil er als Führungsfigur der Republikaner von Belfast zu Lebzeiten unantastbar gewesen war, und jetzt vermoderten seine Knochen in der nordirischen Erde. Der Vater war einer derjenigen gewesen, die im Jahre 1969 die Teilung der IRA geplant und den provisorischen Flügel der IRA gegründet hatten. Zum Teil war es ihm zu danken, daß der provisorische Flügel der IRA Anfang der siebziger Jahre zu den Waffen gegriffen und sich zu einer rein militärischen

Organisation entwickelt hatte, deren Ziele nicht von komplizierten Theorien beeinträchtigt wurden. Aus der provisorischen IRA wurde schon bald der Flügel der IRA, der die Macht besaß. Der Vater kämpfte seinerzeit in der Belfaster Brigade und war später in der Sicherheitsabteilung der Kommandozentrale Nord für die Verhöre zuständig, das heißt, er folterte. Und diese Arbeit beherrschte der Mann, er hatte sie jahrelang mit seiner Familie trainiert.

Der Vater hatte wahrhaftig gewußt, was er aus seinen Kindern machen wollte: Als die Jugendorganisation der IRA, die »Na Fianna Éireann«, Ende der siebziger Jahre in eine illegale Organisation für die militärische Ausbildung umgewandelt wurde, gehörten der achtjährige Ezrael und die zehnjährige Mary natürlich zu den ersten Schülern, die man aufnahm. Begleitet von den Slogans »Briten raus« und »Löst die Polizei von Ulster auf«, wuchsen sie auf. Als sie alt genug waren, wechselten sie von der »Na Fianna Éireann« in die Zellen der IRA als Soldaten.

In der Herengracht wurde Mary von einem Zeitung lesenden Geschäftsmann mittleren Alters angerempelt, doch statt sich zu entschuldigen, starrte er sie nur wütend an. Marys schmale Adlernase bebte vor Ekel, sie hatte große Lust, den Mann auf der Stelle zu kastrieren. Doch dann beruhigte sie sich, als sie daran dachte, daß auch dieser Loser höchstwahrscheinlich bis über die Ohren verschuldet war, in seinem muffigen Kontor von früh bis spät arbeitete und sich nur dadurch Befriedigung verschaffte, daß er sich jenen gegenüber aufspielte, denen es noch schlechter ging als ihm. Mary zündete sich eine Zigarette an.

Sie versuchte ihre Wut zu unterdrücken, aber die Flammen des Zorns schlugen noch höher, als sie wieder an den Vater dachte, an Ezrael und jenen Tag, an dem der Vater den Finger seines Sohnes mit einem Ziegelstein zerschmetterte, zur Strafe für einen Diebstahl. Der Vater ließ Ezrael nicht ins Krankenhaus bringen, weil er fürchtete, seine Tat würde herauskommen, und so entwickelte sich in dem Finger eine Nekrose, und er mußte amputiert werden.

Der Vorfall mit dem Finger verwirrte Ezrael endgültig, und ein Loyalistenmädchen, das in der Shankill Road wohnte, mußte dafür mit ihrem Leben bezahlen. Danach sperrte der Vater Ezrael zu Hause ein, denn sonst hätte sich der Sohn binnen kurzem verraten und wäre bei einem Racheakt der Loyalisten gestorben oder für den Rest seiner Tage in einer Anstalt gelandet. Völlig isoliert, wandte sich der streng katholisch erzogene junge Mann unweigerlich dem Glauben zu. Schritt für Schritt errichtete Ezrael eine komplizierte Phantasiewelt, nannte sich selbst »Engel des Zorns« und wartete jahrelang auf einen göttlichen Auftrag, den ihm ein mystischer Bote übermitteln würde. Mary hatte das alles im Tagebuch ihres Bruders gelesen, das er »Ezraels Evangelium« getauft hatte.

Während sie die Herenstraat entlanglief, spielte ein leichtes Lächeln um Marys Lippen. Sie empfand immer noch Stolz, daß es ihr gelungen war, den Bruder für ihre Zwecke einzuspannen: Sie hatte die von Wahnsinn zeugenden Aufzeichnungen, die sie in Ezraels Evangelium gelesen hatte, ausgenutzt und die Phantasiekonstruktion ihres Bruders so ergänzt, daß sie davon profitierte: Sie war ihm als jener Bote erschienen und hatte ihm vorgelogen, daß sie das dritte Geheimnis der Fatima kannte. Ezrael und Millionen andere Gläubige hatten jahrzehntelang Vermutungen über den Inhalt der Offenbarung angestellt, die ein kleines portugiesisches Mädchen in der Stadt Fatima 1917 von der Jungfrau Maria empfangen hatte. Mary hatte ihrem Bruder gegenüber behauptet, Verräter, die im Auftrag der katholischen Kirche arbeiteten, hätten den Gläubigen die Wahrheit über zwei heilige Schriften, die Petrus-Offenbarung und das Thomas-Evangelium, verheimlicht, und Ezraels Aufgabe sei es, die Verräter zu töten, die sie, Mary der Bote, ihm nannte. Ezrael nahm den Auftrag mit verblüffendem Eifer an; in der Welt eines Wahnsinnigen war alles möglich.

Mary erreichte die Straße an der Keizersgracht. Auf dem Kanal trieben höchst merkwürdig aussehende Boote, die meisten von ihnen schien nur die Willenskraft ihres Besitzers über Wasser zu halten. Das im Barockstil errichtete Hotel Canalhouse war schon zu sehen. Mary blieb stehen und schaute auf die Uhr: Fünf vor sieben, sie hatte noch einige Minuten Zeit, um sich zu konzentrieren. Jaap van der Waal widerte sie an, oder besser gesagt, sie verachtete ihn. Der Mann war ein schlaffer, fauler und überheblicher Unterdrücker. Genau so wurde ein Mann durch das Geld. Oder durch ein anderes Mittel, mit dem man Macht ausübt; jeder der Männer, die sie kannte, schien ein Mittel zu besitzen, mit dem er Frauen unterdrücken konnte.

Van der Waal erwartete Mary im Restaurant des Hotels zusammen mit seinem großgewachsenen Gehilfen, der an einen Marder erinnerte. Mary wußte es nicht mehr genau, aber der Lakai hieß wohl Pieter. Der Saal war mit wertvollen Antikmöbeln ausgestattet und paßte zu van der Waals Stil. Er wollte sich nie draußen treffen, weil die Überwachung dann zu viele Sicherheitsleute erfordert hätte, und am Telefon redete er nicht gern über Hinrichtungen. Van der Waal war krankhaft mißtrauisch. Natürlich wurde Mary vor jedem Treffen durchsucht, diesmal erledigte Pieter das auf der Treppe des Hotels.

Mary setzte sich neben ihren Auftraggeber vor den Kamin und warf ihm erst einen Blick zu, als der Kellner kam, um seine Bestellung entgegenzunehmen. Van der Waals Gesicht war hochrot, noch deutlicher als sonst, und seine spärlichen, öligen Haare, die auf dem Schädel klebten, suchten einander. Der Mann saß in einem Sessel vor dem mit Glasmalereien geschmückten Fenster, trank Genever aus einem zierlichen Kristallglas und wirkte zufrieden, ja fast glücklich. Mary wurde bei dem Anblick beinahe übel: Van der Waal repräsentierte das Groteske und die Dekadenz, in seiner Welt gab es anscheinend nur den Genuß, für irgendwelche Sorgen war da kein Platz. Das Gesamtbild wurde von einem psychopathischen Papillon gekrönt, der im Schoße seines Herrchens kläffte.

»*Alstublieft*«, sagte der verblüffend schnelle Kellner, und Marys Gin Tonic wurde neben den silbernen Aschenbecher auf den lackierten Mahagonitisch gestellt. Mary drückte ihre Zigarette aus und zündete sich eine neue an.

»Wußten Sie, daß der Gin ursprünglich von diesem holländischen Genever abstammt?« fragte van der Waal freundlich auf englisch und hob sein Glas. Mary schüttelte den Kopf.

»Im 17. Jahrhundert haben wir angefangen, ihn nach England auszuführen, und während der Zeit von Wilhelm dem Oranier am Ende des Jahrhunderts wart ihr dann ganz verrückt danach.« Van der Waal bemerkte nicht, wie es in Marys Augen blitzte, als er sie mit den Engländern gleichsetzte.

»Genever ist ein aus Gerste und Roggen destillierter Branntwein, in den als Gewürz Wacholderbeerensaft gegeben wird. Das Wort für Wacholderbeere war seinerzeit auf französisch *Genèvre*. Als diese auch in England als Gewürz bekannt wurde, begann man dort, aus destilliertem und mit Wacholderbeeren gewürztem Branntwein Gin herzustellen.«

Mary nickte, obwohl die Geschichte des Genever sie nicht im geringsten interessierte.

»Das Getränk war vor allem bei Soldaten beliebt. Im 17. Jahrhundert wurde es vor einer Schlacht den englischen Soldaten gegeben, um ihnen Mut zu machen. Sie bezeichneten den Genever als ›Holländischen Mut‹«, sagte van der Waal mit Stolz in der Stimme.

»Warum wollten Sie mich treffen?« fragte Mary, nachdem sie zu dem Schluß gekommen war, daß die blödsinnige Genever-Geschichte ihren Höhepunkt erreicht hatte. Der Filter brannte schon, in Streßsituationen rauchte sie noch heftiger als sonst.

»Eine ... Organisation namens Final Action hat letzte Nacht einen Anschlag auf die Zentrale von Dutch Oil unternommen und einen großen Teil unserer Datensysteme zerstört. Die Schäden sind gewaltig. Aber das ist jetzt nebensächlich.« Van der Waal berichtete in verkürzter Form von dem Anschlag, von den Informationen, die das Aktivistentrio mitbekommen hatte, und von ihrer Flucht in das Naturschutzgebiet von Meijendel. »Einen der Aktivisten haben wir erwischt, und er wird ... niemandem mehr erzählen, was er gehört hat. Aber seine zwei Gefährten verstecken sich immer noch. Meine Leute haben sie nicht rechtzeitig gefunden. Das Naturschutzgebiet von Meijendel ist ja immerhin etwa zweitausend Hektar groß. Schließlich waren wir gezwungen, die Behörden zu informieren. Den Gefangenen hätte man benutzen können, um die beiden anderen Aktivisten aus ihrem Versteck hervorzulocken, aber das haben die Sicherheitsleute, diese Idioten, nicht kapiert.«

Mary hätte am liebsten vor Erleichterung tief Luft geholt. Ezrael war also nichts geschehen. Sie glaubte zu verstehen, was der Grund für van der Waals Eile war. »Die Aktivisten müssen also jetzt sofort erledigt werden?«

»Sie können ihre Liquidierung vorbereiten, aber noch nicht zuschlagen: Die Polizei sucht sie immer noch in Meijendel. Inzwischen müssen Sie ein noch akuteres Problem lösen.« Van der Waal kostete vorsichtig von dem Genever und wartete, bis sich der Kellner entfernt hatte. »Einer der Aktivisten konnte noch eine SMS an seine Bekannte schikken, die hier in Amsterdam bei einem Internetdienst namens Future.com arbeitet. Wir haben diese Information von … unseren ausländischen Kontakten erhalten, die derzeit klären, in welcher Sprache die Nachricht geschrieben wurde. Es könnte sein, daß sie zuviel verrät, wir wissen nicht, wieviel die Aktivisten in der Zentrale von Dutch Oil gehört haben. Die beiden Mitarbeiter von Future.com müssen liquidiert werden. Und zwar sofort«, sagte van der Waal.

Mary fiel ein, daß es einige praktische Probleme gab. »Der Engel des Zorns ist immer noch in Finnland, er kehrt erst morgen früh zurück«, murmelte sie und zündete sich eine Zigarette an.

»Dann eben so bald wie möglich«, erwiderte van der Waal in aller Ruhe und schaute Mary voller Mitgefühl an.

Abscheu regte sich in ihr, das Gefühl war so stark, daß Mary es nicht mehr verdecken konnte. »Sie scheinen ja wirklich zu allem bereit zu sein. Aber Sie werden die Herstellung eines funktionierenden Fusionsreaktors nicht endlos lange hinauszögern können. Es wird ja überall in der Welt an seiner Entwicklung gearbeitet.«

»Leitern kann es meinetwegen eine Million geben. Man muß immer nur den hinunterstoßen, der am höchsten geklettert ist, dann kommt nie jemand aufs Dach«, sagte van der Waal lachend und legte einen Zwanzig-Euro-Schein auf den Tisch. Pieter half seinem Arbeitgeber, aus dem tiefen Sessel aufzustehen, warf Mary ein Kuvert in den Schoß, und dann gingen die Holländer.

Der Geruch von van der Waals Rasierwasser stieg Mary in die Nase – sie schüttelte sich vor Ekel. Van der Waal traute sie genausowenig wie den Briten, deshalb hatte sie detaillierte Notizen von ihren Gesprächen mit dem Holländer angefertigt und Ezrael befohlen, Fotos von ihren Begegnungen zu machen. Als Höhepunkt war es Ezrael sogar gelungen, van der Waal gemeinsam mit dessen amerikanischem Auftraggeber John Dexter zu filmen. Mary wußte, daß sie und Ezrael eine Lebensversicherung brauchten, weil es sehr wohl sein konnte, daß van der Waal die Zeugen seiner Verbrechen zum Schweigen bringen wollte, wenn alle Physiker, die auf der Liste standen, ermordet waren. Ein IRA-Terrorist, der im Auftrag von einflußreichen Geschäftsleuten Hinrichtungen organisierte, mußte sich sorgfältig absichern.

Die Arbeit rief. Mary schüttete sich den restlichen Gin Tonic mitsamt dem Eis in den Mund, drückte die Zigarette aus, verließ das Restaurant und überlegte schon, wie Ezrael die Mitarbeiter von Future.com liquidieren würde. Sie planten alle Anschläge Ezraels gemeinsam: Ihr Bruder war zwar intelligent und wirkungsvoll, aber trotzdem geisteskrank.

8

Die beiden Aktivisten, die für die Beschaffung der Finanzmittel von Final Action verantwortlich waren, saßen schweigend in der Zelle der Polizeistation. Scott Anderson strich über seinen blonden Ziegenbart, nahm einen kurzen Zug aus seiner Selbstgedrehten mit White-Widow-Marihuana, atmete den Rauch jedoch nicht ein. Er wollte nicht in Sphären entschweben, weil sich die Zukunft von Final Action möglicherweise an diesem Abend entschied. Gloria Davegna, die italienische Freundin von Jorge Oliveira, wischte sich eine Träne aus dem Augenwinkel, nahm einen Schluck Bier und schaute durch die Gitter hindurch auf die Wand, an die Hunderte Menschen mit Stiften aller möglichen Farben ihren Namen gekritzelt hatten. Gloria und Scott saßen im Bulldog Coffeeshop, den man in den Räumen einer alten Polizeistation in Leidseplein, im Südwesten Amsterdams, eingerichtet hatte.

Die beiden führten von ihrem Büro im Amsterdamer

World Trade Center aus eine Webzeitung namens Future. com, in der Mißstände der Weltwirtschaft, die Umweltsituation und die Probleme der Entwicklungsländer kritisch erörtert wurden. In Wirklichkeit diente sie jedoch nur als Fassade, hinter der die beiden Aktivisten Mittel für Final Action sammelten. Eine effektive Beschaffung von Finanzmitteln war für jede Terrororganisation eine unerläßliche Voraussetzung. Scott und Gloria nutzten beim Anwerben von Unterstützern und beim Anlegen der Spenden die neueste Kommunikationstechnologie so geschickt, daß die Behörden die Herkunft oder den Zweck der Mittel von Final Action nicht ermitteln könnten, selbst wenn sie das Büro von Future.com durchsuchten. Gloria hatte sich ihre Kenntnisse in Mailand als Spezialistin für den Zahlungsverkehr der Banca Intesa angeeignet und Scott als Verschlüsselungsspezialist der Citibank in New York.

Gloria faltete einen zerknitterten Zettel auseinander und las den aus dem Mirandesischen ins Englische übersetzten Text zum x-tenmale: *»Man hat mich erwischt. Die Verfolger sind keine Polizisten. Helft. Konsortium der Ölkonzerne, geleitet von van der Waal, Assistentin Mary Cash, Physiker werden umgebracht – der Finne Elvas stirbt heute. Engel des Zorns …«*

Die zwei Freunde schauten sich fragend an. Keiner von beiden hatte auch nur die geringste Ahnung, was Jorge mit seiner Nachricht meinte.

»Diese Leiche ist nicht Jorge«, sagte Gloria schließlich in ihrem holprigen Englisch. Wieder rannen ihr Tränen über die Wangen, und das schmale Gesicht bebte.

Scott überlegte sehr genau, was er sagen sollte. Sie wußten aufgrund der Nachrichten aus Rundfunk und Fernsehen, daß ihre Freunde am frühen Morgen aus dem Gebäude von Dutch Oil in das Naturschutzgebiet von Meijendel geflohen waren. Nach dem, was man im Internet in den Diskussionsforen lesen konnte, lief in Meijendel eine Großfahndung, und es war die Leiche eines dünnen jungen Mannes mit schwarzen Haaren gefunden worden. Scott fürchtete, daß der Tote Jorge war. »Hoffen wir, daß es so ist, wie du sagst, aber Jorge hat uns jedenfalls um Hilfe gebeten. Bist du übrigens absolut sicher, daß die Nachricht richtig übersetzt ist?«

Gloria schnaufte verärgert und schneuzte sich. »Jorges Bruder wird ja wohl Mirandesisch verstehen. Außerdem ist die Sprache so selten nun auch wieder nicht, immerhin ist es in Portugal offiziell die zweite Landessprache.«

Man sah Scott an, wie frustriert er war. »Wir wollten doch die Polizei über die SMS informieren, falls wir bis um sechs Uhr nichts von der Zelle hören, und jetzt ist es gleich halb acht. Uns kann kein Schaden daraus entstehen, wenn wir die Polizei über die Nachricht unterrichten. Man hat die Zelle erwischt, glaub mir. Wäre es jemandem gelungen, zu fliehen, bevor Meijendel umstellt wurde, dann hätte man schon Kontakt zu uns aufgenommen. Aus dem Polizeigewahrsam traut sich niemand anzurufen, die Polizei würde im Handumdrehen herausbekommen, wo das Gespräch angenommen wurde.«

Seine Begründung sorgte dafür, daß Gloria nicht mehr zusammengesunken dasaß, sondern sich aufrichtete. »Und ein Physiker namens Elvas ist heute in Helsinki tatsächlich umgebracht worden.« Sie hatten die Nachricht auf den Internetseiten von Zeitungen gelesen.

Scott Anderson nickte und paffte ein paarmal. Eine Rauchwolke, die bitter roch, breitete sich aus.

Gloria rümpfte die Nase und drehte ihre Haarspitzen zwischen den Fingern. Sie mußten eine Entscheidung treffen, kamen aber nicht weiter. »Was wird nun aus unseren Zielen?«

»Eine neue wirtschaftliche Weltordnung. ›Final Action – zwingt zur Änderung‹«, deklamierte Scott übertrieben feierlich. »Schluß mit der Zerstörung der Umwelt und der Ausbeutung von Kindern als Arbeitskraft. Die Großkonzerne werden gezwungen …«

»Hör auf«, rief Gloria erbost. »Schon mit dem ersten Anschlag ist unheimlich viel erreicht worden.«

Scott sah beleidigt aus. »Du weißt genausogut wie ich, daß der Plan erst am Anfang steht.«

»Beschwere dich bei den Dutzenden Millionen indischen Kindern, deren Lebensbedingungen sich nach dem Anschlag in Indien verbessert haben.« Der erste Anschlag von Final Action, der einem Betrieb zur Verarbeitung von Baumwollsamen gegolten hatte, in dem Kinder schufteten, war perfekt gelungen und hatte den Namen der Organisation in allen Massenmedien der Welt und in jeder Behörde der Gesetzeshüter bekannt gemacht. Gloria war immer noch stolz, daß sie dem Chef von Final Action vorgeschlagen hatte, bei der Auswahl von Mißständen, die einen Anschlag rechtfertigten, die Kinderarbeit zu berücksichtigen.

Die Falten auf Scotts Stirn wurden tiefer. »Die besten Anschläge kommen erst noch. Zumindest Exxon Mobil müßte erledigt werden.«

Gloria schnaufte abfällig. »Die sind auch nicht schlimmer als die anderen Unternehmen auf der Liste, jedes von ihnen hat es verdient, eine aufs Maul zu bekommen.«

Scott wurde wütend. »Exxon ist der größte Umweltverbrecher der Welt. Und es hat mit seiner Unterstützung George W. zur Präsidentschaft verholfen. Deswegen hat W. als erstes nach seinem Machtantritt die USA aus den Abkommen über den Klimaschutz herausgelöst. Selbst das Kyoto-Protokoll interessiert die USA einen Scheiß. Und nun wirbt Exxon noch eifriger Politiker und Beamte an, die dann als Sprachrohr des Konzerns agieren.«

Gloria warf einen Blick auf ein gerahmtes Foto von Al

Capone mit Schlapphut und dann auf die alten Revolver, Flinten und Handschellen in einer mit Gittern verschlossenen Vitrine. »Was hat der Chef jetzt vor?«

»Wird er es wagen, die nächste Zelle zu aktivieren, bevor er weiß, was in Den Haag geschehen ist?« antwortete Scott mit einer Frage. Das einzige Verbindungsglied zwischen den Zellen von Final Action war der unbekannte Chef, der jeweils eine Zelle aktivierte. Wenn die Behörden nach einem Terroranschlag versuchten, die Täter zu fassen, war die Zelle, die den Anschlag ausgeführt hatte, längst in der Illegalität verschwunden, und die nächste Zelle bereitete sich auf ihre Aufgabe ganz woanders in der Welt vor. Die Zellen wußten nichts voneinander und konnten einander deswegen auch nicht verraten.

»Wer ist es, was tippst du?« Scott stellte die ewige Frage in den Raum, ohne wirklich eine Antwort zu erwarten.

»Hör auf damit, das werden wir nie erfahren. Wenn der Chef seine Identität verrät, ist er für den Rest seines Lebens auf der Flucht vor dem Gesetz.«

Scott schien zu resignieren. Er betrachtete mit ernster Miene ein Interrail-Pärchen, das weit weg an einem Ecktisch mit sich beschäftigt war. Der junge Mann zuckte und krümmte sich in einem hysterischen Lachanfall, es sah so aus, als bekäme er keine Luft, sein Gesicht war verzerrt, als würde er gleich ersticken. Das Mädchen beachtete ihren Gefährten überhaupt nicht, kicherte nur vor sich hin und verschlang gierig Schokoladenplätzchen, ihre Mundwinkel waren ganz braun.

»Der Chef hat geschworen, daß Final Action einmal größer wird als die ELF«, sagte Gloria so leise, daß Scott es nicht hörte. Vor den Terroranschlägen im September 2001 war die Ökoterroristengruppe Earth Liberation Front die gefürchtetste Terrororganisation in den USA gewesen. Die ELF-Aktivisten hatten Unternehmen und Forschungsinstitute, die die Umwelt zerstörten, überall in Amerika sabotiert und Schäden in Höhe von Hunderten Millionen Dollar verursacht.

Gloria fürchtete, daß der geniale Plan von Final Action nie verwirklicht werden würde. Der Chef hatte das Wesentliche erkannt: Mit Demonstrationen erreichte man keine Veränderungen, jetzt mußte man schockieren. Final Action sollte bei den Unternehmen, die weltweit die schlimmsten Umweltverschmutzer waren und die Naturressourcen und Arbeitskräfte besonders rücksichtslos ausbeuteten, neben den wirtschaftlichen Verlusten auch solche Schäden bewirken, die von den Versicherungen nicht ersetzt würden. Wenn über die Terroranschläge und die Vergehen der Unternehmen, die als Ziel dieser Anschläge ausgewählt wurden, überall in der Welt wirkungsvoll berichtet würde, dann würden Gerichtsverfahren gegen diese Unternehmen eingeleitet und Boykottmaßnahmen gegen ihre Produkte organisiert. Wenn die anderen Unternehmen sahen, wie es den Konzernen erging, die Ziel der Anschläge von Final Action geworden waren, würden sie die Mißstände in ihrer Produktion im voraus beseitigen und die Verschmutzung der Umwelt oder die Ausbeutung der Ressourcen in den Entwicklungsländern auf eigene Initiative beenden.

Gloria stand auf, sie machte einen entschlossenen Eindruck. »Gut, ich schicke die Nachricht ab.« Sie ging in die Ecke der Bar, setzte sich auf einen Bürostuhl und betrachtete den flachen LCD-Monitor des neu aussehenden Computers, den sie für zwei Stunden gemietet hatte, und griff nach der extravaganten durchsichtigen Maus. Bulldog Coffeeshop war nicht nur ein Ort, wo man legal Haschisch rauchen konnte, sondern auch ein Internetcafé. Auf der Grundlage einer E-Mail, die er von hier erhielt, wäre der AIVD, der holländische Nachrichtendienst, nicht in der Lage,

Final Action und Future.com miteinander in Verbindung zu bringen.

Als er hinausging und den Fußweg betrat, wurde Scott klar, daß die Sonne schon untergegangen war. Er zog seinen Pullover an, ging zum nächstgelegenen Briefkasten und warf ein Kuvert mit der Adresse des AIVD ein. Darin befand sich die SIM-Card von Glorias Handy: Sie würde beweisen, daß Jorges SMS echt war, aber die Polizei wäre nicht imstande, den Besitzer der Prepaid-Card herauszufinden.

9

Das Taxi hielt vor der Lönnrotinkatu 29, etwa zwanzig Meter vom Haupteingang des Hotels Lord entfernt. Die Polizeiautos und Krankenwagen verstopften eine Fahrspur, und auf dem Fußweg wimmelte es von Neugierigen.

Arto Ratamo stieg aus der Taxe in den milden Frühlingsabend und bewunderte das vor hundert Jahren als Haus der studentischen Landsmannschaften an der Technischen Hochschule erbaute »Vanha Poli«, das so groß wie ein halber Häuserblock war und an ein mittelalterliches Schloß erinnerte. Auf der anderen Seite der Straße vor einem Nepal-Restaurant stand schwankend ein Paar und küßte sich, und der mutigste Jungteenager einer Gruppe von Jugendlichen, die am Schaufenster eines Pornoladens lehnte, trank nur ein paar Meter von einem Polizisten entfernt, der den Verkehr regelte, aus einer Apfelweinflasche und durfte dafür ein Bad in den bewundernden Blicken der Mädchen nehmen. Die jüngsten der jungen Damen schienen nur wenig älter zu sein als Nelli. Wenn seine Tochter in dieser Clique herumhängen würde, dann wäre er garantiert hingegangen, hätte den Schnaps der jungen Leute in den nächsten Gully geschüttet und Nelli nach Hause gezerrt. Ratamos Verbitterung verschwand, als die Gruppe in Richtung Hietalahti loszog.

Er bahnte sich einen Weg durch das Menschenmeer und ging am Haupteingang des Hotels Lord vorbei. Es roch nach Alkohol, und dümmliche Ausrufe schwirrten durch die Luft. Ratamo sah, daß im Torweg, der zum Innenhof des Mietshauses neben dem Hotel führte, ein blau-weißes Band gespannt war: »ABSPERRUNG DER POLIZEI«. Und auf der Weste des Polizisten, der vor dem Absperrband stand, war »Abteilung für Gewaltverbrechen« zu lesen. Ratamo holte seinen Dienstausweis aus der Tasche seiner Jeans, bückte sich und ging unter dem Band hindurch in das abgesperrte Gebiet.

An der Stelle, an der man die Leiche von Professor Elvas gefunden hatte, herrschte ein reges Treiben. Ratamo schaute hinter den Schutzvorhang: Die Plastiktüten, die man mit Klebeband an den Händen von Elvas befestigt hatte, wackelten im Wind, der nackte Oberkörper und das leblose Gesicht sahen bläulich aus. War der Mann im Suff eingeschlafen und am eigenen Erbrochenen erstickt? Ein Mann um die Sechzig starb am Ersten Mai durch Schnaps – das war eine traditionelle finnische Todesart, nach Ratamos Auffassung war sie ein wenig zu typisch. Vor allem, weil drei europäische Physikerkollegen von Elvas während des letzten halben Jahres durch Unfälle gestorben waren. Es kam vor, daß sich Zufälle häuften, aber alles hatte seine Grenzen.

Ein nicht genau zu benennendes lähmendes Gefühl erfaßte Ratamo. Die Situation erinnerte auf fatale Weise an jene Fälle, bei denen er in wichtige Ermittlungen hineingerissen worden war. Wenn die finnische Polizei nachwies, daß es sich bei dem Tod von Elvas um einen Mord handelte, würden die Todesfälle der Physiker in der letzten Zeit zu Ermittlungen internationalen Ausmaßes werden.

Ratamo fiel plötzlich der Bericht Ketonens ein, wie sich die Entdeckung einer kostenlosen Energiequelle auf die Weltwirtschaft auswirken würde.

Die in weiße Overalls gekleideten Männer des kriminaltechnischen Labors beschäftigten sich vorsichtig mit der Leiche und ihrer Umgebung, die Stelle war in helles Kunstlicht getaucht. Einer der Ermittler filmte den Tatort mit der Videokamera, und ein anderer fotografierte die mit Zahlenschildern markierten Beweise. Ratamo rief einen der in der Nähe beschäftigten Kriminaltechniker zu sich und stellte sich vor. Das Interesse des Mannes wurde sofort geweckt. Die Sicherheitspolizei schickte selten ihre Ermittler an den Tatort eines Verbrechens.

»Kein Blut, keine eindeutigen Anzeichen für ein Verbrechen«, sagte der Techniker, noch bevor Ratamo fragen konnte. »Der Notarzt vermutete ganz überraschend, daß der Tod durch Alkohol verursacht wurde«, fuhr der Techniker fort und hielt sich die Nase als Zeichen dafür, daß dies ein Witz sein sollte. »Was sucht die SUPO hier?«

»Wer leitet das hier?« Ratamo deutete mit der Hand in Richtung Elvas und hatte nicht die Absicht, auf die Frage des Technikers zu antworten.

»Kriminalkommissar Virtala. Er ist in dem Kabinett im Hotelfoyer und verhört das Personal.«

Ratamo beobachtete einen Augenblick die Spurensicherung am Tatort: An den Kleidungsstücken des Physikers wurden mit Pinzette und Faserklebeband Proben entnommen, größerer Abfall wurde von der Straße gesaugt, Entfernungen wurden gemessen und die numerierten Beutel mit möglichen Beweisstücken in einem Karton gesammelt. Einer der Techniker markierte die Grenzen des untersuchten Bereichs neu, sobald seine Kollegen wieder ein Stück vorangekommen waren. Ratamo verließ den Tatort, als der Fotograf ihn bat, aus dem Wege zu gehen. Eine Polizistin schaltete eine merkwürdig aussehende Lampe an, mittels der man ansonsten unsichtbare Fußspuren fotografieren konnte.

Durch die Tür des Hotels strömten in beiden Richtungen Gäste der Maifeier, so daß Ratamo eine Weile warten mußte, bis er an der Reihe war. Er betrachtete die Granitfassade des grauen Jugendstilschlosses und kam zu dem Schluß, daß die Entwicklung nicht immer zum Besseren verlief. So etwas Prächtiges hatte man in Helsinki jahrzehntelang nicht gebaut.

Die mit großen Kupfernieten verzierte massive Holztür wog bestimmt eine Tonne, ging aber ganz leicht auf. Die Gewölbebögen im Foyer des Hotels erinnerten an eine mittelalterliche Kirche. Musik hallte durch die Flure, überall im Foyer und auf den Treppen lagen Papierschlangen und andere Requisiten der Maifeier herum und auch Veteranen, ehemalige Studenten der TH, mit roten Nasen und Bommeln an ihren Mützen.

Ratamo bewunderte die kunstvoll an die Säulen und die Decke gemalten Ornamente, allenthalben sah man nationalromantische Motive. Dann blieb sein Blick an einem Mann mittleren Alters hängen, der einer die Treppe hinaufsteigenden Frau nachschaute und dabei ihren Rocksaum mit der Nase berührte. Der Alte machte einen Witz und bekam dafür mit dem Stöckel einen Tritt in den Bauch.

Ratamo klopfte im Foyer am Eingang zum Kabinett, trat ein und ließ den Lärm hinter sich zurück, als er die Tür schloß. Die Glasmalereien der geschwungenen Fenster in dem großen Raum zerlegten das hereinströmende Licht in das Farbspektrum.

Ein etwa vierzigjähriger blonder Mann gab gerade einem Kellner mit Pferdeschwanz die Hand.

»Virtala?« fragte Ratamo, als der Kellner gegangen war, und zeigte kurz seinen Dienstausweis.

»Warum interessiert sich die SUPO für diese Sache?« fragte auch Kriminalkommissar Virtala. Er wartete einen Augenblick vergeblich auf eine Antwort und kam dann zur Sache. »Der Tote ist Professor Hannu Juhani Elvas, zweiundsechzig Jahre, geschieden, zwei Kinder, wohnt allein, keine Eintragungen in den Registern. Den frühen Abend oder eigentlich den ganzen Tag hat er feuchtfröhlich verbracht, genauer gesagt, äußert feucht, verlassen hat er das Hotel zwischen achtzehn Uhr fünfzehn und achtzehn Uhr fünfundvierzig. Seiner Ex-Frau und auch den Kindern hat man es mitgeteilt. Nach Augenzeugenberichten war Elvas betrunken wie ein arbeitsloser Bassist.«

»Wer hat den Toten gefunden?« fragte Ratamo.

»Eine Gruppe Jugendlicher, sie haben wahrscheinlich versucht, den vermeintlich eingeschlafenen Mann vor sich her zu rollen. Und der Ort, wo man ihn gefunden hat, ist höchstwahrscheinlich auch der Ort, wo der Tod eingetreten ist. Wir waren neunzehn Uhr vierzig hier, haben die Feier im Lord unterbrochen und von allen die Namen aufgenommen. Der Fall sieht wie ein ziemlich typischer Unfall am Ersten Mai aus: zuviel Schnaps und ein Herzanfall. Ich habe mich schon gewundert, daß überhaupt die Mordkommission hierhergeschickt worden ist und daß der Tatort außerordentlich genau untersucht werden soll. Und dann taucht auch noch die SUPO auf. Worum geht es?« erkundigte sich Virtala erneut neugierig, aber Ratamo reagierte nicht darauf.

Die Männer unterhielten sich eine Weile, und Ratamo erfuhr, daß keinem Mitglied des Personals, das sich unter den Gästen bewegt hatte, irgend etwas Besonderes aufgefallen war. Im selben Augenblick wurde angeklopft. »Das ist die letzte«, sagte Virtala und rief die Frau herein.

Ratamo setzte sich auf die Tischkante und hörte zu, wie Virtala die Kellnerin geschickt durch die Ereignisse des

Abends führte. Dann kam die Wiederholung, und er ließ sie ihr Gedächtnis durchforsten.

»Hat sich irgend jemand seltsam verhalten?«

Die Frau gab ein trockenes Lachen von sich. »Aber hallo, heute ist der Erste Mai.«

Virtala überhörte die Spitze. »Ist Ihnen nicht irgend etwas Besonderes aufgefallen … Etwas Unerwartetes, irgend etwas, das nicht zu der Situation paßte? Im Verhalten von Elvas oder jemand anderem.«

»Na ja, so am Ersten Mai ist es ja wohl seltsam, wenn ein junger Mann mit niemandem ein Wort spricht, auf seinem Platz hockt und abwechselnd die Leute und die Decke anstarrt. Und er hat nur Wasser getrunken, Stunde um Stunde. Er sah irgendwie so aus, als ginge es ihm nicht gut … Oder als wäre er nervös.«

»Vielleicht hatte er noch von gestern einen Kater?« schlug Ratamo vor.

Virtala schüttelte den Kopf. »Dann wäre er wohl kaum zur Maifeier gekommen, um sich mit Wasser zu kurieren.«

»Erklärungen gibt es schließlich genug«, entgegnete die Kellnerin. »Vielleicht war er angespannt, weil er an seinen morgigen Arbeitstag gedacht hat, vielleicht hat er sich gerade mit einer Antabuskur herumgequält oder wollte eine Wette mit seinen Kumpels gewinnen. In dem Beruf hört und sieht man alles mögliche.«

Ratamo fiel eine Frage ein: »In welcher Sprache hat er das Wasser bestellt?«

Die Kellnerin hob die Augenbrauen, als sie sich erinnerte. »Auf englisch.«

»Also hat er doch geredet«, meinte Virtala verärgert.

»Aber sonst nichts, den ganzen Abend nicht«, erwiderte die Kellnerin erschrocken

Mehr war aus ihr nicht herauszuholen, also ließ man die Frau wieder an ihre Arbeit gehen. Die Polizisten unterhielten sich noch einen Augenblick und versprachen schließlich, sich gegenseitig auf dem laufenden zu halten.

Ratamo beschloß, den Kilometer bis zum Seahorse, wo er Ilona treffen würde, zu laufen.

Die Tür des Schweinestalls ging auf, und Ratamo wäre um ein Haar von einer Schweineherde umgerannt worden, die frisch und munter herausgestürmt kam. Allmählich hatte er genug von Pappnasen, Papierwedeln, Luftballons, Papierschlangen und vor allem von den feiernden Leuten, die überall herumgrunzten. Das alles hielt man nur aus, wenn man sich im gleichen Zustand befand, also beschloß Ratamo, sich im Expreßtempo einen leichten Rausch anzutrinken, bevor die Ketonens, die als Babysitter dageblieben waren, den Hausherren daheim erwarteten.

Vom Türsteher bekam Ratamo eine Garderobenmarke. Er ging geradewegs zum Tresen und richtete seine Aufmerksamkeit zunächst auf den »Château du Breuil«, einen zwölf Jahre alten Calvados, und dann auf die Gesellschaft am Ende des Hauptsaals, bei der es laut zuging. Ilona Si saß in der Mitte des langen Tischs und gestikulierte so wild, daß die direkt zur Seite abstehenden langen Zöpfe hin und her pendelten. Ratamo wunderte sich; sie hatten vereinbart, sich am Abend unter vier Augen ein paar Bier zu Gemüte zu führen.

Ratamo überlegte einen Augenblick, ob er schnell wieder verschwinden sollte, aber er wollte sich entspannen, und außerdem regte sich seine Neugier. Wenn die Gesellschaft auch nur annähernd so schillernd und lebendig war wie die Frau, die sie eingeladen hatte, dann würde der Abend garantiert angenehm werden. In dem Augenblick entdeckte Ilona ihn und winkte ihn heran. Ratamo kippte die Hälfte seines Getränks auf der Stelle hinunter, steckte sich einen Priem unter die Lippe und ging auf die schwarzen Seepferdchen zu, die an die Giebelwand gemalt waren. Schon auf dem Weg dorthin stieg seine Stimmung.

Ilona erhob sich und stellte Ratamo ihre schon reichlich angetrunkenen Bekannten vor, als wären sie gerade gekrönte Könige. Die Gesichter des Kunstmalers Eskelinen und der Schauspieler Naaramaa und Sandström kamen ihm vom Fernsehen oder irgendwo anders her bekannt vor. Ilona schien es zu genießen, als sie den anderen verkündete, daß sie mit einem Polizisten liiert war. Beide Begriffe ließen sich unterschiedlich interpretieren: Sie trafen sich erst zum drittenmal, und Ratamo arbeitete nicht im herkömmlichen Sinne als Polizist. Er wollte Ilona jedoch nicht mit einer Vorlesung über das Amt eines Oberkommissars bei der SUPO korrigieren, die Künstler hatten anscheinend schon ihre liebe Not damit, zu verkraften, daß überhaupt ein Polizist mit am Tisch saß. Der Kunstmaler Eskelinen lachte ihn herzlich an.

Ratamo holte sich am Tresen einen zweiten Viertelliter, setzte sich an den Tisch, betrachtete die Decke des Raumes – das Giftgrün tat seinen Augen gut – und bemerkte zu seiner Erleichterung, daß ihn niemand mehr besonders beachtete. Vermutlich ging man davon aus, daß Ilona ihn nur vorübergehend in ihrer Pflege hatte.

Genaugenommen fragte sich Ratamo verwundert, was Ilona eigentlich in ihm sah. Vielleicht faszinierte sie genau wie ihn, daß sie so verschieden waren. Ratamo empfand es wie eine echte Kulturreise, einen Menschen kennenzulernen, in dessen Leben sich wohl kein einziger Baustein fand, der auch bei Ratamo vorkam. Ilona war eine vierunddreißigjährige, kinderlose Singlefrau, die arbeitete, wann sie Lust hatte (meistens nachts), und dann Urlaub machte, wann sie wollte. Ihn packte der Neid.

Nach der Hälfte des dritten Glases kam Ratamo dahinter, welche Rolle die Männer am Tisch spielten. Kunstmaler Eskelinen trat als Märtyrer auf, der sich seiner experimentellen Kunst widmete und behauptete, sich allem zu verweigern, was auch nur im mindesten in Richtung Kommerz ging: Er wollte der Beste und nicht der Beliebteste sein, er wollte malen und nicht vermarkten. Nach seinem ausgezehrten Gesicht zu urteilen, hatte er zumindest eines seiner Ziele erreicht.

Ratamo spürte, wie er sich entspannte, und genoß die Gesellschaft der anderen, obwohl das Gespräch in Sphären schwebte, in denen er gewöhnlich nicht herumflog. Oder vielleicht gerade deshalb. Er beobachtete die Gäste in dem traditionsreichen Lokal. Ein junger Mann mit einem Haarteil hatte sich ganz offensichtlich einen Rausch mit antisozialer Wirkung angetrunken: Er starrte auf einen unsichtbaren Punkt und schenkte den anderen Gästen keinerlei Beachtung. Ein rundlicher Mann mittleren Alters, der in einer Loge saß, versuchte, unterbrochen von hysterischen Lachsalven, seiner Frau irgend etwas zu erklären: Das war unbestreitbar ein Kicherschwips. Hier und da sah man flirtende Betrunkene, die auf der Suche nach Gesellschaft waren, und eine Rentnerin, die schwankend an einem Ecktisch hockte, versuchte krampfhaft nicht einzunicken. Mit einem schnellen Blick in die Runde entdeckte Ratamo auch ein paar Leute, die einen Duracell-Rausch hatten oder schon ganz steif waren.

Schauspieler Naaramaa, der klassische depressive Teilnehmer an Feiern, begann voller Eifer, Ratamo vorzurechnen, wie er mit geliehenem Geld in Kirkkonummi ein Grundstück für 150000 Euro als Geldanlage gekauft hatte und schließlich in einen gerichtlichen Vergleich geraten war. Ratamo erfuhr, daß die Einkünfte der Familie Naaramaas von Anfang an nicht für die Abzahlung der Schulden gereicht hatten, und er überlegte, wer ein größerer Idiot gewesen war, der Bankdirektor, der den Kredit gewährt hatte, oder der Künstler Naaramaa. Die durch die Liquiditätskrise verursachten Beziehungsprobleme hatte Naaramaa natürlich mit der beliebtesten finnischen Partnerschaftstherapie gelöst – mit der Scheidung. »Nach Hause kann man nicht gehen, und hier darf man auch nicht bleiben«, sagte Naaramaa. Er ließ seinen Gefühlen freien Lauf und bekam feuchte Augen.

Plötzlich zog der Schauspieler Sandström die Aufmerksamkeit der anderen auf sich, indem er mit lauter Stimme eine ganze Reihe äußerst bekannter ausländischer Kollegen aufzählte, mit denen er sich nach eigener Aussage im Laufe der Jahre angefreundet hatte.

»Auch ich habe lange einen Briefwechsel mit Robert de Niro geführt, er hat aber kein einziges Mal geantwortet«, erwiderte Naaramaa.

Kunstmaler Eskelinen behauptete, auf der Biennale in Venedig im letzten Sommer sei er als Mensch gewachsen, worauf Ilona entgegnete, eine Erektion könne man nicht als Wachsen der Persönlichkeit ansehen. Ratamo kam zu dem Schluß, daß es unter den Künstlern auch nicht mehr Solidarität gab als unter den Polizisten. Ihm ging der Gedanke durch den Kopf, daß er vermutlich zu sehr mit den Problemen des Alltags beschäftigt war und die Künstler zu wenig.

Als der Schauspieler Naaramaa das Trunkenheitsstadium erreicht hatte, in dem er unbedingt Aufmerksamkeit erregen wollte, stieg er auf den Stuhl und ließ seine Hosen fallen, so daß seine mit Elefantenrüsseln dekorierten Unterhosen sichtbar wurden. Nun wußte Ratamo, daß es ein unvergeßlicher Abend werden würde.

10

Lasse Nordman lag in einem Graben neben dem Parkplatz des Touristenzentrums von Meijendel und zitterte vor Kälte. Ulrike hatte er in dem Versteck im Wald zurückgelassen, in dem sie die Nacht verbracht hatten, eingewickelt in eine Wärmedecke. Zusammen mit einer dicken Schicht aus Blättern, Zweigen und Erde hatte die mit Aluminium beschichtete Plastikdecke verhindert, daß sie von den Wärmekameras der Polizeihubschrauber entdeckt wurden. Es war kurz vor acht Uhr, die Sonne schien im Naturschutzgebiet schon eine Weile, aber erst jetzt begann sie zu wärmen.

Ein schwarzer Golf bog auf den Parkplatz ein und fuhr im Rückwärtsgang so unsicher in die Parkbucht, daß Lasse schon einen Hoffnungsschimmer sah. Er verfolgte konzentriert, wer aus dem Auto stieg, und schnaufte enttäuscht, als sich ein spindeldürrer alter Mann herausschob. Das bedrükkende Warten ging weiter.

Nachts hatte Lasse gewagt, kurz durch das Gebiet von Meijendel zu streifen. Er hatte den Camcorder und die Digitalkamera versteckt und versucht, im Belagerungsring der Polizei eine Schwachstelle zu finden. Doch die holländische Polizei wollte sie offenbar um jeden Preis fassen: Das Naturschutzgebiet war von allen Seiten umstellt, auch am Meer.

Lasse knurrte der Magen. Der Trockenproviant war seit der letzten Nacht alle, er hatte nicht wissen können, daß sie sich so lange verstecken müßten, und deswegen keine Vorkehrungen dafür getroffen. Doch ihre Flucht würde bald zu Ende gehen, er brauchte also keine Vogeleier, Wurzeln von Löwenzahn und Farnkraut, Schnecken, Ameiseneier und Frösche zu suchen. Die Natur war voller Nahrung für den, der wußte, was er suchte.

Ohne Ulrike hätte sich Lasse in so einem riesigen Gebiet auch einen Monat lang verstecken können. Und das wäre keine Heldentat gewesen: Ein von seinem Großvater geführter Fernspähtrupp war vierundsechzig Tage hinter den feindlichen Linien geblieben und hatte die Lage erkundet. Und ein anderer von Hauptmann Jori Nordman geführter

Trupp war neunhundertfünfzig Kilometer durch die karelischen Sümpfe gestapft. Die Erinnerungen ließen Lasse an die Hochschule für Landesverteidigung denken. Wie war es nur möglich, daß er einmal ernsthaft überlegt hatte, Militärgeschichte zu lehren?

Lasse wollte sich für Ulrike opfern, weil ihnen beiden zusammen die Flucht aus dem umstellten Naturschutzgebiet auf keinen Fall gelingen würde. Ihm war nur ein Weg eingefallen, wie er aus dem belagerten Meijendel ausbrechen konnte. Der Plan war aus seiner Sicht so schlecht, daß er ihn nur akzeptierte, weil er Angst hatte, ihre Aktion würde sonst gänzlich scheitern. Die Polizei durfte nicht die ganze Zelle fassen. Zumindest könnte er so Ulrike beweisen, daß er fähig war, auch in einer schwierigen Situation selbstlos zu handeln. Seine Gefühle brauchte er vor Ulrike nicht zu beweisen.

Es erschien absurd, daß er vorhatte, sein Leben selbst zu zerstören. Wenn er gefaßt wurde, bedeutete dies das Ende seiner Laufbahn als Ökoterrorist, die Verurteilung zu gewaltigen Schadensersatzzahlungen und wahrscheinlich auch Gefängnis und die Trennung von Ulrike. Beim Militär würde er nie wieder eine Arbeit finden. Er wäre gezwungen, sich mit Gelegenheitsarbeiten seinen Lebensunterhalt zu verdienen und in der Masse der unzufriedenen Finnen unterzugehen. Sein Kampfgeist erwachte. Er wäre nicht bereit, seine Ideen aufzugeben, sich unterzuordnen, zum Mündel des Wohlfahrtsstaates zu werden und sich mit einem stumpfsinnigen, nutzlosen, allzu leichten und selbstsüchtigen Leben abzufinden. Das hatten schon zu viele getan.

Jetzt fuhren schon im Minutenabstand Autos auf den Parkplatz, er mußte zuschlagen, bevor hier zuviel Betrieb herrschte. Aber es fand sich kein geeignetes Opfer, wo zum Teufel trödelten heute alle Frauen herum, die allein unterwegs waren? Lasse preßte sich noch enger an die Grabensohle, als ein Polizeihubschrauber über ihn hinwegdonnerte.

Endlich hatte er Glück. Eine blonde Frau, die aus einem kleinen Toyota ausstieg, sah ein wenig wie Ulrike aus und sprach wohl dänisch oder norwegisch in ihr Handy. Auf dem Parkplatz war sonst niemand zu sehen, der nächste Polizist in der Belagerungskette stand etwa zweihundert Meter entfernt, und Lasse brauchte nur eine Minute.

Er rannte über den Parkplatz, versetzte der Frau einen kräftigen Schlag hinter das rechte Ohr und ließ sein Opfer auf den Asphalt sinken. Dann holte er aus seinem Rucksack Ulrikes Overall und zog ihn der bewußtlosen Frau über. Schließlich fesselte er ihre Handgelenke auf dem Rücken und klebte seinem Opfer ein Stück Isolierband auf den Mund. Jetzt mußte er sich in seine Rolle hineinversetzen. Lasse nahm die schlaffe Frau auf die Arme, ging auf den Polizisten zu und brüllte unverständliches Zeug, so laut er konnte.

Der holländische Polizist bemerkte ihn, zog seine Waffe aus dem Hüfthalfter und alarmierte über Sprechfunk seine Kollegen. Kurz danach wurde Lasse gezwungen, sich bäuchlings auf den Boden zu legen, man durchsuchte ihn, und dann kam ein Transporter der Polizei, um ihn und die bewußtlose Frau abzuholen.

In Lasse brodelte es, als der Wagen losfuhr und beschleunigte. Die Polizisten sprachen miteinander und in ihre Sprechfunkgeräte, nach dem Tonfall zu urteilen, freuten sie sich. Es machte ihn wütend, daß er kein Niederländisch verstand. Würde die Polizei die Beamten, die das Gelände durchkämmten, und den Belagerungsring sofort abziehen? Ulrike mußte die Flucht gelingen, bevor der Polizei klar wurde, daß die bewußtlose Frau nichts mit Final Action zu tun hatte.

Ulrike lag keuchend auf dem Bauch im meterhohen Gras und zupfte die blonden Haare aus dem Gesicht, die auf der Haut klebten; die Sachen in ihren Hosentaschen drückten schmerzhaft gegen die Schenkel. Ihren Overall hatte sie Lasse gegeben, und der Rucksack lag in dem Versteck, aus dem sie vor einer Viertelstunde hatte fliehen müssen, weil die Kette der Polizisten direkt auf sie zugekommen war. Die Narbe auf der linken Wange, eine Erinnerung an die Krawalle von Göteborg, juckte wie immer, wenn sie schwitzte. Jetzt war die Kette der Polizisten etwa zweihundert Meter entfernt zu sehen. Das Herz klopfte ihr im Halse, und die Schläfen schmerzten.

Das Gebell der Hunde wurde stärker, sie hatten vermutlich Witterung aufgenommen, fürchtete Ulrike. Was würde mit Lasse geschehen, wenn man ihn festnahm? Wie würden die Holländer Terrorverdächtige behandeln? In den USA und Großbritannien konnte man sie mehrere Jahre lang inhaftieren. Wie lange müßte Lasse im Gefängnis sitzen? Wann würden sie sich das nächste Mal treffen? Schwäche überkam sie, aber sie zwang sich, aufzustehen und einen Fuß vor den anderen zu setzen.

Sie war nur ein paar Meter gegangen, als sie überraschend vor sich einen Weg und Polizisten sah. Sie hockte sich ins Gras und versuchte die Lage zu beurteilen: Links verhinderte ein Teich die Flucht, und wenn sie nach rechts auf die Sanddüne lief, würde man sie garantiert sehen. Sie saß in der Falle. Ulrike sank zu Boden und beschloß, einen Augenblick lang Kraft zu sammeln für die letzte Anstrengung, aber dann fühlte sie sich angesichts der Aussichtslosigkeit ihrer Situation wie gelähmt. Sie würde es nie und nimmer schaffen, den Polizisten und den Hunden zu entkommen. War Lasses Plan mißlungen?

Die Zeit verging. Eine Minute, zwei, drei … Wie langsam rückte die Kette eigentlich vor? Sie hob vorsichtig den Kopf und sah verblüfft, daß die Polizisten weggingen und schon weit entfernt am Waldrand waren. Im gleichen Augenblick wurde ihr klar, daß auch kein Hubschrauberdröhnen mehr zu hören war. Sie richtete sich auf und spähte kniend über das Gras hinweg in die Umgebung – es war niemand zu sehen. Auch die Patrouillen auf dem Weg waren verschwunden. Also hatte Lasse doch Erfolg gehabt. Die Erleichterung machte freilich schnell einem Gefühl der Unsicherheit Platz; sie mußte noch aus Meijendel hinauskommen.

Ulrike bemühte sich, ihre zerknitterten Jeans und ihr schweißnasses langärmliges Hemd zu glätten, gab den Versuch aber auf; solange ihre Sachen nicht getrocknet waren, würde sie es nicht schaffen, sauber auszusehen. Zum Glück hatte der Overall immerhin verhindert, daß sie sehr schmutzig geworden waren. Ihr knurrte der Magen.

Sie schaute sich genau um, erkannte aber keinen einzigen Orientierungspunkt im Gelände. Die Koordinaten waren bei ihrer eiligen Flucht vor der Suchkette völlig durcheinandergeraten. Sie dachte fieberhaft nach und erinnerte sich an Lasses Anweisungen. »Wenn du dem mit blauen Stöcken gekennzeichneten Pfad in Richtung Sonne folgst, kommst du über kurz oder lang auf den Parkplatz.« Ulrike ging los und befolgte die Anweisungen, hielt sich aber sicherheitshalber etwa zwanzig Meter von den blauen Stöcken entfernt. Sie glaubte immer noch nicht, daß die Suchtrupps tatsächlich verschwunden waren. Es kostete viel Kraft, durch das hohe Gras zu gehen, ihr ganzer Körper schmerzte, und die Angst dröhnte im Kopf. Sie hatte schon jetzt Sehnsucht nach Lasse.

Dann stieg die Wut in ihr hoch. Warum zum Teufel hatten sie so ein Pech? Was hatte die Alarmanlage in der Zentrale von Dutch Oil ausgelöst? Es wurmte sie auch und bereitete ihr Sorgen, daß der verwundete und eher ängstliche Jorge bei den Verhören möglicherweise zusammenbrach und aussagte und damit die Arbeit von Final Action erschwert werden würde. Aus Lasse bekämen die Behörden kaum etwas heraus.

Doch aufgeben würde sie nicht. Wenn die Geschichte von Final Action zu Ende war, dann würde sie etwas Neues anfangen. Mit Lasse zusammen würde sie eine neue Organisation gründen und nicht aufgeben, bevor auch ihr letztes Ziel erreicht war. So sprach sich Ulrike Mut zu, während sie durch das hohe Gras stapfte. Sie hatte schon als kleines Mädchen beschlossen, daß sie etwas Wichtiges werden würde, sie wollte den Menschen helfen und die Welt verändern. Ulrike wußte, daß sie auf der Seite des Guten stand, und sie würde keine Ruhe geben, solange sie diese Veränderung nicht sah. Der größte Teil der Menschen verfolgte die Zerstörung der Erde immer noch stumm und sah zu, als wäre er unbeteiligt, obgleich die Hälfte der Regenwälder vernichtet war, die Ausbeutung der Entwicklungsländer immer größere Ausmaße annahm, der Raubfischfang blühte und der Klimawandel sich verschlimmerte. Ganz zu schweigen von den vielen Kriegen.

Ein Hoffnungsschimmer war zu sehen, als in ihrem Blickfeld ein großes blaues Info-Schild auftauchte und schließlich auch das Gebäude darunter. Auf dem Parkplatz stand ein Dutzend Autos. Sie sollte sich das älteste aussuchen, hatte Lasse ihr geraten. Ulrike schlich am Waldrand entlang zu den Autos und ließ den Blick über die Wagen wandern, bis sie einen schmutzigen Ford Sierra entdeckte, an dessen Karosserie der Rost blühte.

Sie wartete im Gebüsch, bis das ältere Ehepaar, das aus einem Minivan stieg, nicht mehr zu sehen war, rannte gebückt zu dem Sierra und sah im Heckfenster einen rotweißen Wimpel von Ajax Amsterdam. Perfekt. Sie stieß die stabile Leatherman-Feile zwischen Kofferraumtür und Karosserie und rüttelte, bis die Tür krachend aufging. Nachdem sie hineingekrochen war, stopfte sie Putzwolle, die auf dem Boden lag, in das Schloß, um zu verhindern, daß die Tür einrastete. Dann befestigte sie das Armband ihrer Uhr an der Metallstrebe der Kofferraumtür. Das Gewicht der Hand zog die Tür fast zu. Sie spürte ihren Pulsschlag.

Wie lange müßte sie im Kofferraum liegen, wann kam der Fahrer wieder? Vielleicht fuhr er auch gar nicht nach Amsterdam. Denk positiv, sagte sich Ulrike, Holland ist ein kleines Land, und am wichtigsten war es, hier wegzukommen.

Der Anschlag auf Dutch Oil kam ihr in den Sinn, sobald der schlimmste Streß nachließ. Die Zerstörung der Datensysteme des Ölkonzerns war immerhin gelungen, aber allein wirtschaftliche Schäden würden Dutch Oil nicht sonderlich erschüttern, denn die Ölkonzerne hatten einfach zuviel Geld. Endgültig gelungen wäre die Aktion erst, wenn der Chef von Final Action die internationale Presse und das Fernsehen über den Anschlag und gleichzeitig über all das Unrecht informierte, das Dutch Oil weltweit beging.

Dutch Oil hatte alles, was Final Action dem Unternehmen antun konnte, vollauf verdient. Der Konzern hatte massive Umweltschäden und Hungersnöte im Niger-Delta verursacht, Südafrika verschmutzt, Wasservorräte in der Türkei verseucht, Umweltgifte in Brasilien gelagert, sie hatten versucht, einen Ölförderbetrieb in der Nordsee aufzugeben, und gefährliche Pestizide in Nepal gelagert. Und der Konzern finanzierte Diktatoren und deren Kriege und bestach Entwicklungsländer, damit sie Sondermüll abnahmen, der dort aber nicht vorschriftsmäßig gelagert werden konnte.

Die Autotür klappte, und Ulrike fuhr zusammen. Dann brummte der Motor, der Sierra setzte sich in Bewegung, und der Streß ließ endgültig nach: Zumindest aus Meijendel konnte sie also fliehen. Die Sonne erhitzte den Kofferraum des schwarzen Autos schnell, Ulrikes Lider wurden schwer. Schließlich schaffte sie es nicht mehr, gegen den Schlaf anzukämpfen, er kam, nahm sie mit und brachte sie in Sicherheit.

11

Mit dem Rucksack auf dem Rücken ging Ezrael im Herzen des Rotlichtviertels am Ostufer des Oudezijds-Voorburgwal-Kanals entlang. Auch an diesem Morgen waren auf den Straßen Amsterdams noch die Spuren des »Tages der Königin« zu sehen, man konnte den trüben Gestank der Lasterhaftigkeit immer noch riechen. *»Denn der Tod ist der Sünde Sold ...«* Er blieb vor einem im 17. Jahrhundert aus Ziegeln errichteten vierstöckigen Haus stehen und schaute hinauf. Einst wurden die Möbel und die im Dachgeschoß gelagerten Waren mit Flaschenzügen hochgehievt, deshalb waren die auf Holzpfählen errichteten Häuser ein wenig zum Kanal hin geneigt, damit die am Seil schwingenden Gegenstände die Fassade nicht beschädigten. Das hatte ihm der Bote erzählt. Ezrael zuckte zusammen, als er im Sockel des Gebäudes eine zugemauerte Kellerluke sah. Sie erinnerte ihn an das kalte, feuchte, dunkle LOCH im Keller, in das ihn der Soldat damals immer dann einsperrte, wenn er etwas falsch gemacht hatte, und nicht nur dann.

»Hoe gaat het ermee?« fragte an der für Amsterdam typischen dunkelgrünen Haustür die Oma aus dem Erdgeschoß und schaute freundlich in die fröhlichen Augen des blonden jungen Mannes.

Ezrael zauberte sein Schwiegersohngesicht herbei und sah, wie der Mund und die Augen der alten Frau lächelten. »Heel ... goed, dank u«, erwiderte er stockend, das war eine der Höflichkeiten, die er sich auf niederländisch eingeprägt hatte. Dann trat er ins Haus und stieg die Treppen hinauf bis ins Dachgeschoß. Bis in die Kirche.

Die obszöne Frische des Frühlingsmorgens stieg ihm in die Nase, deshalb schloß er die hölzernen Läden der Fenster zum Kirchen-Kanal. Die durfte man nur dann offenlassen, wenn man die Bestie mit dem Anblick der Prostituierten, Drogensüchtigen und anderen Sünder oder des gotischen Teufels, der katholischen Kirche Oude Kerk, die drohend auf der anderen Seite des Kanals stand, füttern mußte. Sie war schön anzusehen, wie so viele andere innerlich verdorbene Dinge. Manchmal, wenn es in der Stadt ruhiger war als gewöhnlich und der Wind aus der entsprechenden Richtung wehte, konnte Ezrael den Klang der massiven Vater-Müller-Orgel von Oude Kerk hören. Dann ließ sich die Bestie nur schwer im Zaum halten. *»Tue nur weg von mir das Geplärr deiner Lieder!«*

Ezrael zog seine Sachen aus, schlüpfte in den Kamelhaarumhang, legte einen Ledergürtel an und war sich dabei seines Auftrags immer sicherer, so wie einst Johannes der Täufer. Auch er war ein Prediger in der Wüste. Er fühlte, daß er ins Königreich der Himmel zurückgekehrt war, das sich in ihm befand, genau wie es im Thomas-Evangelium gesagt wurde. Die Bestie wurde unruhig, als sie Ezraels Gedanken vernahm.

Er holte das Evangelium aus seinem Rucksack, legte es bedächtig auf den Altartisch mitten im Kirchensaal neben das in Leder gebundene Große Buch und suchte seine Eintragung vom 6. März 1994. »Die katholische Kirche hat uns die Wahrheit über das Thomas-Evangelium verheimlicht, seit es 1945 in Ägypten in Nag Hammad gefunden worden war. Der Text, der die früheste Tradition der Urchristen verkündet, müßte mehr Wertschätzung erfahren als die Evangelien des Neuen Testaments. Doch das wagt die katholische Kirche nicht, weil das Thomas-Evangelium die

Notwendigkeit der ganzen Institution Kirche in Abrede stellt.«

»Wer von meinem Mund trinkt, wird werden wie ich, und ich werde wie er, und die verborgenen Dinge werden sich ihm offenbaren.« Ezrael las die heiligen Worte. Wenn dem Thomas-Evangelium der Wert beigemessen würde, der ihm zustand, würde es die Hierarchie der Kirche zerschmettern, denn aus dem Schüler würde ein Lehrer und aus dem Lehrer würde ein Schüler werden. *»Aber ihr sollt euch nicht Rabbi nennen lassen; denn einer ist euer Meister«*, murmelte Ezrael. Die katholische Kirche würde in sich zusammenbrechen, wenn die Sünder das Thomas-Evangelium als Wahrheit anerkennen würden. Jedes der Worte, die er in das Evangelium notiert hatte, war noch genauso wahr wie vor Jahren, dachte Ezrael voller Stolz. Er drückte die Fäuste in die Augenhöhlen und lächelte.

Ezrael schaltete das Deckenlicht der Kirche aus und zündete an der Kerzenwand vierzig Kerzen an, eine für jeden Tag, an dem der Teufel den Meister in der Wüste in Versuchung geführt hatte. Schon bald befand sich auch die Welt der Gerüche im vollkommenen Gleichgewicht. Als das Licht von den Engelsgemälden reflektiert wurde, spürte Ezrael, wie er mit dem Auftrag verschmolz. Alles wurde blaugrün, er fühlte sich ruhig, aber voller Energie, fast vollkommen. Alles war gut, auch die Bestie schlief nun.

Voller Bewunderung betrachtete Ezrael seine Altarwand: Als Altarbild hing dort eine Kopie der »Verkündigung an Maria« von Fra Angelico, links davon glitzerte ein großes silbernes Kruzifix, und rechts schimmerte das irische Keltenkreuz. Zorn packte ihn, als er auf dem Altarbild den kleinen Einriß in der Wange des Engels sah.

Die dritte Wand des Kirchensaals nannte Ezrael die Engelwand. Neben den Fresken von Fra Angelico mit Engelsmotiven hing dort eine eindrucksvolle Sammlung von

Kopien der Zeichnungen des genialen Bibelillustrators Gustave Doré: »Ein Engel erscheint Josua«, »Jakob ringt mit einem Engel«, »Abraham und die drei Engel«, »Ein Engel füttert Elia«, »Ein Engel erscheint Bileam«.

Ezrael beschloß, sich zu waschen. Er zog sich aus und betrat die enge Duschkabine des Badezimmers. Als er sich vorstellte, daß sich die Tropfen, die aus der Dusche herabplätscherten, in das heilige Wasser des Jordans verwandelten, bekam er eine Gänsehaut. Wie immer nach dem Racheakt fühlte er sich leer und müde, und das Wasser brannte auf den Peitschenstriemen. Ezrael trocknete sich an seinem Kamelhaarumhang ab, sein Blick fiel auf den Spiegel, und er lächelte seinem eigenen Kindergesicht zu. Er hatte sich wieder an einem gerächt, der die Wahrheit zu verheimlichen suchte. *»Und ein Feuerbach fließt, und es zieht herunter alle Gerichteten mitten in den Bach.«*

Das Telefon schrillte, und Ezrael schrak zusammen. Er durfte sich nicht melden, denn der Anruf war ein Zeichen vom Boten, vom einzigen Menschen, der den Engel des Zorns kannte. Alle anderen Verbindungen zur Welt des Bösen hatte er schon vor Jahren auf Anraten des Meisters abgebrochen: *»... ein jeglicher unter euch, der nicht absagt allem, was er hat, kann nicht mein Jünger sein.«*

Es vergingen nur ein paar Minuten, dann öffnete der Bote die Tür der Kirche mit einem eigenen Schlüssel. Die roten Haare waren zum Pferdeschwanz gebunden, der hin und her schwang, und das schmale Gesicht wirkte noch ausgezehrter als sonst. Ezrael freute sich, als er den Boten sah und das vertraute Tabakaroma roch, er hoffte, schon heute den Namen des nächsten Verräters zu erfahren.

Mary Cash ließ ihre Schultertasche auf den Fußboden fallen, umarmte ihren Bruder, streichelte seine noch feuchten blonden Haare und drückte einen Kuß auf seinen verstümmelten Zeigefinger. Warum gehörte das einzige vollkommen ehrliche Männergesicht auf der Welt ihrem Bruder? In Ezraels Augen lebte die Freude, der keine Frau widerstehen könnte. Sie bemerkte die roten Striemen in seinem Genick und ärgerte sich einmal mehr, daß sie nicht imstande war, dem Geißelritual ihres Bruders ein Ende zu setzen. Auch das bewies, daß sie Ezrael nicht gänzlich unter Kontrolle hatte.

Manchmal bekam Mary Angst vor Ezraels Intelligenz, oder vielmehr vor dem Moment, wenn Ezrael seinen Verstand auf eigene Faust gebrauchte. Ihr Bruder war in der Lage gewesen, aus seinen Phantasien ein verblüffend kompliziertes und harmonisches Universum zu errichten, insofern man etwas, was im Kopf eines Verrückten vor sich ging, harmonisch nennen konnte. Das Thomas-Evangelium, die Petrus-Offenbarung und selbst die Geheimnisse von Fatima hatte Ezrael ganz allein gefunden. Mary hatte das Gedankengebäude ihres Bruders nur insoweit für ihre eigenen Zwecke ergänzt, als sie sich für das dritte Geheimnis von Fatima einen Inhalt ausgedacht hatte, der bewirkte, daß Ezrael ihre Mordbefehle ausführte.

Aufmerksam ging Mary durch die Zweizimmerwohnung und schaute sich um. Alles sah genauso aus wie immer, aber das schmale Bett im asketischen Schlafraum war nicht gemacht. Sie kontrollierte, ob sich die Beweise gegen van der Waal und John Dexter in ihrem Versteck tief hinten im eingebauten Kleiderschrank befanden, und blieb dann vor der Engelwand stehen. Die Posterbilder machten sie immer verlegen. Es ließ sich leicht verstehen, warum ihr Bruder sie so verehrte; die von der Mutter ausgeschnittenen Papierengel klebte Ezrael zwar nicht an die Wand, aber er hatte sie alle aufgehoben. Auch das wußte Mary aus seinem Evangelium.

Mary setzte sich auf den ungestrichenen Holzstuhl im

Wohnzimmer und betrachtete ihren Bruder in seinem Umhang. In gewisser Weise war sie stolz auf ihre Schöpfung. Auf Marys Befehl hatten Soldaten und Sprengstoffspezialisten der Wahren IRA, die in Spezialeinheiten verschiedener Staaten militärisch ausgebildet worden waren, Ezraels militärische Fähigkeiten vor dem ersten Mord an einem Physiker monatelang geschult. Dieselben IRA-Mitglieder hatten um die Jahrtausendwende auch Guerillas der kolumbianischen FRAC und im Jahre 2003 palästinensische Terroristen ausgebildet. Mary hatte sogar einen Psychiater, der die IRA seit Jahrzehnten unterstützte, dafür bezahlt, daß er sich mit Ezrael unterhielt. Sie wollte sich vergewissern, daß sie ihren Bruder in jeder Situation unter Kontrolle hatte.

Besonders stolz war Mary jedoch auf sich selbst. Sie war einer der Gründer der Wahren IRA, der zweihundert letzten wahren Republikaner, die immer noch mit allen Mitteln die Briten aus Nordirland hinausjagen wollten und mit Leib und Seele Widerstand gegen den Friedensprozeß in Nordirland leisteten. Es kam ihr immer noch wie eine Ironie des Schicksals vor, daß ihr Vater die Provisorische IRA mitgegründet hatte und sie die Wahre IRA.

Ezrael murmelte Sätze aus der Bibel und schrieb konzentriert etwas in sein Evangelium. Mary grinste, sie hatte ihren Bruder zum perfekten Sündenbock gemacht. Ezrael wäre nicht imstande, irgend etwas Vernünftiges über die Hintergründe der Morde an den Physikern zu sagen, selbst wenn man ihn jahrelang verhören würde. Und die Informationen über den Bruder selbst waren so gründlich beseitigt worden, daß die Polizei von Ezrael nicht einmal ein Foto finden würde. Freunde hatte er nicht, sie waren einer nach dem anderen verschwunden, als der Vater seinen Sohn wegen des Vorfalls in der Shankill Road eingesperrt hatte.

»Ist der Engel des Zorns zufrieden?« fragte Mary.

»Es gibt einen Verräter weniger«, antwortete Ezrael in

dem starken nordirischen Dialekt, der immer dann aus den Tiefen seines Gedächtnisses auftauchte, wenn er den Boten traf.

»Die Verschwörung und die Wahrheit werden bald enthüllt, du mußt noch ein Weilchen durchhalten. Das Tempo wird jetzt beschleunigt, diesmal bekommst du zwei Verräter.«

Ein Lächeln zog über Ezraels Gesicht. Natürlich sorgte der Allerhöchste für die Seinen, vor allem jetzt, da der Johannistag und sein eigener vierunddreißigster Geburtstag immer näher rückten.

Mary und Ezrael gingen an den Altartisch. Zunächst beschrieb Ezrael detailliert, wie der Verräter in Helsinki gestorben war, dann berichtete Mary von den zwei Verrätern, die bei Future.com arbeiteten.

Sie planten gemeinsam die Rache, wie schon so oft, und vertieften sich in die Arbeit. Die Leute von Future.com mußten schon heute liquidiert werden und dazu noch in Ezraels Wohnort Amsterdam, Risiken gab es also genug. Das bereitete Mary Sorgen. Sie hatte zuviel Mühe darauf verwendet, Ezrael für ihre Zwecke zu formen, und wollte nicht, daß ihre Schöpfung durch einen überstürzt vorbereiteten Anschlag in Gefahr geriet.

Als der Plan ausgearbeitet war, wiederholten sie ihn so oft, daß Ezrael selbst die geringfügigsten Einzelheiten auswendig kannte.

Ezrael stand auf und wechselte die heruntergebrannten Kerzen aus, während Mary überlegte, warum er beim bevorstehenden Anschlag so eine seltsame Waffe einsetzen wollte. Zuweilen überraschte sie die Fähigkeit Ezraels, Menschen zu manipulieren. Wenn ihr Bruder wie ein normaler Mensch auftrat, erreichte er, daß alle ihn oder zumindest seine Sicherheit achteten. Ezrael wirkte auf die Menschen wie ein Staatsoberhaupt, das äußerst genau wußte, was es wollte und wie es zu erreichen war. Ihr Bruder strahlte Sicherheit aus, die Gewißheit des Erfolgs. Manchmal bekam Mary Angst, daß Ezrael sich verrückter gab, als er war. Oder sie fürchtete, es könne sich herausstellen, daß er zu klug für ihre Zwecke war, wie das Geschöpf ihrer Namensvetterin Mary Shelley. Oder daß Ezraels angeborene Grausamkeit dazu führte, daß er einen Fehler beging. Sie erinnerte sich nur zu genau, wie Ezrael mit zehn Jahren nachts ein scharfes Schlachtermesser unter die Bettdecke seiner Patentante, die bei ihnen zu Besuch war, gesteckt und dann im Dunkeln gewartet hatte, bis die Frau schließlich von den Schmerzen erwachte und sich die Lunge aus dem Leibe schrie.

Bevor Mary ging, war noch das übliche Ritual an der Reihe. Die Geschwister nahmen immer, wenn sie sich trafen, irgendeinen Teilbereich der militärischen Ausbildung Ezraels durch, so mußte sich Ezrael im Laufe eines Monats fast alles in Erinnerung rufen, was er von den Spezialisten der Wahren IRA gelernt hatte.

Nachdem dies geschehen war, ließ Mary auf dem Altartisch Bilder des Finnen Lasse Nordman und der Österreicherin Ulrike Berger zurück, der Verräter, an denen sich Ezrael irgendwann in den nächsten Tagen rächen durfte. Sie verabschiedete sich von ihrem Bruder, ging hinaus und holte dabei die Zigaretten aus ihrer Handtasche. In der Kirche erlaubte Ezrael das Rauchen nicht.

Ezrael öffnete die Briefumschläge, die Mary dagelassen hatte, und holte das Foto von Ulrike Berger heraus. Irgend etwas Dunkles und Gestaltloses regte sich in ihm, als er die schulterlangen blonden Haare der Frau, ihren dünnen Körper und die Römernase betrachtete. Woher kannte er die Frau?

12

»Aus der Sicht eines alten Mannes sieht es so aus, als wäre der Oberkommissar gestreßt.« Jussi Ketonen beobachtete Arto Ratamo, der nervös im Beratungsraum A 310 in der obersten Etage der Ratakatu 12 hin und her ging. »Dabei haben diese Ermittlungen noch nicht einmal richtig angefangen.« Ketonens enormer Bauch wogte auf und ab, als er die Hände unter die Hosenträger schob.

»Gestreßt ist der Mensch erst, wenn er von seinem eigenen Schrei aufwacht, obwohl er gar nicht schlafen gegangen ist«, erwiderte Ratamo und ordnete seine Unterlagen auf dem lakkierten ovalen Beratungstisch. Ketonens Kommentar wurmte ihn, wenn er auch gut gemeint war. Schließlich hatte Ratamo in den letzten drei Jahren viele schwierige Ermittlungen durchgeführt, neben der Arbeit die Polizeifachhochschule absolviert und sich allein um sein Kind gekümmert. Kein Wunder also, wenn da zuweilen die Nerven etwas angespannt waren. Außerdem war er müde, obwohl er am Vorabend so viel Verstand besessen hatte, den Schweinestall rechtzeitig zu verlassen und nach Hause zu gehen. Seine Schlafprobleme wurden immer schlimmer. Und wieder verbrachte er den Sonntag auf der Arbeit. Plötzlich fielen ihm die Geschichten der Künstler aus dem Schweinestall ein, und da hatte er das Gefühl, ein ernster, humorloser Mensch zu sein.

Die beiden Männer warteten auf Ketonens Nachfolgerin Ulla Palosuo; die Frau, die sich ein knappes Jahr lang eingearbeitet hatte, würde die Leitung der SUPO am 14. Mai übernehmen, in etwa zwei Wochen.

Die Tür ging auf, und herein trat eine kleine Frau, die durch ihre an einen Termitenbau erinnernde Frisur mittelgroß wirkte. Ulla Palosuo auf den Fersen folgte der Ermittler Ossi Loponen, der einen Stapel Ordner trug. Der gequälte Gesichtsausdruck, mit dem er Ratamo anschaute, sagte mehr aus als tausend Feldberichte. Loponen, der im Ruf stand, leidlich faul zu sein, wurde anscheinend etwas abverlangt, überlegte Ratamo amüsiert. Ossi sah aus wie fünfzig, war aber noch nicht mal fünfunddreißig.

Ratamo begriff nicht, wie Ulla Palosuos zeltartige Haartracht zusammengehalten wurde. Er beobachtete, wie der in einen schwarzen Hosenanzug gekleidete mollige Körper der künftigen SUPO-Chefin auf die andere Seite des Beratungstisches schaukelte. Das würde ihr erster gemeinsamer Fall werden.

Ketonen nickte, und Palosuo ergriff das Wort. »Es ist etwas passiert. Sogar sehr viel. Eine Gruppe von Ökoterroristen namens Final Action hat einen Anschlag auf die Zentrale von Dutch Oil in Den Haag verübt. Einer der drei Terroristen wurde heute früh gefaßt, der Mann ist ein Finne.«

»Wer?« fragte Ratamo.

Palosuo tat so, als hätte sie es nicht gehört. »Der holländische Nachrichtendienst AIVD hat von dem Ölkonzern keine Bestätigung des Schadensumfangs erhalten, aber es wird vermutet, daß die Schäden sehr groß sind. Der Konzern Dutch Oil ist riesig, er arbeitet in hundertfünfundvierzig Ländern, beschäftigt hundertzwanzigtausend Menschen, und seine Umsätze betrugen im letzten Jahr über zweihundert Milliarden Dollar.«

»Wollten wir nicht über die Ermittlungen im Fall Elvas sprechen?« fragte Ratamo verwundert, obwohl ihn die Ereignisse in Den Haag natürlich interessierten

»Warte einen Augenblick, du wirst es gleich verstehen«, entgegnete Palosuo trocken. »Berichte über dieses finnische Mitglied von Final Action, befahl sie Loponen.

»Der Mann heißt Lasse Nordman«, Loponen verkündete den Namen wie ein großes Geheimnis.

»Ach du Scheiße«, entfuhr es Ratamo. »Da werden sich die Medien aber freuen.«

»Wer?« fragte Palosuo nun ihrerseits, und Ratamo schien es so, als würde sie erröten. Die anderen SUPO-Mitarbeiter kannten den Hintergrund von Nordman, immerhin war seine Mutter Verteidigungsministerin.

Loponen reichte seinen Kollegen eine Kopie von Nordmans Personenprofil und faßte die Hauptpunkte zusammen: »Vierunddreißig Jahre alt, ledig, Gymnasium des Normaalilyseo in Helsinki, Reserveoffiziersschule, Hochschule für Landesverteidigung und Studium der Internationalen Beziehungen in Harvard. Er hat 1998 den Dienst als Oberleutnant an der Fallschirmjägerschule Utti quittiert und war vor Final Action zumindest in Greenpeace und der Earth Liberation Front aktiv.«

»Nordman hat übrigens eine ziemlich eindrucksvolle Familiengeschichte. Aus gegebenem Anlaß habe ich auch das recherchiert«, fuhr Loponen fort und warf Palosuo einen grimmigen Blick zu. »Ein Nordman oder mehrere haben im Dreißigjährigen Krieg gekämpft, im Großen Nordischen Krieg, im Krieg der Hüte, im Åland-Krieg und im Finnischen Krieg, vom Bürgerkrieg und den anderen Scharmützeln im letzten Jahrhundert mal ganz abgesehen. Alle waren Offiziere. Über die Militärs der Familie ist auch ein Buch geschrieben worden.«

Da keine Fragen kamen, ging Loponen zu Final Action über. Die kürzlich gegründete, in Zellen organisierte Organisation galt als äußerst gefährlich. Ihre Mitglieder charakterisierten sich selbst als die neue Intelligenz Europas, die den Weg zur neuen Weltwirtschaft weisen würde, indem sie politische und wirtschaftliche Entscheidungen durch direkte Aktionen steuerten. Loponen legte seine Blätter auf den Tisch, goß sich Kaffee ein, nahm Zucker und rührte so andächtig um, daß Ketonen der Geduldsfaden riß.

»Ossi!« sagte der Chef im Befehlston, und Loponen

schrak zusammen. Die SUPO-Mitarbeiter erfuhren nun, daß Final Action vor Den Haag nur einen Anschlag verübt hatte, den aber in sehr auffälliger Weise. Im März hatte die Organisation im indischen Bundesstaat Kerala, in der Nähe der Stadt Mahe, einen Baumwollsamenverarbeitungsbetrieb, der einem französischen Konzern gehörte, durch einen Sabotageanschlag lahmgelegt. Die Motive für ihre Heldentat waren von den Ökoterroristen überall in der Welt sehr wirkungsvoll in die Nachrichten gebracht worden: Tausende Kinder unter vierzehn Jahren hatten in der Fabrik vierzehn Stunden am Tag gearbeitet, waren Pestiziden ausgesetzt gewesen und litten unter schweren Krankheiten. Der Anschlag hatte in den westlichen Ländern gewaltiges Aufsehen erregt, das lahmgelegte französische Werk wurde geschlossen und danach noch viele andere europäische Fabriken, die Kinder als Arbeitskräfte ausnutzten, in Kerala und auch anderenorts in Indien.

»Ich erinnere mich natürlich«, sagte Ketonen, steckte sich ein Stück Würfelzucker in den Mund und trank Kaffee aus seinem Holzbecher.

»Und die beiden anderen Terroristen?« erkundigte sich Ratamo neugierig.

Loponen suchte in seinem Papierstapel den richtigen Bericht. »Der eine von ihnen, ein Portugiese namens Jorge Oliveira, ist auf der Flucht unter ungeklärten Umständen gestorben ...«

»Wieso ungeklärt?« unterbrach ihn Ratamo.

Loponen lächelte schlau. »Der Mann wurde im Naturschutzgebiet Meijendel am Ufer eines flachen Teiches gefunden. Er war zwar an der Hand verletzt und hatte viel Blut verloren, aber trotzdem ... Man weiß noch nicht, ob dieser ... Jorge Oliveira ertrunken ist oder ob ihn seine Kumpane umgebracht haben, weil er ihre Flucht behinderte.« Loponen trank einen Schluck Wasser. »Der dritte

Ökoterrorist ist immer noch auf freiem Fuß, eine Österreicherin namens Ulrike Berger.«

Ketonen schien mit Loponens Zusammenfassung nicht zufrieden zu sein. »Weshalb hat man Lasse Nordman erst heute gefunden, wenn der Anschlag schon vorgestern nacht verübt wurde?«

»Es ist dem Trio dank den militärischen Kenntnissen Nordmans gelungen, sich vor den Sicherheitsleuten von Dutch Oil und den Wärmekameras der Polizei zu verstekken. Für einen Profi ist es ziemlich einfach, in einem zweitausend Hektar großen Gebiet vor ein paar Hunden und Wärmekameras zu fliehen.« Loponen schien auf die Leistung seines Landsmanns stolz zu sein.

Ratamo nickte, weil er wußte, daß Loponen recht hatte. »Wie ist die Frau geflohen?«

Loponen berichtete von den Ereignissen des Vormittags und schien sich für die holländischen Behörden zu schämen.

Ketonen blätterte in seinen Papieren, fand aber nicht, was er suchte. »Hat irgendein anderer Finne Verbindungen zu Final Action?«

»Kaum. Die Organisation ist neu ...«, begann Loponen.

»Mensch, du sollst hier keine Vermutungen anstellen«, fuhr Ketonen ihn an. »Sucht alle Dateien durch, und befragt die Aktivisten, die auf der Überwachungsliste stehen.«

Es begann eine Diskussion über Final Action, bei der es hin und her ging, bis Ulla Palosuo das Gespräch schließlich entschlossen unterbrach. »Vom Standpunkt der Ermittlungen aus betrachtet, ist das hier die eigenartigste Nachricht: Der AIVD hat erfahren, daß dieser tote Aktivist ...«, Ulla Palosuo schaute schnell in ihren Unterlagen nach dem Namen, »... dieser Jorge Oliveira, in Meijendel eine SMS abgeschickt hat. Die konnte erst heute morgen übersetzt werden, weil Oliveira sie aus irgendeinem Grund in mirandesischer Sprache geschrieben hat.«

»In welcher Sprache?« fragte Ratamo interessiert.

Ulla Palosuo suchte auf ihrem Tisch einen neuen Zettel. »Mirandesisch wird in der Hochebene von Mirandes, im Gebiet von Miranda do Douro, gesprochen. Das ist eine dünn besiedelte Gegend im Nordosten von Portugal.« Dann nahm sie die Nachricht von Oliveira und las sie feierlich vor: *»Man hat mich erwischt. Die Verfolger sind keine Polizisten. Helft. Konsortium der Ölkonzerne, geleitet von van der Waal, Assistentin Mary Cash, Physiker werden umgebracht – der Finne Elvas stirbt heute. Engel des Zorns* ...« Ulla Palosuo starrte ihre Kollegen mit ernster Miene an. Als sie dann noch berichtete, daß der AIVD auch die SIM-Karte des Mobiltelefons erhalten hatte, die bewies, daß Oliveiras SMS echt war, waren die anderen so verblüfft, daß im Raum A 310 Schweigen herrschte.

Unterbrochen wurde es von Ulla Palosuo. »Wenn die SMS also vor dem Tod von Elvas abgeschickt wurde, dann ist gestern im Hotel Lord ein Mord geschehen.« Damit sprach sie die Schlußfolgerung aus, die alle gezogen hatten.

Die Falten auf Ketonens Stirn wurden noch tiefer. »Die Nachricht deutet auch darauf hin, daß die drei anderen Physiker ebenfalls ermordet wurden ... in Rom, Paris und Berlin.«

»Was zum Teufel ist das für ein Konsortium? Warum will irgend jemand Physiker ermorden?« wunderte sich Loponen laut.

»Das ist ja nun das einzig Logische in diesem ganzen Durcheinander. Wenn es gelingt, die Fertigstellung eines Fusionsreaktors um ein Jahr oder mehr zu verzögern, bringt jedes dieser Jahre den Ölkonzernen etliche Milliarden Dollar. Sobald jedoch kostenlose Energie zur Verfügung steht, werden ihre Gewinne schnell abstürzen. Also: Je später, um so besser.« Mit dieser Antwort verblüffte Ketonen seine Kollegen.

»In Finnland wird ja wohl kein Fusionsreaktor gebaut?« Mit der Frage verriet Loponen seine Unkenntnis.

»Finnland nimmt seit 1995 aktiv am europäischen Fusionsforschungsprogramm teil«, las Ketonen aus seinen Unterlagen vor. »Unser gegenwärtiges Teilprogramm wird FUSION genannt, und Hannu Elvas war für die Forschung im Zusammenhang mit der Fusionsplasmatechnik verantwortlich. Europa ist ein Vorreiter auf dem Gebiet der Fusionsforschung, die Forschungsprojekte JET und ITER ...«

»Seit wann bist du ein Kernphysiker?« warf Ratamo ein.

Ketonen schien die Nase voll zu haben und schnauzte Loponen an: »Und was sagt Lasse Nordman zu alldem?«

»Auf den Bericht vom Verhör warten wir immer noch. Am Telefon hat der holländische Ermittler nur erzählt, daß Nordman überhaupt nichts sagt. Aber es ist sicher, daß man ihm hart zusetzen wird, der AIVD nimmt alle Aktivisten außerordentlich ernst, seit der Aktivist Volkert van der Graaf im Frühjahr 2002 den Rechtspopulisten Pim Fortuyn ermordet hat.«

Ulla Palosuo wandte sich Ratamo zu. »Der Anschlag von Den Haag und der Tod von Elvas sind nun ein und dieselbe Ermittlung.«

»Und was ist mit den anderen Namen in der Nachricht von Oliveira: Mary Cash, van der Waal, der Engel des Zorns. Weiß man über sie etwas?« fragte Ratamo.

»Jaap van der Waal ist der Vorstandsvorsitzende von Dutch Oil. Engel des Zorns ist irgendein Codename und Cash vielleicht auch. Das bedeutet ja in englisch Bargeld«, erklärte Loponen, als wäre er ein großes Sprachgenie.

»Loponen, Menschenskinder. Cash bedeutet Bargeld ... Die Ölbosse werden ja wohl untereinander nicht irgendeine Geheimsprache benutzen«, entgegnete Ketonen genervt.

Der Deckel der Kautabakdose klappte auf, und im Zimmer breitete sich ein süßlicher Geruch aus, als sich Ratamo in aller Ruhe einen Priem unter die Lippe steckte. Sein Gehirn verarbeitete die neuen Informationen. Inwiefern konnten sie ihm helfen, dem Mörder von Elvas auf die Spur zu kommen? Jedenfalls mußte es zwischen dem Killer und van der Waal und Holland eine Verbindung geben, vielleicht war auch der Mörder …

»Berichte von den Elvas-Ermittlungen.« Ulla Palosuo gab Ratamo ihren ersten Befehl.

Ratamos Antwort kam prompt: »Elvas wird heute obduziert, und dabei ermittelt man die Todesursache. Der Arzt war noch nicht bereit, über die Todesursache Spekulationen anzustellen, sagte aber, man habe an der Leiche keinerlei sichtbare Zeichen von Gewalt gefunden. Dem Vernehmen nach litt Elvas an Diabetes, und einen Insulinschock kann man noch nicht ausschließen.«

Ratamo verteilte an seine Kollegen Fotos von der Stelle, an der Elvas gestorben war. »Die Männer vom kriminaltechnischen Labor haben an dem Mann keine Fingerabdrücke gefunden. Latente Abdrücke werden allerdings noch gesucht, und die Faserproben werden analysiert. Zwei Männer von der Abteilung für Gewaltverbrechen werden sich die Bänder der Überwachungskameras in der Nähe des Hotels anschauen und …«

»Die von der Abteilung für Gewaltverbrechen sollen sich um die technischen Ermittlungen kümmern, wir konzentrieren uns auf die taktische Seite. Und was ist mit der Namensliste vom Lord? Irgendwas Überraschendes?« sagte Ketonen, der nun die Zügel in die Hand nahm.

»Die Befragung der Leute, die dort gefeiert haben, wurde begonnen und ihre Überprüfung auch. Bisher hat man nur ein paar Fälle von Trunkenheit am Steuer und Gewalt in der Familie gefunden.« Ratamo strich nachdenklich durch seine wirren kurzen Haare. «Aber eine der Kellnerinnen im Lord hat von einem Mann erzählt, der anscheinend irgend etwas beobachtet und nur Wasser getrunken hat und englisch sprach. Ein jüngerer Mann, vielleicht so zwischen fünfundzwanzig und dreißig, etwa einsfünfundachtzig groß, normaler Körperbau und ordentlich angezogen. Der Mann ist ungefähr zur gleichen Zeit gegangen wie Elvas. Und die Polizei hat gestern am späten Abend einen Zeugen gefunden, der gesehen hat, wie ein Mann, auf den diese Beschreibung zutrifft, Elvas auf der Treppe vom Lord gefolgt ist. In dem Bericht heißt es, daß der Mann einen ›brennenden Blick‹ hatte.« Ein Lächeln schlich sich auf Ratamos Lippen.

»Wir lassen von dem Mann sicherheitshalber ein Phantombild anfertigen«, sagte Ulla Palosuo und beendete damit Ratamos Zusammenfassung.

Ketonen schlug mit der Faust auf den Tisch. »Und wer ruft im Verteidigungsministerium an? Ministerin Nordman wird ja wohl wissen wollen, daß ihr Sohn verdächtigt wird, ein Terrorist zu sein.«

13

Ulrike Berger wachte vor Übelkeit auf. Sie schluckte ein paarmal, um die Fahrstuhlbewegung in der Speiseröhre zum Stehen zu bringen. Im Kofferraum des uralten Ford Sierra stank es so stark nach Abgasen, daß ihr schwindlig wurde. Sie öffnete die Kofferraumtür einen Spalt, atmete die hereinströmende frische Luft gierig ein und wurde im Takt des vibrierenden Autos durchgeschüttelt. Blühende Tulpenfelder glitten vorüber wie ein Farbenmeer, das sich über viele Hektar erstreckte. Ihre feuchten Jeans klebten auf der Haut, aber das Hemd schien immerhin schon trocken zu sein. Der kurze Schlaf hatte sie erfrischt.

Das Auto schwankte bei einem Überholmanöver, und Ulrike stieß sich das Knie am Metall. Sie versuchte Arme und Beine an die Seitenwände des Kofferraums zu stützen, um nicht mehr so heftig hin und her geworfen zu werden; sie vermutete, daß sie am nächsten Tag mit blauen Flecken übersät sein würde. Die Uhr zeigte 9.47 Uhr an, eine Strecke von sechzig Kilometern hatte das Auto in etwa einer halben Stunde zurückgelegt, also würden sie wohl binnen kurzem in Amsterdam eintreffen. Sofern das überhaupt das Ziel des Sierra-Fahrers war. Sie hatte Angst. Was würde die Polizei jetzt gerade mit Lasse machen?

Sie mußte Kontakt zu den Mitarbeitern von Future.com aufnehmen: Jorge und Lasse mußte geholfen werden. Vielleicht könnte der Chef von Final Action der Polizei zusagen, im Gegenzug für die Freilassung der beiden Männer beispielsweise auf einen Anschlag zu verzichten oder etwas Ähnliches, überlegte Ulrike, wurde aber sofort wütend auf sich. Sobald es einen Rückschlag gab, plante sie gleich einen Kuhhandel, obwohl sie sehr gut wußte, daß die Ziele von Final Action wichtiger waren als das Schicksal von irgendeinem der Mitglieder.

Die Zukunft bereitete ihr jedoch Sorgen. Jorge war nicht der Typ, der zum Helden taugte, er würde also kaum tagelange harte Verhöre aushalten, ohne zusammenzubrechen. Zum Glück kannte Jorge den Namen des Chefs von Final Action nicht, er könnte nur Gloria und Scott verraten. Und sie selbst. Panik befiel Ulrike, als ihr klar wurde, daß die Polizei möglicherweise schon ihre Identität kannte und in Amsterdam nach ihr suchte. Sie atmete tief durch, um sich zu beruhigen.

Natürlich machte sie sich auch Sorgen um Lasse, doch der würde nie etwas verraten. Das wäre für seine Selbstachtung ein zu schwerer Schlag. Eines der wenigen Dinge in Ulrikes Leben, die sie nicht verstehen konnte, war, daß sie sich in Lasse verliebt hatte. Sie stammte aus einer Pfarrersfamilie und hatte schon in jungen Jahren beschlossen, ihre Fähigkeiten einzusetzen, um Menschen zu helfen, während Lasse aus einer Soldatenfamilie kam, auf dem Gebiet der Gewalt ein Profi war und um jeden Preis erfolgreich sein wollte. Vielleicht war es, wie Lasse behauptete, der Ehrgeiz, der sie miteinander verband. Und vielleicht machte sie es sich in ihrem Urteil auch zu leicht; heute hatte Lasse sich unbestreitbar für sie aufgeopfert. Ulrike wurde klar, wie dumm sie sich verhielt. Warum versuchte sie, ihre Gefühle zu begründen?

Ganz in der Nähe dröhnte eine Hupe, Ulrike erschrak so, daß sie sich den Kopf an der Decke des Kofferraums stieß. Sie fluchte, warf einen Blick hinaus, sah Industriegebäude und vermutete, daß die Fahrt nicht mehr lange dauern würde. Ihre Gedanken kehrten zu Lasse und seiner Offiziersvergangenheit zurück. Ulrike kannte keinen anderen Aktivisten, der eine militärische Ausbildung erhalten hatte. Sie verabscheute die Armee, denn die repräsentierte dasselbe ungerechte Gesellschaftssystem, in dem sie aufgewachsen war. Die Bergarbeiter der kleinen Stadt Erzberg hatten über Jahrhunderte für einen geringen Lohn und gefährdet durch Lungenkrankheiten die Besitzer des Bergwerksunternehmens reich gemacht. Schon mit zwanzig träumten sie von der Zeit als Rentner; die Arbeitsjahre waren nur das notwendige Übel, das man überstehen mußte, um die Welt unter Tage verlassen zu können. Für eine Weile.

Ulrike wurde wütend. Die Welt hatte sich nur insofern geändert, als man heutzutage auch von den Sklaven eine Ausbildung verlangte und ihnen Lohn zahlte; und sie konnten für die Nacht in ihr eigenes Zuhause gehen. Aber das System blieb das gleiche: Es war hierarchisch, wurde von den Reichsten beherrscht und beruhte auf der Unterdrükkung. Schon Gandhi hatte seinerzeit gesagt, daß die Menschenwürde verletzt wurde, wenn jemand seine Individualität verlor und zum bloßen Rad im Getriebe wurde. Warum begriff man das immer noch nicht?

Der Wagen wurde langsamer, und der Verkehrslärm änderte sich. Waren sie in Amsterdam angekommen? Ulrike öffnete die Kofferraumtür einen Spalt und sah einen ganz in Schwarz gekleideten Mann mit einem Geigenkasten und ohne Kopf, der den Hut zum Gruß lüftete. Sie kannte die Skulptur, also befanden sie sich am Rande des Vondelparks. Dort würde sie überlegen, wie sie Kontakt zu Gloria und Scott bekäme, und sich so weit säubern, daß sie es riskieren könnte, in ein Café zu gehen, um etwas zu essen und die Toilette zu benutzen.

Ulrike löste ihr Uhrenarmband, das an der Kofferraumtür befestigt war, und wartete gespannt, bis der Sierra an einer Ampel hielt. Dann glitt sie hinaus auf den Asphalt, drückte die Tür zu, schlängelte sich zwischen den Autos hindurch auf den Fußweg und rannte in den Park. In sicherer Entfernung blieb Ulrike ganz außer Atem stehen und blickte zur Straße: Der Sierra war schon weit weg, niemand hatte ihr Kunststück bemerkt. Allmählich ließ die Angst nach. Sie ging noch tiefer in den Park hinein.

Kinder kletterten auf den fast bis zum Boden reichenden Ästen eines Ahornbaums herum, der sich im Winde wiegte. Die Sonne schien, und die Menschen erholten sich im Grünen von den Feierlichkeiten zum Tag der Königin. Auf den Uferwiesen der Teiche herrschte ein besonders lebhaftes Treiben: Ulrike sah ein Paar, das sich küßte, wandte den Blick ab und betrachtete alte Leute, die Hand in Hand spazierengingen, und eine Mutter, die ihren Kinderwagen schob. Es kam ihr so unwirklich vor, daß dies für normale Menschen ein idyllischer Frühsommersonntag war.

Ulrike überquerte auf einer schönen Holzbrücke einen schmalen Kanal, ging hinunter ans Ufer eines Teichs und feuchtete ihre Fingerspitzen an. Sie betrachtete ihr Spiegelbild im Wasser und rieb den Dreck auf der Wange weg. Die kleine halbmondförmige Narbe wurde davon ganz rot.

Dann fuhr sie sich mit dem Fünfzinkigen durch die verfilztzten blonden Locken, strich Hemd und Hose glatt und suchte wieder ihr Spiegelbild im Wasser, doch das wurde nun von der Strömung zerstört. Irgendwo war das Schnattern von Enten zu hören. Sie sah nun ordentlich genug aus und hatte zweitausend Euro in der Tasche, alles ließe sich in Ordnung bringen. Erst auf die Toilette, dann etwas essen, und anschließend ins World Trade Center, nahm sie sich vor. Sie vermutete, daß Gloria und Scott wegen der Ereignisse in Den Haag gezwungenermaßen im Büro von Future.com saßen.

Ulrike ging wieder zu der Brücke hinauf und wählte den Parkweg, der nach Norden führte. Dabei versuchte sie sich aufzumuntern, indem sie sich einredete, Final Action werde durch diese Schwierigkeiten nicht scheitern. Das durfte nicht geschehen, sie brauchte die Organisation, um ihre Aufgabe zu erfüllen. Ein ehrgeizigeres Ziel als die Schaffung der neuen Weltwirtschaft gab es nicht. Final Action würde Hunderten Millionen, ja sogar Milliarden Menschen helfen. Wenn die Großunternehmen gezwungen würden, die Ausbeutung der Entwicklungsländer zu beenden, bekämen die armen Staaten Einnahmen für ihre Naturreichtümer, und die industrielle Entwicklung würde den Menschen die Freiheit geben, eine produktive Arbeit und eine Ausbildung zu erhalten. Die Demokratie würde den Sieg davontragen.

Die Sorge um die Zukunft bedrückte Ulrike dennoch. Wenn Jorge bei der Polizei redete, könnte sie nie wieder an Aktionen von Final Action teilnehmen. Die Behörden würden sie überwachen, egal, wohin sie ging. Was sollte sie dann tun? Ihr Studium der internationalen Politik würde sie ganz sicher nicht fortsetzen, sowohl die Diplomatie als auch die Parteipolitik waren ihr zuwider. Sie wollte kein Teil der Machtstrukturen sein, die all diese Ungerechtigkeit immer zugelassen hatten und auch künftig zulassen würden. Nein, sie wollte die Welt verändern. Würde irgendeine Hilfs-, Umwelt- oder Menschenrechtsorganisation, die sich an die Gesetze hielt, eine Frau einstellen, die vorbestraft war?

»Stopp!« Der Ruf riß Ulrike zurück in die Gegenwart. Eine junge Frau mit Rastalocken zeigte auf das rote Licht der Ampel und lächelte.

Ulrikes Gedanken wurden noch düsterer, als ihr einfiel, daß die Polizei sie möglicherweise schon am World Trade Center erwartete, falls Jorge geredet hatte.

Ezrael saß auf einer Parkbank am Rande der Rasenfläche neben dem Amsterdamer WTC-Gebäudekomplex und fütterte Vögel wie einst der heilige Franziskus von Assisi. Eine Gruppe von Jungen spielte auf dem Rasen Fußball, ihr begeistertes Geschrei erschreckte die Vögel. Plötzlich sprang die Lederkugel Ezrael vor die Füße, er lächelte und stand auf, um den Ball zu einem blondgelockten Dreikäsehoch zurückzuschießen. Im gleichen Augenblick tauchte die Faust des Soldaten vor seinem Auge auf, öffnete sich, und da lagen sechsundsechzigeinhalb Penny. Das Bild dieser Erscheinung war eines der schlimmsten. Dunkle Farben tauchten auf. »Unter den Sündern muß man sich wie die Sünder verhalten …«, wiederholte Ezrael. Er durfte sich nicht entspannen, die Bestie lauerte schon und wartete begierig auf Rache. Er beschloß, sie zu besänftigen.

Ezrael holte aus der Brusttasche seines modischen hellen Sommermantels zwei Fotos und betrachtete sie abwechselnd. Gloria Davegna und Scott Anderson, er wiederholte die Namen der Verräter. Er hatte erst bei beiden zu Hause angerufen und dann im Büro von Future.com, mit Erfolg. Jetzt beobachtete Ezrael den Gebäudekomplex des WTC: Zusätzlich zu dem flachen Gebäude mit dem Glasdach sah er vier gläserne Turmhäuser. Hinein konnte er nicht gehen, denn dann hätten ihn die Überwachungskameras aufgezeichnet, also mußte er warten, bis die Verräter das Gebäude verließen. Der Augenblick der Rache rückte näher, und die Bestie war wach, bald würde er dafür sorgen, daß die Welt verstummte. *»Gott ist ein rechter Richter und ein Gott, der täglich droht.«*

Seine Aufmerksamkeit wurde von einem kleinen Mädchen gefangengenommen, das an der Hand seiner Mutter hing und vor Freude kreischte. Lächelnd betrachtete er das Kind, das an ihm vorüberging und voller fröhlicher Neugier seinen Blick erwiderte. Ezrael spürte, wie sofort eine Verbindung zwischen den beiden aufrichtigen Seelen entstand. Das Mädchen rannte seiner Mutter davon, lief zu Ezrael hin und streckte ihre Hand aus, um sein Lächeln zu berühren. »Lasset die Kindlein zu mir kommen und wehret ihnen nicht«, flüsterte Ezrael auf englisch, nahm das Kind auf den Schoß, legte ihm seine vierfingrige Hand auf den Kopf und segnete es. Das Mädchen roch nach Wahrheit.

Die besorgte Mutter eilte herbei, beruhigte sich aber, als sie Ezraels lächelndes, freundliches Gesicht sah. »Pardon«, sagte die Frau, nahm die Tochter auf den Arm und redete dann weiter.

An den Händen der Frau war kein einziger Ring zu sehen, Ezrael wurde klar, daß sie in Sünde lebte. Dieser Augenblick voller Reinheit wurde zur Heuchelei. *»Ik snap … het niet … Toerist.«* Er verstehe nicht, stotterte er auf niederländisch. Und das stimmte, sein niederländischer Wortschatz beschränkte sich auf ein paar Sätze. Ezrael log nie.

Mutter und Tochter gingen fröhlich davon. Ezrael vermutete, daß die Frau nicht in der Lage sein würde, ihn sehr genau zu beschreiben: Er hatte sich nachlässig-jugendlich gekleidet, und auch die ungewöhnliche Gürtelschnalle war nicht zu sehen, wenn er saß. Urplötzlich tauchte in ihm eine Erscheinung auf, das Bild einer rothaarigen Frau, die traurig aussah und in der engen Küche über den Tisch gebeugt Papierengel ausschnitt. Ein seltsames Gefühl breitete sich vom Unterleib über den ganzen Körper aus, aber er unterdrückte es. Ezrael hatte keine Mutter, und Ezrael kannte keine innigen Gefühle. Er kannte nur die Bestie.

Er schaute dem hüpfenden kleinen Mädchen nach, und seine Gedanken wanderten zum Allerwichtigsten – zum dritten Geheimnis von Fatima. Die Jungfrau Maria war 1917 in Fatima in Portugal drei Kindern, Francisco und Jacinta Marto sowie Lucia do Santos, erschienen und hatte ihnen drei Geheimnisse verraten. Zwei davon kannte man: die Warnungen vor dem Aufstieg und Fall des Kommunismus und dem Ausbruch des Zweiten Weltkriegs. Das dritte Geheimnis hatte Lucia do Santos, die Nonne geworden war, 1943 niedergeschrieben und 1957 dem Vatikan geschickt, aber die katholische Kirche beschloß, es den Gläubigen vorzuenthalten. Fünf Päpste weigerten sich, das dritte Geheimnis zu veröffentlichen, um das sich nun allmählich ein Wust von Geheimniskrämerei und Verschwörungstheorien rankte. Im Jahre 1981 gab es zwei Versuche, den Vatikan zur Veröffentlichung des dritten Geheimnisses zu zwingen: Den ersten unternahm Mehmet Ali Agca mit seinem Papstattentat und den zweiten Laurence James Downey mit seiner Flugzeugentführung.

Schließlich enthüllte die katholische Kirche im Jahre 2000, daß ein Teil des dritten Geheimnisses das mißlungene Attentat auf den Papst betraf, aber die Schriften von Lucia do Santos wurden nicht als Beweis für die Behauptung veröffentlicht. Die Kirche zeigte nur zwei Ausschnitte: *»Der in Weiß gekleidete Bischof« – »fiel im Kugelregen zu Boden, so als wäre er tot«*. Ezrael wußte, daß die von der Kirche veröffentlichten Auszüge auf den Mord an Erzbischof Oscar Romero von San Salvador hindeuteten, der schon 1980 begangen wurde. Die veröffentlichten Auszüge hatten nichts mit dem dritten Geheimnis von Fatima zu tun. Die katholische

Kirche log, sie verheimlichte das dritte Geheimnis auch heute noch. Aber der Bote hatte es Ezrael verraten, und deswegen führte dieser die Verräter durch die Pforten des Todes ins ewige Feuer.

Ezrael bemerkte, daß er die Fäuste ballte, und er spürte, wie auf seinem Gesicht ein Grinsen zuckte. Langsam verfärbte sich alles orange, er hatte die Bestie zu früh gereizt, jetzt mußte er sie besänftigen. Er trat näher an das WTC-Gebäude heran … Unter den Sündern sein wie die Sünder …

Urplötzlich tauchte das Foto von Ulrike Berger wieder vor ihm auf, das der Bote ihm am Morgen in der Kirche gegeben hatte. Das Bild hatte sich ihm tief eingeprägt, im Kopf wendete er es hin und her, doch ihm fiel immer noch nicht ein, warum er ständig daran denken mußte. Das ließ ihm keine Ruhe, genau so kündigten sich in der Regel seine Offenbarungen an. Er verbannte das Bild aus seinem Kopf und konzentrierte sich auf den Auftrag.

Jetzt mußte er seine Stellung beziehen. Ezrael schaute noch einmal zu dem Ausgang, durch den die Aktivisten das WTC verlassen würden, und ging dann den Weg entlang, den sie höchstwahrscheinlich nehmen würden, sowohl den zur Strawinskylaan als auch den zur Beethovenstraat. Niemand schien ihn zu beachten.

Der bevorstehende Racheakt bereitete Ezrael Sorgen. Im Gebäudekomplex des WTC arbeiteten auch am Sonntag Hunderte Menschen, was geschah, wenn er die Verräter nicht fand? Außerdem war die Vorbereitungszeit viel zu kurz gewesen. Es wunderte ihn, daß der Bote so zur Eile drängte; die bisherigen Anschläge hatten sie bis auf den Millimeter genau geplant. Doch ein Auftrag, den der Allerhöchste erteilte, konnte nicht mißlingen. So sprach Ezrael sich Trost zu, und als er den Geruch des Blutes spürte, beruhigte er sich vollends.

14

Die Frau, die das Verhör führte, haute mit der Faust auf den Tisch, und Lasse Nordman zuckte zusammen wie bei einem Elektroschock. Der großgewachsene Finne schwankte auf dem Metallhocker an der Grenze zwischen Wachen und Schlafen, zwei durchwachte Nächte forderten ihren Tribut. Außerdem fror er, die Polizisten hatten ihm die Sachen für die Spurensicherung ausgezogen und ihm dafür nur einen dünnen Baumwollpyjama gegeben. Der Schock durch die Nachricht von Jorges Tod hatte sich schon vor geraumer Zeit gelegt, aber die Fragen, die er hinterließ, waren quälend. Genau wie die Ungewißheit, ob Ulrike ohne ihn zurechtkommen würde.

Der fensterlose Verhörraum im Kellergeschoß der AIVD-Zentrale war schwach erleuchtet, aber die Halogenlampe auf dem Tisch mit ihrem schmerzhaft grellen Licht war direkt auf Lasse gerichtet. Die Verhöre liefen pausenlos seit dem Morgen. Im Laufe der Stunden wechselten nur die Personen, die ihn verhörten, diese aggressive Wölfin hatte sich als Katje de Groot vorgestellt, und die Rolle des sympathischen Ermittlers spielte ein Mann namens Henk Timmerman. Lasse hatte die Namen so oft gehört, daß er sie sich eingeprägt hatte, ohne es zu wollen.

»Wo ist Ulrike Berger!« brüllte de Groot auf englisch. Lasse hatte aufgehört zu antworten, nachdem er dieselben Lügen etwa hundertmal wiederholt hatte.

»Habt ihr Jorge Oliveira umgebracht?« Auf diese Frage reagierte Lasse immer noch, und zwar mit einem verächtlichen Blick.

Er fuhr sich mechanisch durch seine blonden kurzen Haare und versuchte die Ohren zu verschließen; das Geschrei der Ermittlerin zerrte an den Nerven. Das war eine primitive Methode, beim Verhör Druck auszuüben, aber sie erwies sich als wirksam, wenn jemand durch fehlenden Schlaf und Hunger geschwächt war. Die Holländer verstanden ihr Handwerk: Seine Identität und die von Ulrike und Jorge hatte man bereits ermittelt und ihren Hintergrund schon ausgeleuchtet, bevor er gefaßt worden war. Lasse mußte sich eingestehen, daß er Angst hatte, ohne genau zu wissen, wovor. War Jorge tatsächlich tot? Wie zum Teufel konnten die Sicherheitsleute eines Großkonzerns einen Menschen einfach umbringen? Zum Glück befand sich wenigstens Ulrike in Freiheit, das war das wichtigste. Er bemerkte, daß er schon jetzt Sehnsucht nach ihr hatte, wie sollte er es jahrelang allein im Gefängnis aushalten?

Der Stolz belebte ihn wie ein Adrenalinstoß, als ihm einfiel, daß er möglicherweise mit seinem Ablenkungsmanöver am Vormittag neben Ulrike auch Future.com und Gloria und Scott gerettet hatte. Nach Ulrikes Flucht könnte die Polizei nur von ihm Informationen erhalten, und er würde nichts sagen. Der Zufall bringt einen Helden hervor, dachte Lasse. Endlich hatte er Gelegenheit, zu zeigen, aus welchem Holz er geschnitzt war. Nicht einmal die Schande, gefaßt worden zu sein, und der zu erwartende Haß der Verwandten belasteten ihn. Die Rolle des Märtyrers war immer noch reizvoller als ein nutzloses Leben auf dem Sofa; die materielle Übersättigung war das gefährlichste Gift dieser Zeit, sie lähmte ihre Opfer und machte sie zu Egoisten, die nur auf ihren eigenen Vorteil bedacht waren. Auch in Finnland.

»Verdammt noch mal, glauben Sie etwa, der Terrorismus ist so etwas wie ein Partisanenkrieg der Helden aus dem Hinterwald?« Katje de Groot versuchte ihn zu provozieren und so zum Reden zu bringen.

Lasse hätte ihr um ein Haar eine giftige Antwort gegeben. Jetzt mußte er sich konzentrieren: Denk an irgend etwas anderes.

Die Hochschule für Landesverteidigung, Kriegsgeschichte … Partisanenkrieg. Diese Methode wurde schon im Jahre 1555 in den Kämpfen bei Joutselkä auf der Karelischen Landenge angewendet, als eine von Juho Maununpoika geführte finnische Abteilung von fünfhundertsechzig Soldaten und Bauern eine sechstausend Mann starke russische Armee unter dem Befehl von Fürst Bibikow herausforderte. Die Finnen mit Skiern versperrten den von hohen Schneewehen umgebenen Weg am Ende einer geeigneten Schlucht. Unterstützt wurden sie nur von einer kleinen Kavallerieabteilung und den Geschützen, die sie vom Burgberg Kivennapa mitgenommen hatten. Die Russen, die zu Fuß marschierten, lachten, als sie die Stellungen der Finnen sahen.

De Groots Stimme wurde noch lauter. »Wer ist der Chef von Final Action? Was haben Sie vor …«

Lasse setzte seinen schweigenden Monolog fort und kramte noch mehr seiner militärgeschichtlichen Kenntnisse aus dem Gedächtnis hervor. Es wurde erzählt, daß der erste Schuß aus den finnischen Geschützen den Fürsten Bibikow tötete. Dann fuhren die finnischen Skiläufer, die in der Nähe des Weges Stellung bezogen hatten, den Hügel hinunter direkt in die Flanken der russischen Vorhut. Die Russen, die ihren Kommandeur verloren hatten, gerieten in Panik, und ihre Vorausabteilung floh in völligem Chaos. Die Finnen schlugen erneut zu, diesmal in die Flanken der Hauptabteilung; die Skiläufer waren in den hohen Schneewehen schneller als die russischen Fußsoldaten und jagten den Feind über die Grenze zurück. Die Taktik war im Prinzip die gleiche wie im Zweiten Weltkrieg, im Winterkrieg, in der Schlacht an der Straße von Raate, fast vier Jahrhunderte später. Lasse kannte zahlreiche Schlachten in allen finnischen Kriegen auswendig.

Die aggressive Ermittlerin verließ plötzlich das Zimmer, und bald darauf marschierte ihr Kollege herein. Jetzt war beim Verhör der sympathische Beamte an der Reihe.

Der zwei Meter große, bärtige Mann beobachtete Lasse einen Augenblick mit ernster Miene, bevor er begann. »Was ist das nächste Ziel von Final Action?« fragte Henk Timmerman ganz ruhig und starrte Nordman an, der aussah wie das »Gebet eines Schlafenden« und gar nicht daran dachte zu antworten.

Es schien so, als hätte auch der Holländer genug davon, immer wieder vergeblich die gleichen Fragen zu stellen, dachte Lasse erleichtert, obwohl ihm natürlich klar war, daß Timmerman die Rolle des sympathischen Polizisten nur spielte. Zumindest hörte das Geschrei für einen Augenblick auf. Ihm kam der Gedanke, daß der Bartmensch, der eine Fliege mit Kaschmirmuster trug, eher wie ein Astronom und nicht wie ein Beamter des Nachrichtendienstes aussah. Er war müde.

»Wie viele Aktivisten gehören zu Final Action?«

Lasse schnaufte. »Wir sind keine Aktivisten. Heutzutage werden sogar schon die Leute Aktivisten genannt, die gegen die illegale Müllablagerung sind. Wir akzeptieren die systematische Zerstörung als Mittel zur Erreichung unserer Ziele, deshalb können Sie uns als Ökoterroristen bezeichnen. Wir sehen uns als Kämpfer für das Recht.« Bei diesen Worten mußte Lasse an Ulrike und ihren unerschütterlichen Glauben an eine neue Weltwirtschaft denken; so eine Überzeugung würde dieser Timmerman nie verstehen.

Timmerman hielt Lasse ein Blatt Papier vor die Nase und las dann langsam vor: »›*Man hat mich erwischt. Die Verfolger sind keine Polizisten. Helft. Konsortium der Ölkonzerne, geleitet von van der Waal, Assistentin Mary Cash, Physiker werden umgebracht – der Finne Elvas stirbt heute. Engel des Zorns* …‹ Haben Sie das in der Zentrale von Dutch Oil gehört?« Jetzt beobachtete er Nordmans Reaktionen aufmerksam. »Wie und von wem?«

Lasse schloß die Augenlider und strengte sein vom fehlenden Schlaf betäubtes Gehirn an, er war todmüde und hoffte, daß er auch genauso aussah. Wie zum Teufel konnte die Polizei wissen, was van der Waal in der Zentrale von Dutch Oil gesagt hatte?

Eine Weile wartete Timmerman vergeblich auf eine Antwort. »Jorge Oliveira hat diesen Text, den ich vorgelesen habe, als SMS abgeschickt, etliche Stunden bevor Professor Elvas in Helsinki getötet wurde. Sie werden ja wohl verstehen, daß diese Nachricht auf ein Verbrechen hinweist, das noch schwerwiegender ist als Ihr Anschlag?«

Glaubte die Polizei wirklich, daß dieses von van der Waal geführte Konsortium Physiker umbrachte? Lasse war überrascht. Sollte er erzählen, was er von der Beratung des Konsortiums wußte? Warum nicht: Das würde Dutch Oil schaden und von ihrem Anschlag und Final Action ablenken. Vielleicht gelänge ihm sogar ein Handel mit seinen Informationen. »Welchen Nutzen bringt es mir, wenn ich kooperiere?«

»Es hilft Ihnen möglicherweise bei einem künftigen Prozeß. Auf den Umfang der Schadensersatzforderungen habe ich keinen Einfluß, darüber entscheidet Dutch Oil, und die Summe werden Sie kaum jemals abzahlen können. Selbst wenn du Verteidigungsminister wärst wie deine Mutter«, spottete Timmerman.

»Kann ich schlafen, wenn ich rede. Und etwas essen?«

Timmerman nickte.

Lasse überlegte einen Augenblick und traf dann seine Entscheidung. »Jorges Nachricht enthält mehr, als ich selbst wußte. Aber ungefähr so hat Jaap van der Waal es gesagt. Die Besprechung des Konsortiums ist plötzlich während des Anschlags auf einem Monitor in der EDV-Zentrale aufgetaucht. Ich weiß nicht, warum.«

»Du behauptest also, daß dies van der Waals Worte sind?« Timmerman hielt den Zettel hoch.

»Das behaupte ich nicht.«

Timmerman beurteilte Lasses Antwort einen Augenblick. »Was hat van der Waal sonst noch gesagt?«

»An mehr erinnere ich mich nicht. Wir hatten nur einen Augenblick Zeit, uns über diese Beratung zu wundern, dann wurde Alarm ausgelöst. Jorge hatte außerdem ein gutes Gedächtnis, er konnte sich Grundrisse einprägen und ...« Lasse begriff, daß er mehr sagte, als nötig gewesen wäre.

In den Gesten oder im Gesichtsausdruck des Verhörten entdeckte Timmerman nichts, was darauf hingewiesen hätte, daß er log. Der Mann starrte ihn mit seinen blauen Augen an, ohne eine Miene zu verziehen. »Denk nach«, sagte der Holländer.

Lasse holte tief Luft und schloß wieder die Augen. »›*Gehen weiter* ...‹, an diese Worte erinnere ich mich. ›*Die Morde an den Physikern gehen weiter* ...‹ oder so ähnlich.«

Timmerman wirkte zufrieden. »Wen hast du in der Beratung bei van der Waal erkannt? Zähle die Namen auf.«

»Den Haupteigentümer von Oil Russia.« Lasse grub aus den Tiefen seines Gedächtnisses die Gesichter der Öl-Mogule aus, die kurz auf dem Monitor erschienen waren, und zählte Timmerman die Namen auf. Er erwähnte auch den kleinen dunkelhaarigen Mann, der geschwiegen hatte.

Je länger die Namensliste wurde, desto verblüffter schaute Timmerman drein. Er bedrängte Nordman noch mit einigen Fragen, kam aber dann zu dem Schluß, daß der sich vielleicht an mehr erinnern würde, wenn er etwas gegessen und sich ausgeruht hatte. Die Überwachungskameras hatten Nordman, Berger und Oliveira in der Zentrale von Dutch Oil gefilmt, ihre Schuld an dem Anschlag war also klar. Er würde keine Zeit mehr für Verhöre Nordmans verschwenden, solange bei Oliveira nicht die Todesursache feststand. Wer weiß, vielleicht würde der Mann bald auch des Mordes an seinem Gefährten beschuldigt.

Timmerman schätzte noch kurz Nordmans Zuverlässigkeit ein: Der Mann wirkte arrogant, aber ehrlich. »Im vorigen Jahr haben wir etliche Ihrer Landsleute inhaftiert, die einen Anschlag auf eine Nerzfarm in Putten verübt hatten. Warum wollt ihr Finnen gegen alle Windmühlen ankämpfen?«

Lasse lachte trocken. »Wir haben darin tausend Jahre Erfahrung.«

Das Verhör war zu Ende. Timmerman ging hinaus, schloß die Tür des Verhörraums und blieb auf dem Flur stehen. Man konnte unmöglich glauben, daß ein von Jaap van der Waal geführtes Konsortium der Ölkonzerne mitten in der Nacht im Beratungsraum von Dutch Oil Morde an Spitzenwissenschaftlern plante. Seine Schritte waren auf dem Laminatfußboden deutlich zu hören, als er zum Raum der operativen Zentrale ging.

Katje de Groot wartete an der Tür. »In Amsterdam wohnt exakt eine Mary Cash, Nordirin, fünfunddreißig Jahre alt und stark mit der IRA verknüpft.« Die junge Ermittlerin reichte ihrem Vorgesetzten einen Stapel Blätter.

Timmermans Interesse erwachte. »Inwiefern verknüpft?«

»Mary Cashs Ehemann Fergus Cash stand unter Verdacht, am Bombenanschlag von Omagh beteiligt gewesen zu sein. Doch der Mann starb vor seinem Prozeß unter ungeklärten Umständen im Terroristengefängnis von Maze.«

»Frische mein Gedächtnis etwas auf, was war mit dem Anschlag von Omagh«, bat Timmerman.

»Ein Bombenanschlag der Wahren IRA, die das Karfreitags-Friedensabkommen ablehnt. Im August 1998. Der blutigste Terrorakt in Nordirland, neunundzwanzig Tote und zweihundert Verletzte.«

»Mary Cash wird observiert, fertigt ein Personenprofil an«, befahl Timmerman.

Katje de Groot gab eine kurze Zusammenfassung der Ermittlungen zum Anschlag gegen Dutch Oil: Jorge Oliveira wurde gerade obduziert, und im kriminaltechnischen Labor untersuchte man die Spuren, die man am Fundort des Toten gesichert hatte. Ulrike Berger war zur Fahndung ausgeschrieben, und ihr Foto hatte man an alle Polizeistationen, Flughäfen, Seehäfen, Zollstationen, an die Grenzwacht, an die Grenzübergangsstellen, Hotels und so weiter geschickt.

Mitten im Vortrag seiner Kollegin fiel Timmerman plötzlich etwas ein. Die Überwachungskameras im Gebäude von Dutch Oil hatten zwar die Beratung des Konsortiums nicht aufgezeichnet, aber doch einen kurzen Ausschnitt der Ereignisse in der EDV-Zentrale aufgenommen. Er wandte sich an einen Techniker, der vor den Fernseh- und Computermonitoren saß. »Zeig mir das kurze Stück auf dem Band aus der EDV-Zentrale von Dutch Oil.«

Timmerman beugte sich vor, um die Aufzeichnung zu betrachten, er kniff die Augen zusammen, und schließlich fand er, was er suchte. »Zoome diesen Computerbildschirm heran.«

Mit viel Mühe gelang es dem Techniker, den Computermonitor zu vergrößern, vor dem sich das Trio von Final Action versammelt hatte, und die Bildschärfe so einzustellen, daß man darauf etwas erkennen konnte. Das genügte Timmerman, er erkannte van der Waal und dann noch einen anderen Mann. »Dieser Kerl da. Such auf einem anderen PC ein Foto Iwan Potanins, des Haupteigentümers von Oil Russia.« Timmerman zeigte mit dem Finger auf den Monitor und zupfte ungeduldig an seiner bunten Fliege.

Der Techniker führte den Befehl aus. Ein paar Minuten später jubelte Timmerman. Was er sah, waren zwei Fotos von ein und demselben Mann, von Iwan Potanin. Bei Dutch Oil war vorgestern nacht eine Beratung abgehalten worden, an der auch der russische Ölzar teilgenommen hatte. Lasse Nordman sprach die Wahrheit. Wenn auch der

Rest von Oliveiras Nachricht stimmte, stand ein Skandal weltweiten Ausmaßes bevor. Doch wer zum Teufel war der Engel des Zorns?

15

Die breiten Dielenbretter der in den zwei obersten Stockwerken eines Amsterdamer Wohnhauses versteckten Kirche Ons' Lieve Heer op Solder knarrten unter den nervösen Schritten von Pieter, dem Sicherheitschef van der Waals. Das labyrinthische Gebäude des Amstelkring-Museums, die vielen Touristen waren für einen Leibwächter ein Alptraum.

Mary Cash fluchte und verwünschte Pieter in die allertiefste Hölle; eben vor dem Eingang hatte er sie mit harter Hand einer Leibesvisitation unterzogen. Die Lust auf eine Zigarette plagte sie. Manchmal brachte der Glauben auch amüsante Absurditäten hervor, dachte sie, während sie im Touristenprospekt las und eine rotblonde Locke zwischen den Fingern hin und her drehte. Als um 1660 die Macht in Amsterdam von den Katholiken an die Protestanten überging und katholische Gottesdienste verboten wurden, kamen die Einwohner auf die Idee, Kirchen in normalen Wohnhäusern zu verstecken. Mary vermutete, daß die Einhaltung des Verbots nicht sonderlich genau überwacht worden war, denn den Lärm der Psalmen singenden Gottesdienstbesucher und der Orgeln von der Größe eines Transporters mußte man bis Belfast gehört haben.

Pieter und das Warten auf van der Waal widerten sie so an, daß ihre Gedanken zwangsläufig bei den Briten landeten. Ihren Mann Fergus hatte man der Beteiligung an dem Bombenanschlag von Omagh verdächtigt, aber die Briten hatten keine stichhaltigen Beweise zusammenbekommen. Deshalb wurde Fergus zu Tode mißhandelt. Nur die britischen Gefängniswärter oder Soldaten konnten Fergus ermordet haben: IRA-Mitglieder waren es ganz sicher nicht gewesen, und protestantische Loyalisten hatten in dem Republikanerflügel des Terroristengefängnisses von Maze nichts zu suchen. Die Briten wendeten heimlich genau die gleichen Methoden an wie die IRA-Mitglieder, die sie als Terroristen beschimpften. Kürzlich war im Zusammenhang mit einem Mordprozeß sogar enthüllt worden, daß die Einheiten der britischen Armee und Polizei in Nordirland in den achtziger Jahren gemeinsam mit den protestantischen Loyalisten katholische Zivilisten ermordet hatten. Bei britischen Männern war alles das zu finden, was Mary für das Widerlichste auf der Welt hielt: Überheblichkeit, die Verehrung blödsinniger Traditionen, Anmaßung ...

Mary ließ den Blick über die geschnitzten Engel der Kirche Unser lieber Herr auf dem Dachboden zu dem schönen Jesus-Triptychon und dann zu dem von Jacob de Wit gemalten Altarbild wandern, das zwischen den Marmorsäulen am Rand des Altarraums zu sehen war. Nach dem Tod des Vaters stand sie das erste Mal wieder in einer Kirche. Ezraels Wohnung hielt nur Ezrael selbst für eine Kirche.

Sicherheitsleute begleiteten van der Waal, der schnaufend in den Kirchensaal gewatschelt kam und einen schnellen Blick auf seinen Sicherheitschef Pieter und auf Mary Cash warf. Er suchte sich einen Sitzplatz am Rande des Kirchensaals, der abgelegen genug war, streichelte den Papillon, der in seinem Schoß herumhampelte, und wischte sich dann stöhnend den Schweiß vom Gesicht. Der Fußweg von den Aufzügen bis in den Kirchensaal war anstrengend.

Mary betrachtete den rotgesichtigen Holländer und empfand wie immer so starke Abscheu, daß es sie schauderte. Zum erstenmal lächelte die Verkörperung der Faulheit nicht schmeichlerisch. Die schwarzen Haare, die auf seinem Schädel klebten, und die korpulente Erscheinung ließen van der

Waal wie einen Pandabär aussehen. Mary wunderte sich, daß er sie hier treffen wollte, nur ein paar Häuserblocks von Ezraels Wohnung entfernt. Damit wollte er doch nicht etwa andeuten, daß er wußte, wo Ezrael wohnte, dachte Mary erschrocken. Ezrael war ihre Lebensversicherung. Sie hatte van der Waal nachdrücklich zu verstehen gegeben, daß der Engel des Zorns sie rächen würde, wenn ihr irgend etwas zustieß. Und außerdem war das Beweismaterial, das sie gegen van der Waal und dessen amerikanischen Kooperationspartner John Dexter gesammelt hatte, in Ezraels Wohnung versteckt. Je größer ihre Besorgnis wurde, um so mehr gierte sie nach einer Zigarette.

Eine japanische Touristengruppe knipste in einigen Minuten Fotos im Umfang von etlichen Gigabyte und verließ dann die Kirche im Gefolge ihrer Führerin wie Küken hinter ihrer Entenmutter. Als Mary sah, daß van der Waal freundlich lächelnd nickte, wählte sie die Bankreihe hinter ihm, kniete nieder, bekreuzigte sich und setzte sich hin.

»Wann schlägt der Engel des Zorns zu?« Van der Waal kam in seinem Englisch mit niederländischem Akzent sofort zur Sache.

»Ich weiß die Uhrzeit nicht genau, vermutlich in diesem Moment.«

Auf van der Waals wohlwollendem Gesicht tauchte kurz ein Ausdruck der Unzufriedenheit auf, als er die Schnauze seines knurrenden Papillons streichelte. »Nach unserem letzten Treffen ist viel geschehen. Der AIVD hat einen der Aktivisten, Nordman, gefaßt, aber der Frau, Ulrike Berger, gelang die Flucht aus Meijendel. Jetzt ist sie hier in Amsterdam und versucht Kontakt zu ihren Freunden aufzunehmen, die im WTC-Gebäude arbeiten. Dank meinem Kooperationspartner und seinen … Informationsquellen sind wir der Polizei einen Schritt voraus.« Van der Waal legte eine Pause ein, um dem Befehl, den er gleich erteilen würde, Gewicht zu verleihen. »Das nächste Objekt für den Engel des Zorns ist Ulrike Berger.«

»Ich habe dem Engel des Zorns die Informationen zu Ulrike Berger schon am Morgen gegeben, aber wir brauchen Zeit. So ein Plan entsteht nicht in ein paar Minuten, ich muß …«

Van der Waal wollte keine Widerrede hören. »Uns ist auch eingefallen, wie wir den dritten Aktivisten, diesen Nordman, umbringen.«

»Ach so?« Mary versuchte ihre Verärgerung zu unterdrükken, die Situation geriet außer Kontrolle. Ezrael konnte nicht jeden Tag Anschläge ausführen, sie mußten sorgfältig geplant werden, sonst geriet ihr Bruder in allzu große Gefahr.

»Ich werde den Behörden im Namen von Dutch Oil mitteilen, daß wir keine Forderungen gegen die Aktivisten erheben. Dann muß der AIVD Nordman über kurz oder lang freilassen, und der Engel des Zorns kann seine Arbeit ausführen.« Van der Waal schrak zusammen, als der Hund ihm in den Finger biß.

»Wird sich die Polizei nicht wundern, wenn Dutch Oil keine Klage erhebt?« fragte Mary.

»Das ist egal. Ich werde ihnen vorlügen, daß nicht besonders viel Schaden verursacht wurde. Und ich kann beispielsweise sagen, daß wir dank dem Anschlag in unseren Systemen beim Datenschutz Löcher gefunden haben. Die Polizei wird sich nicht wundern, daß wir die Angelegenheit begraben wollen, denn ein Prozeß würde Dutch Oil Negativschlagzeilen bringen, und zwar haufenweise. Sorgen Sie dafür, daß Ulrike Berger ums Leben kommt«, sagte van der Waal, schenkte Mary ein aufrichtiges Lächeln und verließ in Begleitung von Pieter die Kirche.

Irgend etwas an van der Waal widerte sie außergewöhnlich stark an. Vermutlich war es die Verbindung von Macht,

Schlaffheit und Reichtum. Sie haßte die Männer, denn die verwendeten all ihre Energie darauf, Sex zu haben, um Eigentum anzuhäufen und andere im Wettbewerb um den höchsten Lebensstandard zu übertreffen. Die Monogamie war für die Männer nur ein notwendiges Übel, eine Festlegung, gegen die sie bei jeder sich bietenden Gelegenheit verstießen. Die Männer begünstigten jene, die ihnen ähnelten, und versuchten jene zu unterdrücken, die anders waren. Das hatte auch Fergus getan.

Für Mary war das Maß allmählich voll. Sie mußte van der Waal schon anderthalb Jahre ertragen, seit die Wahre IRA den Auftrag für die Ermordung der Physiker übernommen und ihr diese Aufgabe übertragen hatte. Aber aufgeben kam nicht in Frage, denn die Zukunft der Wahren IRA hing von ihr ab. Wenn sie und Ezrael Erfolg hatten, würde van der Waal der Wahren IRA ein astronomisches Honorar zahlen, mehr als die NORAID, eine Organisation zum Spendensammeln, in den ganzen siebziger Jahren bei den Iren in den USA auftreiben konnte. Das erste Mal würden sie so die Möglichkeit erhalten, Waffen und Ausrüstung zu beschaffen, mit denen man den Briten ernsthaften Schaden zufügen konnte.

»*Beidh lá eile ag an Phaorach* – auch unser Tag wird noch kommen.« Den Satz hatte Mary als Teenager Anfang der achtziger Jahre auswendig gelernt, nachdem sie in einem Pamphlet der IRA gelesen hatte, daß »jedes erklingende irische Wort eine Kugel im Kampf für die Freiheit Irlands ist«.

Mary verließ die Kirche, ging hinunter in den Salon, der im Stil des siebzehnten Jahrhunderts eingerichtet war, von dort in den Empfangssaal im Rokoko-Stil und verließ dann das Museum durch den Haupteingang. Das Sonnenlicht zwang sie, die Augen zusammenzukneifen, das Butanfeuerzeug sprang an, und voller Genuß atmete sie die ersten Züge aus der Zigarette ein.

Am Ufer des Oudezijds-Voorburgwal-Kanals fuhr der Wind in Marys rote Haare. Einen Mißerfolg konnte sie sich nicht leisten, vom Gelingen dieses Projekts hing das Schicksal allzu vieler Republikaner ab. Sie beschloß, Ezrael anzurufen und ihrem Bruder zu erlauben, sich wieder an einem neuen Verräter zu rächen.

16

Die Hände in blutigen Gummihandschuhen schoben sich in die Bauchhöhle der Leiche und zogen die Leber heraus. Der Obduktionsgehilfe, der grüne Krankenhaushosen und ein grünes Hemd trug, den weißen Kopf- und den Gesichtsschutz, Plastikschürze und Gummistiefel, hob das Organ hoch wie eine Opfergabe. »Genau eins Komma sieben Kilo«, tippte er und legte die Leber von Hannu Elvas auf die Waage. Die Digitalziffern blinkten und blieben bei dem Wert 1,8042 stehen. Der Mann brummte und legte das innere Organ zur Untersuchung durch den Gerichtsmediziner auf den metallischen Arbeitstisch. In dem Augenblick ging die Tür auf. Arto Ratamo und Jussi Ketonen betraten die stählerne Reinheit des Obduktionssaales im Institut für Gerichtsmedizin der Universität Helsinki, begleitet wurden sie von einer Frau mittleren Alters in einem weißen Kittel. An den Geruch erinnerte sich Ratamo aus der Zeit als Medizinstudent. Hatte der Tod einen Eigengeruch, oder verschmolzen die Stimmung dieses Ortes und der Geruch des Desinfektionsmittels in seinem Kopf zum Todesgestank? Die Obduktionstische sahen anders aus als Ende der achtziger Jahre, moderner. Das Metall der an ihren Enden befestigten Geräte und Lampen glitzerte im hellen Licht der Deckenlampen, und Jalousien versperrten den Blick nach draußen.

Ketonen schaute erst auf Elvas' geöffneten Schädel und

Bauch und dann auf das Gehirn und die inneren Organe, die auf dem Untersuchungstisch lagen. Er spürte ein Stechen in der Leber.

Der Gerichtsmediziner Ahti Nurmi zog die schmalen Augenbrauen hoch, die man zwischen Kopf- und Mundschutz sah. »Was zum Teufel wollen Sie ...«

»Jussi Ketonen, Chef der Sicherheitspolizei, und das ist Oberkommissar Arto Ratamo. Wir kommen wegen der Todesursache von Hannu Elvas. Wir brauchen die Information jetzt sofort«, sagte Ketonen resolut.

Nurmi stützte seine blutigen Hände auf den Obduktionstisch und betrachtete die Eindringlinge prüfend. Dann seufzte er und stellte sich und seinen Obduktionsgehilfen vor. »Die Obduktion ist noch im Gange. Die gerichtschemischen, mikroskopischen, bakteriologischen, virologischen und serologischen Untersuchungen werden erst morgen oder übermorgen abgeschlossen. Aber eins steht fest: Hannu Elvas ist ermordet worden«, sagte Nurmi.

»Gottverdammich«, entfuhr es Ketonen, er warf Ratamo einen kurzen Blick zu. »Und wie?«

»Der Mörder wollte, daß es wie ein natürlicher Tod aussieht. Er hat, kurz gesagt, über die äußere Halsschlagader Luft in den Blutkreislauf von Elvas gespritzt.«

Ketonen lächelte. Er hatte gehört, daß einige Pathologen einen makabren Sinn für Humor besaßen. »Aha, Luft gespritzt ...«

Ratamo ärgerte sich, er hätte diesen Gang allein bedeutend schneller erledigen können, da er dank seiner Ausbildung als Mediziner die gleiche Sprache verwendete wie Nurmi. Doch der Chef genoß seine letzten Ermittlungen so sehr, daß er jetzt sogar bei den Untersuchungen vor Ort unbedingt dabeisein wollte.

Der Gerichtsmediziner Nurmi wirkte ungeduldig und warf seinem Gehilfen einen grimmigen Blick zu. »Der Mörder hat Elvas mindestens zweihundert Kubikzentimeter Luft eingespritzt. Das geht nicht so schnell, aber Elvas ist dennoch während der gesamten Tat bei Bewußtsein gewesen. Trotz seiner Trunkenheit muß er zumindest versucht haben, sich zu wehren. Ich verstehe nicht, warum der Mörder sein Opfer nicht bewußtlos geschlagen hat, es sieht fast so aus, als wollte er, daß Elvas leidet. Der ist nicht zu beneiden gewesen. Eine Luftembolie ist eine qualvolle Todesart.«

Jetzt begriff auch Ketonen, daß der Arzt nicht scherzte. »Wie kann man an Luft sterben?«

Ratamo konnte nicht mehr schweigen. »Sie bildet einen ›Luftverschluß‹, wenn sie in die Lunge gelangt. Dort sind die Haargefäße so eng, daß große Luftblasen nicht hindurchpassen. Der Verschluß bringt den Blutkreislauf zum Stillstand, und der Mensch stirbt ziemlich schnell, aber qualvoll.«

Nurmi nickte zustimmend. »Ein Mord, der mit Luftspritzen begangen wird, ist bei der Obduktion sehr schwer festzustellen, weil das einzig Erkennbare eine Luftblase irgendwo im Körper ist, meistens allerdings eben in der Lungenarterie. Bei der Obduktion passiert es leicht, daß die Luftblase verlorengeht. Diesmal habe ich die Luftblasen zufällig auf den Röntgenbildern festgestellt«, sagte der Gerichtsmediziner bedrückt.

Ketonen wurde klar, daß es dem Mörder von Elvas beinahe gelungen wäre, auch diesen Mord als Unfall zu tarnen. Sie hatten es mit einem effizienten und kaltblütigen Profi zu tun, oder mit mehreren. »Und wenn die Luftblase unbemerkt geblieben wäre?«

»Dann und wann, im ganzen Land vielleicht ein paarmal pro Jahr, geschieht es, daß die Todesursache nicht einmal bei der Obduktion festgestellt werden kann. Ich erinnere mich aus meiner Laufbahn allerdings nur an einen Fall …«, erwiderte Nurmi.

Ratamo trat näher an den Obduktionstisch heran, aber der Obduktionsgehilfe versperrte ihm den Weg, weil die Mitarbeiter der SUPO keine Schutzbekleidung trugen. »Gibt es andere Verletzungen, innere oder …«

»Im Genick des Patienten befinden sich zwei Hämatome … also Blutergüsse … blaue Flecke«, antwortete Nurmi, noch bevor Ratamo seine Frage beendet hatte, und betrachtete interessiert Ratamos vom Kautabak angeschwollene Oberlippe.

Ratamo stellte Nurmi noch ein paar ergänzende Fragen, dann verließen die beiden Mitarbeiter der SUPO den Obduktionssaal und gingen nachdenklich zu Ratamos Auto.

Musti, die sich auf dem Beifahrersitz niedergelassen hatte, begrüßte Ketonen freudig. Es dauerte eine Weile, bis es dem Chef gelang, die alte Hündin auf den Rücksitz zu verfrachten. Es war ein warmer Tag, das Thermometer zeigte fast zwanzig Grad, und Ratamo hätte am liebsten das Verdeck seines Käfers für die Jungfernfahrt ohne Dach in diesem Frühjahr geöffnet, aber er verzichtete darauf, als ihm einfiel, daß Musti möglicherweise an einer Ampel auf die Straße hüpfen könnte.

Das dreißig Jahre alte grellgelbe VW-Kabrio sprang mit dumpfem Knattern an. Ratamo raste von der Kytösuontie in Ruskeasuo auf die Vihdintie, hielt an der Ampel an und spürte eine feuchte Berührung im Genick, als Musti auch ihn zur Begrüßung ableckte. Er bog in die Mannerheimintie ein, gab Gas und fuhr in Richtung Zentrum. Sand wurde aufgewirbelt.

»Fahr über die Topeliuksenkatu«, befahl Ketonen, kurz vor der Shell-Tankstelle von Tullinpuomi.

Der kommandiert herum, als wäre ich sein Chauffeur, fluchte Ratamo im stillen. Schon seit er Nelli früh zu Marketta gebracht hatte, kutschierte er Ketonen herum.

Der Chef unterbrach das Schweigen erst wieder auf Höhe

der Bibliothek von Töölö. »Man hat versucht, den Mord an Elvas wie einen natürlichen Tod aussehen zu lassen. Es ist sehr gut möglich, daß auch die drei anderen Physiker das gleiche Schicksal erlitten haben. Die Sache breitet sich jetzt aus, bis nach Deutschland, Frankreich und Italien«, murmelte er mit ernster Mine. »Sag Palosuo und Lukkari, sie sollen in die A 310 kommen. Das sind jetzt internationale Mordermittlungen.«

Warum rief Ketonen nicht selber an, ärgerte sich Ratamo, er hatte im lebhaften Verkehr alle Hände voll mit seinem Käfer zu tun. Mit hochgezogenen Augenbrauen wandte er sich seinem Vorgesetzten zu, aber der ahnte schon, was kommen würde, und hob den Zeigefinger. Im selben Augenblick sah Ratamo im Augenwinkel die Bremslichter vor sich aufleuchten und trat so heftig auf die Bremse, daß Mustis Schnauze auf sein Genick prallte. Ratamo wischte sich mit der einen Hand den Geifer ab und holte mit der anderen das Handy aus der Tasche. Es würde auch seine guten Seiten haben, daß Ketonen in Rente ging.

Weil Ketonen es eilig hatte, lenkte Ratamo seinen Käfer von der Fredrikinkatu auf den Innenhof der SUPO und nicht von der Merimiehenkatu ins Parkhaus. Er fuhr in die einzige freie Parkbucht und wunderte sich, warum so viele SUPO-Mitarbeiter an diesem Sonntag im Dienst waren. Ketonen brauchte eine Weile, bis er Musti vom Rücksitz hervorgelockt hatte, währenddessen bewunderte Ratamo das hellbraune hundertfünfzig Jahre alte Holzhaus auf der anderen Seite des Hofes. Das Gebäude, das unter Denkmalschutz stand, wurde von der Polizeibehörde der Provinzregierung von Süd-Finnland genutzt.

Ratamo zog am Hintereingang der SUPO die Keycard durch den Kartenleser. Die Männer betraten den Fahrstuhl, wo sich der junge Ermittler Paavo Kokko zu ihnen gesellte und Ketonen höflich grüßte. Ratamo benutzte wieder seine Keycard und warf dann abwechselnd einen Blick auf die Lichtpunkte an der Decke des modernen Aufzugs und auf Kokko, der einen hellgrauen Anzug trug, seine Haare mit irgendeinem Pomadenzeug eingeschmiert hatte und selbst im Aufzug die modische Sonnenbrille nicht absetzte. Ratamo mußte lächeln, und Ketonen warf ihm einen giftigen Blick zu.

Die Fahrstuhltür öffnete sich. In der Regel sah man als erstes den schönen hellen Kachelofen, der jetzt aber von Ketonens Sekretärin verdeckt wurde. »A 310 ist besetzt, die Besprechung findet im Zimmer der operativen Zentrale statt«, sagte sie. Nachdem Kokko ausgestiegen war, fuhr der Aufzug wieder hinunter in die zweite Etage.

Ketonen und Ratamo betraten den Raum, in dem Saara Lukkari etwas an die weiße Tafel schrieb. Sie tat das mit so viel Schwung, daß der trainierte Bizeps der fanatischen Sportlerin unter dem engen T-Shirt hüpfte. Ulla Palosuo betrachtete ein Videobild auf der Leinwand, die Elektrogeräte surrten. Ketonen stürzte sich auf das belegte Brot, das auf dem Tisch duftete, wie ein Hecht auf seine Beute; das Mittagessen war heute ausgefallen.

»Hannu Elvas wurde ermordet.« Alle sahen Ratamo an, der für die Kollegen die Fakten zusammenfaßte, die sie vom Gerichtsmediziner erfahren hatten. »Aber die Suche nach dem Mörder kommt unglaublich schlecht voran, die Passagierlisten der Auslandsflüge in den letzten Tagen haben wir auch erst heute morgen erhalten.« Ratamo ließ unerwähnt, daß er selbst ein Auge auf die Passagierlisten hatte. Seiner Ansicht nach konnte es sehr wohl sein, daß der Mörder von Elvas entweder aus Holland gekommen oder dorthin gereist war, weil sich das Konsortium in Holland getroffen hatte und dessen Vorsitzender ein Holländer war.

Ulla Palosuo meldete sich wie ein Schulmädchen. Ratamo bemerkte, daß es ihre Frisur im Laufe des Tages etwas zusammengedrückt hatte, vielleicht war sie doch nicht mit einer Stahlkonstruktion abgestützt.

Ketonen erteilte seiner Nachfolgerin das Wort. »Alle Details der SMS, die Jorge Oliveira geschickt hat, stimmen. Nach Auffassung des AIVD wurde bei Dutch Oil tatsächlich eine Beratung abgehalten, an der die Führer von fünf multinationalen Ölkonzernen teilnahmen«, berichtete Ulla Palosuo.

»Und der AIVD sucht in Amsterdam eine nordirische Frau namens Mary Cash. Ist das so richtig?« vergewisserte sich Palosuo bei Saara Lukkari.

»Ja. Mary Cash wird seit heute vormittag observiert, und die Überwachung hat auch schnell zu einem Ergebnis geführt: Die Frau hat vor ein paar Stunden den Vorstandsvorsitzenden von Dutch Oil, Jaap van der Waal, getroffen. Soll ich das Personenprofil von Cash zusammenfassen?« Lukkari schaute abwechselnd zum alten Chef und zur neuen Chefin, bis Ketonen ihr bedeutete fortzufahren.

Es stellte sich heraus, daß Mary Cash vor fünfunddreißig Jahren in Belfast geboren worden war, katholische Schulen ihrer Heimatstadt besucht und am renommierten Trinity-College der Universität Dublin studiert hatte. Ihr Ehemann Fergus Cash, ein IRA-Terrorist, wurde 1999 im Gefängnis ermordet. Über den Vater von Mary Cash, Patrick O'Donnell, gab es bei Europol eine dicke Akte, denn der Mann hatte von den fünfziger Jahren bis zu seinem Tod, das hieß bis zum Jahr 2000, bei der IRA gearbeitet. »Mary Cash gilt als einer der führenden Köpfe der Wahren IRA, es ist ihr gelungen, ihr Strafenregister über all die Jahre ziemlich sauberzuhalten.«

»Sind aus Holland die Berichte über die Verhöre von Lasse Nordman eingetroffen?« Ketonen sorgte für Tempo. Er spürte die verjüngende Wirkung des Adrenalins, da die Ermittlungen Fahrt aufnahmen.

Ulla Palosuo suchte ein Blatt auf dem Tisch. »Laut AIVD

redet Nordman auch weiterhin kein Wort über den Anschlag von Final Action, hat aber von dem Treffen van der Waals und der anderen Ölmagnaten erzählt.«

»Und die Verteidigungsministerin, wie hat Elisabeth Nordman auf die Nachrichten von ihrem Sohn reagiert?« fragte Ketonen nach.

Ulla Palosuo schien sich unbehaglich zu fühlen. »Ziemlich schlecht. Sie hat gefordert, daß die Angelegenheit vor den Medien geheimgehalten wird. Außerdem hat sie mitgeteilt, daß sie selbst für die Freilassung ihres Sohnes sorgen wird.«

Wenn sich Politiker in Ermittlungen einmischten, dann führte das zu Problemen, ärgerte sich Ketonen stillschweigend. »Haben die Techniker alles analysiert, was am Tatort des Elvas-Mordes gefunden wurde?«

Saara Lukkari nahm eine grüne Mappe vom Tisch. »Die Faserproben haben nichts gebracht, und von den fremden Haaren wurde eine DNA-Analyse angefertigt, aber damit hat man niemanden aus unserem Register oder denen von AIVD oder Europol gefunden. Auch Fingerabdrücke wurden bei Elvas nicht festgestellt, nicht einmal latente. Schuhabdrücke gibt es Dutzende, wenn das Gebiet etwas weiter abgelegen gewesen wäre ...«

Ketonen schnaufte. »Wenn, wenn. Wenn die Tante Eier hätte, wäre sie ein Onkel. Ist das Phantombild von dem Mann fertig, der Elvas gefolgt war?« fragte er und erhielt von Ulla Palosuo ein Nicken als Antwort. »Es wird an die Polizei verteilt, an die Flughäfen ... na, ihr wißt schon.«

Ketonen ließ seine Hosenträger knallen, er schien vor Energie nur so zu strotzen. »Die Chefs von multinationalen Ölkonzernen lassen Spitzenphysiker ermorden, die am Fusionsreaktor arbeiten. Das wird weltweit für so viel Aufsehen sorgen, wie man es noch nicht erlebt hat. Jetzt müßte man noch wissen, wer zum Teufel der Engel des Zorns ist.«

Ossi Loponen stürmte, ohne anzuklopfen, herein und sah besorgt aus. »Wir haben gerade aus Holland die Information bekommen, daß am Hals von diesem Jorge Oliveira zwei Fingerabdrücke gefunden wurden, aber beide stammen nicht von Lasse Nordman. Und Dutch Oil will die Ökoterroristen nicht verklagen, angeblich fürchtet man die negativen Schlagzeilen. Lasse Nordman könnte schon bald ein freier Mann sein.«

17

Ulrike Berger ging auf der Strawinskylaan hin und her und schaute unverwandt auf jenen Ausgang des modernen Glasgebäudes mit schrägem Dach, den Gloria und Scott vermutlich benutzen würden. Die Sonne glitt hinter den Wolken hervor und spiegelte sich in den Glaswänden des World Trade Centers. Würde sie die Gesichter ihrer Freunde aus dieser Entfernung erkennen? Sie wagte nicht hineinzugehen, denn die WTC-Gebäude wurden extrem genau bewacht, und wenn Jorge bei der Polizei geredet hatte, könnte es außerdem sein, daß man sie schon erwartete. Wer weiß, ob sie hier draußen in Sicherheit war. Sie traute sich auch nicht, Gloria und Scott anzurufen, denn möglicherweise überwachte die Polizei bereits das Büro von Future.com, und laut Lasse war man heute dank der Digitaltechnik in der Lage, einen Anruf innerhalb weniger Sekunden zurückzuverfolgen. Sie wartete schon fast drei Stunden.

Aus irgendeinem Grund hatte sie immer noch den Geschmack der *Tostjes* im Mund: Auf dem Weg vom Vondelpark hierher war sie in einem schmuddligen Café gewesen und hatte zwei Schinkenbrote mit überbackenem Käse gegessen, doch das schien schon eine Ewigkeit her zu sein. Sie lief auf ihrem Beobachtungsposten unablässig auf und ab, obwohl ihr nach der Tortur im Kofferraum des Sierra alles weh tat. War es sinnvoll, hier zu warten? Sie riskierte ihre Freiheit, um Kontakt zu ihren Freunden herzustellen, dabei wußte sie nicht einmal, ob die Lasse und Jorge helfen konnten. Aber ein anderer Weg fiel ihr auch nicht ein. Vielleicht könnte der Chef sagen, was sie tun sollte; Gloria und Scott wußten zumindest, wie man Kontakt zu ihm aufnehmen konnte.

Ulrike war hellwach, als sie eine Frau aus dem WTC herauskommen sah, die ihr bekannt vorkam. Sie schützte mit der Hand ihre Augen vor der Sonne und fluchte dann leise – wieder ein falscher Alarm. Ihr fiel ein, daß Gloria und Scott möglicherweise in irgendeinem der Restaurants des WTC Mittag aßen und den ganzen Tag in dem Gebäudekomplex verbrachten.

Verzweiflung packte sie, die Sorge um das Schicksal von Lasse und Jorge war quälend. Doch am meisten hatte Ulrike Angst davor, daß sie selbst gefaßt wurde und ihre Arbeit nicht zu Ende führen konnte. Der Gedanke war niederschmetternd. Hatte sie ihre Freunde, ihren Studienplatz, die Möglichkeit einer gesicherten Zukunft und in gewisser Weise auch ihre Eltern umsonst verloren? Nach Ulrikes erstem Prozeß war ihr Vater unter Druck gesetzt worden, so daß er seine Stelle als Pfarrer aufgab und vorzeitig in Rente ging, und ihre Mutter wollte nicht mehr, daß sie zu Besuch nach Hause kam.

Ulrike ärgerte sich über ihre egoistischen Gedanken und rief sich all das Entsetzliche ins Gedächtnis zurück, was sie während ihrer Arbeit als Freiwillige gesehen hatte: die Kinder in Manila, die auf der Müllhalde wohnten und Abfälle aßen, die Jungen in den Slums von São Paulo, die zum Überleben ihre inneren Organe verkauften, und die kleinen Mädchen in den Gassen von Bangkok, die zur Prostitution gezwungen wurden. Wegen dieser Schicksale war sie zur

Aktivistin geworden. Durch die Polizisten, die in Seattle, Prag, Göteborg und Genf Demonstranten mißhandelt hatten, war sie schließlich endgültig zu der Überzeugung gelangt, daß die reichen westlichen Länder die größten Feinde einer Veränderung waren. Moral, Ethik, Gerechtigkeit und menschliches Leid interessierten sie nur dann, wenn es ihnen wirtschaftlichen Nutzen brachte. Diese Erkenntnis hatte sie dazu gezwungen, den Weg der direkten Aktion zu gehen.

Mit Hilfe von Final Action mußte sie ihr Versprechen einlösen: Sie wollte etwas werden und die Welt verändern. Final Action sollte das System erschüttern, das im Laufe der Geschichte Hunderte Millionen Menschen hatte leiden lassen. Doch Ulrike bereute sofort ihre ehrgeizigen Gedanken, sie durfte nicht zulassen, daß ihre persönlichen Motive die Wahrheit trübten. Final Action war gegründet worden, um der Erde zu helfen und nicht Ulrike Berger.

Kurz vor drei Uhr hatte Ulrike es satt und beschloß, sich etwas näher an das WTC heranzuwagen. Vielleicht konnte sie in die Fenster des Büros von Gloria und Scott schauen, oder vielleicht würden die sie sehen. Sie war gezwungen, das Wagnis einzugehen. Mehr als je zuvor sehnte sie sich nach Lasse an ihrer Seite.

Aufmerksam beobachtete Ulrike ihre Umgebung, ging langsam so nahe wie möglich an den Glaspalast des WTC heran und lehnte sich an das Geländer, das die Wand des Gebäudes umgab. Immer wieder schaute sie auf ihre Uhr und versuchte den Eindruck zu erwecken, als würde sie auf jemanden warten. Auch der blonde Mann, der in aufrechter Haltung ein paar Dutzend Meter vor ihr stand, starrte auf das Gebäude. Als er einen Blick zur Seite warf, sah Ulrike kurz sein sympathisches Kindergesicht. Sie überlegte, warum der Gürtel des Mannes mit hölzernen Griffen geschlossen war, und spürte, wie sich in ihr ein abscheuliches Gefühl regte, aber sosehr sie sich auch anstrengte, sie konnte ihm keinen Namen geben.

Ezrael zog seinen speziellen Gürtel mit den Holzgriffen enger. In der Umgebung des World Trade Centers waren zahllose Menschen unterwegs, denn viele der Bars und Restaurants hatten auch am Sonntag geöffnet. Ein kugelförmiger schwarzer Pudel, der sein Herrchen ausführte, erregte Ezraels Aufmerksamkeit und ließ blitzartig das Bild einer Erscheinung auftauchen, das Opfer, das die Bestie vor Jahrzehnten gefordert hatte. Es hatte viel Kraft gekostet, dem Hund das Brustbein mit einem stumpfen Messer zu durchbohren, und sein Blut hatte süß geschmeckt.

Das Warten auf den Augenblick der Rache beschwor diesmal keinen ständigen Strom von Erscheinungsbildern herauf, aus irgendeinem Grund tauchte vor Ezraels Augen immer wieder das Gesicht der Verräterin Ulrike Berger auf. Er verstand nicht, warum: Was war das Besondere an dieser Frau, wie kam es dazu? Der Geruch des Blutes stieg ihm schon in die Nase. Auch die Bestie roch es, es war Zeit zu handeln …

Exakt um fünfzehn Uhr holte Ezrael, der jugendlich gekleidet war, ein Basecap und eine Sonnenbrille trug, das Handy aus der Tasche, rief die Information im Foyer des WTC an und bekam eine Routineantwort.

»Hör jetzt genau zu«, sagte Ezrael auf englisch und wartete einen Augenblick. »Ich rufe im Namen der Befreiungsarmee von Kerala, des Bundesstaates Kerala und ganz Indiens an. Im achten Stockwerk eures Gebäudes liegen zwanzig Kilo Semtex-Sprengstoff, und das Paket explodiert um fünfzehn Uhr zehn. Hast du verstanden?« Er legte eine kleine Pause ein, um den folgenden Satz zu betonen. »Euer Gebäude wird in genau zehn Minuten zerstört«, sagte er laut und beendete das Gespräch.

Das würde todsicher funktionieren, denn nach den Terroranschlägen im Herbst 2001 nahm man in allen WTC-Gebäuden jede Bomben- und Terrordrohung extrem ernst. Es dauerte nur ein paar Sekunden, und die Alarmsirenen heulten auf, und die ersten Menschen eilten aus dem Gebäude. Ezrael schaute abwechselnd auf die Türen und auf seine Uhr. Aus der achten Etage bis zum Ausgang würde man schätzungsweise zwei bis fünf Minuten brauchen, abhängig davon, wie schnell die Fahrstühle waren. Über die Treppen würden ungefähr sechs Minuten vergehen. Mit dem Feuer brachte er die Wahrheit zum Vorschein.

Jetzt kam der Augenblick, in dem der Engel flog. *»Der Gerechte wird sich freuen, wenn er solche Rache sieht, und wird seine Füße baden in des Gottlosen Blut«*, murmelte Ezrael. Er ließ die Bestie frei, das Rot loderte auf und erfaßte die ganze Welt. Er ging etwas näher an den Ausgang heran und blieb weit genug von den Überwachungskameras entfernt stehen. Jetzt kamen schon Dutzende Menschen herausgerannt, und die Sirenen der Polizeiautos heulten irgendwo weit weg, als sängen sie ihm Hosianna. Vor Erregung spannten sich seine Wangenmuskeln bis zum Zerreißen.

Ezrael sah Gloria Davegna und Scott Anderson hinter den Glastüren und legte die Hände auf die Holzgriffe des Gürtels. Die Verräter schoben sich nebeneinander durch die Tür und wollten zu der Rasenfläche, die sich hinter Ezrael erstreckte. Er riß das Urumi-Schwert hoch, das er sich um die Taille gebunden hatte, und ließ die vielschneidige Metallpeitsche durch die Luft sausen wie in zahllosen Trainingsstunden vorher. *»Der Engel Gottes Ezrael läßt herausgehen aus dieser Flamme und stellt hin das Gericht der Entscheidung. Dies ist also ihr Gericht.«*

Die über einen Meter lange, papierdünne Klinge pfiff in der Luft, als der Engel des Zorns die indische Waffe über seinem Kopf kreisen ließ; die spiralförmige Klinge wurde länger, wenn man sie drehte. Da in der Nähe der Verräter niemand anders mehr zu sehen war, stürmte Ezrael zu ihnen hin und schlug mit dem Schwert nach Scott Andersons Hals. Die Peitsche Gottes. Das Blut spritzte auf Ezraels Sonnenbrille, er riß sie sich von den Augen, ließ das Urumi kreisen, und die Schwertschneide setzte Gloria Davegnas Leben ein Ende; ihr Gesicht erstarrte, und zurück blieb ein ungläubiger, grotesker Ausdruck.

Ezrael vollendete seine Arbeit mit einigen wütenden Hieben; die Schneide des Urumi drang ein in das Fleisch wie die Wahrheit in das Bewußtsein. Er spürte in seinen Fingerspitzen, wie der Tod von der Bestie auf die Verräter überging, und das Schreien der Menschen rundum strömte wie ein Lobgesang in seine Ohren.

Schließlich ließ er das Schwert fallen und floh im Laufschritt den Ort der Morde. Da traf sein Blick auf den von Ulrike Berger. Die zitternde, bleiche Frau starrte ihn direkt an. Ezrael glaubte den Engel des Freskos »Die Verkündigung an Maria« zu sehen und begriff sofort, warum das Gesicht der Frau ihm ständig durch den Kopf gegangen war. Die goldgelben an den Spitzen gelockten Haare, der großgewachsene und schlanke Körper sowie die feinen, fast griechischen Gesichtszüge hatten nicht ausgereicht, um ihn zu überzeugen, aber die rot schimmernde Narbe auf der Wange genügte. Sie befand sich genau an derselben Stelle wie der Riß in der Wange des Engels auf seinem Altarbild. Das mußte etwas bedeuten. Die Frau war eine Offenbarung.

Im selben Augenblick verschwand sie in der Menschentraube. Die Alarmsirenen des WTC heulten immer noch, und ein gleichmäßiger Menschenstrom ergoß sich durch die Türen. Ezrael rannte zur Strawinskylaan und wischte sich unterwegs das Blut von den Händen. Dann sah er mitten im Verkehr die fliegenden blonden Haare und beschleunigte sein Tempo. Er mußte unbedingt erfahren, welche Offenbarung die Frau verkörperte.

18

Sie spürte den Geruch des britischen Offiziers, seine Hand auf ihrer Haut, seine Bewegungen in ihr. Mary Cash saß steif wie ein Amboß auf dem Metallhocker und biß sich auf die Unterlippe, ihre roten Locken klebten auf der schweißnassen Stirn, obwohl die Betonwände Kälte ausstrahlten. Sie schaffte es nicht, ihre Erinnerungen zu unterdrücken, die ließen sich nicht aufhalten und überfluteten ihr Bewußtsein.

Mary sprang auf und versuchte sich auf ihre Umgebung zu konzentrieren, aber alles, was sie sah, erinnerte an die Verhörzentrale von Castlereagh: das grelle Licht, der Metallstuhl, der blanke Beton ... Sie mußte ihre Gedanken unter Kontrolle behalten. Schließlich war sie in Den Haag und saß im Wartezimmer des Verhörraums in der AIVD-Zentrale. Dieses Verhör würde eine oder zwei Stunden dauern, vielleicht auch drei, aber auf keinen Fall sechzig. Hier würde sie niemand foltern, vergewaltigen oder umbringen. Sie wartete nicht auf den Vernehmungsführer der Königlichen Polizei von Ulster, die RUC war längst aufgelöst, und sie befand sich ja nicht einmal in Nordirland, sondern in Holland.

Henk Timmerman, der Chef einer Einheit der demokratischen Rechtsordnung, ging entspannt durch den langen Flur und blieb schließlich vor der verschlossenen Tür des Warteraums stehen. »Etwa zwei Stunden Wartezeit sollten eigentlich reichen, Frau Cash ist sicher schon in der richtigen Stimmung«, sagte er zu dem mit gleichgültiger Miene neben der Tür sitzenden Wachposten und rückte seine Fliege gerade.

Mary erschrak, als sie Timmerman sah. Der zwei Meter große, dünne und bärtige Ermittler erinnerte an den gefürchtetsten Vernehmer der Königlichen Polizei von Ulster. Die Erinnerungen an den Mai 1985 brachen über sie herein: Man hatte sie von zu Hause abgeholt und in die Verhörzentrale von Castlereagh gebracht. Ein paar Stunden vorher war ein Polizist der RUC in Beechmount in West-Belfast bei einem Anschlag der IRA gestorben. Man warf ihr und vier anderen Kindern im Teenageralter aus Familien von Republikanern vor, für die Mörder Wache gestanden zu haben, und drohte ihnen mit langen Gefängnisstrafen. Geschlagen und vergewaltigt, unterschrieb sie ein Geständnis, nachdem man sie sechzig Stunden lang unter Druck gesetzt hatte.

Mary Cashs Reaktion verblüffte Timmerman. Die Frau sah aus, als hätte man sie schon stundenlang verhört: Der Schweiß lief ihr in Strömen über das blasse Gesicht, und die Augen lagen tief in den Höhlen.

»Dann wollen wir mal«, sagte Timmerman kurz auf englisch, stellte sich vor und führte Mary Cash in den Verhörraum, der größer als der Warteraum war, aber genauso karg eingerichtet.

Mary bemühte sich, ganz ruhig und tief zu atmen. Niemand würde sie berühren, egal, was sie auch sagte. Dieses holländische Schwein würde ihr nichts antun, dachte Mary, und das verlieh ihr ein wenig Kraft. Die Männer wagten es nur, rohe Gewalt anzuwenden, wenn sie wußten, daß sie dafür nicht zur Verantwortung gezogen wurden. Der hier würde sich an die Regeln halten, das sah man ihm schon von weitem an.

Timmerman schaltete die Videokamera und das Mikrofon ein und nannte den Ort, die Zeit, das Thema und die

Teilnehmer des Verhörs. Dann setzte er sich hin, starrte Mary Cash eine Weile mit ernster Miene an und holte schließlich ein zerknittertes Blatt Papier aus der Tasche. Er las die Nachricht von Jorge Oliveira wohl schon zum hundertstenmal: »›*Man hat mich erwischt. Die Verfolger sind keine Polizisten. Helft. Konsortium der Ölkonzerne, geleitet von van der Waal, Assistentin Mary Cash, Physiker werden umgebracht – der Finne Elvas stirbt heute. Engel des Zorns* ...‹ Sie helfen Jaap van der Waal also dabei, Physiker zu ermorden?« sagte Timmerman ganz ruhig.

»Nein«, erwiderte Mary barsch, und ihr wurde sofort klar, daß die Aktion abgebrochen werden mußte. Die Polizei hatte sie mit dem Konsortium in Verbindung gebracht. Wußte van der Waal davon? Hatte er sie schon verraten? Zufrieden dachte Mary daran, wie klug es gewesen war, Beweise gegen van der Waal zu sammeln. Das Adrenalin ließ ihr Herz schneller schlagen, sie bekam Lust auf eine Zigarette.

»Sie sind ja eine ehemalige IRA-Aktivistin und waren öfter verhaftet, als Sie zählen können. Und Ihr Ehemann ...«, Timmerman schaute kurz in seine Unterlagen, »Fergus Cash ist ja wohl sogar für Ihre edle Idee gestorben.« Er versuchte sie absichtlich zu provozieren.

Der Zorn in Mary schwappte über. »Die Zeiten sind lange vorbei. Es ist Frieden geschlossen worden, nur ein paar Kriegsfanatiker kämpfen noch weiter. Ich gehöre nicht zu ihnen.« Sie schloß die Augen, als auf ihrer Netzhaut ohne Vorwarnung das Bild der Leiche ihres Mannes auftauchte. Der Bestattungsunternehmer hatte sein Möglichstes getan, um Fergus herzurichten, aber die Schmerzen waren dem Mann ins Gesicht eintätowiert.

»Warum haben Sie Jaap van der Waal heute im Amstelkring-Museum getroffen?«

Mary holte ihre Zigaretten aus der Tasche. »Darf ich rauchen?« Als der Clown mit der Fliege den Kopf schüttelte, schoß wieder eine Welle des Zorns durch ihren Körper.

Timmerman bearbeitete Cash eine Stunde lang, wiederholte ständig die gleichen Fragen, brüllte sie an und setzte sie unter Druck. Vergeblich, aus der Frau bekam man nichts heraus. Timmerman verstand nicht, warum Cash so extrem angespannt aussah, obwohl sie als Verhörte eindeutig sehr routiniert war. »Wer ist der Engel des Zorns?« Damit versuchte es der Holländer noch einmal, freilich ohne eine Antwort zu erhalten. Die Frau atmete tief ein, wie ein Taucher vor dem Sprung ins Wasser.

Mary begriff, daß die Polizei Ezraels Namen nicht wußte. Zumindest war der Bruder bei dem Anschlag am World Trade Center nicht gefaßt worden. War die Aktion gelungen?

Timmermans Geduld war zu Ende. »Ihr von der IRA müßt wirklich totale Idioten sein. Hundert Jahre vergebliches Töten, ohne irgendein anderes Ergebnis als …«

»Nicht alle streben nach einem Leben in Watte gepackt und im goldenen Käfig. Manche haben immer noch Prinzipien, Ziele und Träume.« Mary biß sich auf die Lippen, sie durfte jetzt nicht in Erregung geraten, eben gerade noch hatte sie beteuert, sie habe den Kampf aufgegeben.

Ein Klopfen an der Tür unterbrach das Verhör. Timmerman lauschte dem geflüsterten Bericht seiner Kollegin und konnte die Flüche nicht unterdrücken. Er beorderte den Wachposten, der sich im Wartezimmer bereithielt, in den Verhörraum und folgte seiner Kollegin auf den Fersen.

Gerade als Timmerman die operative Zentrale des AIVD betrat, begann Katje de Groot ihren Bericht über den Doppelmord am WTC. Die anderen Ermittler, die in dem Raum beschäftigt waren, arbeiteten weiter, allen sah man an, daß sie unter Zeitdruck standen. Timmerman hörte sich de Groots Zusammenfassung konzentriert an, und sein Gesichtsausdruck wurde immer verblüffter, je mehr er von der Mordtat erfuhr. Die Verantwortung für den Anruf im WTC mit der Bombendrohung hatte eine Befreiungsarmee von Kerala übernommen, und Final Action hatte den ersten Anschlag genau in Kerala verübt, in Indien.

»Besteht eine Verbindung zwischen dieser Internetzeitung Future.com und Final Action?« fragte Timmerman sofort, als de Groot fertig war.

Die Ermittlerin mit dem sommersprossigen Gesicht schüttelte den Kopf. »Zumindest keine offensichtliche, aber die Untersuchungen stehen erst am Anfang. Auf den Computern könnte man etwas finden, oder bei den Daten der Telefonüberwachung.«

»Sind die indischen Terror- und Extremistenorganisationen überprüft worden?«

De Groot stand auf und ordnete eine Weile ihre Unterlagen. »Beim zentralen indischen Nachrichtendienst CBI hat man nie etwas von einer Befreiungsarmee Keralas, die der Anrufer bei der Bombendrohung erwähnte, gehört. Aber in Indien gibt es viele Terroristenorganisationen, die für die Unabhängigkeit der Region, die sie vertreten, kämpfen. Viele von ihnen haben militärische Einheiten mit Tausenden Männern in Lagern, die in Myanmar, Bangladesh und Butan versteckt sind. Die indischen Terroristen schlagen jährlich Dutzende Male zu, sowohl gegen die Polizei als auch gegen die Infrastruktur, aber selten im Ausland, und auch dann nur in der Nähe Indiens.«

Timmerman verarbeitete das Gehörte. »Verüben diese Organisationen Attentate?«

»Die Befreiungsorganisation von Kamtapur KLO verwundete sechs Polizisten, als sie im Mai 2002 eine Mine hochgehen ließ. Im August desselben Jahres brachte sie vier Aktivisten der Kommunistischen Partei Indiens um und verwundete sieben, im August …«

»Faß das mal ein wenig zusammen.« Timmerman unterbrach seine Untergebene mit einer Handbewegung.

»In Indien gibt es ja mehr als genug Terroristenorganisationen«, erwiderte de Groot verärgert, »und die meisten von ihnen wenden brutale Gewalt an. Die NDFB tritt für die Unabhängigkeit von Bodoland ein und die Vereinigte Befreiungsfront von Assam ULFA für die Bildung eines sozialistischen Assam ... Man findet da wirklich jede Menge: die Befreiungstiger von Bodoland, Dima Halim Daogah, KNV, RNSF, KRLO, die Adivasi-Kobras, TNRF und die Moslemtiger von Assam ... Aber keine von ihnen hat eine Verbindung zu Kerala.«

»Und der Tatort?« Timmerman starrte de Groot an wie ein Staatsanwalt.

»Augenzeugen gibt es reichlich. Der Mörder hat blaue Augen, ist hellhäutig, unter dreißig Jahre alt und mittelgroß. Der Mann hat seine Sonnenbrille am Tatort zurückgelassen, das kriminaltechnische Labor untersucht sie gerade. Der Killer wurde mit folgenden Worten beschrieben ...«, de Groot nahm ein Blatt vom Tisch, »in Trance, geisteskrank, vor Haß brennende Augen, verrückt. Ein Phantombild wird gerade angefertigt, aber ich wage jetzt schon zu behaupten, daß der Mann kein Inder ist. Also zumindest kein Ureinwohner. Die Bilder der Überwachungskameras werden überprüft, die Techniker untersuchen ...«

Henk Timmerman sprang so heftig auf, daß seine Fliege wackelte. »Ein Mann aus einem westlichen Land führt eine Hinrichtung im Auftrag einer indischen Terrororganisation aus, die nicht existiert. Das hört sich an wie ... Wer zum Teufel führt hier wen an der Nase herum?« brüllte er. Die verblüfften Mienen der holländischen Ermittler sagten alles über den Stand der Ermittlungen. Sie bekamen kein Ende eines Fadens richtig zu fassen.

»Die vom Mörder eingesetzte Waffe deutet allerdings auf

den Bundesstaat Kerala hin«, sagte de Groot, suchte wieder ein neues Blatt hervor und berichtete, das Urumi-Schwert finde bei der Kampfart Kalaripayattu Verwendung, die zu Anfang des ersten Jahrtausends in Kerala entstanden war.

»Die Verwendung solch einer Waffe verlangt Geschick, Übung …«, überlegte Timmerman.

»Die indischen Terroristen hätten auch ein Motiv für den Anschlag gegen Final Action – Rache«, sagte de Groot und wirkte unsicher. »Die Haltung der indischen Freiheitskämpfer gegenüber der indischen Zentralverwaltung ist negativ, aber die multinationalen Konzerne akzeptieren sie. Die schaffen nämlich in den armen Regionen heißbegehrte Arbeitsplätze. Der erste Anschlag von Final Action gegen eine Fabrik, die Kinder als Arbeitskräfte verwendete, führte zum Rückzug Dutzender europäischer Unternehmen aus Kerala, so verloren Hunderte indische Familien ihr Einkommen.«

Timmerman schlug mit der Hand auf den Tisch. »Und die andere Nachricht? Oliveira ist also ermordet worden?«

De Groot nickte. »Der Bericht über die Todesursache bestätigt das nicht zweifelsfrei, aber die blauen Flecke an Oliveiras Handgelenken und im Genick weisen auf einen gewaltsamen Tod hin. Ebenso die Tatsache, daß der Mann nach Auffassung des Pathologen bei Bewußtsein war, als er in dem flachen Teich ertrank. Die am Rand der blauen Flecken gefundenen latenten Fingerabdrücke werden noch heute mit den Fingerabdrücken der Sicherheitsleute von van der Waal verglichen. Jedenfalls ist schon klar, daß sie nicht Lasse Nordman gehören.«

Timmerman dachte einen Augenblick nach. »Sollten wir Nordman nicht nach Finnland ausweisen, bevor seine Mutter, die Ministerin, der Königin wegen der Freilassung ihres Sohnes in den Ohren liegt?« Er sah den fragenden Gesichtsausdruck von de Groot.

»Während des Anschlags von Final Action in Indien war

Nordman nachweislich in Rom, Dutch Oil wird ihn nicht verklagen, und der Anschlag von Den Haag erfüllt nicht den Tatbestand eines Terroraktes, weil nur einem privaten Unternehmen Schaden entstanden ist und keinerlei Gewalt angewendet wurde. Nordman würde hier in Holland vielleicht nur eine Geldstrafe wegen Sachbeschädigung bekommen.« So begründete Timmerman seinen Entschluß. »Der Mann nützt uns mehr, wenn er auf freiem Fuß ist, vielleicht kommt irgendein Nachrichtendienst durch ihn den Führern von Final Action auf die Spur.«

Timmerman erteilte seinen Untergebenen Befehle und beschloß, Mary Cash noch weiter zu bearbeiten. Wenn gegen die Frau keine konkreten Beweise gefunden wurden, mußte man sie freilassen. Und das konnte bedeuten, daß es einen neuen Mord gab.

19

Die Panik ließ Ulrike Berger immer noch zittern, obwohl sie annahm, daß sie den Wahnsinnigen abgeschüttelt hatte, der ihr hinterhergerannt war. Niemand hätte ihr unbemerkt über eine Stunde lang auf ihrem Weg über Brücken und durch Gassen, Innenhöfe und Parks folgen können. Sie sah immer noch die vor Haß brennenden Augen des verrückten Mörders vor sich; kein Augenpaar, dem sie in ihrem Leben begegnet war, kam dem starren Blick des Mörders mit dem Kindergesicht gleich.

Der Regen bombardierte die Pfützen auf den Straßen, und die Menschen hatten es eilig, nach Hause zu kommen; die meisten waren mit dem Fahrrad unterwegs. Ulrike atmete tief ein und zupfte sich die pitschnassen Sachen von der Haut; wie viele Kilometer war sie wohl gerannt? Und wo befand sie sich? Irgendwann hatte sie den Zuider-Kanal und den Noorder-Kanal überquert, aber nachdem sie am Rijksmuseum vorbeigegangen war und sich in den kleinen Gassen versteckt hatte, war ihr Orientierungssinn durcheinandergeraten. Sie hatte Lust, in irgendein Kaufhaus oder ein öffentliches Gebäude hineinzugehen, um zu warten, bis es aufhörte zu regnen, aber möglicherweise wurde sie schon gesucht. Der Schock und die Trauer angesichts von Glorias und Scotts Tod saßen tief, aber Ulrike zwang sich, das Gefühl zu betäuben. Sonst wäre sie wie gelähmt.

Irgendwo in der Nähe ließ ein Flußschiff sein Signalhorn ertönen. Ulrike bog an der Straßenecke ab und sah vor sich durch den Regen und den Nebel die Brücke Magere Brug und die Amstel, den Fluß mit seinem lebhaften Schiffsverkehr. Bis hierher war sie gekommen, so weit weg vom WTC. Der Kopf schien ihr zu zerspringen von all dem Druck. Was zum Teufel war vor dem WTC geschehen, wer war der wahnsinnige Mann mit dem Schwert, der Gloria und Scott umgebracht hatte? Warum hatte man sie getötet? Der haßerfüllte, stechende Blick des Mannes tauchte wieder auf ihrer Netzhaut auf. Wohin sollte sie jetzt fliehen, was sollte sie tun? Ihr kam der Gedanke, aufzugeben und zur Polizei zu gehen, aber sie wollte Lasses Vertrauen nicht enttäuschen. Lasse hatte schließlich seine Freiheit für sie geopfert. Die Sehnsucht war als Schmerz im ganzen Körper zu spüren. Ganz in der Nähe bog eine blau-weiße Straßenbahn ab; das Quietschen der Räder schmerzte in ihren Ohren.

Sie mußte sich zusammenreißen. In irgendeinem Motel im Rotlichtviertel, wo es genügte, statt eines Passes ein paar Euroscheine vorzulegen, würde sie sich unter der heißen Dusche entspannen und in aller Ruhe über ihre Lage nachdenken. Sie durfte das Wichtigste nicht vergessen, ihre Aufgabe. Final Action durfte nicht zerstört werden.

Einer Eingebung folgend, bog Ulrike in eine leere

schmale Gasse ein und ging zum Ufer der Amstel. Sie wunderte sich über die große Zahl Fahrräder, die auf der Straße standen. Plötzlich packte irgend etwas sie im Genick. Sie schrie auf, erst vor Schreck, dann vor Schmerz. Sie wurde auf das regenglatte Kopfsteinpflaster geworfen und hörte hinter sich die dumpfen englischen Worte: *»Du gibst mir meine Feinde in die Flucht, daß ich meine Hasser verstöre.«*

Ulrike wandte sich mit erhobenen Fäusten um und starrte entsetzt in die Augen des Mörders von Gloria und Scott. Nun würde sie sterben. Ihr Leben lief nicht als Film vor ihr ab, und auch das Blut in ihren Adern floß nicht weiter, alles stand still. Sie erkannte das Gesicht des Wahnsinnigen sofort, aber jetzt glühten seine Augen nicht vor Haß: Sie strahlten Wärme und Frieden aus, auch Müdigkeit. Ulrike war noch verwirrter, als der Mann vorsichtig lächelte und seine kindliche Miene ihn aussehen ließ wie einen Jungen, der sich verlaufen hatte.

Ezrael spürte, wie die Freude ganz tief in ihn eindrang. Die rot leuchtende kleine Narbe auf dem Backenknochen der Frau glich tatsächlich vollkommen dem eingerissenen Dreieck auf der Wange des Engels auf seinem Altarbild. Das war kein Zufall: Ulrike Berger war der auf dem Altarbild seiner Kirche abgebildete Engel der Offenbarung. Die Haare, das Profil der Nase ... alles stimmte. Ezrael badete im Glanze des Lichts, es erfüllte ihn über jedes verständliche Maß hinaus, so wie von Zeit zu Zeit die Bestie.

»Welche Offenbarung bringst du?« fragte Ezrael mit weicher Stimme, ohne seinen nordirischen Akzent und seine Neugier zu verbergen. Hing dies schon mit seinem vierunddreißigsten Geburtstag zusammen, kündigte der Engel der Offenbarung den Jüngsten Tag an?

Ulrike verstand überhaupt nichts mehr. Glaubte der Mörder, sie zu kennen? Seine Art zu sprechen hatte etwas Biblisches. Sie hatte in der Kirche von Erzberg so viele

Sonntagvormittage verbracht, daß sie diese Sprache mühelos erkannte. Sie mußte versuchen, ihn zu täuschen, einen Verrückten darf man nicht verärgern, man muß sich bemühen, es ihm recht zu machen, sagte sich Ulrike immer wieder. »Meine Offenbarung hängt mit dir zusammen. Wenn du derjenige bist ...?«

Ezrael war erstaunt, daß die Frau es nicht wußte. »Ich bin Ezrael, der Engel des Zorns.« Zweifel beschlichen ihn. Ezrael beugte sich der Frau zu und schnupperte den Geruch, der ihn an den Boten erinnerte, obwohl der Regen ihn abschwächte. Das war eine Offenbarung, darauf mußte man vertrauen, beschloß er.

Ulrike überlegte fieberhaft, wie sie fortfahren sollte. »Woher weißt du, daß ich eine ... Offenbarung bringe?«

»Deine Ankunft wurde mir angekündigt. Auf dem Altarbild in meiner Kirche ist dein Bild. Der Engel der ›Verkündigung an Maria‹ hat deine Narbe. Du bist der Engel der Offenbarung«, predigte Ezrael wie ein Pfarrer. »Was ist dein Auftrag?« fragte er und wischte sich den Regen aus dem Gesicht.

Der Mann war total verrückt, irgendein verwirrter religiöser Fanatiker. Solche Leute hatte Ulrike schon früher erlebt, aber sie waren ungefährlich gewesen. Außer dem Schlächter-Rolf, der oft mit ihrem Vater über die Apokalypse gestritten hatte. Vor Angst zitterten Ulrikes Hände, sie drückte sie in ihre Achselhöhlen, Schwäche durfte sie auf keinen Fall verraten. Irgend etwas mußte ihr einfallen, ansonsten konnte es geschehen, daß sich die strahlende Miene des Wahnsinnigen änderte und wieder so aussah wie vor dem WTC. »Mein Auftrag ist geheim, du mußt mich ihn weiter ausführen lassen«, versuchte sie zu erklären.

Die Antwort verwirrte Ezrael. Der Auftrag des Engels der Offenbarung mußte mit ihm zusammenhängen, warum hätte man ihm sonst seine Ankunft angekündigt? Vielleicht kannte dieser Engel seinen Auftrag noch nicht, auch er selbst hatte ja Jahre gebraucht, bevor er seinen eigenen erkannt hatte. Seine Gedanken stockten, die Verfolgungsjagd hatte Kraft gekostet, und er fühlte sich nach einer Rache immer wie hohl und leer, wenn sich die Bestie tief in ihn hineingegraben hatte, um sich auszuruhen. Er mußte in Ruhe nachdenken, beschloß Ezrael, aber der Gedanke zerplatzte, als sein Blick auf eine gähnende vergitterte Öffnung im Sockel eines Hauses fiel – ein Kellerloch.

Ezrael bändigte die Bilder, die sich ihm aufdrängten, und dachte angestrengt nach. Er würde mit dem Engel der Offenbarung das gleiche tun, was der Bote mit ihm gemacht hatte: Er würde dem Engel helfen, seinen Auftrag zu verstehen. Wenn es sein mußte, gegen ihren Willen. *»Und des Herrn Zorn wird nicht nachlassen, bis er tue und ausrichte, was er im Sinn hat.«*

Ulrike trat dem Mann mit aller Kraft in die Leistengegend, drehte sich um und rannte los in Richtung Amstel, aber irgend etwas hielt sie am Knöchel fest. Sie stürzte hin, ihr Kinn krachte auf die glatten Pflastersteine, und sie spürte den Geschmack von Blut im Mund. Jetzt würde sie sterben, nur noch ein paar Augenblicke, sollte alles so zu Ende gehen, in einer nassen Gasse in Amsterdam, allein …

»… und soll fliehen davor, als jage sie ein Schwert, und fallen, da sie niemand jagt«, murmelte Ezrael mit tiefer Stimme und drehte den Engel der Offenbarung unter sich auf den Rükken. Er betrachtete voller Mitgefühl die blutende Lippe des Engels, holte ein Stück Papier aus der Tasche, wischte die Lippe ab und beobachtete, wie das Papier rot wurde. Der Regen verwässerte die Farbe schnell. Aus der Nähe sah Ezrael, wie schön der Engel der Offenbarung wirklich war. Er spürte zwischen seinen Beinen das gleiche verbotene Beben wie in der Shankill Road und damals, als der Soldat ihn gezwungen hatte, sich solche Videos anzuschauen. Die

Farbe vor seinen Augen näherte sich dem Rot. Das durfte nicht geschehen, denn sonst würde die Bestie die Herrschaft übernehmen.

Ezrael hämmerte mit den Knöcheln auf die Pflastersteine, bis der Schmerz das unerlaubte Gefühl wegwischte. Er wollte dem Engel der Offenbarung keinen Schaden zufügen. Der Engel war nur vor ihm geflohen, weil er seine Rolle in dem großen Plan noch nicht verstand. So mußte es sein. Ezrael holte aus seiner Brusttasche ein kleines metallisches Etui, nahm eine Ampulle und eine Injektionsspritze heraus und schaute den Engel der Offenbarung fordernd an: »Kannst du eine Spritze füllen?«

Ulrike zögerte. »Ich denke schon.« Nun begriff sie sofort, wie dumm ihre Antwort war. Warum hatte sie nicht gelogen, dann hätte der Irre sie loslassen müssen, wenn er die Spritze füllen wollte. Die Angst lähmte ihr Hirn. Sie wurde auf den Bauch gedreht, dann preßte ein Knie in ihrem Kreuz sie auf die Straße, und ihr stockte der Atem. Sie zitterte am ganzen Körper.

Ezrael legte die Spritze und die Ampulle vor dem Engel der Offenbarung auf das Pflaster und beobachtete, wie die Frau unsicher hantierte: Ihre Hände zitterten, aber schließlich war die Spritze mit Flüssigkeit gefüllt. Er reichte ihr ein verpacktes, mit Spiritus getränktes Tuch: »Wisch die Nadel und die Ellenbogenbeuge damit ab, such die Vene und stich die Nadel hinein.«

»Das geht nicht«, sagte Ulrike entschlossen und brauchte sich dabei gar nicht zu verstellen, denn sie hatte Angst vor Spritzen. Ihr blieben nur noch ein paar Augenblicke, sie würde niemals ihr Versprechen erfüllen können, die neue Weltwirtschaft würde nie verwirklicht …

Ezrael überlegte einen Augenblick und drückte dann sein Knie mit solcher Wucht zwischen die Schulterblätter des Engels der Offenbarung, daß der aufschrie. Er bog den zarten Arm in eine geeignete Stellung, die feucht gewordene Spritze rutschte in der Hand.

Ulrike konnte ihre andere Hand bewegen, aber der Wahnsinnige drückte sie so fest auf die Straße, daß sich nicht einmal ein Versuch lohnte. Sie spürte, wie die Nadel in der Ellbogenbeuge in ihre Ader eindrang, vielleicht brachte das Gift ein schnelles Ende. Warum war sie in diese leere Gasse gegangen, warum kam niemand? Sie hatte jetzt Angst wie einst in ihrer Kindheit, als ihr alles unsicher erschien und sie sich vor dem Unbekannten fürchtete. Sie würde jetzt sterben …

»Bis zu meiner Kirche ist es ein weiter Weg. Gehe ganz ruhig. Wenn der Kolben auch nur einen Millimeter hineingeschoben wird, bekommst du eine tödliche Dosis des synthetischen TMF, das ist fünftausendmal stärker als Heroin. Mein Auftrag ist es, Verräter so zu opfern, daß ihr Tod wie ein Unfall aussieht«, sagte Ezrael stolz.

Er drückte seinen Daumen auf die Spritze, legte den Mantel als Tarnung darüber, und so verschwanden sie wie ein verliebtes Paar Hand in Hand im Nieselregen.

20

Die Skorpiontätowierung unter dem Träger von Nelli Ratamos Kleid bewegte sich, als das Mädchen an der Wohnungstür des Großvaters in der Museokatu in Töölö klingelte. Sie zuckte zusammen, denn als Antwort heulte eine Bohrmaschine auf. Arto Ratamo drückte heftig auf den Klingelknopf, aber es dauerte eine Weile, bis das Dröhnen des Bohrers, das ihnen durch Mark und Bein ging, aufhörte. Ratamo wäre am liebsten in die Ratakatu zurückgekehrt, wo die Kollegen immer noch unter großem Zeitdruck ackerten, doch er wollte weder seinen Vater noch seine Tochter enttäuschen und hatte deswegen den vor langer Zeit vereinbarten Besuch zum Abendessen nicht abgesagt.

Die Tür ging auf, und Tapani Ratamo, in einen dunklen Anzug gekleidet, starrte seinen Sohn mit der Bohrmaschine in der Hand an. Er schien etwas magerer geworden zu sein als bei ihrem letzten Treffen, und seine Haut wirkte gelblicher, stellte Ratamo fest.

»Ich habe gedacht, beim Warten könnte ich noch die Löcher für ein paar Handgriffe und ein Geländer bohren«, antwortete er auf die unausgesprochene Frage seines Sohnes. »Ich bekomme von den Zellblockern manchmal Schwindel- und Schwächeanfälle«, erklärte Tapani Ratamo mit ganz alltäglicher Stimme.

Man hat noch gar nicht die Tür hinter sich zugemacht, da drückt der Alte schon die Stimmung, ärgerte sich Ratamo, während Nelli bereits mit ihrem Opa zusammen in Richtung Küche ging. Der Abend würde so fröhlich wie ein Klagelied werden. Ihn wurmte es auch, daß Nelli ihren Großvater anscheinend ohne große Erklärungen so akzeptierte, wie er war, obwohl sie ihn nur ein paarmal gesehen hatte, bevor der Rentner vor einem Jahr seine Wohnung in Spanien verkauft hatte und nach Finnland zurückgekehrt war, um unter seiner Krankheit zu leiden. Oder wohl eher, um zu sterben, dachte Ratamo. Tapani litt unter Bauchspeicheldrüsenkrebs und sprach davon immer und überall, auch mit sich selbst. Nach dem Gesetz war Tapani Ratamo immer noch sein Vater, obwohl sie biologisch nicht einmal miteinander verwandt waren. Das hatte er im letzten Sommer erfahren, und es wunderte ihn immer noch, wie wenig überrascht er gewesen war.

»Hier hast du ein Bier für die Zeit, bis der Chefkoch Luis kommt, er verspätet sich auch. Du trinkst doch gern eins«, sagte Tapani Ratamo und drückte seinem Sohn eine gekühlte Flasche Bier in die Hand. »Luis war in Marbella mein Nachbar, er ist kein Spitzenkoch, aber er kocht gern.«

Ratamo zog im Flur seine Stiefel aus, setzte sich im Wohnzimmer in einen Sessel und schüttete sich die Hälfte des Malzgetränks in die Kehle. Der Durchbruch, der ihm am frühen Abend bei seiner Arbeit gelungen war, schmeichelte immer noch seinem Selbstbewußtsein; möglicherweise hatte er den Mörder von Professor Elvas gefunden. In gewisser Weise. Beim Durchstöbern der Angaben zu den fünfundzwanzig bis fünfunddreißig Jahre alten Männern, die in den letzten Tagen zwischen Holland und Finnland geflogen waren, hatte er herausgefunden, daß einer der Passagiere, ein Mann namens Liam Boyle aus Belfast, nach den Angaben der nordirischen Behörden im Jahre 2001 gestorben war. Jemand hatte also einen gefälschten Paß benutzt. Die Verbindung zu Nordirland erschien wichtig, denn dorther stammte ja Mary Cash, die man verdächtigte, für das Konsortium zu arbeiten. Es ärgerte ihn, daß er bis zum nächsten Morgen warten mußte, bevor er erfuhr, was die Polizei in Nordirland und der holländische Nachrichtendienst über diesen falschen Liam Boyle wußten.

Er kippte den Rest des Biers hinunter, fühlte sich aber kein bißchen entspannter. Der Mord an Elvas, Lasse Nordman und die Arbeit, die in der Ratakatu wartete, gingen ihm ständig durch den Kopf. Es machte ihn wütend, daß er sich von der allgemeinen Hektik anstecken ließ. Die Hektik war der Maßstab des Erfolgs, deswegen mußte man sie auf Gedeih und Verderb haben. Oder vielleicht füllten die Menschen mit der Hektik nur ihr Leben, da ihnen kein anderer Inhalt einfiel. Die Klingel an der Tür schrillte gerade, als Ratamo sich ein zweites Bier holen wollte. Er öffnete die Tür und erblickte einen Südländer, der, nach seinem breiten Lächeln zu urteilen, gerade im Treppenhaus geheiratet hatte.

»Luis de San Simón«, sagte der Mann und schien sich zu

freuen, als er hörte, daß er dem Sohn seines guten Freundes die Hand gab. Nach einem Redeschwall in englisch mit iberischem Akzent hängte der quecksilbrige Mann dem verdutzten Ratamo seinen Mantel über den Arm.

»Hola, Tapani. Cómo está usted?« rief Luis und steuerte auf die Geräusche zu, die aus der Küche herausdrangen.

Für die Stimmung bei diesem gemeinsamen Abend war das nur gut, der Spanier schien das ganze Gegenteil von seinem apathischen Vater zu sein, überlegte Ratamo und gesellte sich zu den anderen in die Küche.

»Luis bereitet für uns ein spanisches Omelette mit Pilzen und Speck zu. Er sagt, die Pilze habe er schon gestern Abend zerkleinert und in einer Olivenöl-Knoblauch-Soße mariniert.« Tapani Ratamo übersetzte das muntere Geplapper seines Freundes.

Nelli fühlte sich in der Gesellschaft der Rentner ganz ausgezeichnet: Sie half beim Essenzubereiten, schwatzte fröhlich drauflos und steckte sich dann und wann einen Leckerbissen in den Mund. In gewisser Weise ärgerte das Ratamo; das Mädchen fühlte sich in der Gesellschaft aller anderen Erwachsenen wohl, nur nicht in seiner. Seine Besorgnis nahm noch zu, als er daran dachte, daß Nelli überhaupt kein Hobby mehr hatte. Wie könnte er es schaffen, daß sie sich für irgend etwas begeisterte?

»Der Bauchspeicheldrüsenkrebs ist eine Erkrankung alter Menschen, am häufigsten tritt er bei Patienten im Alter von siebzig Jahren auf«, klärte Tapani Ratamo seinen Freund in englisch auf. »Er läßt sich schwer feststellen, weil die Bauchspeicheldrüse hinter den anderen Organen versteckt ist, er kann sich dort unbemerkt entwickeln.«

Die Geschichte kannte Ratamo. Er überlegte, ob der Vater damit, daß er ständig von dem Krebs redete, seine Angst verdeckte oder ob der Alte schlauer war, als er dachte. Zumindest hatte Tapani seine schwere Erkrankung so alltäglich gemacht, daß ihn anscheinend niemand bemitleidete. Die Erkrankung hatte den wortkargen Mann verändert, er war viel offener geworden. Es schien irgendwie grotesk, daß sich Tapani nach dem Verlust seiner Frau dreißig Jahre lang von der Welt zurückgezogen hatte und kurz vor seinem eigenen Tod zurückkehrte.

Ratamo verließ die Küche, um sich die Wohnung seines Vaters anzusehen; das war ja sein erster Besuch hier, obwohl Tapani schon vor einem Jahr nach Finnland zurückgekommen war. Die antiken Möbel im Wohnzimmer ließen ihn an seine Kindheit denken: In diesem Sessel hatte seine Mutter oft gesessen und gelesen, und auf dem Sofa hatte sich Klein-Arto die Strafpredigten des Vaters anhören müssen. Es wunderte ihn, daß der Alte die Möbel von damals behalten hatte, und der Stoff sah noch fast wie neu aus. Hatte er sie beziehen lassen? Als er den »Kleinen Hund« sah, eine Kohlezeichnung von Jalmari Ruokokoski, mußte er lächeln. Das war sein Lieblingsbild.

Ratamo warf einen Blick ins Schlafzimmer, und was er da sah, verblüffte ihn. Er ging zu der Kommode und betrachtete ganz verlegen etwa zehn Fotos von sich selbst. Wie war Tapani zu den Bildern aus seiner Studienzeit und aus den letzten Jahren gekommen? Auf der Kommode stand außerdem ordentlich aufgereiht ein halbes Dutzend Fotos von Nelli, auch bei denen konnte sich Ratamo nicht erinnern, sie dem Vater geschickt zu haben. Die Neugier plagte ihn, aber er beschloß, zumindest heute nicht danach zu fragen. Tapani war seit seiner Erkrankung so peinlich offen geworden, daß er womöglich sentimental wurde, fürchtete Ratamo. Plötzlich fiel ihm ein, daß auch Nelli biologisch überhaupt nicht mit Tapani verwandt war, und nun tat ihm der Alte schon fast leid.

Ratamo kehrte in die Küche zurück und beobachtete seinen Vater. Es fiel ihm schwer zuzugeben, daß sie sich in gewisser Weise ähnelten. Beide galten als widersprüchliche Charaktere: in sich gekehrt, aber sozial, fröhlich, aber nachdenklich. Genetische Faktoren hatten jedenfalls nicht zu diesen Übereinstimmungen geführt. Vielleicht hatte er als Kind ungewollt Verhaltensmuster von Tapani übernommen.

Ratamo mußte den Tisch decken. Das Diamant-Service der finnischen Firma Arabia erinnerte ihn an ein paar schreckliche Weihnachtstage, die er aus dem einen oder anderen Grund allein mit dem Vater verbracht hatte. Dieses Schweigen damals hätte man nicht einmal mit einem Diamanten zerschneiden können.

Als das Essen schließlich fertig war, setzten sie sich an den Tisch, und Ratamo kostete den Wein, als Luis ihn dazu aufforderte. Der vollmundige Marques de Villamagna Gran Reserva Rioja schmeckte leicht nach Zimt. Er bekam den Wein in die falsche Kehle, als Luis das Gespräch auf die Krankheit seines Freundes lenkte. »Wirkt die Behandlung?«

Tapani Ratamo wickelte ein Stück der lecker aussehenden Vorspeise, Serrano-Schinken und Honigmelone, um die Gabel. »Der Krebs ist zu weit fortgeschritten. Er ist im vierten Stadium der Ausbreitung, das ist das schlimmste, und hatte schon Metastasen über die lokalen Lymphdrüsen hinaus geschickt, bevor ich in Behandlung kam. Eine Operation kommt nicht in Frage, ich versuche jetzt eine Kombination von Bestrahlung und Zellblockern. Vorläufig ist mein Allgemeinzustand noch so gut, daß ich 5-Fluorourasil und Gemsitabin vertrage.«

Tapanis Tapferkeit beeindruckte Ratamo, denn er wußte, welche Nebenwirkungen und Schmerzen eine Krebsbehandlung verursachte. Er nahm sich vor, an etwas anderes zu denken, und als erstes fiel ihm Ilona Si ein. Gerade jetzt hatte er Sehnsucht nach Ilonas lebensfroher Welt. Die Frau wagte es, die herrschende Meinung in Frage zu stellen und ein Leben außerhalb der Normen zu führen. Und dabei fürchtete sie nicht, isoliert zu werden. Ratamo überlegte, ob er Ilona möglicherweise nur als Mittel benutzte, um für einen Augenblick dem Streß seines eigenen Lebens zu entfliehen.

Die letzte Scheibe Serrano-Schinken verschwand in seinem Mund, und der Genuß war ihm anzusehen. Doch als er kurz zu Tapani hinschaute, kehrten die Probleme sofort zurück. Sollte er die Suche nach seinem biologischen Vater fortsetzen oder nicht? Vielleicht müßte er als Abschluß seiner kriminalistischen Bemühungen Irene anrufen, da er nun mal auch mit allen anderen Bekannten und Verwandten seiner Mutter gesprochen hatte. Soweit er sich erinnerte, hatte seine Mutter keinerlei Kontakt zu ihrer in Turku wohnenden Halbschwester Irene gehabt, aber einer seiner beiden Kusinen war eingefallen, daß sich die beiden Frauen in ihrer Jugend sehr gut verstanden hatten.

Seine Gedankengänge wurden unterbrochen, als Tapani, dem es offensichtlich nicht gut ging, um Entschuldigung bat und im Bad verschwand. Mit dem Recht des Koches übernahm Luis die Rolle des Gastgebers und forderte Ratamo auf, sich über das Hauptgericht herzumachen.

Das Pilzomelet umschmeichelte den Geschmacksnerv. Neben den Grundgewürzen schmeckte man auch Chili und etwas, das Ratamo nicht identifizieren konnte. Die Pilze mußten einen ziemlich starken Eigengeschmack haben, weil selbst die Gewürze ihr Aroma nicht völlig überdeckten. Der Koch hatte die Pilze jedoch so klein geschnitten, daß man von ihrem Aussehen nur noch die dunkle Farbe erkennen konnte. Ratamo bemerkte, daß Nelli immer noch lustlos in ihrer Vorspeise herumstocherte, und forderte sie auf, den Teller leer zu essen.

»Was für Pilze sind das?« fragte Ratamo auf englisch.

»Ich weiß nicht, ich habe sie aus dem Frischeregal genommen. Auf großen Schildern wurden sie angepriesen, und sie waren teuer, also dachte ich, daß sie gut sein müssen. Und das sind sie ja«, erklärte Luis fröhlich.

Ratamo nickte. Dieses Pilzomelett hatte einen speziellen Geschmack, der deutlich stärker war als bei einem mit Champignons oder Shiitake-Pilzen. Und diese Pilzsorten wurden in den Läden ja meistens vom Hersteller fertig verpackt verkauft.

Der Gastgeber kehrte an den Tisch zurück, kostete seinen Wein und bat Luis um Entschuldigung, daß er das Omelett jetzt noch nicht kosten könne. Er versprach aber, die Schüssel leer zu essen, sobald er sich wieder besser fühlte.

Ratamo war überrascht, als ihm etwas Positives zu Tapani einfiel: Er hatte seinen Wechsel zur Polizei schon seit vielen Monaten nicht mehr kritisiert. Das Rätsel um die Pilze ließ ihm jedoch keine Ruhe. »Wie sahen diese Pilze aus?«

Luis schluckte hinunter, was er im Mund hatte, bevor er antwortete. »Dunkelbraun, an der Oberfläche fast schwarz. Und sie sahen eigenartig aus, hubblig und faltig, fast so wie die Oberfläche eines Gehirns.«

»Oh, verdammt! Stockmorcheln«, brüllte Ratamo. »Luis konnte die Warnungen in finnisch nicht lesen. Wo ist das uralte Pilzbuch?« fragte Ratamo seinen Vater und langte dabei über den Tisch und zog den anderen die Teller mit den Pilzen unter der Nase weg. Zum Glück hatten Nelli und der Vater ihre Portion noch nicht angerührt.

»Das steht im Regal. Wieso?«

Ratamo suchte das Bild der Stockmorcheln und knallte das Buch vor Luis auf den Küchentisch. »Hast du die gekauft?« fragte er und erhielt von dem Spanier als Antwort ein erschrockenes Nicken.

»Willkommen zur Magenspülung«, sagte Ratamo zu dem verblüfften Luis und griff nach seinem Arm.

MONTAG

21

Ezrael ging in seinem Kamelhaarumhang, unter dem der Ledergürtel hervorschaute, auf und ab und verkündete die Wahrheit mit Speichel in den Mundwinkeln. Er durchmaß die Kirche mit solchem Tempo, daß die Kerzenflammen flackerten und ihre Schatten an der Engelwand schwankten.

Ulrike saß auf dem Dielenfußboden und blickte abwechselnd auf Ezrael und die abartig eingerichtete Wohnung. Es sah so aus, als hätte das tanzende Licht der Kerzen die Engel auf den Gemälden zum Leben erweckt. Sie war in eine neue Dimension hineingerissen worden, in das Universum eines Wahnsinnigen namens Ezrael. Ihr Blick fiel auf die Hand des Mannes, und sie versuchte ihrer Phantasie Einhalt zu gebieten, die ihr scheußliche Erklärungen für den Fingerstumpf durch den Kopf jagte. Angestrengt dachte sie nach und versuchte gleichzeitig der pausenlosen Predigt zuzuhören und zu überlegen, wie sie fliehen könnte. Was würde Lasse in dieser Situation tun? Doch der Gedanke schmerzte und machte alles nur noch schlimmer.

Die Angst hielt Ulrike wach, obwohl es schon kurz vor fünf Uhr morgens war. Ezrael hatte ihr im Verlauf des Abends und der Nacht alles von seinen Offenbarungen, von seinem Auftrag, vom Thomas-Evangelium, von der Petrus-Offenbarung und dem dritten Geheimnis von Fatima erzählt. Zwischendurch las der wie Johannes der Täufer gekleidete Mann lange, verworrene Abschnitte aus dem Buch vor, das er »Ezraels Evangelium« nannte, und dann wieder zitierte er seitenlang aus der Bibel, die er als das »Große

Buch« bezeichnete. Ulrike hatte dieselben Geschichten nun schon dermaßen oft gehört, daß sie allmählich so etwas wie Ordnung in dem Chaos erkannte, das in Ezraels Kopf herrschte. In der Realität des Verrückten besaßen alle Worte eine bestimmte Bedeutung: der Bote, der Auftrag, die Bestie, das Kellerloch, die Verräter, die Rache …

Ulrike hatte immer noch furchtbare Angst, obwohl Ezrael sie jetzt wie seinen besten Freund behandelte. Seine Augen lächelten, und er war voller überschäumender kindlich-aufrichtiger Freundlichkeit. In diesem Menschen steckten zwei völlig entgegengesetzte Persönlichkeiten, und genau das machte ihr angst. So wie die Tatsache, daß die Phantasiewelt des Mannes ein absolut logisches Ganzes bildete: Alles andere stimmte, außer dem dritten Geheimnis von Fatima, dessen Inhalt der Bote Ezrael vorgelogen hatte.

Ezraels Glaube hörte sich so überzeugend an, daß Ulrike ernsthaft überlegen mußte, wer ihn entwickelt hatte. Vermochte dieser Wahnsinnige logisch zu denken? Wahrscheinlich, bei dem Blutbad vor dem WTC war er ja auch fähig gewesen, diszipliniert zu handeln, und er konnte mehr auswendig aus der Bibel zitieren als die meisten Pfarrer. Ulrike kannte selbst ein paar Bibelsätze auswendig: Sie hatte Hunderte Predigten ihres Vaters in der Kirche von Erzberg gehört und auch jahrelang den Kindergottesdienst besucht. Deshalb war ihr klar, daß Ezrael die Bibelstellen irgendwie eigenartig zitierte. Und wo hatte der Mann das Thomas-Evangelium und die Petrus-Offenbarung kennengelernt? Jedenfalls nicht in der Kirche. »Was versuchst du mit diesem … deinem Auftrag zu erreichen?« fragte Ulrike mit vernehmlicher Stimme.

Ezrael legte weiter Zeugnis ab, ohne Pause. »… die katholische Kirche ist ohnehin verdorben, Homosexuelle werden zu Bischöfen ernannt, Hunderte Pfarrer werden des Kindesmißbrauchs verdächtigt, und Tausende Pfarrer leben heimlich mit einer Frau zusammen. Ganz zu schweigen von den Sünden der Kirche in der Vergangenheit, der Verbrüderung mit den Nazis und …«

Auf einmal schien Ezrael ihre Frage zu verstehen. »Wenn die VERSCHWÖRUNG der Verräter zerschlagen wird, erhält der wahre Glauben seine Chance. Die Veränderung beginnt in den Menschen ohne Kirche, genau wie bei mir. So sagt es das Thomas-Evangelium. Die Wahrheit wird alle Systeme zerstören, die Kirchen werden fallen und danach die Staaten.«

Ulrike verdaute das Gehörte, ihr Hirn war von der Müdigkeit betäubt und arbeitete langsam. Eines war ihr jedenfalls klar: Sie mußte bestreiten, daß er das Recht besaß, die Verräter zu ermorden, wenn sie selbst überleben wollte. Früher oder später würde Ezrael vielleicht verstehen, daß sie ihm keinerlei Offenbarung brachte, und dann könnte er sie sehr wohl als Verräter einordnen. »Was haben diese Verräter getan, daß sie den Tod verdienen?«

»Denn der Gott der Rache, der Herr, zahlt es ihnen heim.«

»Was?« fragte Ulrike. »Du verwendest die Worte der Liebe als Mittel des Zorns, nicht …« Sie sah ein Flackern in den Augen des Wahnsinnigen und verstummte. Es war sinnlos, mit einem Verrückten zu diskutieren. Angst durchfuhr sie, wie zum Teufel sollte sie hier herauskommen? »Warum hast du die Mitarbeiter von Future.com getötet?«

»Verstehst du das immer noch nicht? Ich habe sie nicht getötet.« Der lächelnde Ezrael sah aus wie der Lieblingsschüler eines Lehrers. »Die Bestie muß Rache an ihnen üben, weil sie Verräter waren, so hat es der Bote gesagt, und im Großen Buch steht, daß *›der Herr dem nicht gnädig sein wird; sondern dann wird sein Zorn und Eifer rauchen über solchen Mann und werden sich auf ihn legen alle Flüche, die in diesem Buch geschrieben sind; und der Herr wird seinen Namen austilgen unter dem Himmel‹.«*

Ezrael trat vor sein Altargemälde und betrachtete den Engel auf dem Bild. »Hilft dir das alles nicht, deinen Auftrag zu verstehen?« Er zeigte auf den Riß in der Wange des Engels auf dem Fresko der Marienverkündigung, der wie eine Narbe aussah. »Du bist der Engel der Offenbarung, und du bist zu mir geschickt worden, genau wie der Bote, vielleicht hängt deine Ankunft mit dem Johannistag zusammen, der näher rückt«, sagte Ezrael zuversichtlich.

»Wer ist der Bote? Wer gibt dir Befehle?« fragte Ulrike, und über Ezraels Gesicht huschte ein Ausdruck der Verwirrung.

Seine Gedanken gerieten durcheinander, er war müde. »Niemand befiehlt mir etwas. Ich bin das Schwert des Allerhöchsten, der Engel des Zorns. *›Denn Gottes Zorn vom Himmel wird offenbart über alles gottlose Wesen und Ungerechtigkeit‹* ...« Ezrael erstarrte, er wußte nicht weiter ... Fast spürte er den Schmerz in der Leistengegend, als er daran dachte, wie der Soldat ihn bestraft hatte, als er die Unabhängigkeitserklärung Irlands nicht auswendig konnte. Er stürzte zum Altartisch, griff nach dem in Leder gebundenen Großen Buch und blätterte fieberhaft darin, bis er auf einer der mit verschiedenfarbigen Klebezetteln markierten Seiten das Gesuchte fand, »... *›der Menschen, die die Wahrheit in Ungerechtigkeit aufhalten‹*.« Er war so erschöpft, daß er sich nicht einmal an die wichtigsten Stellen erinnerte. In der Regel konnte er sie selbst im Schlafe aufsagen.

Er ging zum Kleiderschrank, kramte darin und betrat dann den Kirchensaal, eine zusammengelegte Stahlkette in der Hand. Der Engel der Offenbarung sagte nichts, als Ezrael ein Ende der Kette mit einem Vorhängeschloß am gußeisernen Heizkörper der Engelwand befestigte. Dann legte er die Kette um die Knöchel des Engels, und das so straff, daß der Engel aufschrie. Er ließ ein zweites Vorhängeschloß zuschnappen, beugte sich vor und hielt den Kopf ganz nahe an die blonden Haare des Engels der Offenbarung. Der fruchtige Duft wirkte berauschend, und die Versuchung überkam ihn wie in der Shankill Road. Was würde die Bestie wohl dieser Frau Widerliches antun, wenn sich herausstellte, daß sie nur eine gewöhnliche Sünderin war? Er mußte sich unbedingt ausruhen, sonst …

»Denk über alles nach, was ich erzählt habe. Du mußt dich erinnern und deinen Auftrag verstehen, deswegen hat man dich hierhergeschickt«, sagte Ezrael freundlich und gab dem Engel der Offenbarung eine dünne Matratze, ein schmutziges Kissen und das Große Buch. Dann holte er das Evangelium vom Altartisch, legte es auf das Fensterbrett, weit weg von der Frau, und verschwand im Schlafzimmer.

Nach dem letzten Blick des Wahnsinnigen durchlief Ulrike ein Schauder, darin lag etwas anderes, vielleicht Gier oder Verlangen … Verdammte Fesseln, nun würde die Flucht nie gelingen. Sie spürte neben dem Gestank der feuchten Sachen ihren eigenen Geruch; das letzte Mal geduscht hatte sie vor über zwei Tagen. In der Stille schmerzte die Einsamkeit noch viel mehr, die Sehnsucht packte sie, als Lasses Gesicht vor ihr auftauchte. Sie vermißte seine Berührung so sehr, daß ihre Augen feucht wurden. Für einen flüchtigen Moment hatte Ulrike Lust, sich hinzulegen und auszuruhen, aber ihr wurde klar, daß sie das nicht tun durfte. Sie mußte dies alles überstehen und versuchen zu fliehen.

Ulrike ließ ihren Blick durch das Zimmer wandern und suchte es Millimeter für Millimeter ab. Irgend etwas mußte ihr einfallen. Eine Metallstange verriegelte die massive Wohnungstür, und dicke Holzläden verdeckten die Fenster. Die Kette ließ ihr nur etwa einen Meter Spielraum, und in Reichweite ihrer Hände war nichts anderes als die Matratze, das Kissen und die Bibel. Ein Telefon gab es nicht, und das wenige, das man von der Wand unter den Kerzen und

Gemälden sah, schien eine Art Paneel zu sein. Sie vermutete, daß Ezrael seine Zweizimmerwohnung schallisoliert hatte.

Ulrike besaß zwei Möglichkeiten: Sie konnte entweder um Hilfe rufen oder den Heizkörper aus der Wand reißen. Die erste Alternative verwarf sie sofort. Also blieb nur der Heizkörper. Sie legte sich hin, um ihn zu untersuchen. So etwas wurde nicht mehr hergestellt, der mußte mindestens eine Tonne wiegen. Sie griff mit beiden Händen nach dem Heizkörper und zerrte daran, doch er rührte sich nicht. Dann riß sie vergeblich an dem Wasserleitungsrohr, das in die Wand führte. Es hatte keinen Sinn weiterzumachen. Ezrael würde den Lärm hören und Ulrike jenen Blick kein zweites Mal sehen. Einmal reichte.

Sie spürte die Angst als metallischen Geschmack im Mund, das Gefühl war so stark, daß ihr fast schwarz vor Augen wurde. Irgend etwas mußte sie tun, oder sie würde geopfert wie ein Lamm, sobald die Furie in Ezrael erwachte. Da sie nun einmal nicht fliehen konnte, mußte sie versuchen, sein Denken zu beeinflussen. Da fiel ihr etwas ein: das Evangelium. Ezraels Aufzeichnungen könnten ihr helfen, den Mann zu verstehen, in ihnen fand sie möglicherweise eine Waffe gegen ihn oder einen Zugang zu seiner Welt.

Ulrike erhob sich vorsichtig, hielt die Kette mit einer Hand und nahm mit der anderen die leichte Matratze. Sie versuchte damit das Fensterbrett zu erreichen, aber das Ende der Matratze war noch weit vom Evangelium entfernt. Ulrike hob die Matratze hoch und warf sie nach dem Evangelium, doch sie flog ein paar Zentimeter am Ziel vorbei. Sie mußte näher heran. Diesmal legte sie sich auf den Fußboden und kroch in Richtung Fensterbrett, bis die Kette straff gespannt war. Die Schulter schmerzte, und im Rücken zog es, als sie die Matratze erneut hochschwenkte.

Die Ecke traf das Evangelium, das Buch fiel herunter, und Ulrike zog es mit der Matratze vorsichtig zu sich heran.

Der alte blaue Stoffeinband des Buches war vom Gebrauch zerfasert. Auf der ersten Seite stand »Eamon O'Donnel«, geschrieben in mädchenhaft sauberer Handschrift mit kleinen, ordentlichen Buchstaben. Das blieb das einzige rührende Detail in Ezraels Evangelium. Ulrike wurde fast übel, als sie die Kindheitserinnerungen las, die Seite für Seite düsterer wurden: Ezraels vierköpfige Familie lebte kümmerlich vom Hafenarbeiterlohn des Vaters, der gewalttätige Mann mißhandelte seine Frau und seinen Sohn, zwang seine Kinder, bei der IRA mitzumachen, und bestrafte Ungehorsam, indem er sie in den Keller einsperrte. Als sie las, was der Vater seinen Kindern alles angetan hatte, schauderte sie.

Nach den Eintragungen zu urteilen, war Ezrael ein empfindsames und intelligentes Kind gewesen. Ulrike erstarrte, als sie eine Seite aufschlug, auf die mit einer roten Flüssigkeit HASS geschrieben war. »Der Soldat hat meinen Finger zerschmettert. Er hat behauptet, ich wäre ein Dieb und Lügner. Das Geld hatte man ihm aus der Jackentasche genommen, sechsundsechzigeinhalb Penny. Drei Gläser Caffrey's.«

Im Laufe der nächsten hundert Seiten veränderte sich Ezrael. Am Anfang langsam, dann mit einem solchen Tempo, daß Ulrike fast vor sich sehen konnte, wie er immer verwirrter wurde. Auch der Text änderte sich, war nun schwer verständlich, der Glaube trat noch stärker ins Bild und zugleich der Traum vom Rückzug auf den Berg Croagh Patrick und vom Fasten.

Es fiel leicht, zu verstehen, warum Ezraels Seele zerbrach, aber Ulrike war dennoch schockiert, als sie bemerkte, daß ihr der grausame Killer leid tat. Dieses Gefühl führte dazu, daß sie den Text noch schneller verschlang, und schließlich fand sie die Antwort auf die wichtigste Frage. Mary Cash war der Bote, der eine fertige Konstruktion, Ezraels Universum, betreten und es genau so weit ergänzt hatte, um ein Ungeheuer zu schaffen. Seine Schwester war es, die Ezrael ausnutzte, Mary Cash bestimmte, wen er töten mußte. Ezrael war eine Marionette seiner Schwester.

Ulrike überflog hastig den letzten Teil, daraus wurde man nicht mehr schlau: Zeichnungen, seltsame farbige Karten und Sätze aus der Bibel verschmolzen zu einem Ganzen, zu dem es für einen gesunden Verstand keinen Schlüssel gab.

Die Müdigkeit nahm zu, und ihr Magen knurrte. Sie hatte in der Nacht nur eine Art Zwieback gegessen. Ezrael behauptete, die irischen Mönche hätten das irgendwann im tiefsten Mittelalter zu sich genommen. Ulrike mußte entweder fliehen oder die Grundpfeiler der Welt erschüttern, die sich Ezrael über zwanzig Jahre lang sorgfältig errichtet hatte. Sie beschloß, beides zu versuchen, sonst könnte die mordende Gestalt, die sie vor dem World Trade Center gesehen hatte, zurückkehren. Doch wer würde gewinnen, wenn Ezraels Welt zerbrach, Eamon oder die Bestie?

22

Ulla Palosuo, die in Ketonens Arbeitszimmer auf dem Sofa saß, streckte die Arme aus und hielt die Handflächen hoch wie ein Verkehrspolizist, als Musti sie begrüßen wollte. Anscheinend scheute die künftige Chefin der SUPO irgendwie den weit über zehn Jahre alten Labrador, dessen Flanken schon grau schimmerten. Musti setzte sich geduldig einen Meter von Palosuo entfernt hin und forderte die Frau, die ihren Haarturm tätschelte, zum Wettbewerb heraus: Wer schafft es, den anderen länger anzustarren.

Die Blicke von Ketonen und Ratamo trafen sich, und beide zwangen sich, keine Miene zu verziehen. Ketonen hatte keine Lust, Palosuo zu erklären, daß Musti immer mit ihm zur Arbeit ging, seit er vor Jahren Witwer geworden war. Bei seinen Arbeitszeiten wäre der Hund zu Hause innerhalb weniger Wochen entweder verhungert oder an Einsamkeit gestorben.

Ratamos Bericht von dem Morchelomelett und der Magenspülung schien Ketonen und Palosuo immer noch zu amüsieren, wenn sie ihn anblickten, mußten sie lächeln. Ratamo war gar nicht nach Lachen zumute; wenn Nelli und Tapani in seinem schlechten Zustand das Omelett gekostet hätten, wäre der Abend womöglich traurig ausgegangen. Der Hals tat ihm weh, und im Mund hatte er noch den Geschmack der Kohletabletten und des Bitterwassers. Auch sonst ging ihm der gestrige Abend noch durch den Kopf, vor allem die Frage, ob er sich freuen oder besorgt sein sollte, daß Nelli und Tapani sich miteinander anfreundeten. Tapanis Krankheit schritt schnell voran, und je besser sie sich noch kennenlernten, desto mehr würde Nelli um ihren Großvater trauern. Das Mädchen hatte während der letzten vier Jahre schon seine Mutter und eine Großmutter verloren. Es ärgerte ihn auch, daß er heute keine Zeit haben würde, zu Nellis Elternabend zu gehen, und daß er gestern wegen der Pilzepisode nicht dazu gekommen war, Ilona anzurufen.

Die Mitarbeiter der SUPO warteten auf Ossi Loponen, der Lasse Nordman vom Flughafen Seutula abholte. Ratamo war müde, er hatte trotz der Schwäche nach der Magenspülung die halbe Nacht wach gelegen. Schnell holte er eine eben in der Apotheke gekaufte Schachtel aus der Tasche und las den Text auf der Packung: »Herbival. Zur Steigerung der Schlafbereitschaft bei vorübergehenden Schlafstörungen.« Ließ sich das noch komplizierter ausdrücken, wer mochte wohl diese Texte schreiben? Ratamo bezweifelte, daß dieses Naturheilmittel, ein Extrakt aus Baldrianwurzeln, Hopfenähren und Zitronenmelisseblättern, gegen seine Schlaflosigkeit helfen würde, aber er wollte es dennoch versuchen, bevor er zu härteren Medikamenten überging.

Ratamo betrachtete seine künftige Vorgesetzte und stellte fest, daß Ulla Palosuo anscheinend immer schwarze Sachen trug. Dann bemerkte er, daß sich ihre Lippen bewegten, er beugte sich vor und hörte verwundert, wie sie gedämpft vor sich hin sang.

»Gibt's was Neues?« fragte Ketonen und unterbrach Ratamos Gedankengänge.

»Die Ermittlungen wegen der Morde an den Physikern in Frankreich, Deutschland und Italien wurden wiederaufgenommen, nachdem sich mit Sicherheit herausgestellt hat, daß der Tod von Elvas ein Mord war. In Finnland gibt es nichts Neues zum Mörder von Elvas. Der AIVD und die Polizei in Nordirland versuchen mit Hilfe des von ihm verwendeten gefälschten Passes Informationen über den Mann auszugraben. Vielleicht kannte der Killer Liam Boyle, vielleicht wohnt er in der gleichen Gegend ...«

»Das hast du gut gemacht, wie du diesen Pseudo-Boyle aufgespürt hast«, sagte Ulla Palosuo mit ernster Miene.

Ratamos Gesicht hellte sich auf. »Dieser Verrückte, der vor dem WTC getobt hat, könnte gut derselbe Mann sein, der Elvas umgebracht hat, zumindest glaubt das der AIVD. Das Bild der Holländer von dem Wahnsinnigen aus Amsterdam ähnelt unserem Killer mehr als nur ein wenig ...«

Ulla Palosuos Handy klingelte, sie nahm das Gespräch an, bestätigte die Nachricht und schnaufte wütend. »Loponen hat Nordman direkt aus dem Flugzeug geholt. Auf dem Flughafen in Vantaa drängen sich angeblich die Leute von der Presse und vom Fernsehen wie bei einer Oscar-Gala.

Nordman sitzt jetzt im Wartezimmer von Verhörraum I, da kann er eine Weile bleiben, bis er reif ist.«

»Das ist ein gefundenes Fressen für die Medien, das werden wir wochenlang zu lesen kriegen: ›Die Rückkehr des Terroristensohns der Verteidigungsministerin.‹« Verärgert malte Ketonen die künftigen Schlagzeilen aus und zog an seinen Hosenträgern. »Hat jemand ermittelt, ob es zwischen Final Action und Finnland noch andere Verbindungen gibt?«

Ratamo nickte. »In den Dateien der Präventiven Abteilung fanden sich nicht viele finnische Kandidaten, nur Ismo Varis und Valtteri Turunen wurden befragt. Sie haben hieb- und stichfeste Alibis und ...« Der Summer an der Tür unterbrach Ratamo, und Ketonen rief: »Herein!«

»Vom AIVD kam wieder ein Bericht.« Saara Lukkari schwenkte ein paar Blätter in der Hand. Ketonen winkte die Ermittlerin zu sich und überflog schnell die Zusammenfassung. »Die Holländer haben Mary Cash freigelassen. Man kann die Frau ohne Beweise nicht länger inhaftieren, nur weil sie Jaap van der Waal getroffen hat. Cash wird jedoch genau observiert, und auch ihr Telefon wird überwacht.«

Saara Lukkari verließ das Zimmer, im selben Augenblick schlug die große, mit Schnitzereien verzierte Uhr an der Fensterwand einmal. Es war halb elf.

Ratamo fand, daß man Saara Lukkari sexuelle Belästigung am Arbeitsplatz vorwerfen müßte, wenn sie ihre durchtrainierten Beine in hautenge Hosen steckte. Vielleicht würde ihn der Kautabak beruhigen, überlegte er und verfolgte die Reaktion von Ulla Palosuo, als ihr der süßliche Geruch aus der Etta-Dose in die Nase stieg.

»So, dann wollen wir uns mal anhören, was für Märchen Lasse Nordman erzählt.« Ketonen ließ seine Hosenträger knallen, und das wirkte vor allem auf Musti belebend. Das alte Fräulein freute sich und glaubte wohl, sie würden jetzt spazierengehen. Ketonen hatte große Mühe, den Hund zurückzuhalten, während seine Kollegen den Raum verließen.

Ketonen, Palosuo und Ratamo stellten sich Nordman in dem Wartezimmer vor, dessen ganze Einrichtung aus einer Deckenlampe bestand. Dann betraten alle den Hauptverhörraum der SUPO. Loponen bereitete die Videoaufzeichnung vor, doch niemand schaltete dabei das Licht in dem düsteren Raum mit seinen kahlen Betonwänden an.

»Herzlichen Glückwunsch, Sie konnten sich in Holland aus dem Staub machen wie ein Deserteur. Das ist nicht sehr heldenhaft für einen Offizier.« Palosuo begann das Verhör aggressiv. »Ist Ihnen klar, daß Sie nach alldem nicht einmal mehr auf die Toilette gehen können, ohne daß wir davon Kenntnis nehmen?«

»Welcher Verdacht besteht gegen mich? Bin ich verhaftet?« sagte Nordman ganz ruhig und fuhr sich mit der Hand durch seine kurzen blonden Haare.

»Wir möchten uns nur über die Verbindungen zwischen Final Action und Finnland und die Ereignisse in Den Haag unterhalten«, sagte Ketonen in versöhnlichem Ton. Er wollte Nordman nicht mit persönlichen Angriffen reizen, die könnten Frau Minister Nordman zu Ohren kommen. Er wußte aus Erfahrung, wie schwierig es war, mit Politikern zu arbeiten, und die Mutter Nordmans kannte man als äußerst zielstrebige Frau.

»Ich brauche überhaupt nichts zu sagen«, entgegnete Nordman selbstsicher.

»Final Action steht schon auf der EU-Liste der Terrororganisationen, und Sie werden schon sehr bald auf der Liste der Terroristen landen. Das ist kein Spiel«, sagte Ulla Palosuo, und dabei wurde ihre Stimme noch lauter.

»Kennen Sie diesen Mann?« Ratamo hielt Nordman das Phantombild des Mörders vom Hotel Lord hin und betrachtete ihn abschätzend. Der Ökoterrorist sah durchtrainiert aus, die Wangenmuskeln zeichneten sich deutlich ab, und die kleinen Narben im Gesicht verwiesen auf seine Vergangenheit.

Nordman schaute sich das Bild eine Weile prüfend an, schüttelte den Kopf und gab es Ratamo zurück, ohne das Gesicht zu verziehen.

Die Mitarbeiter der SUPO befragten Nordman ausführlich zu Final Action, dem Chef der Organisation, den künftigen Anschlägen, den Verbindungen zu Future.com sowie zu den Morden an Jorge Oliveira, Gloria Davegna und Scott Anderson. Nordman antwortete kurz und ausweichend und verriet überhaupt nichts.

»Wissen Sie, warum Dutch Oil Sie nicht auf Schadensersatz verklagt?« fragte Ketonen und starrte Nordman an.

Der schien einen Augenblick zu zögern. »Ich nehme an, das Unternehmen will ein negatives Bild in der Öffentlichkeit vermeiden.«

»Beabsichtigen Sie in den nächsten Tagen, Finnland zu verlassen?« fragte Ratamo in alltäglichem Ton.

»Warum nicht? Behaupten Sie jetzt nicht, daß Sie mir ein Reiseverbot auferlegen können. Die Voraussetzungen bestehen nicht, ich habe mit meinem Anwalt gesprochen.« Nordmans Antwort klang aggressiver als jede andere zuvor.

Ulla Palosuo verlor die Selbstbeherrschung. »Kapierst du Flegel tatsächlich nicht, daß ihr Unternehmen sabotiert, die legal arbeiten? Das ist Vandalismus, jemand müßte ...«

»Ja genau, jemand müßte etwas tun, so wie ich.«

Nun lächelte Ulla Palosuo giftig. »Vermutlich bereuen Sie schon, daß Sie den Dienst in der Armee quittiert haben, denn danach ist es Ihnen ja nur gelungen, Ihr Leben zu versauen.«

»Wenn man mitspielen will, muß man es erst mal schaffen, auf dem Platz dabeizusein. Und dieses Spiel beginnt erst.« Es schien so, als hätte Nordman große Mühe, die Beherrschung zu bewahren.

Ketonen räusperte sich hörbar, und im selben Moment fiel ihm ein, daß sich Nordman geopfert hatte, um seiner Freundin zur Freiheit zu verhelfen. »Wissen Sie, wo Ulrike Berger ist?« Er begriff, daß er eine schwache Stelle getroffen hatte, als er sah, wie sich Nordmans Wangenmuskeln spannten.

»Nein«, entgegnete Nordman schroff und starrte Ketonen mehrere Sekunden lang an.

»Kann ich gehen«, sagte er, als keine Fragen mehr kamen.

»Ja. Aber denken Sie daran, daß wir unsere Mittel haben, um Sie im Auge zu behalten. Wir erfahren es sofort, wenn Sie auch nur planen, nach Holland zurückzukehren«, erwiderte Ketonen, um ihn zu warnen.

»Ich kehre so oder so nach Holland zurück. Wenn Sie glauben, daß ich Ulrike sitzenlasse, dann irren Sie sich«, sagte Nordman langsam und betonte jedes Wort.

»Wir holen Sie sofort zum Verhör, wenn Sie es versuchen«, entgegnete Ulla Palosuo.

»Der Versuch ist es wert.« Nordman wollte das letzte Wort haben und dachte nicht daran, den Mitarbeitern der SUPO die Hand zu geben, als er ging.

In seinem Arbeitszimmer zog Ketonen die Jacke seines Straßenanzugs an, die an den Ellenbogen schon glänzte, legte seinen Hund, der auf dem Teppich scharrte, an die Leine und öffnete die Tür. Er kümmerte sich nicht um seine Sekretärin, die ihm mit Zetteln hinterherwinkte, auf denen stand, wer um einen Rückruf bat. Jetzt hatte er es eilig. Marketta war beim Arzt, um die Ergebnisse ihres Allergietests zu erfahren, von dort würde sie zu ihrer Freundin Sirkka nach Tapanila gehen und im Garten helfen, und dann mußte sie zu Nellis Elternabend in der Schule in der Tehtaankatu, weil Ratamo wegen der dringenden Ermittlungen keine Zeit hatte. Eine bessere Gelegenheit würde sich nicht so bald wieder bieten.

Die Aufzugstür im Erdgeschoß öffnete sich. »Metor 200« las Ketonen auf dem Metalldetektor, der an der Tür hervorragte, das Durchleuchtungsgerät stammte von »Rapiscan«. Derzeit weckte alles, was er in der SUPO sah, nostalgische Gefühle. Er betrat den mit Mosaikbildern geschmückten Steinfußboden, stieß die Tür auf, die in das schöne, im Stil des 19. Jahrhunderts restaurierte Treppenhaus führte, öffnete mit einem Knopfdruck die Glastür und hob die Hand, um den Diensthabenden im Kontrollraum zu grüßen, der ihn hinter dem Panzerglas aus seiner Höhe herab mit großen Augen anschaute. Wieder ein Knopfdruck, und die nächste Glastür öffnete sich, der Windfang, noch ein Knopfdruck, und die Haustür ging auf. Zum wievieltenmal mochte er wohl dieses Ritual begehen?

Im Supermarkt in der Pursimiehenkatu fand er, was er brauchte: die blaue Wurst von HK, Ketchup, den scharfen Senf von Aura, finnischen Edamer, eine Packung Sahnekartoffeln und die Hundewurst »Mustis Leckerbissen«. Er vergewisserte sich in der Schlange an der Kasse zweimal, daß die Wurst und der Käse keine Light-Produkte waren. Bei solch einer Gelegenheit mußte man die richtigen Produkte verwenden.

Auf den Straßen wurde Sand aufgewirbelt. Das warme Maiwetter ließ Ketonen beim Gehen schnaufen und Musti hecheln, zum Glück war der Weg bis nach Hause nicht weit. Seine Kondition war miserabel, denn mit dem Skilaufen mußte er auf den nächsten Schnee warten, und die Sache mit der Bandscheibe wurde einfach nicht besser. Vielleicht war es für ihn wirklich an der Zeit, in Rente zu gehen. Der größte Teil der Aufgaben des SUPO-Chefs hing heutzutage mit internationalen Dingen zusammen: der ewige Streit mit der EU-Bürokratie, die operative Zusammenarbeit mit den Nachrichtendiensten der anderen Länder, der Kampf gegen den Terrorismus …

Markettas Wohnung in der Jääkärinkatu kam ihm nun allmählich schon wie sein Zuhause vor, überlegte Ketonen und warf seine Jacke auf die Bank im Flur. Er hatte aus seiner früheren Wohnung nur ein paar Möbel behalten, mit denen keine Erinnerungen an seine verstorbene Ehefrau Hilkka verbunden waren. Manchmal schien es Ketonen, daß er so ein Glück überhaupt nicht verdiente, auf seine alten Tage noch einer Frau wie Marketta begegnet zu sein. Sogar die Zwangsdiät, den Verzicht auf das Wetten und das Rauchverbot empfand er im Vergleich damit als erträgliche Opfer. Vor allem, wenn man sie bei passender Gelegenheit umgehen konnte, wie zum Beispiel jetzt.

Ketonen atmete den Geruch des Fettes tief ein und wendete ungeduldig die halben Würste, die im Tiegel brutzelten. Die Mikrowelle klingelte – die Sahnekartoffeln waren fertig. Er legte die Wursthälften wie eine Ellipse auf den Teller, drückte einen Deziliter Senf auf ihre Außenseite und reichlich Ketchup in sie hinein. Diese Technik hatte sich schon in den siebziger Jahren bewährt: Der Senf war so fest, daß er nicht herunterlief, während die Öffnung in der Mitte der Wurst den Ketchup hielt, der eher flüssig war. Die Gewürze würden sich erst vermischen, wenn die Wurst zur Hälfte gegessen war. Und das geschah innerhalb einer Minute. Es schmeckte himmlisch. Ketonen genoß es aus vollem Herzen, genau wie Musti, die ihre Hundewurst verschlang.

Auf dem Tisch lag der New Scientist, Ketonen blätterte darin, bis er die Nachrichten über die neuesten Erfindungen entdeckte. Im Laufe der Jahre war es für ihn eine Art Hobby geworden, staunend zu lesen, was es für neue technische Apparate gab. Schon bald lachte Ketonen schallend, so daß Musti erschrak. Ein japanisches Elektronikunternehmen hatte eine Methode entwickelt, mit der man im Restaurant automatisch ermitteln konnte, wann die Gläser der

Gäste nachgefüllt werden mußten. Ein Mikrochip im Glas maß die Flüssigkeitsmenge, und ein am Boden des Glases versteckter Sender übertrug die Daten an einen Empfänger im Tisch, der wiederum auf dem Monitor am Bartresen meldete, wenn das Glas nachgefüllt werden mußte. Falls irgendeine Erfindung in Finnland Aussicht auf Erfolg hätte, dann war es diese, dachte Ketonen amüsiert. Auch über die Geschichte von der Waffe, die wie ein Gewehr aussah und in einem Winkel von sechzig Grad gebogen werden konnte, mußte er lächeln; jetzt konnte man ungefährdet auch um die Ecke schießen. Halleluja.

Als er vom Fett wie betrunken war, hellten sich seine Gedanken auf und landeten wieder bei seiner Pensionierung. Kein Wunder, er hatte der SUPO über dreißig Jahre lang fast seine ganze Zeit geopfert. Sicherheitspolizei, Ketonen ließ sich das Wort auf der Zunge zergehen. Noch vor ein paar Jahren hatte er vermutet, daß er die SUPO nur mit ausgestreckten Beinen verlassen würde, die Stiefel an den Füßen. Doch dank Marketta gab es jetzt auch andere Alternativen. Der Gedanke munterte ihn auf.

Jetzt galt es, die Beweise zu vernichten, Ketonen wusch also die Bratpfanne und seinen Teller ab, öffnete das Küchenfenster einen Spalt und nahm den Müllbeutel mit hinunter.

Auf dem Rückweg kehrten seine Gedanken zu den Ermittlungen und zu Lasse Nordman zurück. War das Leben im Wohlstands-Finnland tatsächlich so leicht und langweilig, daß talentierte und erfolgshungrige junge Leute sich unbedingt in Lebensgefahr begeben mußten, um ihren Charakter und ihre Grenzen auszutesten? Bergsteigen, Polarexpeditionen, mit dem Fallschirm von Felsvorsprüngen und Häusern springen ... Oder im schlimmsten Fall Unternehmen in die Luft sprengen und sabotieren, so wie Lasse Nordman. In Ketonens Jugend hatte es als Herausforderung genügt, den Alltag zu meistern und seinen Lebensunterhalt zu verdienen. Plötzlich fiel Ketonen ein, daß Nordman darauf brannte, nach Holland zurückzukehren. Das machte ihn stutzig: Der Mann wirkte nicht gerade wie ein Romantiker, der seine Frau anbetete. Vielleicht erwartete Nordman in Amsterdam irgendeine Aufgabe … Oder außer Ulrike Berger noch jemand anders?

23

Jaap van der Waal betrachtete Andries van Eertvelts Anfang des 17. Jahrhunderts gemaltes Bild von virtuoser Schönheit: Ein holländisches Segelschiff trieb auf die Klippen zu. Auf dem Gemälde blieb das Schicksal des Schiffes offen, aber die Schaumkronen schienen zu zeigen, daß es unausweichlich dem Untergang geweiht war. Würde es ihm genauso ergehen?

Van der Waal saß in seinem Arbeitszimmer im Hauptgebäude von Dutch Oil in der Carel-van-Bylandt-Laan und drehte seinen Stuhl träge zu seinem Assistenten Pieter. Der AIVD hatte soeben die zwei Männer Pieters verhaftet, die den portugiesischen Aktivisten Oliveira vorgestern in Meijendel ermordet hatten. »Du wirst sicher verstehen, daß ich irgendwie darauf reagieren muß. Am besten entläßt du alle Sicherheitsleute und stellst statt dessen die doppelte Anzahl neu ein«, sagte van der Waal ganz ruhig, aber seine Stimme vibrierte vor Wut.

»Und ich?« fragte Pieter.

»Ich habe dem AIVD gesagt, daß du mein persönlicher Assistent bist. Allein stehe ich das ja nicht durch, du bis unersetzlich«, schmeichelte van der Waal Pieter und bedeutete ihm, das Zimmer zu verlassen. Pieter wußte zuviel, ja fast alles. Ihn würde er nie entlassen; wenn der Mann verhaftet würde, müßte man ihn umbringen. Van der Waal hoffte, daß es nicht dazu kam, denn Pieter erledigte für ihn alle unangenehmen Dinge.

Er bemerkte, daß er die Stille genoß, und ärgerte sich, daß gleich wieder das ständige Hintergrundgeräusch, Ladys Gebell, zu hören sein würde, sobald der Hund vom Trimmen gebracht wurde. Van der Waal trat an den großen, niedrigen Tisch, stützte sich auf den Rand, beugte sich vor und vertiefte sich in das Panorama einer Seeschlacht, das ein Amsterdamer Historiker gebaut hatte. Nichts genoß er so sehr.

»Die Schlacht von Saldanha im Jahre 1781«, sagte van der Waal mit halblauter Stimme und betrachtete andächtig die Konstellation der Segelschiffsmodelle auf dem aus Holz und Plastik errichteten Panorama, das die Küste des heutigen Südafrika darstellte. Wie ein Augenzeuge konnte er sich in die Situation hineinversetzen, und mit einem langen Stab schob er die Schiffsmodelle geschickt hin und her.

Das mit Frankreich und Spanien verbündete Holland erklärt England den Krieg. Der Gouverneur von Kapland, Baron Joachim van Plettenberg, schickt sechs Schiffe der Niederländisch-Ostindischen Handelskompanie, die Hoogkarspel, die Middelburg, die Honkoop, die Paarl, die Dankbaarheid und die Held Woltemade, in die Saldanha Bay. Dort warten sie auf eine französische Geleitflotte, die sie nach Holland bringen soll.

Der Kommandeur der holländischen Flotte, Gerrit Harmeyer, erhält den Befehl, den Engländern seine Schiffe unter keinen Umständen zu überlassen. Die Kapitäne müssen ihre Schiffe zerstören, wenn die Gefahr besteht, daß sie dem Feind in die Hände fallen. Nur der Kapitän der Middelburg, Justinus van Gennep, trifft befehlsgemäß seine Vorkehrungen und läßt Pulver auf sein Schiff bringen.

Van der Waal streckte seine Hand aus, um aus einer silbernen Streudose schwarzen Pfeffer auf das Modell der Middelburg zu schütten.

Die von Admiral Pierre André de Suffre befehligte französische Geleitflotte ist noch auf dem Weg zu den Holländern, als sich eine von Commodore George Johnstone kommandierte Flotte der Engländer Saldanha Bay auf Schußweite nähert. Die mächtige englische Flotte besteht aus fünf Schlachtschiffen, vier Fregatten sowie etwa zwanzig Schiffen, die dreitausend Soldaten transportieren.

Van der Waals Hand wurde mit Haaröl beschmiert, als er sich den Schweiß von der Stirn wischte; er holte ein Taschentuch heraus.

Der englische Commodore Johnstone segelt mit dem Schlachtschiff Romney und drei anderen mit französischen Kennzeichen getarnten englischen Schiffen in die Saldanha Bay und eröffnet das Feuer auf die vor Anker liegende holländische Flotte. Chaos bricht aus. Die durch die Hinterlist überraschten holländischen Kapitäne können ihre Schiffe nicht mehr zerstören. Mit Ausnahme von Justinus van Gennep. Der Kapitän der Middelburg hält sich an den Befehl, er sprengt und versenkt sein Schiff, während alle anderen holländischen Schiffe den Engländern in die Hände fallen.

Erschöpft sank van der Waal auf einen Stuhl. Justinus van Gennep blieb am Leben und wurde zu einem bewunderten Helden, obwohl er sein eigenes Schiff zerstört hatte. Jaap van der Waal wußte, daß auch er dazu imstande war.

Die Behörden waren zu nahe an das Konsortium herangekommen, dessen Aufdeckung kam nicht in Frage. Mary Cash und der Engel des Zorns mußten eliminiert werden; es war an der Zeit, alle Beweise zu vernichten.

Der Zigarettenrauch vermischte sich mit dem modrigen Kellergeruch des Wohnhauses in der Warmoesstraat. Mary drückte die Zigarette aus, öffnete die Maschendrahttür ihres Kellers und leuchtete mit einer starken Maglite-Taschenlampe auf den Fußboden. Auf dem staubigen Beton waren deutlich frische Fußspuren zu sehen. Mary verfolgte sie bis ans Ende des Kellers und stellte zufrieden fest, daß die Ermittler des AIVD nicht einmal in der Nähe ihres Verstecks gewesen waren. Sie schob die Hand durch den Maschendraht in den vollgestopften Nachbarkeller, stieß einen Stapel Bodenplatten um und griff nach dem Plastikbeutel. Er paßte gerade so durch die Öffnung.

Mary verließ das Wohnhaus, blieb auf der Warmoesstraat stehen und spürte, wie die Wärme des Vormittags die Kellerkälte auftaute, die noch in ihren Muskeln steckte. Einen Augenblick später band sie ihre roten Haare zum Pferdeschwanz und schaute sich um. Sie wußte, daß die Ermittler des AIVD sie beobachteten, konnte die Männer aber nicht orten. Von wo sollte sie Ezrael anrufen?

Sie mußte in Bewegung bleiben, beschloß Mary und wandte sich in Richtung Süden. Der AIVD war ihr und van der Waal zu nahe gekommen. Marys Schritte verlangsamten sich nur wenig, als sie den luftdichten Plastikbeutel öffnete, das Mobiltelefon herausholte und die anonyme SIM-Karte unter den Akku legte. Mit der Karte und dem IMEI-Code des gestohlenen Telefons war niemand imstande, sie ausfindig zu machen. Auf der Theaterstraße, der Nes, ging Mary an den heraldischen Löwen des Nationaal Monument vorbei, des Mahnmals für die Opfer des Zweiten Weltkriegs, und bog rechts ab in die Paleisstraat, da klingelte ihr Telefon schon.

»Dieses Gespräch wird nicht abgehört«, sagte van der Waal freundlich. »Der AIVD überwacht Sie. Der Plan wird sofort eingefroren, wenn die Aktivistin Ulrike Berger … erledigt ist. Teilen Sie das dem Engel des Zorns mit«, sagte er und wartete auf ihre Bestätigung.

Jetzt wußte Mary, daß van der Waal die Operation abbrechen und die Zeugen loswerden wollte, um sich selbst zu schützen. Nun waren sie und Ezrael in Gefahr.

»Die Situation ist folgendermaßen«, sagte Mary kühl, »unsere Treffen wurden gefilmt, und alles Besprochene habe ich dokumentiert. Auch einer Ihrer gemeinsamen Abende mit John Dexter liegt auf Video vor. Und ich habe dem Engel des Zorns den Befehl gegeben, Sie sofort umzubringen, wenn mir irgend etwas zustößt. Nur ich kenne den Engel des Zorns, Sie werden ihn nie finden, niemand findet ihn.«

Für eine Weile herrschte Schweigen. Dann sagte van der Waal: »Derartige Drohungen sind völlig unnötig, was wollen Sie?« Er hörte sich jetzt noch freundlicher an als sonst.

»Ich will das Honorar. Oder zumindest einen Teil davon. Vier Physiker sind schon umgebracht worden, zumindest für die müssen Sie zahlen.«

»Ich versuche das zu regeln.« Van der Waal beendete das Gespräch, ohne sich zu verabschieden.

Das Feuerzeug knackte, und aus Marys Nasenlöchern wirbelte Rauch auf, während sie überlegte, ob van der Waal sie bei der Polizei anzeigen oder umbringen wollte. Verglichen mit der schmeichlerischen Art dieses Schweins, fühlte sich selbst Teflon rauh an. Mary hatte diesen Augenblick erwartet: Das größte Risiko ihres eigenen Plans bestand von Anfang an darin, wie sie überleben sollte, nachdem alle Physiker ermordet waren. Die ganze Zeit hatte sie den Verdacht gehabt, daß van der Waal die Zeugen seiner Verbrechen eliminieren würde. Aber sie gab nicht auf, der Krieg war erst zu Ende, wenn Fergus gerächt war und auch der allerletzte britische Soldat irischen Boden verlassen hatte. Ihr eigener Krieg würde vermutlich auch dann nicht enden.

Die Lage war kritisch. Mary fürchtete, ihr Bruder könnte zusammenbrechen, wenn sie ihm sagte, daß der Auftrag abgeschlossen war. Doch das durfte nicht geschehen, denn sie brauchte Ezraels Hilfe. Mary blieb auf dem Dam-Platz stehen, sah die Nieuwe Kerk und das Königsschloß und begriff ihre Dummheit: Warum ging sie freiwillig hierher, wo sie wie auf dem Präsentierteller stand. Sie nahm Kurs auf das dichte Menschengewimmel in der Einkaufsstraße Kalverstraat und verbrannte sich die Finger, als sie an der Zigarette zog; die Glut leuchtete schon im Filter.

Wäre Ezrael imstande, mit dem Töten aufzuhören? Gleich würde sich herausstellen, bis zu welchem Grade ihr Bruder verrückt war. Ezrael unterschied sich nicht sehr von den anderen Männern, glaubte Mary. Aggressivität fand sich in jedem Mann, und die »gesunden« Männer unterschieden sich nur insofern von Ezrael, als sie ihre Aggressivität kontrollieren konnten. Sobald sich eine Möglichkeit und Gelegenheit bot, war jeder Mann zu jeder beliebigen Form von Gewalt fähig, denn Ezraels Bestie wohnte in ihnen allen.

Die Schlagzeile von De Telegraaf zum Anschlag vor dem World Trade Center fiel Mary ins Auge, als sie darauf wartete, daß ihr Bruder ans Telefon ging. »Ezrael, ist bei dir alles in Ordnung? Ist gestern alles so verlaufen wie vorgesehen?«

Ezrael hörte sich müde an. »Alles ist planmäßig gelaufen, und ich habe auch diese Aktivistin gefunden. Sie ist der Engel der Offenbarung. Man hat mir eine neue Offenbarung geschickt.« Ezrael schöpfte neue Kraft aus seinen Worten.

Was zum Teufel redete Ezrael da für ein wirres Zeug, dachte Mary. »Meinst du Ulrike Berger?«

»Ja.«

»Und was hat dieser … Engel gesagt? Welche Offenbarung hat er dir gebracht?« fragte Mary nach. In dem Moment versetzte ihr ein Mann mit einem riesigen Käselaib einen Stoß, so daß ihr um ein Haar das Telefon heruntergefallen wäre. Wut flammte in ihr auf, sie hatte Lust zuzuschlagen, zwang sich dann aber, wieder an das Wichtigste zu denken.

»Ich weiß es noch nicht, anscheinend hat er seinen Auftrag vergessen.« Ezrael setzte sich in seinem Schlafzimmer auf seinen Mantel, der auf den Dielen lag, und hörte, wie im Kirchensaal die Ketten klirrten. Der Engel der Offenbarung war aufgewacht.

Das war nicht das erste Mal, daß Ezraels Welt außer Kontrolle geriet. In der Regel ließ Mary den Bruder die Netze seiner Phantasie so auswerfen, wie er wollte, die Hauptsache war, daß er ihr gehorchte und seine Phantasien ihre Pläne nicht gefährdeten. »Ezrael. Diese Frau ist Ulrike Berger, der Verräter, an dem du Rache üben sollst. Jetzt sofort. Sie ist kein Engel der Offenbarung, überhaupt kein Engel, sondern ein Verräter. Verstehst du?«

Man hörte nur, wie Ezrael schwer atmete, und Mary hatte das Gefühl, daß irgend etwas Besonderes geschehen war. Ulrike Berger mußte sterben, jetzt konnte die Frau außerdem auch noch Ezrael identifizieren.

»Hör zu, Ezrael. Wir müssen die Ausführung des Plans vorläufig unterbrechen, sobald du an Ulrike Berger Rache geübt hast. Verstehst du?« Mary bog am Ende der Kalverstraat rechts ab in den St.-Lucien-Steeg, wo die Häuser immer älter wurden und die Gassen immer enger. In diese schmalen Gassen konnte der erfrischende Wind nicht vordringen, und schnell erschienen auf Marys Stirn dicke Schweißperlen.

Wieder herrschte für einen Augenblick Schweigen, dann klang Ezraels Stimme anders als vorher, sicherer: »Den Auftrag kann man nicht abbrechen. Eines Tages werde auch ich so wie Johannes verkünden: *›Ich habe dich verklärt auf Erden und vollendet das Werk, das du mir gegeben hast, daß ich es tun sollte.‹*«

Mary verlor die Selbstbeherrschung. »Die Ausführung des Auftrags wird für eine Weile unterbrochen! Wir ändern den Zeitplan! Das ist mir mitgeteilt worden, und ich überbringe dir hiermit diese Botschaft!« rief sie so laut, daß sich Passanten in der Gasse nach ihr umdrehten.

Mary hörte, wie das Telefon tutete. Auch das noch. War Ezrael so tief in seine Welt eingetaucht, daß er nicht einmal mehr ihr gehorchte? Oder ging es um irgend etwas anderes? Ezrael hatte doch nicht etwa einen eigenen Plan? Mary erschrak. Verstand der Bruder womöglich von alldem mehr, als sie glaubte? Und wie zum Teufel sollte sie in Ezraels Kirche gelangen, wenn sie von den Ermittlern des AIVD beschattet wurde?

24

Verteidigungsministerin Elisabeth Nordman zischte vor Wut und hämmerte auf die Tasten ihres Telefons in der Eteläinen Makasiinikatu. Als sie hörte, daß der Ruf herausging, schaute sie auf die Menschen, die über den Kasarmitori, den Platz vor dem Gebäude des Verteidigungsministeriums, eilten, und atmete ein paarmal tief durch, um sich zu beruhigen, aber dabei kam nur heraus, daß ihre Wut noch angefacht wurde. Dann meldete sich ihr Sohn. »Verdammt noch mal, Lasse, jetzt hast du aber den allerletzten …«

Lasse Nordman setzte sich auf die Bank im Flur seiner Zweizimmerwohnung in Töölö, hielt den Hörer weiter weg vom Ohr und wartete darauf, daß sich seine Mutter beruhigte. Er war darauf vorbereitet; sie hatte mehr Testosteron im Blut als die meisten Männer, zumindest mehr als sein Vater. Lasse hatte schon in seiner Jugend beschlossen, daß er nicht der zweite männliche Versager hintereinander in dieser Linie der Nordmans werden würde. Er ließ es nicht zu, daß der Wohlstand und ein leichtes Leben ein Schaf aus ihm machten, das nichts zustande brachte. Er würde Erfolg haben, auf Biegen oder Brechen.

»... der Ruf der ganzen Familie ist in Gefahr. Begreifst du überhaupt, was du getan hast?« Elisabeth Nordman unterbrach ihre Predigt, als ihr die Luft ausging.

»Meine Pflicht. Die Kriege von heute werden für Prinzipien und Werte geführt, dort, wo die Mißstände sind, nicht in Finnland ...«, konnte Lasse schnell sagen.

»Erzähl nicht immer denselben Mist. Laut Presse und Polizei bist du ein Ökoterrorist. Begreifst du, was das für meine politische Zukunft und ... für das ganze ...«, die Verteidigungsministerin geriet so in Rage, daß sie kein Wort mehr herausbrachte. Sie starrte mit flammendem Blick auf das Bild von Präsidentin Tarja Halonen.

Lasse Nordman war überrascht, daß seine Mutter ihr eigenes Interesse erst in der zweiten Replik ihres Auftritts erwähnte. Er wußte ganz genau, wie es im Drehbuch danach weiterging.

»Ich brauche deine Hilfe«, sagte Lasse ganz ruhig.

»Meine Hilfe. Nach alldem hast du die Stirn, mich zu bitten ...«, die Stimme der Ministerin stieg bis ins Falsett.

Das war jetzt der richtige Augenblick, mit der Streiterei aufzuhören, dachte Lasse. »Wenn du Druck auf die SUPO ausübst, so daß sie mich nach Holland läßt, werde ich alles tun, was ich kann, damit dir durch diesen ... Zwischenfall möglichst wenig Schaden entsteht. Wenn du mir nicht hilfst, gebe ich jedem Journalisten, der es möchte, ein Interview und behaupte, du hättest die ganze Zeit gewußt, was ich bei Final Action mache.« Lasse Nordman brauchte nicht näher zu erläutern, was es für die Karriere seiner Mutter bedeutete, wenn er seine Drohung wahr machte.

In der Leitung blieb es stumm, während die Ministerin ihre Alternativen abwog. Es gab aber nur eine, also traf sie ihre Entscheidung schnell. »Gut. Aber du verstehst sicher, daß auch ich keinen Einfluß auf das Rechtswesen habe. Schon bald wirst du im Gefängnis landen, Junge. Du mußt mit dieser … Sabotage aufhören. Hättest du mal angefangen, Militärgeschichte zu lehren, so wie du es vorhattest, dieses österreichische Mädchen …«

»Ich will nur Ulrike suchen«, log Lasse Nordman und beendete das Gespräch unhöflich. Er raffte mit beiden Händen die Post zusammen, die hinter der Wohnungstür auf dem Fußboden lag, und versuchte sich zu beruhigen. Mit allen Eigenheiten seiner Mutter konnte er irgendwie umgehen, nur eins ertrug er nicht: Sie verhielt sich zu Ulrike wie zu einer Hure. Doch Ulrike würde er nicht aufgeben, weder für seine Karriere noch für irgend etwas anderes, auch in seinem Leben mußte es etwas geben, das ihm heilig war. Die Sehnsucht weckte die Erinnerung an den Sandstrand von Candolim in Goa: Ulrikes nackter Körper und die Haut, die nach Salz schmeckte.

Lasse ließ sich in einen Korbstuhl fallen und spürte, wie ihn die Enttäuschung tiefer traf als je zuvor. Nach dem Pech in Den Haag und dem Mord an Gloria und Scott drohte die Zerstörung von Final Action. Es machte ihn wütend, daß sich der Zufall eingemischt hatte, als alles erst am Beginn stand. Final Action durfte nicht zerfallen: Es war die einzige Ökoterrororganisation, die mit militärischer Präzision vorging. Earth First wollte die Erde mit unrealistischen Mitteln schützen, durch eine radikale Verringerung der Anzahl der Menschen. Die Earth Liberation Front hingegen sabotierte Unternehmen, die vor allem die Umwelt zerstörten, brachte aber keine Veränderungen zustande. Ecotage zerstörte mit Anschlägen Produktionsbetriebe der Kapitalisten und vertrieb sie aus ökologisch bedrohten Regionen, ohne zu begreifen, daß die Unternehmen dann nur neue Fabriken in anderen, genauso empfindlichen Regionen errichteten. Allen Organisationen fehlte es an der heiligen Dreieinigkeit von Taktik, Strategie und Ziel.

Nur bei Final Action war das anders: Die Organisation würde die Weltöffentlichkeit mit einzelnen Terroranschlägen auf die schlimmsten kriminellen Unternehmen aufmerksam machen und die Unternehmen zwingen, aus Angst vor neuen Anschlägen und den Reaktionen der Öffentlichkeit ihre Vorgehensweise zu ändern. Final Action würde die Ausnutzung der Umwelt und der Menschen beenden. Taktik, Strategie und Ziel.

Seine Nachbarin, eine Rentnerin, begann ihre tägliche Klimperei auf dem Klavier, so daß Lasse aus seinen Gedanken aufschreckte. In dem Poststapel fand er nur Werbung, Rechnungen und Pizzeria-Speisekarten. Wenn Seraphim eine Nachricht geschickt hatte, dann wartete sie in Lauttasaari auf ihn. Lasse ließ sich den Namen auf der Zunge zergehen – Seraphim. Einen anderen Namen seines Wohltäters kannte er nicht, und Seraphim war auch nur der erste Teil seiner E-Mail-Adresse.

Er trat ans Fenster zur Minervankatu, beobachtete die Straße eine Weile und tippte, daß die SUPO-Leute in dem weißen Passat saßen. Dann ging er in die Küche, öffnete das Fenster und steckte den Kopf hinaus. Auf dem Innenhof war niemand zu sehen, aber irgendwo lauerten sie. Der Wind wurde heftiger und kündigte Regen an, es war etwas kühler als in Holland.

Lasse fuhr in die Segeltuchschuhe, trat hinaus auf die Apollonkatu und ging langsam bergab zur Straßenbahnhaltestelle an der Runeberginkatu. Der weiße Passat folgte ihm, er hatte richtig getippt. Wenn er jetzt versuchte abzutauchen und dabei scheiterte, würde die SUPO die Beschattung so intensivieren, daß er es ein zweites Mal gar nicht erst zu versuchen brauchte. Die halbleere Straßenbahn kam angerattert, und Lasse stieg hinten ein.

Als die 3 B quietschend vor dem Glaspalast im Zentrum hielt, verließ Lasse die Bahn und überlegte fieberhaft, wo er verschwinden könnte. Da, wo es viele Menschen gab und viele Ausgänge. Er müßte schnell abtauchen und rasch weit weg sein, weil die SUPO sofort Verstärkung rufen würde, wenn sie ihn verloren hatte.

Lasse ging in aller Ruhe am Restaurant Sokos vorbei und hielt vergeblich Ausschau nach den SUPO-Leuten. Vor dem Bahnhof blieb er einen Augenblick stehen, beobachtete das Menschengewimmel und faßte einen Entschluß. Er zog die schwere Eingangstür auf, ging hinein, wartete, bis die Tür zu war, und rannte los. Die Schritte seiner Verfolger waren hinter ihm zu hören, als er die Treppe zum Bahnhofstunnel hinunterhastete. Der hatte mindestens ein Dutzend Ausgänge, die konnte die Polizei auf keinen Fall alle in so kurzer Zeit besetzen.

Die Entgegenkommenden machten Platz für den in vollem Tempo rennenden großen, breitschultrigen Mann. Lasse sprintete an dem Lebensmittelladen vorbei, bog rechts ab, passierte den S-Market, wählte dann den Tunnel, der nach links führte, und verlangsamte sein Tempo erst, als er im Kellergeschoß des Forum dazu gezwungen wurde, denn dort herrschte zur Mittagszeit Hochbetrieb. Niemand folgte ihm. Er fuhr mit dem Aufzug zum Kukontori hinauf und rannte in Richtung Ruoholahti, in den Metrostationen würde man ihn zuerst suchen.

Ein paar Minuten später blieb er keuchend an der Haltestelle des Busses 65 A in der Ruoholahdenkatu stehen. Der Schweiß brannte ihm in den Augen. Ein Taxi kam nicht in Frage, da die Polizei möglicherweise über die Taxizentrale seine Beschreibung durchgab. Er drückte sich in die hinterste Ecke des Wartehäuschens.

In der Nähe des Einkaufszentrums von Lauttasaari stieg Lasse aus und ging das letzte Stück bis zur Taivaanvuohentie zu Fuß. Er beschleunigte seine Schritte, als ein Regentropfen auf seine Nase fiel. Jetzt konnte er schon darüber lächeln, daß er die SUPO-Leute an der Nase herumgeführt hatte.

Es dauerte eine ganze Weile, bis sich der Schlüssel endlich quietschend im Schloß der Garage drehen ließ, Lasse hob und senkte die Kipptür schnell. Zweihundertfünfzig Euro im Monat für dieses zwölf Quadratmeter große Loch – das war schon beinahe Wucher, aber wer etwas mit gefälschten Papieren mietete, sollte beim Preis nicht anfangen zu feilschen.

Schon bald surrte auf dem Schreibtisch, der so breit war wie die Stirnwand der Garage, der Computer, und Lasse suchte im Bücherregal die Mappe, die er brauchte. Nur der blanke Betonfußboden und die unverputzten Ziegelwände unterschieden die Garage von einem normalen Büro. Er fand das Gesuchte, setzte sich auf den Schreibtischstuhl, und sein Blick fiel auf die Worte von Alexsis Kivi, eingefaßt von einem billigen Glasrahmen: *»Früher, da führte man mit erhobener Faust und aufeinandergepreßten Lippen Krieg gegen seine Begierden, und Eisen wuchs im Männersinn; aber das heutige Geschlecht hat keine Willenskraft, es tanzt nach der Pfeife seiner Lüste.«*

Er loggte sich ins Internet ein und schaute die Nachrichten in sechsunddreißig Briefkästen durch, bevor er fand, was er gesucht hatte: Seraphim hatte Kontakt aufgenommen, Lasse jubelte auf seinem Stuhl. Der virtuelle Bekannte aus Amerika konnte ihm möglicherweise wieder einmal helfen.

Die englischsprachige Nachricht war kurz. »Die Situation hat sich geändert. Der entscheidende Anschlag muß so schnell wie möglich ausgeführt werden.«

Widersprüchliche Gefühle erfaßten Lasse: Der Befehl, zu handeln, ließ das Adrenalin strömen, aber auch sein Gewissen regte sich. Ein Offizier mit Rückgrat hätte den entscheidenden Anschlag nicht akzeptieren, geschweige denn bei seiner Ausführung helfen dürfen. Doch es gab nur eine Alternative, und das war die Niederlage. Die Schande ging ihm durch den Sinn und die bange Frage, was Ulrike täte, wenn sie davon erfahren würde.

Plötzlich erinnerte sich Lasse an das Gesicht des dunkelhaarigen kleinen Mannes, das er in der Zentrale von Dutch Oil gesehen hatte, und fast wäre ihm eingefallen, woher er ihn kannte. Er wollte die Erinnerung schon am Schwanz packen, aber sie entschlüpfte ihm und verschwand wieder im Dunkel, sosehr er sein Gehirn auch anstrengte. Mit Seraphim hing es nicht zusammen, er wußte ja nicht einmal, wie der aussah.

Verblüfft spürte Lasse, wie er sich entspannte, obwohl ihm die Sorge um die verschollene Ulrike und die Zukunft von Final Action durch den Kopf ging. Jetzt wußte er zumindest, daß das Spiel weitergehen würde. Lieber würde er stolz in diesem Kampf fallen, als sein Leben mit belangloser Alltagsroutine zu verschwenden. Es würde sich zeigen, ob ihn ein genauso legendärer Sieg erwartete wie Oberst Siilasvuo im Winterkrieg an der Straße von Raate, wo die sowjetischen Divisionen dreiundzwanzigtausend Mann verloren und die Finnen nur achthundert. Oder ob er in die Geschichte als großer Verlierer eingehen würde wie Vizeadmiral Carl Olof Cronstedt, der den Russen die Festung Suomenlinna im Finnischen Krieg kampflos übergab. Lasse Nordmans Stimmung trübte sich, als ihm einfiel, daß sich Cronstedt am 3. Mai 1808 wie ein Feigling verhalten hatte. Heute war der 3. Mai.

25

Zuerst war auf der Wiese nichts zu sehen. Vollkommener Frieden und Harmonie umgaben Ezrael, er glaubte, endlich nach Hause gekommen zu sein. Dann tauchte am Horizont ein Punkt auf, der allmählich größer wurde, bis Ezrael zunächst einen Mann in Mönchskutte und dann noch eine andere Gestalt erkannte – den Engel der Offenbarung. Als die beiden wenige Meter entfernt an ihm vorübergingen, drehte sich Ezrael um und sah den Berg Croagh Patrick, den irischen Sinai. Ezrael wurde klar, daß der Engel der Offenbarung den Mönch auf den Berg geleitete, er glaubte, etwas äußerst Wichtiges verstanden zu haben.

Er wachte mit dem Gefühl auf, daß alles hellgrün war, setzte sich auf den Rand seines schmalen Bettes und kratzte sich andächtig. Die stachligen Kamelhaare halfen ihm, an das Vorbild Johannes, an den Auftrag und die Strafe zu denken, die den Sündern bevorstand: »*... und die Spreu wird er mit dem ewigen Feuer verbrennen.*« Johannes der Täufer und Ezrael der Rächer.

Ezrael hörte das schlaftrunkene Atmen des Engels der Offenbarung im Kirchensaal. Es war schon fast Mittag, nach dem Anruf des Boten waren sie noch einmal eingeschlafen. Jetzt würde der Nachmittag hektisch werden: Ezrael mußte dafür sorgen, daß sich der Engel der Offenbarung an seinen Auftrag erinnerte, bevor der Bote in der Kirche auftauchte.

Im Kirchensaal kniete Ezrael nieder und bekreuzigte sich, wie jeden Morgen, wenn er die heilige Dreieinigkeit von Altarbild, Kruzifix und Keltenkreuz zum erstenmal sah. Das Evangelium lag auf dem Fensterbrett, so wie es sein mußte. Er zündete seine vierzig Kerzen an und genoß einen Augenblick ihren Geruch. Damit vermischte sich heute noch eine andere Nuance, das mußte der Geruch des Engels der Offenbarung sein. Der Duft wirkte auf ihn berauschend, er erinnerte ihn an etwas, woran er nicht mehr denken wollte: den Maiglöckchen- und Schweißgeruch auf der nackten Haut des Mädchens in der Shankill Road. Im selben Augenblick tauchte das Gesicht des Mädchens so deutlich wie lange nicht vor ihm auf, es trieb in einem Meer roter Farbe, die sich überallhin ausbreitete. Die Bestie erwachte.

Ezrael stürzte ins Schlafzimmer, zog den Umhang aus und holte rasch die Lederpeitsche aus dem Schrank. Sie klatschte auf seinen Rücken, einmal, ein zweites Mal ... Er machte weiter, bis er das Gefühl hatte, daß die Haut platzte und der Schmerz und das Blut ihn beruhigten. Der Engel der Offenbarung weckte in ihm verbotene Gefühle.

Als Ezrael sich beruhigt hatte, klapperte er eine Weile in den Schränken seiner kleinen Kochnische herum und trug dann zwei Schalen Milch und Honig zum Altartisch. Der Engel der Offenbarung lag zwischen dem Altartisch und dem Altargemälde in tiefem Schlaf, an seiner Seite das Große Buch, und er sah genauso schön aus, wie ein Engel sein mußte. Vielleicht war das Gedächtnis des Engels der Offenbarung vom Lesen im Großen Buch aufgefrischt worden, hoffte Ezrael. Er mußte das wunderbare Wesen eine Weile kräftig schütteln, bis es endlich wach wurde.

Ulrike murmelte irgend etwas Unverständliches, drehte den Kopf in Richtung Fensterbrett und war erleichtert, als sie Ezraels Evangelium erblickte; er hatte nichts bemerkt. Ulrikes Körper sehnte sich nach Lasses Berührung, die Erinnerung an die gemeinsamen Morgenstunden schmerzte.

Als sie Ezrael beobachtete, der in seiner abartigen Wohnung herumlief, kehrte die Angst zurück. Dann sah sie den Fingerstumpf des Verrückten und mußte an die bedrückenden Ausschnitte aus Ezraels Evangelium denken. Mitleid und Angst vermischten sich; schon lange bevor Ezrael so geworden war, hatte man ihn wie ein Ungeheuer behandelt.

Ezrael öffnete Ulrikes Fesseln und reichte seinem Gast eine Schale: *»… und daß du lange lebest in dem Lande, das der HERR euren Vätern geschworen hat ihnen zu geben und ihrem Samen, ein Land, darin Milch und Honig fließt.«*

Ulrike griff sofort nach dem Gefäß, trank gierig und wiederholte für sich noch einmal, was sie gestern beschlossen hatte. Sie würde versuchen, die Grundpfeiler der Phantasiewelt Ezraels zu erschüttern. Dafür wollte sie all das nutzen, was sie in seinem Evangelium gelesen hatte. Selbst ein Laie begriff, daß Ezraels geistige Verwirrung die Folge seiner entsetzlichen Erfahrungen war.

Die Schüssel zitterte ein wenig in Ulrikes Händen, als sie noch einmal die fürchterlichen Dinge durchging, von denen sie in der Nacht gelesen hatte. Ezrael schaute zuweilen verstohlen zu ihr hin; sein aufrichtiger, neugieriger Blick und sein sonniges Wesen eines jungen Studenten verwirrten sie immer noch. Der Wahnsinnige strahlte Freude und Sicherheit aus, wie einige der frommsten Gemeindemitglieder ihres Vaters. Wie war dieser Mann zu dem fähig gewesen, was sie selbst als Augenzeuge vor dem WTC erlebt hatte? Ulrike erschrak, als sie bemerkte, daß Ezrael seine Blicke nun dann und wann über ihren Körper wandern ließ wie ein neugieriger Teenager. Sie wollte sich nicht einmal vorstellen, wozu Ezrael imstande wäre, wenn er seiner Begierde nachgab.

Ulrike durfte sich waschen und bekam ein grobes Handtuch. Sie schloß die Tür des Badezimmers ab, drehte die Wasserhähne auf und durchsuchte Ezraels Sachen systematisch. Nicht einmal eine Rasierklinge fand sich. Unter dem warmen Wasser verschwand der Schmutz von ihrem Körper, aber nicht die Angst. Ihr vom Schlaf erfrischtes Gehirn funktionierte jedoch ganz anders als gestern. Es widerte sie an, daß sie die nach Schweiß stinkenden Sachen wieder anziehen mußte.

Als Ulrike ins Wohnzimmer zurückkehrte, beschloß sie, einen Versuch zu unternehmen. »Ich erinnere mich jetzt an den Inhalt meiner Botschaft, ich habe sie im Traum gehört. Ich kam, dir zu sagen, daß dein Auftrag beendet ist.« Die Angst ließ ihre Stimme vibrieren.

Die Nachricht lähmte Ezrael. Das hatte er nicht erwartet. Zugleich erhielt der Anruf des Boten eine neue Bedeutung für ihn; er bekam jetzt schon den zweiten Befehl, die Ausführung des Auftrags zu unterbrechen. Das konnte nicht sein, den Auftrag hatte ihm der Allerhöchste erteilt.

»Du hast deine Offenbarung falsch verstanden, den Auftrag kann man nicht zurücknehmen«, sagte Ezrael mit zitternder Stimme. »Man hat mich AUSERWÄHLT, ihn zu erfüllen und: *›Ich habe dir, Gott, gelobt, daß ich dir danken will.‹*«

»Hör zu, Eamon, ich weiß alles. Der Bote hat dir deinen Auftrag überbracht, und jetzt überbringe ich dir die Botschaft, daß der Auftrag beendet ist, mit diesen Worten: *Rächet euch selber nicht, meine Liebsten, sondern gebet Raum dem Zorn Gottes; denn es steht geschrieben: ›Die Rache ist mein; ich will vergelten, spricht der Herr.‹*« Ulrike hoffte, daß sie sich richtig an die Bibelstelle erinnerte, die sie sich in der Nacht eingeprägt hatte.

Es überraschte Ulrike, wie erschüttert Ezrael war, er sank zu Boden und hockte mit gesenktem Kopf da wie ein alter Mann. Oder eher wie ein Kind, das nach irgendeiner Missetat in der Ecke stehen und sich schämen mußte. Ulrike wurde klar, daß sie auf dem richtigen Weg war: Ezrael hörte zu, wenn man ihm Befehle in seiner eigenen Sprache erteilte, und wenn man über die Vergangenheit redete, wurde Ezraels Welt erschüttert.

Ulrike ging zum Angriff über. Sie berührte Ezraels vierfingrige Hand. »Sechsundsechzigeinhalb Penny, Eamon. Ich weiß auch das«, sagte Ulrike sanft und zählte dann grauenhafte Einzelheiten aus Ezraels Kindheit auf. »Das Mädchen in der Shankill Road war dein einziger großer Fehler, bevor …«

Ezraels Gesicht erstarrte und wurde bleich. Die Offenbarung des Engels mußte echt sein, wie hätte sie sonst von den Geschehnissen in der Welt des Bösen wissen können.

Als der Engel der Offenbarung das Kellerloch erwähnte, sprang Ezrael auf, preßte die Hände auf die Ohren und brüllte. Er raste mit solcher Wut durch die Wohnung, daß die Kerzenflammen flackerten. Die alten Bilder stürzten über ihn herein: die Metallnieten des Lederriemens, das Blut an der Tür des Kellerlochs, die gelben Dämonen, die im Dunkeln lauerten, und jener Tag, als der Soldat ihm zur Strafe vorführte, wie er einen Feind zum Reden brachte. Der Engel des Zorns Ezrael wollte nicht dahin zurückkehren, wo Eamon begraben war.

Die Kirchenglocken von Oude Kerk dröhnten dumpf und zeigten die volle Stunde an, und Ulrike fürchtete, daß sie zu weit gegangen war. Sie durfte Ezraels Welt nicht zerstören, sie war vermutlich der Käfig, der die Bestie im Zaum hielt.

26

Im Videotext des Fernsehers im Kaffeeraum erschienen die Trabsportseiten; Ketonen juchzte, als er sah, daß die Stute mit dem Namen »Flucht vor dem Schlächter« morgen auf der Trabrennbahn Metsämäki am Start sein würde. Sie kehrte nach einer Pause auf die Bahn zurück und würde todsicher eine hohe Quote bringen, außerdem wußte Ketonen, daß sie ihre zwei Trainingsläufe sicher und mit einer guten Plazierung absolviert hatte. Er schlürfte den kalten Kaffee aus seinem Holzbecher, als die Fahrstuhltür aufging und Ratamo an ihm vorbeisauste. »Arto!«

Ratamo blieb stehen, als er Ketonens erhobenen Finger sah, und setzte sich an den großen Tisch.

Ketonen wirkte verlegen. »Ich habe eben ... erfahren, daß wir Lasse Nordman nach Holland lassen müssen, damit er seine Freundin suchen kann, seine Reisepläne dürfen nicht durch Verhöre oder unter einem anderen Vorwand behindert werden. Und ich muß auch noch jemanden mitschicken.«

»Warum denn das? Ich meine, warum muß Nordman geschützt werden?« erkundigte sich Ratamo verwundert.

»Weil es der Leiter der Abteilung Polizei im Ministerium, Kesämäki, befohlen hat«, sagte Ketonen scherzhaft voller Pathos. »Nordmans Mutter nutzt ihren Einfluß als Ministerin geschickt, sie hat den Innenminister überredet, ihr zu versprechen, daß für Lasse Nordmans Sicherheit gesorgt wird, und der Innenminister hat Kesämäki angewiesen, den entsprechenden Befehl zu geben.«

Ratamo sah, daß sich Ketonen über diese Anordnung ärgerte, die sich die Politiker ausgedacht und dann durchgedrückt hatten; er versuchte rasch etwas Positives zu sagen. »Die Verteidigungsministerin hat guten Grund, sich Sorgen um die Sicherheit ihres Sohnes zu machen. Jorge Oliveira wurde umgebracht, Ulrike Berger ist verschwunden, und auch die Morde an den Mitarbeitern von Future.com hängen höchstwahrscheinlich irgendwie mit alldem zusammen. Außerdem hat man die Kinder von Regierungsmitgliedern in Ausnahmefällen auch früher geschützt.«

Ketonen nickte, steckte sich ein Stück Würfelzucker in den Mund und trank dazu Kaffee. »Es wundert mich, warum dieser Nordman so scharf darauf ist, nach Holland zurückzukehren. Was zum Teufel glaubt er dort tun zu können?«

Ratamo nahm an, daß Ketonen ihn als Personenschutz für Lasse Nordman nach Holland schicken wollte. »Wie soll man den Nordman dort überwachen? Wir haben im Ausland keine Vollmachten, und der Ökoterrorist wird wohl kaum die Absicht haben, mit uns zu kooperieren.«

Ketonen schaltete den Videotext aus und steckte die Wettscheine in die Brusttasche seines Hemdes. »Der Kerl will mit aller Macht ein Held werden. Im Radio hat er ein Interview gegeben, in dem er den extremen Aktivismus mit dem Keulenkrieg der Bauern und sich mit dem Bauernführer Jaakko Ilkka verglichen hat. Seiner Auffassung nach ist der Widerstand gegen die heutige besitzende Oberschicht das gleiche wie der Aufstand der Bauern vor vierhundert Jahren gegen die Schweden.«

Ratamo entfuhr ein Lachen. Er dachte, Ketonen habe ihm den Befehl gegeben, Nordman zu begleiten, und stand auf, um zu gehen, als der Chef ihn am Ärmel festhielt.

»Saara Lukkari darf nach Holland fahren, ich habe von Nordman den Eindruck gewonnen, daß er alle Männer als Konkurrenten empfindet.« Ketonen schien seine Begründung selbst nicht zu glauben.

Ratamo war sauer, in ihm kochte es. »Ich habe aber ziemlich frische Erfahrungen beim Personenschutz im Ausland. Vom letzten Jahr – in Italien und Deutschland, falls du es vergessen haben solltest.«

Ketonen fuhr sich betreten durch die grauen Haare und appellierte an Ratamo: »Mußt du dich unbedingt immer vordrängeln, wenn es am gefährlichsten wird? Als Alleinerziehender und so.«

»Aha, darum geht es hier also. Du willst den Vater des Enkels von Marketta nicht auf die Reise schicken«, sagte Ratamo, betonte dabei jedes Wort und zog die pechschwarzen Augenbrauen hoch. »Du wirst sicher verstehen, warum ich gern nach Den Haag fliegen würde.«

Erst jetzt fiel Ketonen ein, daß Ratamos ehemalige Lebensgefährtin Riitta Kuurma zur Zeit in der Antiterroreinheit von EUROPOL in Den Haag arbeitete.

In dem Augenblick eilte Ossi Loponen vorbei und stoppte vor dem Kaffeeraum so abrupt, daß seine Gummisohlen auf dem Kunststoffbelag quietschten. »Jetzt geht es richtig los. Jorge Oliveira wurde von den Sicherheitsleuten dieses großen Bosses von Dutch Oil, Jaap van der Waal, umgebracht, und Lasse Nordman ist vor knapp zwei Stunden im Bahnhofstunnel wie mit einem Zaubertrick verschwunden«, sagte er ganz außer Atem und winkte dann seinen Kollegen, in den Beratungsraum zu kommen. Es schien so, als würde Ulla Palosuo ihn voll beschäftigen.

Ketonen sprang so energisch auf, daß sein Bauch unter den Hosenträgern wackelte. »Hat man Nordman gefunden?«

»Er ist vor kurzem nach Hause zurückgekommen, so als wäre nichts geschehen.«

»Klärt, wo er gewesen ist, wen er getroffen hat … Wer hat ihn verloren?« fragte Ketonen mit einer Stimme wie ein Donnerschlag.

»Kokko und Lindström«, sagte Loponen leise und ging weiter.

Im Raum A 310 wurde es für eine Weile ganz still, als Ratamo und Ketonen die neueste Zusammenfassung des AIVD lasen. Ratamo war als erster fertig, er hob den Blick von dem Bericht und sah, wie sich Ulla Palosuos Lippen wieder im Rhythmus einer Melodie bewegten, die sie leise vor sich hin sang. Eine seltsame Angewohnheit, dachte er.

Saara Lukkari gab den ersten Kommentar. »Auch für einen Spieler auf der Ebene van der Waals könnte es schwierig werden, aus dieser Scheiße wieder in klares Wasser zu schwimmen. Er wußte im voraus von dem Mord an Elvas, und seine Sicherheitsleute brachten einen der Aktivisten um.«

Ratamo pfiff leise. »Der Vorstandsvorsitzende eines multinationalen Ölkonzerns ist als Täter eine ziemlich große

Nummer. Wenn man den einsperren will … Das gibt so einen Skandal, daß …«

»In dem Bericht steht auch noch anderes«, Ulla Palosuo unterbrach die Spekulationen. »Die von Lasse Nordman genannten Ölbosse haben sich auch vorher schon getroffen, dreimal im Laufe eines Jahres. Auch das weist darauf hin, daß dieses Konsortium tatsächlich existiert«, sagte sie zu Ketonen.

Ketonen spürte das vertraute Kribbeln im Bauch, welche Ausmaße würde dieser Fall wohl noch annehmen. »Alle Spuren scheinen nach Holland zu führen. Und zu alledem hat man noch beschlossen, daß Lasse Nordman reisen darf, um Ulrike Berger zu suchen, und wir sind für seine Sicherheit verantwortlich.«

»Saara Lukkari würde sich gut als Schutzmantel für Nordman eignen«, schlug Ulla Palosuo vor.

Ketonen betrachtete Saara Lukkari, die sich in einem Topzustand befand, mit freundlichem Gesicht und ließ seine Hosenträger knallen. »Vielleicht ist es dennoch am besten, wir schicken Ratamo nach Holland, bei diesem Einsatz kommt es auf die Erfahrung an.«

Ulla Palosuo hob die Schultern, warf Saara Lukkari jedoch einen mitfühlenden Blick zu.

Ketonen klopfte neben Saara Lukkari auf den Tisch. »Den Kopf hoch, wenn es sein muß mit dem Lineal, du hast noch genug Zeit.«

»Irgendwann muß man aber anfangen dürfen«, murrte Saara Lukkari, als die anderen schon ihre Unterlagen einsammelten. »Erfahrungen kann nur sammeln, wer die Gelegenheit dazu bekommt.«

Ratamo legte eine Platte des Kroken-Trios auf und genoß die Musik, während er bäuchlings auf dem Perserteppich lag, den er kürzlich zu einem Spottpreis bei einer Versteigerung erstanden hatte, und Nellis Donald-Duck-Hefte nach dem Erscheinungsdatum sortierte. Er hatte die Hefte seit der Geburt seiner Tochter abonniert und heftete sie zweimal im Jahr in Mappen ein. Es gab wenig, was so entspannend wirkte wie das. Ein paar Stunden vor dem Flug nach Amsterdam wollte er abschalten.

»Ich les die nicht mehr, du sammelst die ganz umsonst«, sagte Nelli in aggressivem Ton. Sie saß in dem kugelförmigen Stuhl, der an eine angeschnittene Melone erinnerte, und beobachtete ihren Vater. Beim Einheften zu helfen hatte sie sich strikt geweigert.

»Morgen oder übermorgen treffe ich Riitta«, sagte Ratamo, obwohl er monatelang nicht mit seiner ehemaligen Lebensgefährtin gesprochen hatte. Er wollte sehen, wie Nelli reagierte, denn irgendwie hatte er den leisen Verdacht, daß Nellis quengliges und trotzköpfiges Verhalten in der letzten Zeit damit zusammenhing, daß Riitta ausgezogen war.

»Echt?« rief Nelli begeistert, stürmte sofort zu ihrem Vater und legte sich neben ihn auf den Teppich.

Ratamo hatte also richtig gelegen. Nichts von dem, was er in den letzten Monaten gesagt hatte, war von dem Mädchen mit so viel Begeisterung aufgenommen worden. »Ist das denn so eine gute Sache?«

»Na klar. Einen netteren Erwachsenen als Riitta findet man wirklich selten. Und du bist auch viel lockerer, wenn du jemanden hast«, stellte Nelli fest und verschwand in ihrem Zimmer.

Diese kleine Aufmerksamkeit von seiner Tochter verbesserte sofort Ratamos Laune. Kinder und Narren sagen die Wahrheit, überlegte er. Er war noch nicht auf die Idee gekommen, die Sache einmal von dieser Warte aus zu betrachten. Vielleicht war er wirklich in den letzten Monaten angespannter gewesen als sonst. Möglicherweise strahlte das auch auf Nellis Verhalten aus.

Die Standuhr im Flur dröhnte zweimal zur vollen Stunde, das bedeutete, daß die Sauna fertig war. Ratamo wikkelte die Grillwürste in Folie ein, legte das Paket auf den Saunaofen und beschloß, schon vor dem Saunabad zu schwitzen. Er hämmerte auf den Sandsack ein, der vor dem Bad an der Decke hing und aus dem Antiquitätenladen von Kettunen stammte. Plötzlich bemerkte Ratamo neben seinen nackten Füssen einen hellen Haufen. Ein paar der Nähte des Sackes waren geplatzt. Sägespäne hatte man in diesen Säcken vermutlich schon seit den dreißiger Jahren nicht mehr verwendet, stellte Ratamo verwundert fest und hielt die Nase an das Leder. Nach dem Gestank zu urteilen, müßten sich unter den Sägespänen auch Eichhörnchenfelle finden. Der Sack schien tatsächlich uralt zu sein.

In der kleinen Sauna genoß er schon bald die wunderbare Hitzewelle nach dem Aufguß. Er versuchte die Wärme in seinen Knochen zu speichern, möglicherweise würde es mehrere Tag dauern, bis er das nächste Mal auf die Pritsche steigen könnte. Seine Gedanken kehrten zur Arbeit zurück. Warum hatte er bloß den Mund aufgemacht, als Ketonen Lukkari für die Reise nach Holland vorgeschlagen hatte? Er bereute es. Und es wurmte ihn auch, daß die Scheinidentität des Liam Boyle, die er ausgegraben hatte, für die Ermittlungen keinen großen Nutzen brachte. Immerhin war aber dabei herausgekommen, daß der Verdacht bestand, der Mörder könnte irgendeine Verbindung zu Nordirland haben.

Die schlimmsten Erinnerungen an seine letzten Dienstreisen ins Ausland spukten ihm nun so intensiv durch den Kopf, daß er beschloß, alles aus seinem Gehirn zu verbannen, was mit der Arbeit zusammenhing.

Der Schweiß schmeckte salzig, und die Muskelspannung ließ nach, aber alle frohen Dinge machten einen großen Bogen um sein Gehirn. Ratamo grämte sich, denn Nelli blieb schon wieder in der Obhut von Marketta Ketonen. Und es bereitete ihm auch Sorgen, daß er nicht wußte, ob er Riitta überhaupt treffen wollte. Seit dem Umzug seiner ehemaligen Lebensgefährtin nach Holland war bald ein Jahr vergangen, und nach der gemeinsamen Urlaubswoche im letzten Sommer hatten sie überhaupt keinen Kontakt gehabt. Er dirigierte mit seiner Aufgußkelle den Chor der Steine auf dem Saunaofen und räkelte sich genüßlich.

Als nächstes schweiften seine Gedanken zur Krankheit von Tapani ab und dann zu seiner privaten kriminalistischen Arbeit. Er wurde wütend und nahm sich vor, einen unangenehmen Tagesordnungspunkt sofort abzuhaken und die Stiefschwester seiner Mutter jetzt gleich anzurufen. Wenn Irene Tuomarila nichts von seinem biologischen Vater wußte, gerieten seine Ermittlungen in die Sackgasse, und er würde die ganze Sache einfach vergessen. Während der letzten Aufgüsse und der heißen Dusche überlegte er, wie er sein Anliegen am besten vorbringen sollte.

Nachdem er das Saunabier entkorkt und sich zwei Prieme unter die Lippe geschoben hatte, tippte Ratamo die Nummer in sein Handy ein und spürte, wie sich die Spannung verdichtete. Er konnte sich nicht erinnern, jemals mit seiner Stieftante gesprochen zu haben; soweit er wußte, kannte er Irene nur von Schwarzweißbildern aus der Jugendzeit. Und was geschah, wenn ihm die Frau, ohne viel zu überlegen, den Namen seines Vaters um die Ohren haute oder …

»Irene Tuomarila.« Eine schwache Stimme unterbrach Ratamos Gedankengang und führte ihn blitzschnell in seine Kindheit. Das bildete er sich nur ein, es war nicht möglich, daß er sich erinnerte, wie die Stimme der Mutter geklungen hatte.

Ratamo nannte seinen Namen, erhielt als Antwort aber nur ein Rauschen. »Also, äh, das hört sich möglicherweise ein wenig seltsam an, aber ich versuche herauszufinden, wer mein richtiger Vater ist … also, mit wem meine Mutter eine Beziehung hatte, als ich geboren wurde … Oder genauer gesagt kurz vor meiner Geburt. Ein Jahr vor …«

»Das hast du armer Junge jetzt erst herausbekommen?« Irene Tuomarila hörte sich überrascht an. »Ich wußte von Anfang an, daß Tapani Ratamo niemandem Gutes bringen würde. Daran ist auch unsere Freundschaft, also die von mir und deiner Mutter, in die Brüche gegangen. Ich habe Tapani Ratamo nicht akzeptiert und das deiner Mutter auch direkt gesagt.«

»Warum? Was hat Vater … also Tapani gemacht?«

Irene Tuomarila schwieg. »Deine Mutter war auf keinen Fall irgendein leichtes Mädchen, aber kurz vor Tapani Ratamo hatte sie eine ernsthafte Beziehung. Aber es ist sinnlos, wenn du Vergangenes ausgräbst …«

»Ich will es aber wissen. Haben nicht auch adoptierte Kinder das Recht, die Namen ihrer biologischen Eltern zu erfahren?« Ratamo ließ nicht locker.

Eine Weile hörte man nur Irene Tuomarilas ruhiges Atmen. »Die Beziehung hat nicht lange gedauert, ich weiß nicht einmal den Namen des … Mannes. Er hat in der französischen Botschaft gearbeitet, mehr hat deine Mutter nicht erzählt«, sagte Irene.

»Der Mann war aber doch wohl Finne?« Ratamo erschrak, als er hörte, daß in seinen Adern französisches Blut fließen könnte.

»Ich habe seine Stimme einmal am Telefon gehört. Er hat finnisch gesprochen.«

Ratamo unterhielt sich mit seiner Stieftante noch ein paar Minuten, führte das Gespräch aber dann zu einem Abschluß, als ihm klar wurde, daß er nicht mehr aus Irene herausbekommen würde.

Nicht einmal das mit dem Senf vermischte Fett der Grillwürste konnte die Überraschung dämpfen, die diese neuen Informationen ausgelöst hatten. Ob wohl jemand in der französischen Botschaft wußte, welche Finnen dort in den sechziger Jahren gearbeitet hatten?

27

Die Klingel eines Radfahrers schrillte auf der Uferstraße am Singel-Kanal. Mary erschrak, ihr Herz raste. Sie schaute sich um und sah, daß der silbergraue Volvo des AIVD ihr in zweihundert Meter Entfernung langsam folgte. Jetzt wußte sie immerhin, wie der Nachrichtendienst sie im Auge behielt. Um das herauszufinden, hatte sie ein paar Stunden gebraucht. Mary spürte in der Nase immer noch die Düfte des Bloemenmarktes, an dem sie eben vorbeigegangen war, dann vermischten sie sich mit dem öligen Geruch der Lastkähne, die Getreide und Kohle transportierten. Von den gestrigen Regengüssen waren nur noch ein paar Pfützen auf dem Asphalt übriggeblieben, heute schien die wärmende Sonne wieder.

Wie zum Teufel sollte sie zu Ezrael gelangen? Ihr Gehirn lief auf Hochtouren, aber es kam nichts dabei heraus. Mary zündete sich eine Zigarette an, in der Regel beflügelte das ihr Denken. Eben hatte sie Ezrael zum zweitenmal angerufen, doch diesmal klang ihr Bruder noch verwirrter als vor etwa zwei Stunden; Ezrael weigerte sich immer noch, Ulrike Berger, die er als »Engel der Offenbarung« bezeichnete, zu töten und die Ausführung des Auftrags abzubrechen. Sie mußte ihren Bruder wieder unter Kontrolle bringen. Allein war sie keinesfalls imstande, van der Waal zur Zahlung des Honorars oder zumindest eines Teiles zu erpressen. Und sie brauchte Ezrael auch als Leibwächter für den Fall, daß van der Waals Männer versuchen sollten, sie umzubringen. Marys Haß loderte in hellen Flammen, am liebsten hätte sie alles andere liegengelassen und wäre zu van der Waal hinmarschiert, um das Schwein zu erschießen, damit es wieder in demselben Koben landete, aus dem es hervorgekrochen war.

Ein junges Paar auf einem Tandem kam Mary fröhlich lächelnd entgegen; der dunkelhaarige große Mann auf dem hinteren Sitz erinnerte sie an Fergus, und das brachte noch mehr düstere Gedanken mit sich. Wenn die Selbstverwaltung gestärkt und Nordirland niemals ans Mutterland angeschlossen werden würde, waren Fergus und Tausende vor ihm umsonst gestorben. In all den Jahrhunderten. Mary fürchtete, daß es einfach zuviel geworden war, worüber sie zu wachen hatte: Van der Waal mußte unbedingt für die Morde an den Physikern zahlen, die Wahre IRA brauchte das Geld jetzt dringender als je zuvor.

Plötzlich hörte Mary hinter sich das Hupen eines Autos und sofort danach das schrille, rhythmische Warnsignal eines LKWs im Rückwärtsgang. Sie sah, wie ein großer Laster, auf dem für Grolsch-Bier geworben wurde, die schmale Einbahnstraße am Ufer des Kanals völlig blockierte, der Volvo des AIVD saß hinter ihm fest.

Im gleichen Augenblick heulte irgendwo in der Nähe der Motor eines Autos auf, Mary drehte sich um und sah relativ weit vor sich einen schwarzen Transporter, der direkt auf sie zuraste. Jetzt passierte es, van der Waals Männer schlugen zu. Mary wandte sich um und rannte auf den Bierlaster und die Männer des AIVD zu. Wollte van der Waal sie sofort umbringen oder erst, wenn er die Adresse von Ezraels Versteck aus ihr herausgeholt hatte? Sie erhöhte ihr Tempo und warf einen Blick über die Schulter: Der schwarze Transporter kam mit hoher Geschwindigkeit immer näher. Sie spürte das Hämmern ihres Pulses im ganzen Körper und Gallegeschmack im Mund.

Ihre Schuhe klopften beim Rennen auf den Asphalt wie ein wildgewordenes Metronom, bis zu dem Grolsch-Laster waren es über hundert Meter, und das Geräusch des Transporters hinter ihr wurde immer lauter. Sie würde es auf keinen Fall schaffen. Das Adrenalin ließ ihre Gedanken fliegen ... Hausboote am Kanalufer ... die nächste Brücke Hunderte Meter weit weg ... der Kanal nicht breit ... nur ein paar Dutzend Meter ...

Mary wandte sich in vollem Tempo dem Kanal zu, sprang über die flache Reling an Deck eines rotschwarzen Hausbootes und hörte hinter sich, wie die Reifen des Transporters quietschten. Sie stützte sich am Kajütendach ab, lief über die Planken des schmalen Bootsdeckes zur anderen Seite des Kahnes und stieß dabei Blumenkörbe um. Wenn sie sich über die Reling schwang, würde man sie im Wasser erschießen. Plötzlich sah sie, was sie suchte – ein Ruderboot. An den meisten Wohnschiffen war mit einem Seil ein Ruderboot befestigt, und am Heck dieses Bootes hing sogar noch ein kleiner Außenbordmotor. Sie machte das Seil am Bug los und stieß das Boot ab. Als Mary an der Reißleine des Motors zerrte, tauchte van der Waals Gehilfe Pieter auf dem Hausboot auf. Auch der vierte Versuch schlug fehl. Verdammter Motor.

Mary griff zum Paddel und sah gleichzeitig, daß Pieter etwas unter seinem Mantel hervorholte. Das wacklige Boot schaukelte, während Mary wie wild paddelte, um den Abstand zu ihrem Verfolger zu vergrößern. Ihre Arme schmerzten.

Pieter brachte eine Maschinenpistole in Anschlag, und Mary hörte auf zu paddeln. Sie starrte auf den Lauf der Waffe, die direkt auf sie gerichtet war, die Entfernung betrug nur etwa zehn Meter. Sollte so alles zu Ende gehen? Dieses Arschloch würde sie umbringen?

Mary schloß die Augen und holte das Bild von Fergus

hervor, im selben Augenblick waren am Kanalufer Rufe auf niederländisch zu hören. Einer der Ermittler des AIVD stand vor seinem Volvo und zeigte auf Pieter, und der andere sprach in sein Telefon. Von dem Grolsch-Laster war nichts mehr zu sehen.

Pieter blickte zu den Ermittlern, dann zu Mary, fluchte, steckte die Waffe wieder unter seinen Mantel und rannte los.

Mary zitterte und spürte eine Welle der Erleichterung, sie mußte fast lachen: Der holländische Nachrichtendienst hatte ihr das Leben gerettet. Sie paddelte, so schnell sie konnte, noch ein paar Meter, dann war sie hinter dem Kanalbus an der Haltestelle außer Sichtweite. Die Milchsäure ließ ihre Muskeln steif werden.

Am Ufer kletterte Mary aus dem Boot auf die Straße, hielt schützend die Hand über die Augen und spähte zum anderen Ufer hinüber; sowohl der Volvo des AIVD als auch Pieters Transporter waren verschwunden. Der AIVD hatte ganz sicher schon Verstärkung geschickt, aber noch war niemand zu sehen.

Der rote Pferdeschwanz hüpfte, als Mary losrannte; sie mußte verschwinden, bevor die Männer des AIVD über die nächstgelegene Brücke hier eintrafen. Gleich würde sie in den engen, verwinkelten Gassen des Zentrums sein, dort fand sie niemand. Sie schwenkte die Arme, um ihr Tempo zu erhöhen. Wenn es ihr gelänge, sowohl die Männer des AIVD als auch van der Waals Gorilla abzuschütteln, dann könnte sie es wagen, Ezraels Kirche einen Besuch abzustatten.

28

Der Papillon auf Jaap van der Waals Schoß gab ein schrilles Bellen von sich, als sein Herrchen auf dem Stuhl in seinem Arbeitszimmer eine bequemere Haltung einnahm. Der

Chef von Dutch Oil streichelte Ladys Fell, das am Vormittag getrimmt worden war, und beschloß, einen seiner Untergebenen anzuweisen, den Hund auszuführen. Lady nahm in einem derartigen Tempo zu, daß sie bald nicht mehr laufen könnte. Wie war sie bloß so faul geworden?

»Unglaublich. Diese Berger ist also immer noch frei, und jetzt hat auch Mary Cash dich an der Nase herumgeführt. Du bringst mehr Schaden als Nutzen«, sagte van der Waal zu Pieter, der gerade aus Amsterdam zurückgekehrt war. Seine Stimme klang liebenswürdig, dabei strich er aber so heftig über das große Ohr von Lady, daß der Hund aufheulte und auf den Boden sprang. Wie einem Kleinkind flüsterte er dem Tier Entschuldigungen zu.

Pieter schien die Reaktionen seines Vorgesetzten zu fürchten. »Ich hatte verdammt viel Pech. Wenn ich kann ...«

»Mary Cash und ihr ... Engel müssen eliminiert werden. Das ist absolut unumgänglich. Sie haben Beweise für meinen Anteil an der Liquidierung der Physiker. Verstehst du?«

Peter nickte mit ernster Miene und wollte schon gehen, als sich sein Arbeitgeber räusperte.

»Was hast du für Männer als Ersatz für die Entlassenen gefunden?« Van der Waal war zornig: Gerade jetzt, wo es sein konnte, daß er in Gefahr geriet, mußte er neue Sicherheitsleute einstellen.

»Die eine Hälfte sind erstklassige Leute und die andere abgewrackte, zumeist pensionierte Polizisten. Das größere Problem besteht jedoch darin, daß ich künftig alle ... problematischen Dinge selbst machen muß. Die Lage ist katastrophal. Die Amerikaner orten zwar die Objekte und überwachen sie per Satellit, aber ich kann sie unmöglich alle allein erledigen: Mary Cash, den Engel des Zorns, Ulrike Berger ...«

Es stimmte, was Pieter sagte, die Situation war tatsächlich schwierig, stellte van der Waal besorgt fest. Mary Cash drohte, ihn und das Konsortium zu denunzieren, falls sie ihr Honorar nicht erhielt, und wenn er Cash umbrachte, würde er sich den Engel des Zorns auf den Hals hetzen.

»Ich besorge Hilfe für dich«, sagte Jaap van der Waal. Er lächelte Pieter ermutigend an und zeigte mit dem Finger auf die Tür. Er bereute es, daß er die Rolle als Leiter des Konsortiums übernommen hatte. Aber auch er war nicht perfekt: Er konnte bei keinem Spiel nein sagen. Und bei diesem Spiel ging es immerhin um die Zukunft der Energiewirtschaft in der Welt, ganz zu schweigen von den Dividenden für seine Aktien, die aus dem Jahresgewinn des Konzerns in Höhe von mehreren Milliarden Dollar gezahlt wurden.

Van der Waal ging mühsam zu dem Panorama der Seeschlacht und lehnte schwer atmend sein ganzes Gewicht auf den Tisch, der dadurch so schwankte, daß einige Modelle umfielen.

Er würde nun doch nicht ganz das gleiche tun wie der Kapitän der Middelburg, Justinus van Gennep, der gehorsam die Befehle befolgt und sein Schiff zerstört hatte und deswegen zum Helden erhoben wurde. Er wollte das Spiel gewinnen, ohne sein Schiff zu zerstören, obwohl das einen Angriff gegen einen übermächtigen Feind erforderte. Van der Waal war begeistert von dem Gedanken und watschelte zu der Wand, an der Dutzende große Fotos von den Dioramen hingen, die er früher von Seeschlachten hatte bauen lassen.

Er betrachtete voller Enthusiasmus die Konstellation beim großen Sieg der Holländer in einer Seeschlacht während des Dreißigjährigen Krieges im Jahr 1639 und versetzte sich sofort in die Stimmung seiner Lieblingsschlacht hinein.

Die kleine holländische Flotte von achtzehn Schiffen unter dem Befehl von Admiral Maarten Tromp stoppt die gewaltige, fünfundsiebzig Schiffe umfassende spanische Armada, die dreizehntausend Soldaten aus Spanien nach Flandern transportiert. Die Spanier sind nicht bereit, von ihrer Route abzuweichen, also greifen die Holländer die erdrükkende Übermacht des Feindes an und zwingen die Spanier haltzumachen. Die beiden Flotten verharren in ihren Positionen, und Tromp holt im Laufe der nächsten zwei Tage Verstärkung heran. Dann greift die holländische Flotte erneut an und zwingt die Spanier zum Rückzug in die neutralen Gewässer Englands. – Van der Waal hatte die Augen geschlossen, und vor seinem geistigen Auge bewegten sich die Schiffe hin und her.

Jetzt hat Tromp Zeit, sich richtig vorzubereiten. Einen Monat später wird die spanische Armada beim dritten Angriff der Holländer vernichtend geschlagen: Siebzig Schiffe versinken oder werden erobert. Durch die Schlacht werden die Reste der spanischen Seemacht zerstört, die Position des Landes in Flandern entscheidend geschwächt und den Holländern die unumstrittene Vormachtstellung auf den Weltmeeren beschert. Tromp wird 1642 geadelt.

Van der Waal kämmte eine ölige Haarsträhne, die auf die Stirn gerutscht war, zurück, so daß sie wieder auf dem Scheitel klebte. Für den leidenschaftlichen Spieler gab es nur eine Alternative: Er mußte Tromps Beispiel folgen und angreifen, statt einen feigen Abwehrkampf gegen Mary Cash und gegen die Behörden zu führen.

So eine folgenschwere Entscheidung hatte van der Waal noch nie getroffen, der Gedanke daran ließ das Adrenalin ins Blut schießen. Bisher hatte er trotz seiner Bitten aus den USA nur Hilfe in Form von elektronischem Aufklärungsmaterial erhalten: Daten zum Telekommunikationsverkehr von Mary Cash und den Final-Action-Mitgliedern und Angaben zu ihrer Ortung per Satellit. Das reichte nicht mehr, er brauchte greifbare Hilfe.

Er würde damit drohen, den Initiator des Konsortiums, John Dexter, anzuzeigen, wenn man ihn, van der Waal, nicht rettete. Falls kein Sündenbock herbeigeschafft wurde, der die Verantwortung für das Konsortium, die Physikermorde und die Tötung von Jorge Oliveira übernahm, würde er Dexter verraten und ein Erdbeben lostreten, das sehr viele mächtige Männer unter sich begraben würde. Genau das würde er sagen.

Cindy zuckte so heftig und lautstark in den ersten Wellen des Orgasmus, daß sich John Dexter an der Armlehne des schmalen Ledersofas festhalten und auf das Bild des Präsidenten schauen mußte, um nicht in Gelächter auszubrechen. Ihm war es schon vor einer Minute gekommen, aber das Sofa in seinem Arbeitszimmer knarrte immer noch. Der Nachteil des Sex unter Kollegen war, daß auch der Mann ausgenutzt wurde. Cindy verlangte mehr, als der zweiundfünfzigjährige, unter Prostata-Problemen leidende Beamte am Montagmorgen um neun geben konnte.

Als sich Cindy endlich selig und stöhnend aufs Sofa fallen ließ, stand der magere, hakennasige Dexter auf, zog den Hosenstall zu und war froh, daß in dieser Beziehung nicht geküßt wurde. Cindy verschwand still und leise. Warum empfand er nach der Befriedigung immer Ekel? Sex war wie Luft, er erschien nur dann wichtig, wenn man ihn nicht bekam, überlegte Dexter und fuhr sich durch die grauen Haare, um seinen lockeren Haarschopf in Form zu bringen.

Der Chef der Abteilung für fossile Energien setzte sich hin, drehte seinen Bürostuhl und schaute aus seinem Fenster im Energieministerium auf das prachtvolle Hauptgebäude des Smithsonian-Instituts, das sich auf der anderen Seite der Independence Avenue befand und das Athener Parthenon nachahmte. Noch näher am Zentrum der Macht konnte man nicht sein, die wichtigsten Behörden der USA lagen im Mall-Park oder in dessen unmittelbarer Nachbarschaft. Auf den Rasenflächen des Mall-Parks sah man heute niemanden, der einen Drachen steigen ließ, weil es in Washington D. C. nieselte. Doch diejenigen, die ihren Hund ausführten oder durch den Park joggten, kamen auch bei schlechtem Wetter nicht auf die Idee, daheim zu bleiben.

Das Telefon klingelte. Dexter erstarrte, die Melodie »Phantasie« bedeutete wichtige Nachrichten. Er nahm das Gerät, das in dem Meer von Telefonen auf seinem Schreibtisch vibrierte, und steckte es in die Jackentasche. Hier würde er das Gespräch nicht annehmen, denn der Apparat der elektronischen Überwachung in den USA war heutzutage schon so effektiv, daß kaum noch jemand genau wußte, welche Institutionen den Kommunikationsverkehr der Beamten abhörten und wie umfassend das geschah. Den Inhalt dieses Gesprächs durfte nicht ein einziger Außenstehender erfahren, um keinen Preis.

Dexter bestellte sich ein Taxi an den Nebeneingang in der 10th Street und marschierte einen Augenblick später durch den langen Flur des Ministeriums. Die Klimaanlage wehte ihm aus der Kantine den würzigen Duft der Cajun-Gerichte in die Nase; der neue Chefkoch stammte aus Louisiana.

Das gelbe Auto wartete auf der Straße. »Friendship Heights, Chevy Chase Pavillon«, sagte Dexter zu dem Chauffeur und ließ die Glasscheibe zwischen Fahrer und Rücksitz heruntergleiten. Dann tippte er ungeduldig die Nummer in sein Telefon ein, die ihm Matt Kendall für Krisensituationen gegeben hatte. Kendall war ein alter Freund schon seit dem Studium an der Cornell University und einer der Vizechefs der NSA, der National Security Agency, des Weltherrschers auf dem Gebiet der elektronischen Spionage.

»Jetzt geht es endlich los«, sagte Kendall am Telefon. Sie brauchten einander nicht zu begrüßen.

»Was ist passiert?« Dexter brannte vor Neugier. Das Taxi fuhr auf dem Weg nach Norden am Westflügel des Weißen Hauses vorbei, sein Blick war auf das Reiterstandbild von Präsident Andrew Jackson geheftet, das mitten in dem kleinen Park Lafayette Square stand.

»Die holländischen Behörden wissen von der Zusammenarbeit van der Waals mit der Frau aus Nordirland und höchstwahrscheinlich auch von ihrem ... Geschöpf«, Kendall wählte seine Worte mit Bedacht. »Und zwei Männer van der Waals sind unter dem Verdacht des Mordes an dem portugiesischen Aktivisten verhaftet worden.«

»Ist das alles?« sagte Dexter und schnaufte, das hatten sie schon lange erwartet.

»Nein, ganz und gar nicht. Die wichtigste Neuigkeit ist, daß van der Waal damit droht ... dich zu verraten, wenn er keine Hilfe erhält.« Kendall hörte sich so an, als wäre er selbst überrascht.

Es herrschte Schweigen, während Dexter das Gehörte verarbeitete. »Es könnte sein, daß diese Wendung gut für uns ist. Vielleicht bekommen wir die Lage so endlich unter Kontrolle.«

»Ich habe gedacht, daß du das wissen solltest«, sagte Kendall und beendete das Gespräch.

Dexter sagte dem Fahrer, er solle zum Forrestal Gebäude des Energieministeriums zurückkehren. Natürlich machte er sich Sorgen um sein Schicksal, aber noch mehr darum, was alles herauskäme, wenn die Büchse der Pandora geöffnet würde. Auch die Erforschung anderer erneuerbarer Energiequellen neben der Kernfusion wurde mit allen möglichen Mitteln gebremst, es gab insgesamt weit über zehn Konsortien. Die ökonomische Weltherrschaft der USA würde nicht bestehen bleiben, wenn jede beliebige Bananenrepublik kostenlose Sonnen- und Windenergie oder Wasserkraft bekäme, von der Kernenergie ganz zu schweigen. Die wissenschaftliche Forschung wurde manipuliert, Wissenschaftler wurden bestochen, Forschungsergebnisse gefälscht und die Medien mit Fehlinformationen gefüttert …

Doch all das war nur ein kleiner Teil eines großen Ganzen, eines Planes, dessen Verwirklichung die Welt erschüttern würde. In den USA hatte man erkannt, daß Terroranschläge und die Angst vor dem Terrorismus als Mittel der Außenpolitik genutzt werden konnten. Ein Staat, der Ziel eines Terroranschlags geworden war, durfte zurückschlagen, er bekam das Recht zu einem militärischen Racheakt, sogar das Recht, einen Angriffskrieg zu beginnen.

Dexter war froh, daß van der Waal in dem Spiel eine neue Phase eröffnet hatte. Das würde die Wale zwingen, zum Luftholen an die Oberfläche zu kommen.

29

Ezrael, der unter dem Altartisch hockte, hielt sich die Ohren zu und verkündete Sätze aus der Bibel, um nicht zu hören, was der Engel der Offenbarung sagte. »*… so will ich doch ihr Flehen nicht hören … so gefallen sie mir doch nicht, sondern ich will sie mit Schwert, Hunger und Pestilenz aufreiben.*« Die Erscheinungen überfluteten ihn in einem nicht enden wollenden Strom, er erkannte die klopfenden Adern auf der Schläfe des wütenden Soldaten, die wie wahnsinnig herumrennenden brennenden Schafe, den zahnlosen Mund des gefolterten Loyalisten … Der Engel der Offenbarung brachte Erinnerungen an die Oberfläche, die in der Welt des Bösen begraben waren, die Bestie heulte, und Ezrael spürte, wie ihm die Wahrheit entglitt, sosehr er auch versuchte sie festzuhalten. Er würde das nicht mehr lange überstehen.

Ulrike predigte die Szenen aus dem Leben Eamon O'Donnells, die sie in Ezraels Evangelium gelesen hatte; die Worte strömten ihr von den Lippen wie dem allwissenden Erzähler in einem Roman: Der Vater, der den Gürtel schwingt, die Mutter, die Papierengel ausschneidet, die erste Brandstiftung Eamons, der das Feuer vergöttert, der Ausbruch der Gewalt, die ersten zu Tode gequälten Tiere und der wegen sechsundsechzigeinhalb Penny zerschmetterte Finger. Zwischendurch forderte sie Ezrael immer wieder auf, seinen Auftrag zu beenden.

Ulrikes Mund war so trocken, daß ihr die Worte im Hals steckenblieben, sie trank Wasser aus dem Tonbecher und überlegte voller Angst, wohin ihr Versuch führen würde. Aber sie war gezwungen weiterzumachen, sie mußte fliehen. Es lähmte Ezrael, wenn sie über die Vergangenheit sprach, anscheinend hatte er große Mühe, nicht ganz zusammenzubrechen. Ulrike dankte ihrem Schöpfer, daß sie nicht in Ezraels Haut steckte. Der Mann schrie wirres Zeug, saß zusammengekrümmt nackt unter dem Altartisch und zitterte. Es fiel ihr schwer, Ezrael zu quälen, er gehörte in Behandlung.

Entweder Ezrael würde völlig gelähmt und sie könnte fliehen, oder er drehte endgültig durch und brachte sie um, vermutete Ulrike. Sie hatte Angst, aber jetzt war sie immerhin im Vorteil, das war die bessere Alternative, als demütig dazusitzen und auf das eigene Ende als Gefangene eines Wahnsinnigen zu warten. Als ihre Gedanken ohne Vorwarnung einen Sprung machten zu Lasse und die Sehnsucht sie packte, schloß Ulrike die Augen; sie mußte durchhalten.

»Ich sage dir, Eamon, dein Auftrag ist zu Ende geführt«, Ulrike versuchte ihren Worten biblischen Klang zu verleihen und schrak zusammen, als Ezrael urplötzlich aufsprang. Seine Augen waren weit aufgerissen, aber zu ihrer Erleichterung brannte in ihnen nicht derselbe Haß wie am

World Trade Center. Auch die begierigen Blicke waren verschwunden.

Schwarz und Rot vermischten sich mit den Erscheinungen und den Stimmen in Ezraels Kopf, er hockte sich auf den Boden und schwankte hin und her. Irgend etwas mußte er tun, sonst würde sein Kopf zerspringen. »Ich brauche eine dritte Offenbarung, daß der Auftrag beendet ist.« Ezrael faltete die Hände, beugte sich über den Altartisch und murmelte etwas. Dann öffnete er das Große Buch an einer zufälligen Stelle und las laut vor: *»Henoch aber zeugte Irad, Irad zeugte Mahujael …«* Ezrael knurrte und schlug das Große Buch an einer anderen Stelle auf: *»Und da der König Rehabeam hinsandte Adoram, den Rentmeister, warf ihn ganz Israel mit Steinen zu Tode.«*

Ezrael schaute Ulrike verblüfft an und konnte seine Angst nicht verbergen. »Nun das dritte Mal. Das ist die heilige Zahl«, sagte er, tastete einen Augenblick am Großen Buch herum und las dann: *»Und Gott sandte den Engel gen Jerusalem, sie zu verderben. Und im Verderben sah der Herr darein und reute ihn das Übel, und er sprach zum Engel, dem Verderber: Es ist genug; laß deine Hand ab!«* Ezrael entfuhr ein Seufzer der Erleichterung, und ein Ausdruck der Ruhe kehrte auf sein Gesicht zurück. »Das war die dritte Offenbarung, den Auftrag abzubrechen. Erst Mary, dann du, und nun der Allerhöchste.«

Ulrike fiel es schwer, zu glauben, was da geschehen war, hatte sich Ezrael die Bibelstelle etwa selbst ausgedacht? Sie rannte zum Altartisch und las den fünfzehnten Vers in Kapitel 21 der Ersten Chronik. Ezrael hatte die Stelle nicht erfunden. Zufall oder Wunder? Die Frage dröhnte in Ulrikes Kopf. Dann bemerkte sie, daß die Seite mit einem Plastikaufkleber markiert war, und wußte nicht mehr, was sie denken sollte.

Mary Cash stand am Westufer des Oudezijds Voorburgwal-Kanals und betrachtete die Wohnung von Ezrael aus sicherer Entfernung. Sie hatte den Häuserblock schon dreimal umkreist und jedes Auto und Hausboot, das zu sehen war, eine ganze Weile beobachtet. In ihrem Blut strömte weiter das Adrenalin; noch nie war sie dem Tod so nah gewesen wie in dem Ruderboot, als sie den Lauf von Pieters Waffe vor sich gesehen hatte. Sie brauchte Ezraels Hilfe.

Ein alter Mann in schmuddligen Sachen und mit einer Pfeife im Mund kam auf dem rotbraunen Hausboot an Deck, da war sich Mary sicher genug, daß in keinem der Boote am Kanal und in keinem der auf der Uferstraße parkenden Autos Ermittler des AIVD oder Untergebene van der Waals saßen.

Sie löschte ihre Zigarette, betrat Ezraels Haus durch den Haupteingang und drückte sich im Treppenflur an die Wand. Niemand folgte ihr. Gleich würde sie den Bruder zwingen, alles in Ordnung zu bringen, schwor sich Mary, als sie die Treppen hinaufstieg. Sie wußte, mit welchen Mitteln sie Ezrael zum Gehorsam bringen konnte: Man brauchte nur dafür zu sorgen, daß er sich unterordnen mußte, indem man mit dem Riemen, dem Verlust eines zweiten Fingers oder mit etwas anderem drohte, was die Verteidigungswälle der Scheinwelt durchbrach, die Ezrael zu seinem Schutz errichtet hatte. Mary hoffte, daß er ihr auch ohne all das glaubte, denn der Psychologe der IRA hatte vor kurzem mit Ezrael gesprochen und sie davor gewarnt, den Bruder übermäßig zu verwirren.

Mary holte den Schlüssel aus der Tasche, beschloß aber, doch erst zu klopfen: Falls Ezrael durchging wie ein scheuendes Pferd, dann konnte es geschehen, daß er sogar sie angriff. Es war nichts zu hören, sosehr sie auch an die Tür hämmerte, also schloß sie auf und trat vorsichtig hinein: Ezrael stand nackt auf dem Dielenfußboden; das Licht der

Kerzen flackerte auf seiner Haut. Hinter dem Altartisch lugte vorsichtig eine ängstlich wirkende junge Frau hervor – Ulrike Berger.

»Der Auftrag ist zu Ende geführt, ich brauche meinen Umhang nicht mehr«, sagte Ezrael feierlich und warf den Kamelhaarumhang Mary vor die Füße.

Mary versuchte zu begreifen, was geschehen war. Jetzt akzeptierte Ezrael auf einmal, daß der Auftrag zu Ende war, aber warum lebte Ulrike Berger dann immer noch? »Anscheinend brauchst du eine Strafe. Vater kann sie dir nicht mehr verpassen, aber ich.« Mary nickte in Richtung Ulrike. »Diese Frau muß sterben. Dann können wir in die Sicherheitswohnung ziehen und unser Honorar abholen.«

»Nein. Sie ist der Engel der Offenbarung. *›Und die Gottlosen alle werden's nicht achten; aber die Verständigen werden's achten‹.*« Ezrael gehorchte seiner Schwester nicht, wie ein bockiges Kind.

»Denk daran, Ezrael, daß *›die Übertreter und Sünder miteinander zerbrochen werden und die den Herrn verlassen umkommen‹.*« Mary zerrte an den Fäden, die ihren Bruder bewegten. »Wo ist der Riemen?« brüllte sie.

Ezrael zog den Kopf ein, und seine Schultern sanken nach vorn.

Ulrike fiel es schwer, zu verstehen, was hier geschah. Hatte sich Ezrael geweigert, sie umzubringen? »Höre nicht hin, Eamon. Sie ist nicht der Bote, sondern Mary. Deine Schwester. Sie nutzt dich aus. Genau wie damals dein Vater.«

Mary starrte Ulrike verdutzt an, wie zum Teufel konnte die Frau etwas aus der Vergangenheit wissen? Was hatte sie mit Ezrael gemacht?

Urplötzlich krachten Schüsse in der Wohnung. Ulrike drückte sich instinktiv gegen den Fußboden, und Mary warf sich an der Wand hin. Kugeln pfiffen, das Altarbild wurde zerrissen, das Keltenkreuz fiel von der Wand, und mehrere zerschossene Kerzen rutschten auf die Dielenbretter. Ezrael kroch wie ein Waran zum Schlafzimmer.

Die durchsiebte Tür wurde eingetreten. Pieter stürmte herein und durchlöcherte die Jacke von Marys Hosenanzug, das weiße Kleidungsstück verfärbte sich rot. Als er die Waffe auf Ulrike richtete, war seitlich ein Zischen zu hören. Pieter drehte den Kopf und konnte noch sehen, wie der Haß in Ezraels Augen aufblitzte, bevor sich das Messer in seine Kehle grub.

Ulrike erkannte ihre Chance und rannte über die Leichen zur Tür. Sie war schon bis zur ersten Treppe gekommen, als Ezrael sie am Hals packte. Das Entsetzen strömte heiß durch ihren Körper. War die Bestie losgelassen, der gleiche Verrückte, der vor dem WTC getobt hatte? Doch Ezrael hob sie hoch und trug sie zurück in die Wohnung. Verzweiflung überwältigte sie; die Gelegenheit zur Flucht hatte sie verpaßt.

Ezrael stieß den Engel der Offenbarung an den Heizkörper, wickelte die ganze Kette um ihre Beine und ließ das Schloß zuschnappen. Dann trat er die auf den Fußboden gefallenen Kerzen aus und auch ein Dielenbrett, das schon geschwelt hatte. Die Haare des Boten sahen so rot aus wie nie zuvor, überlegte Ezrael, als er vergeblich den Puls am Handgelenk und am Hals des Boten suchte, der in seinem eigenen Blut lag. Plötzlich schien alles klar zu sein. Jetzt war er sich vollkommen sicher, daß der Auftrag beendet war: Deswegen hatte man den Boten beseitigt. Er durchsuchte schnell die Taschen der Toten, fand die Dosen mit den Pillen aber erst, als er auch in ihrer Handtasche wühlte.

Die Polizei konnte jeden Augenblick erscheinen, also bereitete sich Ezrael schnell, aber sorgfältig darauf vor, die Kirche zu verlassen. Auch das hatten sie trainiert. Schließlich zog er Sachen an, die auch die Sünder trugen, und holte aus dem Schrank einen fertig gepackten Rucksack.

Als alles bereit war, befreite er den Engel der Offenbarung und packte ihn so fest an der Schulter, daß der Engel aufschrie. Eile war geboten. Sie rannten hinunter in den Keller, wo Ezrael mit der Zange das schwache Vorhängeschloß einer Kellerbox öffnete, einen Vorschlaghammer nahm, der am Maschendraht lehnte, und damit auf den Betonfußboden des Kellergangs schlug. Nach dem fünften Schlag zeigten sich Risse im Boden, nach dem zehnten zerbrach er, und nach zwanzig Schlägen fielen die Betonbrokken irgendwohin.

Ezrael holte aus seinem Rucksack zwei Taschenlampen, gab eine dem Engel der Offenbarung und befahl ihm, vor ihm in die Dunkelheit hinabzusteigen. Sie krochen ein paar Meter auf Knien durch den engen Tunnel, bis Ezrael Metall unter seinen Händen spürte. Er schob den schweren Kanalisationsdeckel beiseite, und das Paar ließ sich in die Feuchtigkeit hinab. Es begann eine lange Wanderung.

Wegen des Gestanks im Kanalisationstunnel mußte sich Ulrike zweimal übergeben, dann holte Ezrael Verbandsmull aus seinem Rucksack und zeigte ihr, wie sie diesen vor Mund und Nase halten sollte. Ezrael schien den Weg auswendig zu kennen, nicht einmal an den Abzweigungen im Kanalisationsnetz zögerte er.

Schließlich blieb Ezrael stehen, hob die Hände, und ein schwerer Metalldeckel klirrte auf den Asphalt. Sie kletterten hinaus auf einen von Wohnhäusern umgebenen Innenhof, rannten zur Tür des nächstgelegenen Hauses, gingen hinein und stiegen in den Keller hinunter. Ezrael öffnete die Tür der Sicherheitswohnung und schob den Engel der Offenbarung mit solcher Wucht in den ehemaligen Kesselraum, daß er auf den feuchten Betonfußboden fiel. Eine nackte Glühbirne leuchtete auf und erhellte den kargen Raum, dessen einziger Komfort in einem verrosteten Wasserhahn bestand.

Im selben Augenblick, als die Tür zufiel, wurde Ezrael klar, daß er sein Evangelium auf dem Altartisch seiner Kirche vergessen hatte. Er hatte von allen möglichen Fehlern den schlimmsten begangen, denn das Evangelium wies den Weg zu ihm. *»Und wer ein Dankopfer dem HERRN tun will … von Rindern oder Schafen, das soll ohne Gebrechen sein, daß es angenehm sei; es soll keinen Fehl haben.«*

30

Ratamo schaute auf die bunten Tulpenfelder, die endlose holländische Ebene und die Silhouetten der Windmühlen und wünschte sich, er könnte seine Ohren verschließen. Die Taxifahrt vom Flughafen Schiphol nach Den Haag zusammen mit Lasse Nordman schien eine Ewigkeit zu dauern, der Mann redete unablässig, oder besser gesagt, er prahlte. Ratamo hatte sich die fanatischen Ergüsse Nordmans schon während des ganzen Fluges anhören müssen. Von Final Action oder Ulrike Berger sagte er keinen Mucks, aber über die Leistungen seiner kriegerischen Vorfahren hielt er mit solchem Pathos Vorträge, daß Ratamo am liebsten unter die Dusche gegangen wäre, um sich den Gestank von Pulver und Blei und Tod abzuspülen.

Als Ratamo sich an die Worte von Irene Tuomarila erinnerte, wurde Nordmans selbstsicheres Geschwätz zum gedämpften Rauschen im Hintergrund. *»Er hat in der französischen Botschaft gearbeitet …«* Diese neue Information über seinen leiblichen Vater weckte seine Neugier. In der französischen Botschaft hatten sicherlich nicht viele Finnen gearbeitet. Oder doch? Ratamo wußte, daß er es nicht dabei belassen würde, er wollte versuchen herauszufinden, wen Irene gemeint hatte.

Das Taxi bog ab und näherte sich dem Zentrum von Den

Haag. Die orangefarbene Abendsonne schien in den großen Park, in dem die Enten am Teichrand auf einem Bein schliefen, und Ratamo mußte an seine Freundin von der Insel denken. Vor etwa zwei Jahren hatte er eine Wildente gerettet, die in der Sommerhütte im Rauchfang des Kamins steckengeblieben war. Sie brachte seiner Rettungstat so viel Wertschätzung entgegen, daß sie seitdem immer mal wieder auf der Insel zu Besuch gewesen war und gern auch in die Hütte hineinspazierte. Nelly hatte die Tauchente Alli getauft.

Ratamo überlegte, in welchem schwarzen Loch Ulrike Berger und Mary Cash verschwunden waren und warum Lasse Nordman am Tag seine Schatten für ein paar Stunden abgeschüttelt hatte. Nordman sagte kein Wort über sein Kunststück. Ratamo beschäftigte auch die Frage, ob Nordman dasselbe Schicksal wie Jorge Oliveira und den Mitarbeitern von Future.com drohte? Der Kloß, der Ratamo seit dem Maifeiertag im Magen lag, prophezeite, daß diese Ermittlungen erst am Anfang standen.

Als das Taxi das Zentrum von Den Haag erreichte, konzentrierte sich Ratamo wieder auf das, was er draußen sah. Jedes zweite Haus im Verwaltungszentrum Hollands sah wie eine Behörde aus, das war auch zu erwarten. In welchem Teil der Stadt lag wohl Riittas Arbeitsplatz bei Europol? Ihm fiel ein, daß Riitta vielleicht nicht einmal von seinem Besuch wußte, und durch puren Zufall würden sie sich kaum über den Weg laufen. Überraschenderweise hatte er Lust, Ilona anzurufen.

Das Hotel der Mercure-Kette, ein moderner Glas- und Metallkasten, sah genauso aus wie in allen anderen Ländern. Heutzutage wurde alles zur Kette, sogar die Speiserestaurants, die Cafés, die Pubs und die Ärztehäuser, Individualität kostete vermutlich zuviel.

Die beiden Finnen betraten mit ihrem Gepäck das Foyer,

füllten die Anmeldeformulare aus und warteten schweigend auf ihre Keycard. Ratamo sah im Foyer ein Mädchen in Nellis Alter und war Marketta einmal mehr dankbar: Nelly verbrachte bei ihrer Großmutter so viel Zeit, daß sie eigentlich zwei Zuhause hatte.

»Sie werden erwartet, da in der Pullman Bar«, sagte die Hotelangestellte höflich, die in Ratamos Rücken aufgetaucht war und mit der Hand zur Bar im Foyer wies. Im gleichen Augenblick reichte die Frau an der Rezeption den beiden Finnen ihre Keycard.

»Wir sehen uns morgen früh«, rief Ratamo Nordman zu. Sicher hatte Riitta von Ratamos Reise nach Den Haag erfahren und beschlossen, den ersten Schritt zu unternehmen. Warum nicht, es war kurz vor sieben Uhr, der Abend war also noch jung.

Henk Timmerman vom AIVD richtete in der Pullman Bar seinen zwei Meter langen Körper auf und ging zu dem finnischen Ermittler, der im Foyer suchend um sich blickte. »Herzlich willkommen in Den Haag, Arto. Im Laufe des Abends ist einiges passiert, und da dachte ich, es ist besser, wenn ich mal vorbeikomme.« Henk Timmerman, der englisch sprach, wirkte müde, aber zugleich froh, einen Bekannten zu treffen. Die beiden hatten sich im letzten Herbst bei einem Seminar zum Thema Terrorismus in Brüssel kennengelernt und gemeinsam einen angenehmen Abend an einem Tisch in der Nähe des Bierhahnes im Restaurant Le Falstaff verbracht.

Sie setzten sich in karierte Sessel. In der Bar verbrachten außer ihnen nur drei lebhaft diskutierende Herren, die so aussahen, als seien sie sehr einflußreich, ihre Zeit. Ratamo erinnerte sich, daß Timmerman im vergangenen Herbst die gleiche Fliege mit Kaschmirmuster getragen hatte oder zumindest eine ähnliche, aber jetzt zitterte sein Bart nicht hin und wieder beim Lachen wie damals in der Brüsseler Nacht.

Innerhalb weniger Minuten hatten sie sich darüber ausgetauscht, wie es ihnen ging und was es Neues gab. Dann holte Timmerman an dem langen glänzenden Bartresen zwei Bier. Als er zu Ratamo zurückgekehrt war, kostete er das Gerstengetränk, wischte sich den Schaumschnurrbart weg und kam zur Sache.

»Mary Cash ist ermordet worden und zugleich einer der Gehilfen Jaap van der Waals – Pieter Dijkshoorn. Man hat sie in einer ... vorsichtig ausgedrückt ... etwas seltsamen Wohnung in einem Viertel von Amsterdam gefunden, das einen ... sehr schlechten Ruf hat. Dijkshoorn war Cash offensichtlich bis zu der Wohnung gefolgt, hatte die Frau umgebracht und dann ein Messer in den Hals bekommen. Die Wohnung gehört höchstwahrscheinlich dem Wahnsinnigen, der sich vor dem WTC ausgetobt hat und auch bei euch in Finnland zu Besuch war. Die Nachbarn haben den Mann auf den Phantombildern erkannt. Verwunderlich ist nur, warum dieser Verwirrte Ulrike Berger nicht sofort, als er die Gelegenheit dazu hatte, umgebracht hat.«

Ratamo begriff, daß die Morde an den Zeugen, die von dem Konsortium wußten, weitergingen, er überlegte, ob er für Lasse Nordman Polizeischutz anfordern sollte. »Wo ist Berger jetzt?«

Timmerman ächzte frustriert. »Der Killer hat die Frau als Gefangene in seiner Wohnung gehalten. Nach dem Tod von Dijkshoorn und Cash sind sie verschwunden.«

»Und die Morde vor dem WTC, gibt es irgendeine Verbindung zwischen dieser Internetzeitung und Final Action?« fragte Ratamo nach.

»Ich denke schon. Aber die Mitarbeiter von Future.com waren Profis, wir können nichts beweisen«, Timmerman strich sich über seinen Bart.

Die Kette der Ereignisse in den letzten Tagen schien nach Ratamos Auffassung eindeutig zu Dutch Oil und zu dem

Vorstandsvorsitzenden des Konzerns hinzuführen. »Müßte man Jaap van der Waal jetzt nicht schon zum Verhör holen?«

Timmerman nickte ungeduldig und trank die Hälfte des Bieres mit einem Schluck aus. »Man hat mit ihm schon mehrere Male gesprochen … inoffiziell. Einen Mann wie van der Waal holt man nicht einfach so mit Blaulicht und Sirene zum Verhör, ohne hieb- und stichfeste Beweise. Er ist intelligent und ein glänzender Spieler … alle seine Sicherheitsleute hat er sofort entlassen, als er erfuhr, daß zwei von ihnen des Mordes an Jorge Oliveira verdächtigt wurden. Jetzt behauptet er, tief erschüttert zu sein, daß Pieter Dijkshoorn Mary Cash umgebracht hat, und verdächtigt seine Sicherheitsleute, sie hätten auch im Auftrag von jemand anderem gearbeitet. Und wir können nicht beweisen, daß er selbst den Befehl zum Mord gegeben hat.« Timmermans Miene ließ keinen Zweifel daran, ob er van der Waal für schuldig hielt oder nicht.

Die Männer tranken eine Weile schweigend ihr Bier, bis Ratamo einfiel, was Timmerman kurz vorher erzählt hatte. »Du hast gesagt, daß die Wohnung dieses Verwirrten irgendwie seltsam war …«

Timmerman beschrieb die Wohnung, und Ratamos Gesichtsausdruck wurde um so verblüffter, je mehr er erfuhr: Kamelhaarumhang, Engelsbilder, Dutzende Kerzen, ein selbsterrichteter Altar … Ratamo sah vor sich einen Raum, der so phantasievoll war, daß er sich nicht entscheiden konnte, was er als nächstes fragen sollte.

»Die Ermittlungen sind aber immerhin ein gutes Stück vorangekommen«, sagte Timmerman. »Wir haben von den Nachbarn eine genaue Beschreibung des Killers, und sein DNA-Profil wird sich aus den Haaren, die man in der Wohnung gefunden hat, feststellen lassen. Und wir hatten auch Glück: Der Mann hat in der Wohnung eine Art Tagebuch zurückgelassen. Es wird gerade von dem führenden Kriminalpsychologen Hollands, Kris Bruijn, geprüft, also zusätzlich zu den Untersuchungen bei uns. Wir kennen auch schon den Namen des Mannes – Eamon O'Donnell –, und wahrscheinlich war Mary Cash seine Schwester. Fotos haben wir in der Wohnung nicht gefunden, aber wir suchen gerade in Nordirland danach; da wir jetzt den Namen haben, müßte das schneller gelingen.«

»Was steht da drin … in dem Tagebuch? Ist der Mann ein religiöser Fanatiker?«

»Ich weiß nicht, aber voll bei Verstand ist er sicherlich nicht«, schnaufte Timmerman. »Nur aus einigen Aufzeichnungen wird man überhaupt schlau, der größte Teil des Textes ist vollkommen … abartig. Aber Bruijn wird sicher auch darin etwas herausfinden. Er arbeitet im Gefängniskrankenhaus als Kriminalpsychologe und hat untersucht …«, Timmerman verstummte, dachte einen Augenblick nach und holte einen Stapel Blätter aus seiner Tasche, »… die Verknüpfung von Gewaltverbrechen, die von psychisch kranken Patienten begangen wurden, mit deren Kindheit und Jugend. Morgen früh um sieben wirst du mehr hören. Die Zeit ist jetzt rationiert, dieser Fall interessiert alle. Wir spüren auch schon den Atem von Gijs de Vries, dem Antiterrorkoordinator der EU, im Nacken, und das Lagezentrum der EU macht gleichfalls Druck«, sagte der Holländer, trank den Rest seines Bieres aus und wünschte seinem Kollegen eine zwar kurze, aber gute Nacht.

Ratamo holte sich vom Tresen ein zweites Bier in der Hoffnung, daß er davon müde würde und gut schlafen könnte. Eine Menge Fragen schwirrte ihm durch den Kopf, und vieles war äußerst verwunderlich: ein schwer geistesgestörter Mörder, einer der einflußreichsten Industriebosse der Welt, eine Organisation von Ökoterroristen und der Sohn der Verteidigungsministerin. Gut, daß er diese Ermittlungen nicht leiten mußte, sie schienen bedrohlicher zu sein als alle anderen, an denen er bisher teilgenommen hatte. Eine Ausnahme bildete nur der Fall, bei dem seine Frau gestorben und Nelli in Lebensgefahr geraten war. Im selben Augenblick fiel ihm ein, was Nordman etwa zwei Stunden zuvor im Flugzeug gesagt hatte: »… der größte Teil der Menschen müßte ungeboren bleiben, die Mehrheit von ihnen verschwendet ihr Leben mit dem Streben nach Genuß und Geld …«, oder so ähnlich. Ratamo holte die Kautabakdose aus der Tasche und beschloß, Nordman die Neuigkeiten über Ulrike Berger erst am nächsten Morgen zu erzählen.

31

Ezrael lief auf dem blanken Betonfußboden der Sicherheitswohnung im Kreis wie ein in Trance versunkener Schamane. Der Auftrag war zu Ende, der Bote lag tot in seiner Kirche, und die Bestie tobte, sie war frei, weil sie nichts mehr hielt. Er brauchte einen neuen Auftrag, sonst würde er in die Welt des Bösen zurückgeschleudert werden, und das ertrüge er nicht. Jeden Augenblick konnte ihm der Kopf zerspringen, in dem alles durcheinanderschwirrte: Gerüche, Erscheinungen, Farben *»… daß du sie lehrst den Weg, darin sie wandeln, und die Werke, die sie tun sollen.«*

Die Bestie heulte wie ein gequältes Tier, nur in seiner Kirche schlief sie gut. Hier fehlte alles: die Kerzen, der Altar, die Kruzifixe, die Gemälde … Am meisten versetzte es ihn in Wut, daß er das Evangelium in der Kirche vergessen hatte, jetzt würde irgendein Sünder den heiligen Text lesen, ohne seine Bedeutung zu verstehen. Ezrael verdrängte die Bilder, die aus der Erinnerung auftauchten: das Weihnachtsfest, als ihm die Frau, die Papierengel ausschnitt, das leere Evangelium geschenkt hatte. Doch nun fühlte er sich nur noch leerer. Zum Glück hatte er wenigstens das Große Buch mitgenommen. Sein Blick fiel auf das Metallgitter knapp über dem Fußboden, das die Wand durchbrach, dahinter lauerte die Dunkelheit. Er zuckte zusammen, als er an den modrigen Gestank im Kellerloch denken mußte.

Ulrike fürchtete sich jetzt mehr als jemals zuvor, seit sie Ezraels Gefangene war. Das Bild von Marys Körper, der im Kugelregen zuckte, wurde sie nicht wieder los, der Tod schien über allem zu schweben. Sie hatte das Gefühl, in der Angst zu ertrinken; es half ihr nicht einmal, wenn sie an Lasse dachte. Wie war sie nur mitten in die Welt des Todes geraten, obwohl sie doch den Menschen helfen wollte? Zu ihrer Überraschung sah sie, daß sich Ezrael Pillen in den Mund stopfte und Wasser dazu trank. Nahm der Mann Aufputschmittel? Es war kurz vor sieben Uhr, sie vermutete, daß Ezrael in der Nacht kein Auge zugemacht hatte. Der Druck in ihrem Unterleib wuchs, aber sie beschloß, dieses Bedürfnis so lange wie möglich zu unterdrücken.

Sie mußte fliehen, wiederholte Ulrike unablässig, sie durfte nicht in Verzweiflung versinken. Ezrael würde bald irgend etwas Entscheidendes unternehmen, oder seine Psyche würde es für ihn tun. Ihr mußte etwas einfallen, Ulrike dachte angestrengt nach. Über Ezraels Kindheitserinnerungen zu reden führte nur dazu, daß der Wahnsinnige die Kontrolle über seine Umgebung verlor und noch verwirrter wurde. Plötzlich kam Ulrike eine Idee. Niemand kannte Ezrael besser als Mary, und Mary hatte erreicht, daß Ezrael ihr gehorchte, indem sie ihm Befehle erteilte wie einem kleinen Jungen. Vielleicht erinnerte das Ezrael an seinen Vater, den Soldaten. Ulrike überlegte, ob sie es wagen sollte, Ezrael so wie Mary Befehle zu geben, und sie entschied sich, daß sie das Risiko eingehen mußte, obwohl sie Angst davor hatte, dem Engel des Zorns dann ein drittes Mal zu begegnen. Und vielleicht das letzte Mal.

Das Telefon klingelte, und Ezrael blieb stehen. Nur der Bote kannte die Nummer, und der würde niemanden mehr anrufen. Möglicherweise war das eine Offenbarung, vielleicht bekam er einen neuen Auftrag. Er mußte das Gespräch annehmen.

Der Anrufer stellte sich nicht vor. »Sind Sie der Engel des Zorns?«

Ezrael war nahe daran, das Gespräch zu beenden, aber irgend etwas hielt ihn davon ab. Er sah Grün, spürte etwas Verlockendes und roch keine Gefahr. Offenbarungen zeigten sich in vielerlei Formen. »Wer ist da?«

Der Mann antwortete mit weicher Stimme, fast flüsternd. »Wenn Sie nun mal der Engel des Zorns sind, dann können Sie mich Seraphim nennen. Das ist der Engel mit sechs Flügeln, der Name bedeutet ›brennende Flamme‹, ›Feuer‹ oder ›Ankläger‹. Sie ...«

»... sind die oberste Gruppe in der neunstufigen Engelhierarchie, der erste Chor in der ersten Hierarchie«, ergänzte Ezrael den Satz. »Sie werden im Großen Buch nur einmal erwähnt: *›Seraphim standen über ihm; ein jeglicher hatte sechs Flügel: mit zweien deckten sie ihr Antlitz, mit zweien deckten sie ihre Füße, und mit zweien flogen sie.‹*« Ezrael strahlte vor Begeisterung, er hatte die richtige Ahnung gehabt, das war ein wichtiges Gespräch.

»Sie kennen Ihre Bibel so gut, wie ich es vermutet habe. Dieses Gespräch wird nicht abgehört und nicht aufgezeichnet, also komme ich direkt zur Sache. Ich will Ihnen helfen, weil auch ich möchte, daß das Recht verwirklicht wird und die Übeltäter sterben. Ich kann Ihnen verraten, wer hinter dem Konsortium und den Morden an den Physikern steht und für den Tod Ihrer Schwester Mary Cash verantwortlich ist.«

Es schmerzte Ezrael, den Namen zu hören; die blutüberströmte Leiche des Boten tauchte vor ihm auf, dann das kleine rothaarige Mädchen, das ein Eis am Stiel lutschte – aber er unterdrückte die Bilder und zwang sich, über Seraphims Worte nachzudenken. »Ich weiß, wer den Mord am Boten organisiert hat«, sagte Ezrael schließlich.

»Jaap van der Waal ist nur ein Strohmann, eine unwichtige Person, um die Sie sich nicht kümmern müssen. Ich sorge dafür, daß van der Waal stirbt. Aber ohne Ihre Hilfe wird das Recht nicht verwirklicht. Wenn Sie den töten, der all das geplant hat, zahle ich Ihnen das Doppelte von dem Honorar, das Mary Cash zugesagt war, und ich verrate Sie nicht. Wie Sie bemerken, bin ich – anders als die Polizei – imstande, Sie zu finden. Mit Hilfe von Satelliten können wir Menschen wirksamer überwachen als jeder andere.«

Ezrael rekapitulierte das Gehörte, verstand aber den Gesamtzusammenhang nicht. »Wer hat den Boten ermorden lassen?«

»Sie gehen also auf meinen Vorschlag ein?« Der Anrufer schien verwirrt zu sein.

»Wer?« brüllte Ezrael.

Seraphim wollte keinen Streit. »John Dexter. Ein hoher Beamter im Energieministerium der USA«, sagte er und berichtete von Dexters Plan, mit dem er versuchte die Entwicklung eines Fusionsreaktors zu bremsen. »Nehmen Sie die Beweise, die Dexter betreffen, mit, und kommen Sie nach Washington. Ich bin ein einflußreicher Mann und werde dafür sorgen, daß Sie unbehelligt einreisen können, und ich helfe Ihnen, Dexter zu … erledigen«, versprach der Anrufer und beendete das Gespräch.

Seraphim lächelte, er würde schnell erfahren, ob Eamon O'Donnell auf seinen Vorschlag einging: Entweder reiste der Mann nach Washington oder nicht. Jede Bewegung O'Donnells wurde mit den wirkungsvollsten Mitteln der elektronischen Aufklärung verfolgt. Seraphim drehte sich auf seinem mit Leder bezogenen Bürostuhl und griff wieder nach dem Telefonhörer. Als nächstes würde er John Dexter beim holländischen Nachrichtendienst denunzieren.

»Wer war das?« Ulrike hoffte, daß die Polizei Ezraels Nummer herausbekommen hatte. Vielleicht bereitete man schon die Erstürmung des Kellers vor. Vielleicht würde sie das überstehen, wenn es ihr gelang, bis dahin am Leben zu bleiben. Vielleicht.

»John Dexter«, murmelte Ezrael. War das eine Offenbarung? Hatte er gerade einen neuen Auftrag erhalten, der die Bestie zum Schweigen und die Welt des Bösen dorthin zurückbringen würde, wo er sie vor Jahren eingesperrt hatte?

Ulrike kannte den Namen. John Dexter galt als einer der Verantwortlichen für die unökologische Energiepolitik der USA. Sie betrachtete Ezraels Kindergesicht und erinnerte sich an Marys Taktik. »Eamon, mit wem hast du gesprochen?« fragte Ulrike so streng und befehlend, wie sie es vermochte.

Das im Wind flatternde geblümte Kleid des rothaarigen kleinen Mädchens verschwand, als Ezrael aus seinen Gedanken aufschreckte. »John Dexter hat den Boten ermorden lassen.«

Es dauerte lange, bis Ulrike erreichte, daß Ezrael ihr den Inhalt des Telefongespräches wiederholte. Die Geschichte war so phantasievoll, daß sie zuweilen fürchtete, Ezrael könnte sich alles ausgedacht haben.

Ulrike schien es so, als würde auch ihre eigene Welt in zwei Teile zerfallen. Seraphims Geschichte hörte sich verrückt, aber zugleich absolut logisch an. Mehr als jedes andere Land hatten die USA ein großes Interesse daran, die Arbeit an der Entwicklung alternativer Energiequellen zu bremsen. Wenn die Entwicklungsländer auf dem Gebiet der Energie zu Selbstversorgern würden, könnten die USA sie nicht mehr mit Krediten und ihrer Handelspolitik versklaven, und ihre Weltherrschaft zerfiele. Ulrike wurde von ihrer Phantasie mitgerissen. Kostenlose Energie würde die Welt verändern: Die Wälder würden nicht mehr zu Brennholz zerhackt, die uneingeschränkte Wasserversorgung würde Menschenleben retten und die Landwirtschaft zur Blüte führen, sogar Wüsten würden grün werden. Der Lebensstandard der Dritten Welt stiege, die Bildungssysteme der armen Staaten würden sich entwickeln, die Menschen würden die Grundsätze der Demokratie lernen und die Möglichkeit erhalten, sie in der Praxis umzusetzen.

Ulrike sah vor ihrem geistigen Auge, was geschehen würde, wenn es ihr gelänge, sowohl das Konsortium als auch John Dexter zu entlarven: Sie würde gleichzeitig die Verderbtheit sowohl der Konzernriesen als auch der Weltpolitik beweisen, die Sabotage beenden, mit der man die Entwicklung eines Fusionsreaktors aufhalten wollte, und ihren Namen in die Annalen der Geschichte schreiben. Und sie würde ihr Versprechen erfüllen und mehr Gutes tun, als sie jemals auch nur zu träumen gewagt hatte. Individuen waren es, die alle großen Taten vollbrachten, jede umwälzende Idee war im Kopf eines Menschen entstanden: Gandhi, Freud, Buddha …

Aber wie sollte sie anderen berichten, was sie wußte?

32

Den Haag badete in der Morgensonne und wirkte friedlich und sauber, der Verkehr floß gleichmäßig dahin, und zwischen den Gebäuden tauchten dann und wann grüne Parkanlagen auf. Der Anblick erinnerte an das viktorianische London, das man aus Fernsehserien kannte, es fehlten nur die Pferdekutschen und Zylinderhüte. Die Müdigkeit lag bleischwer auf Ratamos Körper, die Schlafpillen hatten funktioniert wie die russische Demokratie, und da die Besprechung zu einer unmenschlich frühen Zeit begann, um sieben Uhr, hatte der Wecker noch vor dem Hahn gekräht.

Im Taxi herrschte eine angespannte Atmosphäre. Lasse Nordman waren beim Frühstück die Nerven durchgegangen, weil er die Informationen über Ulrike Berger seiner Meinung nach zu spät erfahren hatte. Ratamo gelang es, ihn etwas zu besänftigen, indem er ihn zum AIVD mitnahm, obwohl die Holländer einem Ökoterroristen vermutlich nichts über die Ermittlungen sagen würden. Als Nordman vom Mord an den beiden Mitarbeitern von Future.com und an Mary Cash erfahren hatte, wollte er auf eigene Faust nach Amsterdam fahren, aber diese Absicht hatte er zum Glück wieder aufgegeben.

Das Taxi verließ das Zentrum von Den Haag in Richtung Westen, laut Timmerman dauerte die Fahrt weniger als fünf Minuten. Das Hauptgebäude des AIVD in der Dokter-van-der-Stam-Straat 1 sah neu aus und wirkte wie eine Kreuzung von Wohnhaus und Bürokomplex: Die bräunliche Ziegelverkleidung des unteren Teils wurde weiter oben von einer dunklen Metallfassade abgelöst.

Ratamo drückte auf den Summer und fragte sich, was die drei Fische auf dem Logo des AIVD wohl symbolisieren sollten. Nordman schwieg immer noch, zum Glück.

»*Goedenmorgen. Hoe kom ik …*« Die Stimme des Diensthabenden war über den Lautsprecher zu hören, aber Ratamo unterbrach die in niederländisch gestellte Frage und teilte auf englisch seinen Namen und seine Dienststelle mit. Die Tür ging auf. Ratamo erhielt am Schalter eine Besucherkarte, aber der Name von Nordman fand sich nicht auf der Gästeliste, also schickte man die Finnen in den Windfang, wo sie warten sollten. Das Schweigen zwischen den beiden wurde immer drückender.

Schließlich kam Henk Timmerman und schaute verdutzt drein, als er Lasse Nordman erkannte. Er warf Ratamo einen fragenden Blick zu und gab dem Ökoterroristen kurz die Hand.

»Lasse Nordman möchte mehr darüber erfahren, in welcher Lage sich Ulrike Berger befindet«, sagte Ratamo und faßte kurz zusammen, was er Nordman am frühen Morgen berichtet hatte.

Timmerman schaute den Ökoterroristen, den er vor zwei Tagen verhört hatte, kühl an. »Bedauerlicherweise kann ich nicht mehr berichten, weil Ulrike Berger mit mehreren Mordfällen in Zusammenhang steht. Oberkommissar Ratamo kann Ihre Informationen sicher später im Laufe des Tages ergänzen«, sagte der großgewachsene Holländer kurz und knapp, wünschte Nordman einen guten Tag und ging zum Fahrstuhl, ohne sich die finnischen Flüche des Mannes anzuhören.

Als sich die Tür des Aufzugs schloß, ließ Timmerman bei Ratamo Dampf ab. »Manche Leute sind aber auch unverschämt … Nordman legt die Datensysteme des größten holländischen Unternehmens lahm, wird bei uns verhört und glaubt zwei Tage später, daß man ihm hier einen roten Teppich ausrollt!« Die Männer verließen den Aufzug im vierten Stock, man hörte ihre Schritte auf dem Linoleumfußboden des langen Flurs, bis sie schließlich den Raum der operativen Zentrale erreichten.

Nach seinen Besuchen bei europäischen Sicherheits- und Nachrichtendiensten in den letzten Jahren war der Anblick für Ratamo vertraut: ein Beratungstisch, Computer, Drukker, Scanner, zwei, drei Fernseher, Videogeräte, ein Flip-Chart und Menschen mit ernsten Gesichtern.

Timmerman forderte die anderen auf, bei der Beratung englisch zu sprechen, stellte Ratamo die sommersprossige Katje de Groot vor und zeigte auf einen gestreßt wirkenden Mann mit Glatze am Ende des Tisches.

»Kriminalpsychologe Kris Bruijn.«

Ratamo sah überrascht aus. »Entschuldigung ... Ich dachte, Kris ist ein Frauenname«, stotterte er.

Der Psychologe betrachtete den Finnen eine Weile verwundert, lachte dann aber. »Das ist die Abkürzung von Krispijn. Außerdem findet man in Amsterdam da und dort die Reklame eines Unternehmens namens Arto.« Bruijn versuchte zu lächeln, brachte aber nur ein Grinsen zustande und beschloß, zur Sache zu kommen. »Ich habe das ... Tagebuch von Eamon O'Donnell zweimal gelesen und kann Ihnen nur eine erste Einschätzung zu dem Mann geben, denn in seinem Text gibt es enorm viel zu analysieren.«

Ratamo goß sich Mineralwasser ein und nahm eine bequeme Sitzposition ein. Er war außergewöhnlich neugierig, zu hören, was für ein Wahnsinniger in der von Timmerman beschriebenen Höhle gehaust hatte.

Bruijn stellte sich vor den Flip-Chart. »Ich verwende wie viele andere Kollegen für die Krankheit von Mördern wie O'Donnell die Bezeichnung ›Psychopathie‹. Ich spreche also nicht von ASPD, ›Antisozialer Persönlichkeitsstörung‹, wie in der Klassifikation DSM-IV der Amerikanischen Psychiatervereinigung. Die Mehrheit aller Kriminellen leidet unter ASPD, aber das macht sie noch nicht zu Psychopathen.«

Timmerman warf einen Blick auf seine Uhr. »Wie würden Sie O'Donnell charakterisieren?« Er drängte darauf, daß der Psychologe zur Sache kam.

»Der Ursprung der Traumata Eamon O'Donnells liegt offensichtlich in seinem gewalttätigen Vater, der den Sohn fortlaufend mißhandelt, sogar gefoltert hat. Beim Sohn eines an Psychopathie erkrankten Mannes besteht laut Statistik eine fünfmal größere Wahrscheinlichkeit als bei anderen Männern, gleichfalls an Psychopathie zu erkranken.« Bruijn schien sich zu entspannen, als er sich auf seinem eigenen Gebiet bewegte. Er setzte seine Brille ab und betrachtete die weiße Decke des Raumes wie einen Kinofilm.

»Dieser Psychopath, der den Namen ›Engel des Zorns‹ verwendet, empfindet sogenannten klinischen Haß. Das ist ein völlig anormaler, ständig vorhandener Haß, den der Psychopath als etwas empfindet, das größer ist als er selbst, und den er niemals völlig verstehen kann. Der Haß entsteht in der Kindheit und wird mit zunehmendem Alter immer stärker. Nur Gewalt hält diesen Haß im Zaum, somit zwingt der Haß den Psychopathen gewissermaßen, immer wieder und wieder zu töten. O'Donnell bezeichnet seinen Haß als ›Bestie‹.«

Timmerman erhob sich und zupfte an seiner Fliege, er schien von dem Vortrag in Psychologie genug zu haben. »Und wegen dieses Hasses tötet der Verrückte Wissenschaftler?«

Bruijn ignorierte den angespannten Tonfall Timmermans und fuhr gelassen fort. »Der Mann hat offensichtlich sehr viel Mühe darauf verwendet, sich Mordarten auszudenken, die wie Unfälle aussehen, den Opfern aber große Schmerzen zufügen. Er will anderen genausoviel Schmerz zufügen, wie er selbst erleiden muß.«

Der Kriminalpsychologe zog fragend die Augenbrauen hoch. »Merkwürdig ist jedoch, daß O'Donnell Wörtern, die er für wichtig hält, eine neue Bedeutung gegeben hat. Psychopathen fällt es in der Regel schwerer als dem Durchschnitt, tiefere Bedeutungen von Wörtern zu verstehen und zu verwenden.« Plötzlich wurde sein Gesichtsausdruck ernst. »Es ist natürlich unmöglich, nur auf der Grundlage eines Tagebuches für O'Donnell eine sichere Diagnose zu stellen, man muß ja bedenken, daß ich den Mann nicht einmal gesehen habe.«

Katje de Groot schien Zweifel zu haben. »Wie kommt so ein verwirrter Mensch in der Stadt zurecht … also unter normalen Menschen?«

»Die meisten Psychopathen sind glänzende Schauspieler«, erwiderte Bruijn und strich sich dabei über die Glatze, als würde er Haare suchen. »Sie suchen das Vertrauen ihres Opfers zu gewinnen und setzen alles daran, nicht gefaßt zu werden, obwohl viele von ihnen im Unterbewußtsein das Bedürfnis haben, verhaftet zu werden, damit sie gestehen können. Die Psychopathen sind in der Regel intelligenter als der Durchschnitt, handeln planvoll und systematisch, sind klug und führen geschickt ein geheimes Doppelleben.«

»Könnte sich O'Donnell auf irgendeine krankhafte Weise in Ulrike Berger verlieben?« fragte Ratamo.

»Wohl kaum. Den Psychopathen fehlen die Gefühle normaler Menschen, sie sind nicht fähig zu lieben, und männliche Psychopathen haben selten überhaupt Beziehungen mit Frauen. Die emotionalen Reaktionen eines Psychopathen, die wie Liebe, Reue oder Trauer aussehen, sollen andere Menschen manipulieren. Es sind keine echten Gefühle, sondern sie entstehen aus den eigenen Bedürfnissen des Psychopathen. Der Psychopath hält auch Menschen für Gegenstände, somit ist O'Donnells Übergang von der Brandstiftung zum Töten von Menschen wahrscheinlich ein viel kleinerer Schritt gewesen, als Sie sich vorstellen können. Und bedauerlicherweise empfinden sie keine Reue, nicht einmal für ihre brutalsten Taten. Ihnen fehlt das Schuldgefühl – sie haben kein Gewissen«, dozierte Bruijn.

»Wie können wir all diese ... Informationen nutzen?« Timmerman fuhr sich durch den Bart und sah aus, als hätte er sich verirrt.

»Um die Straftaten aufzuklären, müssen Sie versuchen, Ezrael, den Engel des Zorns, zu verstehen und nicht Eamon O'Donnell«, antwortete Bruijn und sah so aus, als hätte er Selbstverständlichkeiten wiederholt.

»Das dürfte etwas schwierig sein«, stellte Timmerman kühl fest.

»Verstehen bedeutet nicht akzeptieren.« Bruijns Stimme wurde lauter.

Ratamo erinnerte sich, wie Timmerman die Wohnung von O'Donnell beschrieben hatte. »Wie hängt der Glauben mit alldem zusammen? Gemälde von Engeln, Kerzen, Kruzifixe, ein Altar und diese …«

»Illusionen in Verbindung mit religiösem Größenwahn sind bei Psychopathen sehr häufig, sie können mit Gott, Satan oder einem selbsterfundenen Glauben zusammenhängen«, erklärte Bruijn.

»Und der Kamelhaarumhang?« fragte Ratamo verwundert.

»Auch der hängt mit O'Donnells religiösen Phantasien zusammen, er ahmt damit Johannes den Täufer nach. Bekleidungsrituale sind nicht selten: In den USA kleidete sich Robert Wayne Gacy als Clown, und der als ›Zodiac‹ bezeichnete, immer noch frei herumlaufende Serienmörder verwendete unterschiedliche phantasievolle Hinrichtungskleider. Ein Patient wollte nach seiner Verhaftung als Indianer auftreten und legte sich selbst eine Kriegsbemalung an, aus seinen eigenen Exkrementen.«

Diese letzte Information war für Timmerman zuviel. »Gewichte an die Beine, und ab in die Nordsee«, murmelte er.

Bruijn schien wegen des Kommentars enttäuscht zu sein. »Ein gesunder Mensch ist nicht fähig, sich eine abartige Tat auszudenken, die ein Serienmörder nicht zehnmal besser ausführen würde. Also zehnmal schlimmer … Oder was würden Sie von Herbert Mullins Motiv halten, der dreizehn Menschen umgebracht hatte: Er glaubte, mit seinen Morden Erdbeben und Sturmfluten zu verhindern.«

Die Polizisten diskutierten mit Bruijn noch darüber, wie sie die Informationen bei der Suche nach O'Donnell verwenden könnten. Schließlich erlaubte Timmerman dem Psychologen, der es eilig hatte, zu gehen.

»Noch ein Wort als Warnung«, sagte Bruijn an der Tür. »O'Donnell oder genauer gesagt dieser Engel des Zorns Ezrael ist ein Beutejäger. Und die wissen alle sehr genau, wie man dem Feind auflauert. Und der Mensch ist von allen Beutejägern der am höchsten entwickelte.«

Nachdem Bruijn gegangen war, lag in dem Raum eine bedrückende Stille. Ratamo schien es so, als wüßte das Böse, daß man über seine Taten redete.

Ein Ermittler riß die Tür auf und kam hereingestürzt, mit einem Redeschwall in niederländisch rüttelte er seine Kollegen wach und holte sie zurück in die Realität der Ermittlungen.

»Wieder eine neue Wendung. Wir haben eine E-Mail erhalten, in der behauptet wird, daß John Dexter aus dem US-Energieministerium der Initiator des Konsortiums ist. Unterschrieben ist die Nachricht von ›Seraphim‹; der Computer, von dem die Nachricht abgeschickt wurde, wird gesucht, aber nach ersten Untersuchungen erscheint die Nachricht glaubhaft. Wir haben schon die Bestätigung, daß die in der Denunziation erwähnten Beratungen von Dexter und van der Waal stattgefunden haben, und es stimmt auch, daß die USA zwei Unternehmen des Konsortiums Bohrrechte auf den irakischen Ölfeldern erteilt hat.«

Timmerman erteilte seinen Untergebenen so energisch Aufträge, daß sein Adamsapfel die Fliege beben ließ. Es gab jetzt drei Ermittlungsgruppen: Die eine würde die Verbindungen von Jaap van der Waal und John Dexter zu dem Konsortium und den Morden an den Physikern klären, die zweite untersuchte den Tod von Mary Cash, und die dritte, die größte Gruppe, suchte Eamon O'Donnell. »Die Nummer eins in der Rangfolge nach Wichtigkeit ist Eamon O'Donnell. Der frei herumlaufende Psychopath muß sofort aufgespürt werden, seinen Auftraggeber können wir uns auch später noch schnappen.«

Katje de Groot war im Begriff zu gehen, als ihr etwas einfiel. »Es ist übrigens eigenartig, daß sich von O'Donnell kein Foto findet, nicht einmal bei den Verwandten.«

Timmerman schnaufte. »Das sind garantiert allesamt Anhänger der IRA. Die helfen wahrscheinlich keinem Polizisten, egal, aus welchem Land. Ersuch die nordirischen Behörden um Hilfe.«

Der Bericht von Bruijn ging Ratamo noch durch den Kopf, und zu seiner Überraschung empfand er Mitleid mit Lasse Nordman. Nach dem, was der Psychologe erzählt hatte, war Eamon O'Donnell so ziemlich der letzte Mensch, von dem sich Ratamo wünschte, daß er seine Geliebte in die Hände bekam.

33

Ezrael nahm das Brett, das in der Ecke lag, und schlug es sich mit aller Kraft auf den Rücken. Er drosch auf sich ein und verkündete dabei immer wieder die Wahrheit: »*… so wird die Bestie, die aus dem Abgrund aufsteigt, mit ihnen einen Streit halten …*« Endlich gab die Bestie etwas nach, das Brett fiel krachend zu Boden.

Er ging an der Wand des kleinen Kellerraums in der Geldersekade-Straße auf und ab wie ein wildes Tier im Käfig; der Auftrag war zu Ende, er hatte keine Geißel, kein Evangelium und auch sonst nichts. Der Engel der Offenbarung war keine Hilfe, er saß da und schwieg. Bilder bedrängten Ezrael: der wie eine Fackel brennende Italiener, der ertrinkende Franzose, der völlig zerquetschte Deutsche … Die Bestie verlangte nach Blut, aber er hatte keinen Auftrag, keinen Verräter und auch keine Hoffnung auf Rache.

Der Hunger rumorte in Ulrikes Magen, und die Angst quälte sie, außerdem war sie müde, obwohl sie ein paar

Stunden geschlafen hatte. Jetzt war es kurz vor halb acht. Dieser Morgen in dem feuchten und stinkenden Kellerloch gehörte in eine andere Welt als das Erwachen neben Lasse im warmen Bett.

Ulrike wußte jetzt, was sie versuchen würde. Sie wollte Ezrael einen Auftrag geben, so wie Mary vor ihr, und dadurch freikommen. Dann würde sie der Welt mit der Information über Jaap van der Waal und John Dexter die Augen öffnen und eine größere Veränderung erreichen, als sie und die anderen Aktivisten von Final Action auch nur zu träumen gewagt hatten. Sie würde dem Bericht des Mannes glauben, der sich »Seraphim« nannte. Seraphim wollte Ezrael auf John Dexter hetzen, weil die Fotos von den Treffen Dexters und van der Waals allein nicht ausreichten, um die Schuld des Amerikaners zu beweisen. Dexter müßte ein Geständnis ablegen, und dafür wurde Ezrael gebraucht.

Jetzt mußte sie Ezrael nur noch seinen neuen Auftrag erteilen. Doch das war leichter gedacht als getan; wie sollte sie es denn schaffen, in Ezraels Welt einzutauchen? »Ich erteile dir einen Befehl so wie seinerzeit dein Vater und nach ihm Mary.« Ulrikes unsicherer Versuch blieb ergebnislos. Ezrael sah bedrückt aus und schaute sie nur kurz an.

Ulrike schloß die Augen und suchte noch einmal alles durch, was sie von Ezraels Vergangenheit wußte. Die Zeit verging. Irgendwo mußte es einen Zugang zur Welt des Wahnsinnigen geben. Ihr mußte das gleiche gelingen wie Mary. Plötzlich wurde ihr klar, daß sie bisher nur in der Kindheit und der Jugend des Verrückten herumgestochert hatte, obwohl in Ezrael doch zwei Welten lagen – die von Eamon und die von Ezrael. Vielleicht müßte sie beide verbinden, das hatte auch Mary getan. Wenn sie genauso handelte wie Mary, könnte es ihr gelingen, deren Platz einzunehmen.

»Ezrael. Ich bin der neue Bote, der bisherige wurde entfernt, da seine Aufgabe erfüllt war. Ich wollte dich zunächst prüfen, bevor ich dir deinen neuen Auftrag übermittle«, verkündete Ulrike feierlich.

Ezrael stand auf, endlich sagte der Engel der Offenbarung etwas Bedeutungsvolles. Auch die Bestie wollte erfahren, was der Engel berichtete, also setzten sich beide vor dem Engel auf den Fußboden und hörten aufmerksam zu.

Hatte sie den Zugang entdeckt? Ulrike spürte, wie Freude in ihr aufkam.

»… und da will ich dir weisen, was du tun sollst«, predigte sie. »Ich gebe dir einen neuen Auftrag. John Dexter ist ein Verräter, ihm gilt die nächste Rache.« Ulrike bereute ihre Worte schon, als sie noch in der Luft hingen. Sie hatte die Grenze überschritten, die sie von Ezrael und Mary trennte, und sie hatte das ganz bewußt getan. Aber sie war dazu gezwungen. Wenn Ezrael ihr so wie seiner Schwester gehorchte, dann würde er sich auf den Weg machen, um den Befehl auszuführen, und sie hätte die Möglichkeit, sich zu befreien.

Eine Spur von Weiß schimmerte in Ezraels Kopf, als er die Wahrheit witterte. Er holte aus seinem Rucksack die kleine Kopie der »Verkündigung an Maria«, glättete das Bild und wog die Worte des Engels der Offenbarung ab. Die Bestie war besänftigt, das sprach dafür, den neuen Auftrag anzunehmen. Im selben Augenblick verstand er alles. Es gab auch drei Engel: den Engel des Zorns, Seraphim und den Engel der Offenbarung. Ihre Aufträge würden vereinigt, wenn er sich für die Rache an John Dexter entschied. So mußte es sein. *»Zieh einher der Wahrheit zugut, und die Elenden bei Recht zu erhalten …«*

Wütend auf sich selbst, trat Ezrael nach dem Brett, das krachend an die Wand flog. Er hatte sich von Zweifeln beherrschen lassen und dabei eins vergessen: Das Los der Auserwählten war nicht leicht. Manchmal strich ihnen der Allerhöchste so über den Kopf, daß der blanke Schädel zu sehen war. Er empfand Reue, weil ihm nicht klargeworden war, daß der Engel der Offenbarung ihn einer Prüfung unterzogen hatte. Natürlich mußte er einen neuen Auftrag erhalten; bis zum Johannistag war noch mehr als ein Monat Zeit, und die Auserwählten ließ man nicht tatenlos bleiben. Plötzlich begriff er, daß er sich über den Tod des bisherigen Boten freute, er hatte sich von den eisernen Fesseln befreit. Allerdings verschwand dieses Gefühl schlagartig wieder, als er das kleine rothaarige Mädchen mit dem Sprungseil vor sich sah. Die Veränderung begann doch wohl nicht so schnell? Er hatte die ersten Pillen vor ein paar Stunden genommen.

Ulrike empfand eine verwirrende Freude, als Ezrael sagte, er wolle die Tötung von Dexter gemeinsam mit ihr planen. Es hatte geklappt. Ezrael hielt sie für den Boten, der ihm den Verräter benannte. Dennoch wogte die Angst noch in ihr auf und ab: Was war, wenn Ezrael sie vor seiner Abreise umbrachte? Sie war gezwungen, darauf zu vertrauen, daß in seiner Welt die Tötung des Boten nicht zulässig war.

Ulrike versuchte ernsthaft, Ezrael zu helfen, aber der hatte mit Mary zusammen schon so oft Morde geplant, daß er nicht viel Hilfe brauchte. Außerdem konnte er den Entwurf eines Planes nutzen, den er mit Mary im zeitigen Frühjahr für die Ermordung eines Physikers vom Institut für Plasma- und Fusionsforschung der University of California erarbeitet hatte. Die Reise in die USA und auch viele andere Details waren also schon vorbereitet.

Doch Ulrikes Angst wuchs, als sie verfolgte, wie zielstrebig Ezrael handelte. Der Mann hatte zahlreiche Morde ausgeführt, ohne gefaßt zu werden. Und wenn das Ezrael nun auch diesmal gelänge, bei einem Auftrag, den sie ihm erteilt hatte? Sie sagte sich selbst immer wieder, das sei nicht möglich. Zumindest nicht, wenn sie sich befreien könnte und den Behörden die Absichten des Verrückten mitteilen würde.

Sie wünschte Dexters Tod nicht, das konnte sie schwören. Der Befehl zum Töten war nur der Versuch zu taktieren, ein Mittel der Verzweiflung. Nach ihrer Befreiung würde sie Zeit haben, genauer zu überlegen, wie sie ihr Wissen über John Dexter und das Konsortium verwenden könnte. Wenn sie der Polizei alles mitteilte, würde man Ezrael schon fassen, bevor er Holland verließ. Sie beruhigte sich ein wenig.

Ulrike beobachtete Ezrael, der auf dem feuchten Fußboden kniete, die Karte studierte und nun völlig normal wirkte: Seine Augen glänzten vor kindlichem Eifer, er machte einen zuverlässigen, fröhlichen und lebhaften Eindruck. Es schien fast so, als wäre das der Gesichtsausdruck des gesunden Jungen Eamon, der in dem geisteskranken Ezrael gefangengehalten wurde. Am meisten erschütterte sie jedoch, wie logisch und vernünftig Ezrael jetzt handelte. Die Verwandlung vom tobenden Verrückten im Kamelhaarmantel zum exakt planenden Profi war so unbegreiflich, daß Ulrike für einen Augenblick überlegte, ob der Mann eine der beiden Rollen nur spielte.

Ezrael ging ins Treppenhaus, wo er mit seinem Mobiltelefon eine Verbindung ins Netz bekam, rief den Flughafen Schiphol an, erkundigte sich, wann die nächste Maschine nach Washington flog, und erfuhr, daß vier Flüge auf dem Plan standen. Er entschied sich für die amerikanische Fluggesellschaft United Airlines, weil er hoffte, besser durch die strenge Einreisekontrolle der Yankees zu kommen, wenn er sich unter amerikanischen Passagieren befand. Man sagte ihm, in der Maschine sei noch reichlich Platz, also buchte Ezrael einen Flug in der Touristenklasse und gab der Angestellten die Nummer seines Passes durch und die anderen gewünschten Informationen.

Als der Plan fertig war, bereitete sich Ezrael sorgfältig auf einen langen Besuch in der Welt des Bösen vor. »Unter den Sündern muß man sich verhalten wie die Sünder, unter den Sündern ...«, murmelte er immer wieder, während er den Inhalt seines Rucksacks ordnete.

Ulrike glaubte nicht mehr, daß sie sterben würde, aber irgend etwas mußte Ezrael ja mit ihr anstellen. Das sorgte für eine neue Welle der Angst, die ihren Puls wieder beschleunigte. Würde er sie betäuben?

Die Antwort kam im selben Augenblick: Ezrael blieb vor ihr stehen und schwenkte ein Paar Handschellen

»Du, ich stehe das hier nicht durch ohne Essen und Trinken ...«, bat sie eindringlich, als Ezrael schon die Handschellen befestigte. Die Freude über die bevorstehende Freiheit verwandelte sich augenblicklich in Todesangst. Sie hatte das selbst verursacht, niemand würde sie hier finden.

Ezrael fesselte den Engel der Offenbarung an das Metallgitter vor der Öffnung in der Wand, hinter der die Dunkelheit lauerte. Ein Bild vom Kellerloch tauchte blitzartig vor ihm auf, aber jetzt hatte er die Kraft, diese Erscheinung zu verdrängen. Diesen Keller hier würde er nicht vermissen.

Er ließ Wasser in Plastikflaschen laufen, stellte sie in einer Reihe neben dem Engel der Offenbarung auf und holte irgendwoher einen Stapel Trockenproviant. »Der zweite Bote darf nicht sterben. Das wird der Engel des Zorns nicht zulassen. Schrei nicht um Hilfe, das ist umsonst, deine Rufe sind nicht einmal bis ins Treppenhaus zu hören.«

Ulrike hob ihre gefesselte Hand. Solche Handschellen hatte sie noch nie gesehen: Ihre Doppelschlösser schienen, nach der Farbe zu urteilen, mit Titan verstärkt worden zu sein, und die Ketten waren über einen Zentimeter dick. Die Panik erfaßte ihren ganzen Körper: Sie hatte einen Verrückten losgeschickt, einen Mord zu begehen, und würde selbst in einem dunklen, kalten Keller sterben.

34

Draußen goß es in Strömen, und Jussi Ketonen ächzte. Wegen der Feuchtigkeit streikte sein Rücken. Er verstand nicht, wie das möglich war, warum nur verhielt sich sein Bandscheibenvorfall wie Gicht. Der Chef der SUPO versuchte sein linkes Bein auf den dunkelroten Tresor in seinem Arbeitszimmer zu legen, aber der Bauch war im Wege, und er konnte das Bein nicht so weit hochheben. Seine Taille hatte sich durch Markettas Gemüsekur überhaupt nicht verschlankt. Ketonen fluchte vor sich hin, schaute auf die Uhr und war vollends bedient, als er sah, daß es bis zum Mittagessen noch Stunden dauern würde.

Er war ohnehin schon stinksauer. Marketta hatte ihm gleich am frühen Morgen den ganzen Tag mit einer Neuigkeit verdorben, die wie ein Hammer einschlug: Seine Frau litt unter einer Hundeallergie. Ketonen konnte absolut nicht begreifen, wie es möglich sein sollte, daß eine über sechzigjährige Frau erst jetzt von ihrer Allergie erfuhr. Marketta freilich fand das gar nicht so unerklärlich, denn sie wohnte nun das erste Mal in ihrem Leben in einem Haushalt mit einem Hund.

Ketonen schaute zu Musti hin, die vor dem Kachelofen schnarchte. Jahrelang war sie seine Familie gewesen, in der Zeit nach dem Tod Hilkkas, bis er Marketta kennengelernt hatte. Das alte Fräulein würde keine großen Erschütterungen mehr vertragen und sich auch kaum an ein neues Herrchen gewöhnen können. Ketonen wollte Musti auch deswegen einen ruhigen Lebensabend verschaffen, weil der Hund schon in seiner ersten Familie bei einem Orthopäden und Säufer, der ihn mißhandelt hatte, Schweres durchmachen mußte. Und auch das Tierheim war vermutlich nicht gerade der Wunschtraum eines Hundes gewesen.

Wer wäre so verrückt, sich einen altersschwachen Hund

auf den Hals zu laden, überlegte Ketonen. Doch er würde es gewiß nicht übers Herz bringen, auf Musti zu verzichten. Aber wenn er dazu gezwungen war ... Irgend etwas mußte ihm einfallen. Auch eine andere unangenehme Sache geisterte ihm durch den Kopf: Er mußte sein Arbeitszimmer ausräumen. Im Laufe der Jahre hatten sich solche Unmengen von Papierkram, Geschenken und anderen Utensilien angesammelt, daß diese Arbeit Tage dauern würde. Er hatte aber nur noch anderthalb Wochen Zeit, dachte Ketonen verärgert. In dem Augenblick ertönte der Summer an der Tür.

Die künftige Chefin der SUPO betrat den Raum. Zu ihrem Glück hatte man 1896 so hohe Türen gebaut, daß ihre Frisur, eine Art Eiffelturm, hindurchpaßte, ohne umgeknickt zu werden. Heute schien ihr schwarzes Kleid mehr für ein Begräbnis geeignet zu sein als für die Arbeit, überlegte Ketonen und wurde wütend auf sich. Was zum Teufel sollte das, wieso mäkelte er an der Frau herum, sie machte als Chefin einen resoluten Eindruck, und alles andere war egal.

Ulla Palosuo setzte sich, der Frust war ihr anzusehen. »Wir bekommen einfach nicht heraus, wohin Lasse Nordman gestern verschwunden ist. Die Taxifahrer und die Mitarbeiter der öffentlichen Verkehrsmittel gehen wir natürlich alle durch, aber was ist, wenn er im Zentrum geblieben ist?«

Ketonen nickte. »Nordman muß irgend etwas wirklich Wichtiges zu tun gehabt haben, da er sich solche Mühe gemacht hat abzutauchen. Wenn der Grund dafür gefunden wird, gäbe das den Ermittlungen neuen Schwung.«

In dem Gespräch trat eine Pause ein, als Musti gähnend aufstand, sich räkelte und dann beschloß, einen Imbiß zu nehmen.

Ketonen warf der alten Hündin einen Keks zu, stopfte sich selbst ein paar in den Mund, um ihr Gesellschaft zu leisten, und schob die Hände unter die Hosenträger. »Hast du den Bericht über unseren Mörder Eamon O'Donnell gelesen? Der ist doch bestens geeignet als Schwiegersohn, oder?« frotzelte Ketonen.

Ulla Palosuo, die fünf Töchter hatte, grinste. »Sadist. Der Mann hat sich ernsthaft Gedanken gemacht, wie er seinen Opfern möglichst großen Schmerz zufügen konnte. Das beweist auch das Herumfuchteln mit dem Schwert am World Trade Center. Das ist die abartigste Kreatur, von der ich je gehört habe. Aus welchen Löchern kriechen die bloß hervor?«

Ketonen beugte sich vor, um Musti noch einen Keks zu geben. Ulla Palosuo war schon im Begriff zu gehen, als Ketonen antwortete: »Daß es Psychopathen gibt, sagt ziemlich viel über den Zustand dieser Gesellschaft aus. Etliche der für Psychopathen typischen Charakterzüge sind heutzutage tolerierte, wenn nicht gar geschätzte Eigenschaften: Egoismus, Oberflächlichkeit, fehlendes Einfühlungsvermögen, das Manipulieren von Menschen und die Idealisierung des Äußeren. Es ist also kein Wunder, daß die Psychopathen imstande sind, unter den gewöhnlichen Sterblichen zu leben, ohne aufzufallen. Am leichtesten taucht ein Psychopath angeblich im Geschäftsleben, in der Politik und sogar bei der Polizei unter, wo die harten Werte besonders gefragt sind.« Ketonen klopfte mit dem Finger auf die Papierstapel, die seinen Schreibtisch bedeckten.

Ulla Palosuo sah verblüfft aus. »In Finnland gibt es doch keine Psychopathen ... Oder zumindest keine echten Serien ...«

»Die gibt es überall. Nach Auffassung dieses ...«, Ketonen hob den Bericht hoch, den er aus Holland bekommen hatte, und setzte die Lesebrille auf, »... dieses holländischen Kriminalpsychologen ist von zweihundert Menschen einer ein Psychopath, und nur ein kleiner Teil davon sitzt in Gefängnissen.«

Die Miene der Frau verriet, daß sie von diesem Gedanken erschüttert war. »Es erscheint ziemlich glaubhaft, daß die intelligentesten und begabtesten Psychopathen als letzte gefangen werden.«

»Und die schlimmsten«, fügte Ketonen hinzu. »Glaubst du übrigens, daß an dem Hinweis auf Dexter etwas dran ist?«

»Nein. Die Politiker der Yankees gehen in den Energiefragen außerdem so seltsame Wege, daß im Energieministerium die Leiter garantiert alle KASH-Leute sind«, stellte Ulla Palosuo fest und betrachtete Ketonens Miene. »Schwein muß man haben«, antwortete sie auf die unausgesprochene Frage.

Ketonen dachte einen Augenblick über ihre Bemerkung nach. »Die Amerikaner haben natürlich ein extrem starkes Motiv, die Entwicklung des Fusionsreaktors zu bremsen. Die Weltherrschaft der USA beruht auf dem gegenwärtigen Wirtschaftssystem. Und das wiederum würde sich wesentlich ändern, wenn Energie kostenlos wäre.«

Ulla Palosuo sah so aus, als würde sie sich ihre Einwände verkneifen. Sie saß steif auf dem Rand des Stuhls und kaute an ihrer Oberlippe. »Es fällt schwer zu glauben, daß John Dexter so ein großes persönliches Risiko eingegangen ist, wie der AIVD vermutet.«

»Anscheinend ist alles möglich«, entgegnete Ketonen. »Apropos Politiker, hat Verteidigungsministerin Nordman noch mal angerufen?«

Ulla Palosuo schnaufte so, daß ihre Haarkonstruktion schwankte. »Ständig. Jetzt beklagt sie sich, daß ihr Sohn Lasse keine Informationen über seine Freundin Ulrike Berger erhält.«

»Sie hat natürlich Grund zur Sorge«, sagte Ketonen versöhnlich. »Der Tod von Mary Cash könnte bedeuten, daß alle, die etwas von dem Anschlag auf Dutch Oil oder von diesem Konsortium wissen, in Gefahr sind.«

Das Gespräch versiegte, und Ketonen bemerkte, daß Ulla Palosuo darauf wartete, gehen zu dürfen. Irgend etwas an der Atmosphäre des Gesprächs störte ihn. Hatte Ulla Palosuo ihm gegenüber eine gewisse Scheu, weil sie wußte, daß er die Ernennung von Erik Wrede als Nachfolger befürwortet hatte? Vielleicht glaubte sie, daß er die gleiche Auffassung vertrat wie Wrede, der nach der Ernennung von Palosuo getobt und behauptet hatte, sie habe den Posten bekommen, weil sie eine Frau war. Wrede hatte nach ihrer Ernennung die Nase so voll gehabt, daß er sich vor einem knappen Jahr von den Aufgaben als Leiter der operativen Abteilung hatte beurlauben lassen.

»Das hier wird ja nun bald dein Zimmer. Hast du schon mal Zeit gehabt, darüber nachzudenken, wie du die SUPO reformieren willst, ein neuer Leiter sorgt ja auch immer für frischen Wind«, erkundigte sich Ketonen.

»Man muß zumindest ...« Der Summer an der Tür unterbrach ihre Antwort.

Saara Lukkari, in Shorts und einem ärmellosen T-Shirt, trat herein, sie war schweißüberströmt und hielt ein paar Blätter in der Hand, die feuchte Flecken hatten. »Lasse Nordman ist gestern mit dem Bus von Ruoholahti nach Lauttasaari gefahren«, sagte sie, bevor sie den fragenden Blick ihrer Kollegen bemerkte. »Ich war gerade im Fitneßraum, als Sotamaa mich geholt hat.«

»Berichte weiter«, befahl Ketonen und versuchte seine Augen unter Kontrolle zu halten.

Die Ermittlerin wischte sich die Stirn mit dem Ellenbogen ab. »Ein Busfahrer hat Nordman auf den Fotos erkannt, weil er den Mann schon früher gesehen hat. Nordman steigt angeblich immer an derselben Haltestelle in der Nähe des Einkaufszentrums von Lauttasaari aus.«

Ketonen schlug mit der Hand auf den Tisch, so daß Musti bellte. »Gottverdammich, wir suchen alle Häuser durch, in einem Radius von einem Kilometer. Kümmere dich darum. Und geh duschen«, befahl Ketonen und lächelte. Das war einer seiner letzten Befehle.

35

Die Bestie schlief, sie wartete nun ganz gelassen ab, weil sie wußte, daß sie bald Rache üben durfte. Ezrael fühlte sich ruhig und ausgeglichen, die Farbe war ein Blau, aber nicht ganz, eher Türkis: Darin lag sowohl die Abgeklärtheit des Blau als auch die Energie des Grün. Unter den Sündern muß man sich verhalten wie die Sünder, unter den Sündern … Ezrael drehte einen Stadtplan in den Händen und betrachtete das palastartige Einkaufszentrum Magna Plaza, seinen Glockenturm, die Kuppeln, die Ecktürme und die Skulpturen der Fassade im nachgeahmten Renaissance-Stil. Der Palast des Bösen glänzte im Sonnenschein wie das goldene Bild des Baal. Nur wenige konnten sich so konzentrieren wie er; sein Gehirn verarbeitete die Details des neuen Auftrags auch im Lärm der City mühelos. Er versuchte alles vorauszusehen, was im Laufe der nächsten Stunden geschehen würde.

Ezrael ging durch den Haupteingang der Einkaufshölle, die aussah wie ein Märchenschloß, hinein in das dichte Gedränge, und es schauderte ihn, als er die leeren Blicke der Menschen sah; die gleichgültigen Sünder, die auf dem Altar des Geldes opferten, begriffen nicht, was sie taten. *»Weh denen, die am Unrecht ziehen mit Stricken der Lüge und an der Sünde mit Wagenseilen.«* Bunte Schilder, Wappen und Ornamente schmückten die Säulengänge an den Seiten des Foyers, das bis zur Decke reichte. Er fuhr mit der Rolltreppe in die erste Etage und steckte seine vierfingrige Hand in die Hosentasche, als er das Café Ristretto betrat. Ezrael konnte fast alles auf ganz natürliche Weise auch mit einer Hand erledigen. Am Tresen ließ er sich einen Espresso geben, brachte ihn an einen Tisch und ging zur Toilette.

Nachdem er sich vergewissert hatte, daß er allein war, holte er aus seinem Rucksack eine Tube Gel, drückte die schwarze Paste auf die Handfläche und rieb sie in die Haare, dann kämmte er sie, bis sie schwarz waren. Das verlieh seinen Zügen mehr Härte. Im Spiegel starrte ihn ein modisch gekleideter junger Mann an, dessen Lächeln so ansteckend war wie Lepra, er würde sich vor Verlockungen hüten müssen. Ezrael fuhr zusammen, als er plötzlich die Faust des Soldaten vor sich sah, dann erschien die Narbe des Engels der Offenbarung, und ein seltsames Gefühl ergriff ihn, als er für einen flüchtigen Augenblick begriff, daß auch das kleine Mädchen mit den roten Haaren in seiner Kirche getötet worden war. Die Veränderung begann immer so: Die Erinnerungen und Gefühle Eamons kehrten zurück. Er steckte die Tabletten in den Mund und beugte sich über den Wasserhahn.

Er drückte die runde, silberfarbene Brille auf seine Nase, die Verwandlung war vollendet. Dann zwängte er sich in die einzige WC-Kabine der Toilette, deren Schloß natürlich nicht funktionierte. Ezrael holte aus seinem Rucksack zwei Handfeuerwaffen heraus, ein Schmetterlingsmesser und alles andere, was nicht zur Reiseausrüstung eines ganz normalen nordirischen Studenten gehörte, und stopfte die Sachen in einen Plastikbeutel. Plötzlich wurde die Tür aufgerissen, und ein Lockenkopf mittleren Alters, anscheinend ein Geschäftsmann, starrte Ezrael verblüfft an, die eine Hand schon am Hosenstall.

Der Mann öffnete den Mund, und im selben Augenblick traf ihn der Ellbogen an der Stirn und nahm ihm das Bewußtsein. In Ezrael leuchtete das Rot auf, Macht verpflichtete. Die Bestie schrie so heftig nach Blut, daß Ezrael sich auf die Zunge biß, um sich zu beruhigen. Nur Verräter durfte man umbringen, befahl sich Ezrael und schlug dem am Boden liegenden Eindringling zweimal mit der Faust auf den Hinterkopf. Der Mann würde das überstehen, käme aber erst zu Bewußtsein, wenn Ezrael schon weit weg war, außerdem würde er sich wahrscheinlich nicht sehr genau an das Geschehene erinnern.

Der Espresso blieb unberührt stehen, während Ezrael durch das Café zurück mitten ins Herz der Sünde ging. Sein Blick traf auf das enge T-Shirt einer jungen Frau, unter dem sich die Brustwarzen abzeichneten. Er wandte den Kopf so vehement ab, daß sein Genick schmerzte. Im Erdgeschoß wartete Ezrael darauf, daß die Telefonzelle frei wurde. Das Mobiltelefon würde er von jetzt an nur noch im Notfall benutzen. Ein alter Mann im Wintermantel schwatzte unaufhörlich, ohne auch nur eine Spur von Eile zu zeigen, Ezraels Puls beschleunigte sich. Er führte einen Auftrag des Allerhöchsten aus, und niemand hatte das Recht, ihn aufzuhalten, Hindernisse würde er aus dem Weg ... Sein Gedankengang wurde unterbrochen, als der alte Mann endlich mit schlurfenden Schritten verschwand. Ezrael rief auf dem Flughafen an und vergewisserte sich, daß die Buchung in Ordnung war.

Er trat hinaus auf die Nieuwezijds Voorburgwal-Straße, ging nach rechts in Richtung Königsschloß, wo sich die Touristen drängten, und dann auf der Mozes-en-Aaron-Straat zur Damrak-Straße. Unterwegs holte er den Plastikbeutel aus dem Rucksack und stopfte ihn tief in einen Müllbehälter, der vor Fastfoodverpackungen und Bierbüchsen überquoll. Die Wärme des Tages trieb ihm den Schweiß auf die Stirn.

Das Easy-Internetcafé fand sich auf dem Weg zum Bahnhof. Ezrael kaufte eine Stunde Zugangszeit und suchte einige Informationen, die er sofort nach seiner Ankunft in Washington D. C. brauchen würde. Die meisten Vorkehrungen für die Dexter-Rache waren getroffen, für den Rest würde er vor Ort genug Zeit haben. Noch machte er sich keine Sorgen, wie er alle erforderlichen Ausrüstungsgegenstände beschaffen sollte, der Allerhöchste sorgt für die Seinen.

Die rote Ziegelfassade des Hauptbahnhofs im Neorenaissance-Stil sah aus, als hätte man sie mit Blut gestrichen. Hier gab es alles, was das Leben jener, die den Verrätern glichen, zu bieten hatte: Drogen, Huren, Musik … Er kaufte an einem gelben Automaten eine Fahrkarte und fand einen Platz in einem Wagen, in dem nur ein junger Geschäftsmann saß, der in seine Zeitung vertieft war. Sloterdijk, Lelylaan … Die Stationen huschten schnell vorbei. Unter den Sündern wie die Sünder …

Der Zug kam unter dem Schiphol-Plaza an. Ezrael stieg hinauf in das gewaltige Foyer des Flughafens und stellte sich mitten im Menschengewimmel hin, um auf die Tafel mit den abgehenden Flügen zu starren. Jetzt verwendete er einen Paß, der auf den Namen Aidan Cahill ausgestellt war. *»Ihr werdet mich suchen und nicht finden; und wo ich bin, könnet ihr nicht hinkommen.«* In jeder Belfaster Behörde arbeiteten Anhänger der IRA, somit brauchten die Republikaner nie Führerscheine und Pässe zu fälschen. Es würde nicht einmal schaden, wenn man ihm auf dem Flughafen in den USA die Fingerabdrücke abnahm, damit würde niemand irgendwelche Informationen über ihn finden, in keinem einzigen Register.

Er setzte sich auf einen Plastikstuhl mitten im Menschengewimmel der Wartehalle, schloß die Augen und holte aus der Dunkelheit in seinem Kopf die Kraft, um die Zeit unter den Sündern zu überstehen. Er würde das Böse aus Washington vertreiben wie einst der heilige Patrick die Schlangen aus Irland. Vielleicht hätte er vor dem Johannistag noch Zeit, vierzig Tage und vierzig Nächte auf dem »irischen Sinai«, auf dem Gipfel des Berges Croagh Patrick, zu fasten und den Untergang der Sonne im Atlantik zu betrachten. Das hatte der heilige Patrick im Jahre 441 getan. Vielleicht würde das Ezraels letzter Auftrag sein.

36

Sie würde sterben, alles war umsonst gewesen, sie konnte nicht fliehen. Der von Jaap van der Waal bezahlte Killer blieb im trüben Licht des feuchten Kellers vor Ulrike stehen, zog die Waffe aus seinem Achselhalfter und brachte einen Schalldämpfer an, ihre Schreie kümmerten ihn nicht. Ulrike flehte, betete und weinte, aber das kalte Metall wurde auf ihre Stirn gedrückt.

Ihr Schrei hallte von den nackten Kellerwänden wider. Ulrike erwachte und bemerkte, daß sie sich die Lippen blutig gebissen hatte. Wieder war sie eingenickt. Müdigkeit und Todesangst rangen in ihr miteinander, sie spürte den Geruch ihres eigenen Schweißes, und der Schmerz brannte am Handgelenk, an dem die Handschellen hingen. Als sie ihre Hand bewegte, riß der Schorf, der sich auf den Wunden gebildet hatte, und ein warmes Rinnsal lief bis auf den Arm. Vermutlich hatte sie schon stundenlang mit den Handschellen gekämpft; seit Ezrael gegangen war, schien eine Ewigkeit vergangen zu sein. Die Vorstellung, daß die nackte Glühlampe herunterfallen und klirrend zerschellen könnte und sie in einem stockdunklen, feuchten Keller verhungern müßte, brachte die Panik zurück.

Sie schaute auf das tiefschwarze Loch über dem Fußboden und hörte hinter dem Eisengitter ein Rascheln. Ratten. Ulrike dachte an Lasse, um sich zu beruhigen, endlich einmal brachte die Sehnsucht eine Erleichterung. In Ezraels

Gesellschaft hatten die Angst und der Überlebenstrieb die anderen Gefühle erstickt, aber jetzt kehrten sie zurück. Ulrike sehnte sich so sehr nach Lasse, daß es schmerzte. Sie mußte es einfach versuchen ...

Ohne Rücksicht auf die Schmerzen zerrte Ulrike an dem Metallring der Handschellen, um ihn von dem Gitter loszubekommen. Die Wunden öffneten sich, und ihre Handfläche wurde feucht vom Blut, aber das Gitter lockerte sich nicht einen einzigen Millimeter. Ihre Kräfte schwanden schnell, sie mußte sich ausruhen. Der Schmerz klopfte im ganzen Körper. Sie steckte sich ein Stück vom Trockenproviant in den Mund, streckte die Hand nach den aufgereihten Flaschen aus und trank gierig das warme Wasser, das nach Kunststoff schmeckte.

Ezrael mußte aufgehalten werden. Ulrike konnte immer noch nicht richtig begreifen, daß sie einen Wahnsinnigen losgeschickt hatte, um zu töten, das widersprach allem, woran sie glaubte. So leicht gab sie ihre Grundsätze auf, wenn ihr eigenes Leben in Gefahr war?

Als ihre gefesselte Hand nicht mehr gefühllos war, kniete sie wieder und zerrte mit der freien Hand an dem eisernen Gitter, das ins Dunkel wies. Ihr ganzer Körper schwang mit in dem Takt, in dem sie immer wieder zog und sich dabei auf dem rauhen Betonfußboden die Knie blutig scheuerte. Der Schmerz strahlte bis in die Haarwurzeln aus, aber das Gitter rührte sich nicht. In ihrer Reichweite befand sich nicht ein einziges brauchbares Hilfsmittel, auch die Holzstücke, die auf dem Fußboden herumlagen, zerbröckelten in ihren Händen. Urplötzlich brach sie in Tränen aus, das Geräusch, das aus ihrem Mund kam, klang wie das Geheul eines Tieres, die Verzweiflung lähmte sie, und die Dunkelheit des Kellerlochs schien sie aufzusaugen.

Doch dann regten sich ihr Kampfgeist und ihre Zähigkeit, sie lag hier herum und jammerte, obwohl sie imstande wäre, mit dem, was sie wußte, Menschenleben zu retten. Sie mußte sich befreien, und es gab nur einen einzigen Weg. Schon bei dem Gedanken wurde ihr übel, und sie bezweifelte, ob sie dazu fähig wäre, aber sie mußte es versuchen. Solch eine Gelegenheit bot sich nur einmal im Leben: Sie würde die Verderbtheit sowohl der Großmachtpolitik als auch der Großkonzerne enthüllen. Das würde der ganzen Welt nutzen.

Der Gedanke verlieh Ulrike Kraft, sie überlegte einen Augenblick, wie Lasse handeln würde, und faßte einen Entschluß. Mit ihrer freien Hand drückte sie das Handwurzelgelenk des Daumens der gefesselten Hand nach innen, bis sie aufschrie. Die Bänder des Gelenks krachten, und vor Schmerzen wurde sie fast bewußtlos, aber die Handschelle rutschte immer noch nicht herunter. Sie richtete sich auf, krümmte den Rücken, legte die gefesselte Hand auf den Betonboden, biß die Zähne zusammen und trat mit aller Kraft auf die Hand.

Sie verlor im selben Augenblick das Bewußtsein, als der Daumen ausgerenkt wurde. Das glaubte sie zumindest, als ihr klar wurde, daß sie der Länge nach auf dem Fußboden lag. Hatte sie eine Minute oder eine Stunde so gelegen, überlegte Ulrike und spürte ein Stechen an ihrem nackten Fußgelenk. Sie drehte sich um, sah eine Ratte, sprang auf und versuchte dem Nager einen Tritt zu versetzen, doch der schlüpfte mühelos davon.

Das Schlimmste stand noch bevor. Sie hob ein Stück Holz auf, biß wie rasend hinein und schob den Metallring langsam vom Handgelenk in Richtung Finger. Er rutschte überraschend leicht herunter, da nun der Daumen ausgerenkt war. Vor Schmerz sah sie Sterne.

Die Holztür des Kellers war alt, aber massiv. Zum Glück schien das Schloß altersschwach und verrostet zu sein. In einer Kellerecke fand sie einen geeigneten Holzknüppel und schob ihn zwischen Rahmen und Schloß; der Stock glitt langsam immer tiefer, bis er auf die Falle des Schlosses stieß. Der erste Tritt traf den Knüppel, und der Türrahmen krachte, der zweite Tritt brach den Rahmen auf. Ulrike zerrte an der Klinke, und die Tür flog auf, daß die Späne flogen.

Sie war frei, Ulrike tastete nach dem Lichtschalter im Kellerflur und schwankte die Treppe hinauf. Der Schmerz klopfte vom Daumen aus in den ganzen Körper. Sie öffnete die Tür zum Treppenflur und erstarrte.

»Haben Sie diese Frau gesehen oder nicht?« fragte eine Männerstimme in amerikanischem Englisch. »Sie ist eine Ausländerin und mit diesem blonden Mann zusammen unterwegs.« Ulrike vermutete, daß der Frager irgendeinem Hausbewohner Fotos zeigte. Wer war der Mann? Zumindest kein Polizist oder Gehilfe van der Waals, da er englisch sprach.

Ulrike wartete, bis der Mann in die erste Etage hinaufging, lief vorsichtig zur Haustür und war geblendet vom hellen Sonnenlicht, das sie das erste Mal seit anderthalb Tagen sah. Jetzt würde alles erst anfangen.

37

Der lange und breite Sandstrand von Scheveningen glitzerte draußen vor dem Taxi. Ratamo reichte dem Fahrer den Geldschein und sah, wie Möwenscheiße auf die Windschutzscheibe klatschte. Die vier Kilometer lange Fahrt vom Zentrum Den Haags in den ehemaligen Fischerhafen, die jetzige Urlaubsoase am Strand, war im Nu vergangen. Es ließ sich nicht sagen, wo Den Haag aufhörte und Scheveningen anfing. Ratamo fand, daß er sich ein geruhsames Mittagessen mit Riitta verdient hatte, da er die ganze Zeit nach der morgendlichen Beratung beim AIVD im Businesßcenter des Hotels verbracht und auf elektronischem Wege in Kontakt mit der Ermittlungsgruppe der SUPO gestanden hatte.

Ratamo war zu früh da, er beschloß, ein Stück spazierenzugehen, und nahm Kurs auf den Strand. Einer Eingebung folgend, kaufte er an einem Stand voller Touristenkitsch eine CD von Shakira für Nelli und watete dann im Sand zum Meer. An einem Mainachmittag in der Woche zerwühlten außer ihm nur ein paar Familien mit Kindern den Sand. Ein eifriger Knirps bettelte seine Eltern an, er wolle unbedingt ins Wasser.

Ratamo schaute auf die Wellen hinter dem gewaltigen Deich. Das Meer war ein natürlicher Psychiater. In der Regel half es ihm, zur Ruhe zu kommen und seine Gedanken zu ordnen, aber jetzt gingen ihm zu viele Dinge durch den Kopf: das Treffen mit Riitta, der unbekannte Vater, der in der französischen Botschaft gearbeitet hatte, und vor allem der Psychopath in seinem Kamelhaarumhang, der frei in Amsterdam herumlief. Riitta würde er jetzt gleich treffen, Kontakt mit der französischen Botschaft würde er aufnehmen, sobald er Zeit hatte, und den Mörder jagte vermutlich die Hälfte der holländischen Polizei. Als er über die Dinge nachgedacht und sie richtig eingeordnet hatte, fühlte er sich sofort viel ruhiger.

So flau im Magen war ihm vor einem Treffen mit einer Frau seit seinem letzten Besuch bei der Zahnärztin Källiäinen nicht mehr gewesen, die in den siebziger Jahren in Rente gegangen war. Seine Zunge glitt in das Loch zwischen den Backenzähnen links unten, hier hatte die gefürchtete Schulzahnärztin der Unterstufenjahre ihre Spuren hinterlassen. Ratamo spürte den Seewind kühl auf der Haut, obwohl die Sonne wärmte.

Er schaute auf die Uhr, ging in Richtung Haven-Restaurant, am protzigen Hotel Kurhaus vorbei, das mehr einem Königsschloß glich als einem Hotel. Bei seinen Urlaubsreisen wohnte er meist in Herbergen oder Hotels mit einem Stern, weil er seine Zeit ohnehin nicht im Zimmer verbrachte. So blieb mehr Geld fürs Essen und Trinken. Urplötzlich tauchte eine angenehme Jugenderinnerung an eine Nacht in einer Jugendherberge in Rom auf: ein Schlafsaal für zwanzig Personen und ein norwegisches Mädchen, das keinen Slip trug.

Er wunderte sich immer noch, daß Riitta angerufen und ein gemeinsames Mittagessen vorgeschlagen hatte und sich dabei auch noch überraschend enthusiastisch angehört hatte. Die Zeit seit dem letzten Treffen hatte aus Ratamos Gedächtnis viele Erinnerungen, die mit Riitta zusammenhingen, herausgefiltert, allerdings nicht die Kräutertöpfe auf dem Fensterbrett, die schrecklichen italienischen Schlager, die schwarzen BHs mit Spitze ...

Ratamo fuhr sich durch seine kurzen dunklen Haare, damit sie einigermaßen ordentlich aussahen, fluchte, daß er sich am Morgen rasiert hatte, und betrat das Haven-Restaurant genau um drei Uhr. Er schaltete sein Telefon aus, als er auf einem Schild ein Handy-Verbot entdeckte. Riitta wartete schon am Tisch. Sein Blick ertrank in ihren dunklen Augen, und um ein Haar hätte er ihr die Hand gegeben, zum Glück fiel ihm noch im letzten Moment ein, ihr einen leichten Kuß auf die Wange zu drücken. Sie saßen schweigend da und warfen abwechselnd einen Blick auf den anderen und das schöne Hafenpanorama. *»Ober«,* Riitta machte den vorbeieilenden Kellner auf sich aufmerksam. *»De kaart, alstublieft.«*

Der höfliche Kellner brachte die Speisekarten und fragte nach den Aperitifs. Die Finnen bestellten beide Mojitos, wie bei ihrer einzigen gemeinsamen Auslandsreise nach Barcelona. Dann kehrte das Schweigen zurück und wurde immer dichter. Nur ihre Blicke, die sich dann und wann trafen, sprachen. »Was schmeckt hier gut?« fragte Ratamo schließlich und unterbrach damit das Spiel der Augen.

»Fisch ist wohl das typisch Holländische, wenn man so etwas unbedingt suchen will. Eine eigene holländische Küche gibt es eigentlich nicht, dieses Land hat so viele alte Kolonien und große Nachbarn«, sagte Riitta. Sie studierten eine Weile die Speisekarte und bestellten schließlich beide das gleiche: Krabbenkroketten und als Hauptgericht gebratenen Dorsch. Die Wahl des Weins blieb aus alter Gewohnheit Ratamo überlassen. Sie wurde erschwert, da sich auf der Liste nur ein Bourgogne-Rotwein fand. Der Mercurey 1er Cru Les Champs Martins kostete mehr als ein langer Abend in der Stadt. Aber es war der einzige Rotwein, der leicht genug war, daß man ihn zum Fisch trinken konnte, also beschloß Ratamo, nicht zu knausern, und bestellte die Flasche.

Riitta fragte nach Nelli und plauderte über dies und jenes, und Ratamo hatte plötzlich das Gefühl, als hätten sie sich gestern erst getroffen. Verblüfft stellte er fest, wie gut er immer noch die Körpersprache seiner ehemaligen Lebensgefährtin und den Tonfall ihrer Sprache interpretieren konnte. Immer wenn etwas Riitta nervös machte, redete sie unaufhörlich, drehte die Spitzen ihrer langen nußbraunen Haare zwischen den Fingern und neigte den Kopf nach links wie ein schüchternes kleines Mädchen. Irgend etwas lag Riitta auf der Seele, das war sicher. Als der Kellner die Aperitifs brachte, hob Ratamo sein Glas, überlegte, was er sagen sollte, und aus seinem Mund kam statt eines Trinkspruchs eine Frage: »Wie gefällt es dir bei Europol?«

»Um die Wahrheit zu sagen, ziemlich gut, und wir sagen ja die Wahrheit. Es ist natürlich ein Plus, daß sich Europol ausdrücklich auf die organisierte Kriminalität konzentriert. Und die Antiterroreinheit kann auch an Einsätzen in der

Praxis teilnehmen. Und das geschieht auch.« Riitta erzählte von ihrer Arbeit, bis die Vorspeise eintraf.

Die weichen, marinierten Krabben schmeckten Ratamo. Als der Kellner die leeren Teller geholt hatte, umgab sie wieder Schweigen. Ratamo überlegte fieberhaft, was er sagen sollte, aber Riitta kam ihm zuvor. »Ich glaube, daß ich im Anschluß an den Sommerurlaub nach Finnland zurückkehre.«

Ratamo wußte nicht, ob er ihr gratulieren oder sie bedauern sollte, auf Riittas Gesicht konnte man nur ablesen, daß die Entscheidung für sie wichtig war.

»Warum?« fragte Ratamo.

Riitta sah verlegen aus und dachte über eine Antwort nach, als der Kellner rasch die Teller mit dem Hauptgericht vor sie hinstellte. Beide griffen sofort nach dem Besteck und machten sich über das Essen her, ohne sich groß zu zieren.

Die Oberfläche des Fischs war trocken und das Fleisch fest, ein wenig flockig und saftig. Ratamo aß zunächst den Salat weg, damit er nicht weiter störte, fand darunter zu seiner Freude noch mehr gebratene Kartoffeln und überlegte, ob er vorschlagen sollte, auf ihr Wohl anzustoßen.

»Häßliche Gläser«, stellte Riitta mit gedämpfter Stimme fest.

»Lieber einen teuren Wein aus einem billigen Glas trinken als umgekehrt.« Ratamo sah, daß Riitta ihren Wein schon kostete, und folgte ihrem Beispiel. Der Champs Martins enttäuschte ihn nicht.

Während des Essens und beim Kaffee drehte sich ihr Gespräch um alltägliche Dinge und die neue Organisationsstruktur der SUPO. Riitta erwähnte bei dem Gespräch mit keinem Wort, warum sie nach zwei Jahren Auslandsaufenthalt in die Heimat zurückkehren wollte, und Ratamo konnte auch zwischen den Zeilen keinen Hinweis finden.

»Mag ik afrekenen«, Riitta bat um die Rechnung, bevor Ratamo reagieren konnte, und bekam sie zu ihrer Überraschung schon nach einer Minute. »Ich kann das bei Europol abrechnen«, sagte sie, legte die Scheine auf den silbernen Teller und steckte die Quittung in ihr Portemonnaie.

»Ich wohne hier übrigens ganz in der Nähe, willst du meine Bude mal sehen?« fragte Riitta und lächelte leicht.

Ratamo, der gerade seinen Gürtel lockerte, sagte schnell ja und ärgerte sich sofort über seinen allzu großen Eifer.

Die Taxifahrt von Scheveningen bis zu Riittas Wohnung am Belgisch Park dauerte nur ein paar Minuten, stellte Ratamo erleichtert fest. Im Auto herrschte eine gespannte Stille, die auch von ein paar ziemlich gezwungen wirkenden Spötteleien nicht aufgelockert wurde.

Am Harstenhoekweg bezahlte Riitta das Taxi und führte Ratamo in die erste Etage eines weißen Hauses. Nur ein paar kleine Gegenstände, ein Kissen mit einem Mumin-Motiv und ein Miniatur-Buddha verrieten, daß die fertig möblierte Zweizimmerwohnung Riittas Zuhause war. Die Wohnung war so klein, daß man sie einem Gast nicht noch extra zeigen mußte.

Zu Ratamos Überraschung blieb Riitta plötzlich vor ihm stehen und drückte ihm einen langen und einladenden Kuß auf die Lippen. Riittas Duft war der gleiche wie früher: der reine Duft der Frau, nicht durch Parfüm verdorben.

Ihre Sachen flogen auf den kleinen roten Teppich, sie umschlangen sich, liefen mit kleinen Schritten zum Bett und stürzten sich direkt in einen leidenschaftlichen Rhythmus. Sie genossen einander lange, mal ruhig, mal anspruchsvoll und fordernd, bis sie verschwitzt und stöhnend in enger Umarmung erstarrten.

Aus irgendeinem Grund kam es Ratamo so vor, als hätten sie sich das letzte Mal geliebt. Ob er es so empfand, weil er wollte, daß es so sein würde? Die Anspannung kehrte zurück. Nach ein paar Versuchen einer Unterhaltung, die schon im Ansatz steckenblieben, zog sich Ratamo an, und das ehemalige Paar wünschte sich wie alte Freunde noch einen schönen Abend.

Im Taxi dachte Ratamo zunächst lange über Riitta nach, dann wanderten seine Gedanken zu Europol und zur SUPO. Auch bei der Polizei konnte man der Karriereplanung nicht aus dem Weg gehen. Er hatte die Arbeit als Forscher aufgegeben und geglaubt, er habe sich damit aus der Tretmühle befreit, aber nach seiner Beförderung zum Oberkommissar hatte er begriffen, daß man als nächstes anstreben mußte, Inspektor zu werden, dann Oberinspektor, Abteilungsleiter, und dann folgte vermutlich der Burn-out-Urlaub. Scheiße, aber nicht mit ihm. Überraschend fiel ihm Ilona ein, sie brachte sofort einen frischen Wind aus einer anderen Welt.

Ratamo hatte die Nase voll von der ewigen Grübelei und konzentrierte sich auf die laufenden Ermittlungen. Er beschloß, Henk Timmerman anzurufen, und im selben Moment fiel ihm ein, daß er im Restaurant sein Telefon abgeschaltet hatte. Ans Netz angeschlossen, gab das Handy ein akustisches Feuerwerk von sich, das noch anhielt, als Ratamo schon das Taxi vor dem Mercure-Hotel bezahlte.

Lasse Nordman wartete im Foyer mit stolzgeschwellter Brust, es sah so aus, als wollte er Ratamo zur Begrüßung am liebsten k. o. schlagen. »Wo zum Teufel haben Sie gesteckt? Die vom AIVD haben sogar mich schon angerufen. Man hat Ulrike in Amsterdam gefunden, sie wird gerade nach Den Haag gebracht.«

38

Es roch nach Strom, und überall klingelten Telefone, als Ratamo den Raum der operativen Zentrale des AIVD betrat. Die holländischen Ermittler redeten alle durcheinander, und jemand schrieb etwas an den Flip-Chart. Es dauerte eine Weile, bis der Chef der Truppe seinen finnischen Kollegen bemerkte, der an der Tür stand.

Dann brachte Henk Timmerman Ratamo auf den neuesten Stand. »Ulrike Berger ist vor einer Stunde in Amsterdam auf die Polizeiwache in der Warmoesstraat gekommen, Eamon O'Donnell ist frei, und irgend jemand versucht, Jaap van der Waal umzubringen. Ulrike Berger wird gerade aus der Poliklinik hierhergebracht. Sie hat sich bei der Flucht aus einem Keller verletzt«, sagte er, wandte sich um und bat seine Kollegen, wegen des finnischen Kollegen englisch zu sprechen.

Katje de Groot klopfte mit den Knöcheln auf den Tisch, um die anderen auf sich aufmerksam zu machen. Ihr Gesicht war vor Erregung gerötet, so daß die Sommersprossen verdeckt wurden. »In ganz Belfast findet sich anscheinend kein Foto von O'Donnell. Hier hat jemand wirklich sehr sorgfältige Arbeit geleistet, selbst die Negative seiner Klassenbilder sind aus dem Fotogeschäft verschwunden. Die Polizei vor Ort sucht nun nach Bekannten, Verwandten und Klassenkameraden von O'Donnell.«

Timmerman fluchte und schob die Finger in seinen Bart. »Und das Phantombild?«

»Es kann sein, daß wir nach Ulrike Bergers Verhör ein neues Bild machen müssen. Aber die erste Version ist an die Nachbarn beider Wohnungen von O'Donnell, an die Leute in den umliegenden Häusern, an die Amsterdamer Verkehrsbetriebe, an die Polizei, die Flughäfen ...« De Groot verstummte, als Timmerman die Arme hob.

Das Telefon klingelte, einer der Ermittler nahm ab, hörte einen Augenblick zu und rief dann etwas auf niederländisch.

»Ulrike Berger ist hier«, sagte Timmerman zu Ratamo und bedeutete dem Finnen und Katje de Groot, ihm zu folgen. Im Laufschritt eilte das Trio zu den Aufzügen und fuhr in den Keller hinunter. Ulrike Berger war als Informationsquelle Gold wert.

Ulrike saß gebeugt auf dem unbequemen Metallstuhl im Verhörraum, und der Psychologe Kris Bruijn stand neben ihr wie ein Leibwächter. Der Schmerz pochte nicht mehr in Ulrikes Hand, die in der Poliklinik betäubt und geschient worden war, außerdem hatte man ihr eine Packung Schmerztabletten mitgegeben. Die warme Dusche und das Klinikessen waren ihr wie königlicher Luxus vorgekommen, und die von Polizisten besorgten sauberen Kleidungsstücke liebkosten ihre Haut wie Seide. Es fehlte nur noch, daß sie Lasse sehen könnte.

Vor Müdigkeit fiel ihr das Denken schwer, als sie überlegte, was sie der Polizei von dem Anruf des Mannes, der sich Seraphim nannte, erzählen sollte. Auf jeden Fall würde sie sagen, daß Jaap van der Waals Leben in Gefahr war, aber sollte sie verraten, was Ezrael vorhatte? Laut Seraphim wurde Ezrael gebraucht, um Dexter zu entlarven. Vielleicht stimmte das. Ansonsten hätte Seraphim der Polizei ja nur Ezraels Telefonnummer mitzuteilen brauchen, und der Verrückte wäre in dem Keller gefunden, abgeholt und in Behandlung gebracht worden. Doch was geschah, wenn es Ezrael gelang, Dexter zu töten? Wollte sie diese Last auf dem Gewissen haben? Ihr Gedankengang wurde unterbrochen, als die Tür aufging und die Ermittler hereinkamen.

Bruijn sprach ein paar beruhigende Worte zu Ulrike und schaute dann Timmerman mit ernster Miene an. »Ich hoffe, das dauert nicht lange. Fräulein Berger hat in den letzten

Tagen einen Alptraum erleben müssen, den nicht alle gesund überstehen.«

Timmerman betrachtete Ulrike Berger aus seiner Höhe: Die Frau wirkte erschöpft, ein Verband bedeckte die ganze Hand, die Augenpartien waren geschwollen und die Augen gerötet. Die rote Narbe auf der Wange schien jedoch älterer Herkunft zu sein, nahm Timmerman an. Er setzte sich hin und beschloß, sofort zur Sache zu kommen. »Meines Wissens haben Sie noch nicht erfahren, daß Ihr … Freund Jorge Oliveira tot ist. Er wurde in Meijendel ermordet, die Beweise deuten auf Sicherheitsleute Jaap van der Waals hin. Es … tut mir leid.«

Ulrikes versteinerte Miene rührte sich nicht, als die Nachricht von Jorges Tod allmählich in ihr Bewußtsein sickerte und Teil eines unfaßbaren Puzzles wurde. Sie begriff, daß sie ihre Gefühle einkapselte, und fürchtete, zu explodieren, wenn sie sich nicht bald mitteilen könnte.

Timmerman überlegte einen Augenblick, ob es sich überhaupt lohnte, das Verhör zu beginnen. Berger reagierte gar nicht auf die Nachricht vom Tod ihres Freundes, vielleicht befand sich die Frau noch im Schockzustand. Der Druck der Ermittlungen zwang ihn jedoch dazu, es zumindest zu versuchen. »Ich habe gehört, was Sie der Polizei in Amsterdam erzählt haben. Habe ich richtig verstanden, daß jemand versucht, Jaap van der Waal umzubringen?«

»Irgend jemand hat Ezrael angerufen und so etwas behauptet. Ezrael hat mir den Inhalt des Gesprächs erzählt, aber ich kann natürlich nicht wissen, ob er mir alles verraten hat«, sagte Ulrike ruhig und langsam. Sie wollte jedes ihrer Worte genau abwägen.

»Mit Ezrael meinen Sie sicher Eamon O'Donnell«, sagte Timmerman und drehte seine Fliege. »Was hat dieser Anrufer sonst noch erzählt?«

Ulrike überlegte noch, als Timmerman schon nachlegte. »Hat der Mann etwas von John Dexter gesagt?«

Ulrike trieb ihr Gehirn zum Nachdenken an. Wie hatte der AIVD erfahren, daß es in dem Gespräch um Dexter ging? Wußten die Holländer auch, daß Ezrael auf dem Weg nach Washington war? »Hat man Ezrael gefunden?« Ulrike zauberte einen ängstlichen Ausdruck auf ihr Gesicht, was ihr ohne Schwierigkeiten gelang.

»Er wird zur Zeit gesucht. Die Amsterdamer Ausfallstraßen sind gesperrt und … Erzählen Sie jetzt alles, was dieser … Anrufer gesagt hat.«

Der AIVD schien nicht zu wissen, daß Ezrael auf dem Weg in die USA war, schloß Ulrike daraus. Jetzt mußte sie erkunden, was sie von Dexter wußten. »Der Anrufer hat gesagt, daß Dexter im Konsortium der Drahtzieher hinter den Kulissen ist … und dann war da noch etwas. Ich erinnere mich nicht mehr …« Sie rieb sich mit ihrer gesunden Hand die Schläfe und warf einen Blick zu Psychiater Bruijn, auf dessen Glatze Falten erschienen.

»Nannte sich der Anrufer Seraphim?« fragte Timmerman, und nun glaubte Ulrike zu verstehen, was geschehen war. Seraphim hatte Dexter auch beim AIVD denunziert. Das wiederum konnte nur eins bedeuten: Seraphim wollte tatsächlich, daß Dexter aufflog. Die Entscheidung fiel in Ulrikes Kopf wie von allein, sie würde nichts von Ezraels Plan erzählen. Noch nicht. Jetzt glaubte sie, daß Seraphim Ezrael wirklich brauchte, um Dexter zu entlarven. Wenn ihr nun noch etwas einfiele, wie sie verhindern könnte, daß Ezrael den Amerikaner ermordete, würde sich alles regeln lassen.

»Der Name Seraphim kommt mir bekannt vor. Vielleicht hat Ezrael ihn erwähnt, ich bin mir nicht sicher«, sagte Ulrike, als würde sie laut nachdenken. »Ich glaube, daß Ezrael beabsichtigt, die Ermordung von Physikern fortzusetzen. Der Mann ist verrückt, völlig wahnsinnig, er glaubt, irgendeinen göttlichen Auftrag auszuführen.« Ulrike wollte ihren Ohren nicht trauen. Was hatte sie da gesagt? Sie saß hier und log, um einen wahnsinnigen Mörder zu schützen. Begriff sie überhaupt, was sie tat?

»Was hat dieser Seraphim von John Dexter erzählt?« wiederholte Timmerman die Frage, die er schon einmal gestellt hatte.

Es fehlte nicht viel, und Ulrike hätte weggeschaut. »An etwas anderes erinnere ich mich nicht«, sagte sie mit verzweifelter Stimme und hoffte, daß der Mann ihr Zögern für eine Mikrosekunde nicht bemerkt hatte.

Timmerman und Katje de Groot befragten Ulrike bis in die Einzelheiten zu Eamon O'Donnell, seinen beiden Wohnungen und zu allem, was während der letzten beiden Tage geschehen war. Ulrike erinnerte sich an verblüffend viele Details.

»Fällt Ihnen noch etwas ein?« fragte Timmerman am Schluß zum x-tenmal.

Die Schuld lag Ulrike auf der Seele, sie hatte den brennenden Wunsch, zu gestehen, daß sie Ezrael auf Dexter gehetzt hatte. »Eamon hält mich für eine Art … göttlichen Boten. Er glaubt, daß es meine Aufgabe ist, ihm Befehle zu übermitteln. Ich …« Ulrike versagte die Stimme.

Das erste Mal im Laufe des Gesprächs schien es Timmerman unangenehm zu sein, daß er sie unter Druck setzte. »Das kann für uns noch von Nutzen sein«, sagte er voller Mitgefühl und beschloß, den Psychologen das Verhör weiterführen zu lassen. »Ihr Partner Lasse Nordman erwartet Sie im Hotel. Sie können gehen und sich ausruhen, sobald es Doktor Bruijn erlaubt. Ich schicke vorsichtshalber jemanden mit, der Sie begleitet.«

Ulrike stand auf, da fiel ihr noch etwas ein. »Man hat mich übrigens in dem Haus gesucht, in dem sich der Keller befindet. Der Mann sprach englisch mit amerikanischem Akzent …«

Katje de Groot versicherte ihr, sie werde die Sache klären, und Ulrike verließ mit dem Psychiater den Verhörraum. Die Polizisten folgten ihnen gedankenverloren.

Der Lärm in der operativen Zentrale verstummte, als sich Timmerman an der Tür räusperte. »Zunächst die gute Nachricht. Die Befreiungsarmee von Kerala hat nichts mit alldem zu tun. Wir haben soeben von Ulrike Berger erfahren, daß die Bombendrohung nur ein Trick war. Und dann die schlechte Nachricht: Man beabsichtigt, Jaap van der Waal zu töten.«

Ratamo hatte eine Idee. »Vielleicht versucht O'Donnell trotzdem, van der Waal in die Finger zu kriegen.«

»Dieser Seraphim hat der Berger … oder eigentlich O'Donnell doch gesagt, daß er sich um van der Waal kümmert.« Timmermans Gesicht verriet Unsicherheit, er strich sich über seinen Bart.

Ratamo schob sich zur Verblüffung der Holländer einen Priem unter die Lippe. »Wir wissen ja eigentlich gar nicht, was dieser Seraphim O'Donnell gesagt hat. Vielleicht will dieser Verrückte im Kamelhaarumhang van der Waal umbringen, und was er Ulrike Berger über den Inhalt des Anrufs erzählt hat, war gelogen. Woher soll man das wissen. Oder vielleicht lügt die Berger, hattet ihr nicht den Eindruck, daß sie zu wortkarg war … oder zu vorsichtig?«

»Nach derartigen Erlebnissen dürfte kaum jemand in Top-Verfassung sein«, entgegnete de Groot.

Timmerman zeigte mit der Hand auf die Gruppe, die sich vor dem Flip-Chart versammelt hatte. »O'Donnell muß gefunden werden. Laut Ulrike Berger ist der Mann so durcheinander, daß man von ihm alles mögliche erwarten muß. Und die Bewachung von Jaap van der Waal muß intensiviert werden. Koordiniert die Sache mit seinen Sicherheitsleuten«, befahl Timmerman. Ein verschlafen wirkender Ermittler mit Brille verließ gemächlich den Raum.

»Wir müssen die Yankees über diese Vorwürfe gegen John Dexter informieren«, schlug de Groot vor und sah, daß ihr Vorgesetzter nickte.

Alle wandten sich um, als eine junge Frau hereingestürmt kam, die Unterlagen schwenkte und voller Eifer irgend etwas erklärte. Zu Ratamo sagte sie auf englisch: »Von der Österreichischen Staatspolizei ist ein äußerst interessanter Bericht gekommen.«

Timmerman las das Fax und kaute nachdenklich an seiner Oberlippe. »Die STAPO hat von den Amerikanern neue Informationen über Ulrike Berger erhalten. Die Frau hatte Verbindung mit einem E-Mail-Brieffach, in das man sich einzig und allein vom PC in John Dexters Wohnung eingeloggt hat.«

»Hier steht noch mehr«, de Groot unterbrach Timmerman triumphierend, »nach den Tele-Überwachungsdaten, die uns die Amerikaner geschickt haben, hat Dexter während des letzten Jahres siebenundsechzigmal mit Jaap van der Waal gesprochen.«

»Verdammt. Die Denunziation trifft also zu, Dexter ist zumindest irgendwie an diesem Chaos beteiligt.«

Die Dienstreise schien länger zu werden, als er gedacht hatte, vermutete Ratamo. Er wollte Nelli anrufen, um ihr das zu sagen, aber dann fiel ihm ein, daß sie um diese Zeit normalerweise ihre Hausaufgaben machte, und er beschloß, erst am Abend anzurufen. Er fühlte die Anspannung; warum fürchtete er, daß sie erst an der Oberfläche des Misthaufens herumstocherten, obwohl die Spuren der Morde an den Physikern jetzt schon bis in den Machtapparat von Washington führten?

39

Ulrike lag nackt in der Badewanne des Hotelzimmers auf Lasse, die geschiente Hand hing über den Rand. Sie hatten sich eben geliebt, und Lasses Hände reizten sie wieder, doch Ulrike hatte keine Lust auf ein zweites Mal. Eng umschlungen, atmeten sie einander ein, die Gefühle, die Ulrike durchströmten, wirkten abwechselnd erdrükkend und dann wieder sanft und zärtlich. Sie war in Sicherheit, an der Seite eines verläßlichen Mannes, der sie schützte.

Am frühen Abend hatte sie ein wenig geschlafen, ein heißes Bad genommen und mit Lasse geschlafen. Das alles hatte sie entspannt und zusammen mit dem Sicherheit bietenden, starken Körper Lasses dafür gesorgt, daß ein Teil des Entsetzlichen, das sich in den letzten Tagen in Ulrikes Seele eingenistet hatte, weggeschmolzen war. Sie bezweifelte, daß sie die restlichen Erinnerungen jemals loswerden würde, denn die schienen sich tief in sie eingefressen zu haben. Lasse hatte sie alles erzählt, nur ihren Befehl an Ezrael, Dexter zu töten, hatte sie verschwiegen. Es verschaffte ihr nur ein wenig Erleichterung, daß sie die Gefühle nun in Worte kleiden konnte. Sie spürte, wie Lasse sie fester an sich drückte, und da fing sie plötzlich an zu weinen. Erst war es nur ein heftiges Atmen, daraus wurde ein lautes, ruckartiges Schluchzen, dann langsam ein durchdringendes Geheul, und schließlich brachen die Ängste als tiefer, dumpfer Schrei aus ihr heraus.

Es dauerte etliche Minuten, bis sich Ulrike beruhigte. Sie stand auf, wischte das Wasser von ihrem Körper und griff nach dem Handtuch. Wenig später holte sie die zwei letzten Büchsen Amstel-Bier aus der Minibar, ließ sich auf das Bett fallen und reichte eine dem nackten Lasse. Es knallte und zischte zweimal, als die Büchsen geöffnet wurden. Ulrike stopfte sich Schmerztabletten in den Mund, obwohl die letzten noch wirkten.

»Auf die Helden, die für unsere Überzeugung gestorben sind: auf Jorge, Gloria und Scott«, sagte Ulrike leise und hob ihre Bierbüchse an. Es schien ihr, als würde sie in Lasses Gesichtsausdruck Angst erkennen, dann tauchten in den Augenwinkeln des Mannes Fältchen auf, und sie erkannte den vertrauten, stolzen und ehrgeizigen Blick.

»Es war richtig, daß du dich entschlossen hast, diesem ... Seraphim zu helfen, John Dexter zu entlarven, und daß du der Polizei nicht alles erzählt hast«, sagte Lasse, um ihr Mut zu machen. »Vielleicht ist Dexter tatsächlich für die Morde an Jorge, Gloria und Scott verantwortlich.«

»Wenn ich nichts von Ezraels Plan erzähle und Dexter stirbt, rate mal, wer dann die Verantwortung dafür trägt?« Ulrikes Stimme wurde lauter. »Ich muß entweder der Polizei alles berichten oder mir etwas ausdenken, wie Ezrael helfen kann, Dexter zu entlarven, ohne ihn umzubringen. Alles erscheint so verdammt hoffnungslos.«

Lasse hob den Zeigefinger an die Lippen, sie durften nicht vergessen, daß an der Tür ein Mann des AIVD Wache hielt. »Überleg dir das noch ...«

Ulrike sprang auf und schnaufte wütend. »Natürlich überlege ich. Was glaubst du, was ich sonst den ganzen Tag gemacht habe? Das ist möglicherweise meine letzte Gelegenheit, etwas Bedeutendes zu tun. Von jetzt an wird man uns bewachen wie den schwarzen Stein der Kaaba, alle Nachrichtendienste haben unsere Namen.« Ulrike ließ sich auf den Fußboden fallen, und für einen Augenblick sah es aus, als würde sie wieder in Tränen ausbrechen.

Lasse kroch vom Bett herunter und nahm Ulrike in die Arme, als wäre sie ein Kind, das sich im Dunkeln fürchtet. »Wir wollen erst mal sehen, was hier geschieht, vielleicht können wir auch in Rahmen von Final Action noch etwas tun. Der Chef muß die Organisation jedoch neu aufbauen: Für Gloria und Scott müssen neue Leute gefunden werden, die Mittel beschaffen.«

Ulrike riß sich aus Lasses Bärenumarmung los. »Das ist wirklich sehr einfühlsam: Wir ersetzen Gloria und Scott wie gestorbene Goldfische ... Und der Wiederaufbau von Final Action wird nicht so ganz einfach; wenn die Behörden herausbekommen, wie die Mittel beschafft wurden, muß sich der Chef etwas völlig Neues einfallen lassen.«

»Beruhige dich ...« Lasse versuchte Ulrikes Haar zu streicheln, bekam aber eins auf die Finger.

»Begreifst du überhaupt, was für gewaltige Dimensionen die Dinge haben, um die es hier geht? Wenn alles, was Seraphim erzählt hat, stimmt, dann würde die Entlarvung von Dexter einen größeren politischen Skandal auslösen als Watergate. Und da die Journalisten, die Watergate aufgedeckt haben, weltberühmt geworden sind, dann stell dir mal vor, was mit uns geschehen würde.« Plötzlich brach Ulrike wieder in Tränen aus. Ihr Schluchzen klang nun gedämpfter, wie ein trauriger Monolog.

»Auch dir habe ich das Schlimmste noch nicht erzählt. Ich habe Ezrael befohlen, Dexter umzubringen. Stell dir mal vor! Ich habe diesem Verrückten den Befehl zum Töten gegeben«, stammelte Ulrike. Das Geständnis fand von allein einen Weg aus ihrem Inneren.

Lasse lächelte unsicher. »Du akzeptierst das Töten doch unter keinen Umständen. Du sagst doch immer, daß nichts so heilig ist wie das menschliche Leben.«

»Ja, und das allerheiligste Leben ist das eigene. Ich konnte aus diesem Kellerloch nur fliehen, indem ich diesen Verrückten Dexter auf den Hals geschickt habe. Aber Ezrael wird Dexter auf keinen Fall in die Hände bekommen, schon allein der Gedanke ist lächerlich: der Sicherheitsapparat der Yankees gegen einen Verrückten«, beteuerte Ulrike, obwohl sie wußte, daß sie nur Ausreden aufzählte.

»Kann sein. Aber wenn Ezraels Plan mißlingt, stirbt er möglicherweise bei dem Versuch. Kannst du die Verantwortung dafür übernehmen?« fragte Lasse.

»Ich will natürlich nicht, daß irgend jemand stirbt, aber ich will ebenso sicher nicht, daß Dexter davonkommt und dieses ... Spiel nicht entlarvt wird. Irgendein Mittel muß gefunden werden. Überleg einmal, was geschieht, wenn die Doppelzüngigkeit des Machtapparates der USA entlarvt wird. Und die der Ölkonzerne. Die öffentliche Meinung wird sie überrollen, und alles ändert sich. Innerhalb kurzer Zeit würden wir mehr erreichen als selbst mit Final Action in Jahren.«

Lasse nickte und versuchte das Gehörte in seiner Gesamtheit zu erfassen. »Seraphim behauptet also, daß die Beweise für das Treffen von Dexter und van der Waal, die Ezrael besitzt, allein nicht ausreichen, um Dexter zu entlarven, und deswegen beabsichtigt Seraphim, Ezrael zu benutzen, um von Dexter ein Geständnis zu erpressen. Ich ...«

Ein Klopfen an der Tür unterbrach Lasse. Das mußte der Kellner sein, sie hatten vor geraumer Zeit beim Zimmerservice ein paar Sandwiches und Bier bestellt. Lasse öffnete die Tür und sah, wie ihn eine Frau zornig anstarrte.

»Ich war schon vor einer Viertelstunde hier, aber niemand hat geöffnet«, sagte die holländische Kellnerin verärgert. »Und der da untersucht jede Schüssel«, fügte sie hinzu und blickte wütend auf den Ermittler des AIVD, der neben der Tür saß.

»Entschuldigung, wir waren in der Badewanne.« Lasse unterschrieb die Quittung und trug das Tablett ins Zimmer. Ulrike griff nach den Sandwiches, bevor Lasse das Tablett absetzen konnte. Er beobachtete, wie die Hälfte des belegten Brotes rasch in Ulrikes Mund verschwand, und bemerkte dann, daß die Kellnerin das Amstel-Bier vergessen hatte.

Lasse schluckte den Ärger hinunter und ging selbst ins Foyer, um Bier zu holen. Er hatte Gewissensbisse, daß er es nicht wagte, Ulrike seine eigenen Geheimnisse zu offenbaren, obwohl sie sich ihm anvertraut hatte.

Einen Augenblick später hielt Lasse die Bierdosen in den Händen und wartete im Foyer auf den Lift, hinter ihm stand der Ermittler des AIVD. Gerade als er auf den Knopf drückte, vibrierte sein Telefon in der Hosentasche.

»Feeling good, Lasse?« sagte Seraphim ganz ruhig. Eine Hand verdeckte das Adler-Wappen auf dem Telefonhörer, und die Finger der anderen trommelten auf dem neuen Aufklärungsbericht.

Lasse machte auf den Fersen kehrt und eilte in die Toilette, dorthin folgte ihm der Mann vom AIVD dann doch nicht. »Die Zelle in den USA ist aktiviert, der entscheidende Anschlag wird morgen um zwölf Uhr stattfinden. Du rufst übrigens gerade zur rechten Zeit an, oder eigentlich im allerletzten Moment. Ich benötige wieder deine Hilfe. Ulrike Berger will zwar Dexter entlarven, akzeptiert aber nicht, daß der Mann stirbt.« Lasse wagte es, offen zu sprechen, er wußte, daß die Gespräche von Seraphim niemand abhörte.

»Und ich will helfen. Auch dieses Mal.« Seraphim preßte im zweitheiligsten Büro des US-Verteidigungsministeriums auf dem Eisenhower-Flur Saft aus einer Zitrone in seinen Tee. »Aber dafür benötige ich Informationen. Erzähl mir alles, was deine Freundin von Eamon O'Donnells Absichten weiß.«

Lasse zögerte. Er versuchte zu entscheiden, ob es Ulrike oder ihm schaden könnte, wenn er die Informationen verriet.

»Zögerst du? Darf ich dich freundlicherweise daran erinnern, daß nur ich Final Action helfen kann.« Seraphim wartete gelassen auf eine Antwort. Er wußte, daß Lasse Nordman zustimmen würde: Das Verhalten ehrgeiziger Menschen ließ sich äußerst leicht voraussagen.

Lasse traf seine Entscheidung, Alternativen gab es nicht, weil er die Hilfe von Seraphim benötigte. Er berichtete über Ezraels Plan, den er von Ulrike gehört hatte: Was der Mann in Washington tun wollte, wo er wohnen, wie er seine Tat vorbereiten, wann er zuschlagen wollte.

Seraphim strich über den großen Stein des glitzernden Ringes am kleinen Finger seiner rechten Hand, bis Lasse Nordman seinen Bericht beendet hatte. »Na ja, das wird wohl etwas von Nutzen sein, obwohl unser Nachrichtendienst natürlich in der Lage ist, die Bewegungen von Eamon O'Donnell auch ohne Hilfe zu verfolgen. Ich versuche die Dinge zu regeln und werde deine Freundin bald anrufen.« Seraphim beendete das Gespräch in seinem Arbeitszimmer im Pentagon. In dem Büroriesen mit dreihundertdreißigtausend Quadratmetern arbeiteten dreiundzwanzigtausend Menschen, und von dem Gebäude aus wurden pro Tag über zweihunderttausend Telefongespräche geführt, aber selten so wichtige wie dieses.

Der Ermittler des AIVD heftete sich Lasse auf die Fersen, als der die Toilette verließ. Lasse vergewisserte sich, daß die Nummer des Anrufers nicht im Telefon gespeichert war, und überlegte einmal mehr, wer Seraphim wohl sein mochte. Der Mann hatte das erste Mal kurz nach der Gründung von Final Action Kontakt zu ihm aufgenommen und seine Hilfe angeboten; er wußte anscheinend alles. Lasse vermutete, daß der kleine dunkelhaarige Mann, der im Beratungsraum von Dutch Oil gesessen hatte, irgendwie mit Seraphim zusammenhing, begriff aber immer noch nicht, wie.

Es machte ihn wütend, daß er nie den Ruhm für den entscheidenden Anschlag auf das Kernkraftwerk Calvert Cliffs ernten würde. Wenn er weltberühmt werden würde, wer weiß, ob man dann nicht alle Ökoterroristen als Nordmänner bezeichnen würde. Anfang des achtzehnten Jahrhunderts hatte man die Dragoner zu Fuß, die Bauern, »Kivekaner« genannt, nach ihrem berühmtesten Anführer. Doch vielleicht verdiente er eine solche Ehre nicht einmal. Lasse wußte selbst, daß er die Soldatentraditionen in seiner Familie verraten und seinen Offizierseid gebrochen hatte, spätestens als er den Plan für den Anschlag auf das Kernkraftwerk Calvert Cliffs akzeptiert hatte. Aber in der Welt von heute mußte man bei seinen Grundsätzen flexibel sein, wenn man etwas Großes erreichen wollte.

40

Ratamo ging im Raum der operativen Zentrale ans Fenster, öffnete die Gardine einen Spalt, schaute auf die Landschaft in der Abenddämmerung, um seine müden Augen zu beruhigen, und dachte über die E-Mail nach, die er vorhin vom Hotel an die französische Botschaft in Helsinki geschickt hatte. Darin erkundigte er sich nach den Namen der Finnen, die im Jahr vor seiner Geburt in der Botschaft gearbeitet hatten. Plötzlich bemerkte er, daß vor dem Gebäude des AIVD die Flaggen auf halbmast wehten. »Warum hängen die Fahnen auf halbmast?«

»Der vierte Mai ist der Herdenkingsdag – der Gedenktag für die Gefallenen. Um acht Uhr hat die Königin auf dem Dam-Platz in Amsterdam einen Kranz niedergelegt, und das ganze Land hat mit zwei Schweigeminuten die Gefallenen des Zweiten Weltkriegs geehrt«, erklärte die Ermittlerin Katje de Groot wie eine Touristenführerin.

»Alle außer uns«, entgegnete Timmerman mit säuerlicher Miene.

»Morgen, der fünfte Mai, ist der Bevrijdingsdag, der …«, de Groot suchte einen Augenblick nach der richtigen Übersetzung, »… der Tag der Befreiung, auch der hat seinen Ursprung im letzten Krieg. Dann feiert man bei uns das Ende der fünfjährigen deutschen Besetzung. Am vierten Mai wird getrauert und am fünften gefeiert.«

Der Psychologe Kris Bruijn kam hereinmarschiert, setzte sich hin, wischte sich mit der Hand über die Glatze und kam sofort zur Sache. »Ich habe das Tagebuch von Eamon O'Donnell nun äußerst sorgfältig studiert. Auch meine Gespräche mit Ulrike Berger beleuchten noch zusätzlich die Persönlichkeit von O'Donnell.« Doktor Bruijn machte eine kurze Pause. Die müden Gesichter der Ermittler verrieten gespanntes Interesse, und man konnte das Adrenalin fast riechen.

»O'Donnell ist psychisch schwer krank, das ist offensichtlich, aber ohne langanhaltende Therapie ist es unmöglich, mit Sicherheit eine richtige Diagnose zu stellen. Es scheint jedoch so zu sein, daß O'Donnell möglicherweise neben der Psychopathie auch an einer dissoziativen Persönlichkeitsstörung, an DID, leidet«, erklärte Bruijn, so als würde er über das Wetter von morgen sprechen.

»Niemand in dieser Truppe versteht die Liturgie der Mediziner«, sagte Timmerman giftiger als beabsichtigt. Die Anspannung der Ermittlungen machte sich auch bei ihm bemerkbar, so wie bei allen anderen. Sein Finger kreiste um die Fliege.

Bruijn tat so, als hätte er die Unterbrechung nicht gehört. »Bei der DID-Erkrankung teilt sich die Persönlichkeit des Menschen in zwei oder mehrere verschiedene Persönlichkeiten, von denen stets eine zeitweilig die dominierende ist. Es kann sein, daß diese unterschiedlichen Persönlichkeiten nichts voneinander wissen, oder es kann sein, daß eine von allen anderen weiß. Diese Krankheit wird meist durch ein traumatisches Ereignis in der Kindheit, wie Inzest, ständige Mißhandlung oder Folter, verursacht. Der sadistische Vater von O'Donnell hat in seinem Sohn den Keim für diese Erkrankung gelegt.«

Timmerman stand auf, murmelte etwas in seinen Bart und ging zum Flip-Chart. »Was bedeutet das alles in der Praxis? Ich möchte nicht den Eindruck erwecken, ungeduldig zu sein, ich *bin* ungeduldig. Wir brauchen nur solche Informationen, die uns helfen, O'Donnell zu finden.«

Nun schaute Bruijn Timmerman so sanft und freundlich an, daß auch Mutter Teresa auf diesen Blick stolz gewesen wäre. »Wenn ein Kind in eine schwierige, traumatische Situation gerät und physisch nicht fliehen kann, flieht es möglicherweise in seinem Kopf. Das ist ein äußerst wirksames Mittel zur Verteidigung gegen drohende physische oder psychische Schmerzen und gegen die Erwartung des Schmerzes. Nach der akuten Situation kann es sein, daß das Kind die traumatischen Ereignisse aus seinem Bewußtsein verdrängt und so handelt, als wäre alles in Ordnung.«

Ratamo sah, daß die Verwunderung in Timmermans Gesicht in Verärgerung umschlug, und er wollte seinem Kollegen helfen. »Meinst du damit, daß O'Donnell ein Killer geworden ist, weil er die Flucht in seinem Kopf antrat?«

»In gewisser Weise ist es so. Die ursprüngliche echte Persönlichkeit O'Donnells ist nicht fähig, diese aggressiven Haßgefühle zu äußern, die durch die als Kind erlebte Gewalt entstanden. Deswegen hat er für die Umsetzung seines Hasses die Persönlichkeit eines aggressiven Rächers geschaffen, die er als ›Engel des Zorns‹, als Ezrael, bezeichnet. Diese will Schmerzen bereiten und morden, damit sich der in O'Donnell angestaute Haß entladen kann.«

Katje de Groot beschloß, sich an dem Gespräch zu beteiligen. »Wie ist dieser … Ezrael entstanden? Warum ein Kamelhaarumhang, Engelsgemälde, Kerzen …«

Bruijn setzte sich hin und strich konzentriert zunächst über seine Glatze, dann über sein Kinn. »Eamon O'Donnell hat sich mit dem Mann, der ihn mißhandelt hat, das heißt mit seinem Vater, identifiziert. Das ist ein sehr typischer Abwehrmechanismus. Er verinnerlichte die haßerfüllten und sadistischen Züge seines Vaters und schuf aus ihnen und seinem eigenen Haß Ezrael. Später wurde dann um ihn herum aus religiösen Texten und Phantasien ein ganzes Gedankengebäude errichtet, in diesem Fall kann man sogar fast von einem Universum sprechen.«

Das Gespräch hörte sich für Timmerman immer noch zu theoretisch an. »Wie ist es möglich, daß niemand irgendwann einmal bemerkt hat, wie sich aus einem normalen Belfaster Jungen ein Wahnsinniger entwickelte? Der Mann ist doch schon über dreißig Jahre alt.«

Die Antwort ließ auf sich warten, da Kris Bruijn Wasser trank, sich verschluckte und so prustete, daß Wasserspritzer auf den Beratungstisch regneten. »Wenn O'Donnell mit anderen Menschen zu tun hat, versteckt er sich hinter der Maske perfekter Normalität. In den Winkeln seines Bewußtseins findet sich alles, was ihm hilft, unter den Menschen zurechtzukommen, aber er nutzt es nur dann, wenn es vom Standpunkt seines Auftrags notwendig ist. Man kennt weltweit viele Fälle, in denen nicht einmal die Ehefrau eines psychopathischen Killers von dem Treiben ihres Mannes wußte: Das schrecklichste Beispiel dafür ist wohl der russische Kannibale Andrej Tschikatilo, der zweiundfünfzigmal gemordet hat. Wenn man einen Psychopathen zufällig trifft, vermögen nur wenige zu ahnen, daß unter der sympathischen Oberfläche ein Ungeheuer lauert.«

»Oder ein Engel«, warf Ratamo ein.

Bruijn runzelte die Stirn, was besagte, daß ihm der Kommentar nicht gefiel. »Sie müssen verstehen, daß in O'Donnell zwei verschiedene Menschen existieren. Der wahnsinnige Killer, Ezrael, der Engel des Zorns, und der schüchterne junge Mann Eamon aus Belfast. Die Frage ist, welche von den beiden Persönlichkeiten jeweils dominiert. Auf der Grundlage dessen, was ich von Ulrike Berger gehört habe, sind die Traumata von O'Donnell so tiefgehend, daß dieser Engel des Zorns gänzlich die Macht übernommen hat.«

»Ist es möglich, daß Eamon Ulrike Berger gehorcht, wie sie es behauptet?« Timmerman wollte Antworten, die er in der Praxis nutzen konnte.

»Es scheint tatsächlich so zu sein, daß O'Donnell Ulrike Berger in das Netz seiner eigenen Wirklichkeit eingewoben hat. Er glaubt, sie sei ein neuer Bote, jemand, der göttliche Offenbarungen überbringt. Berger hat diese Rolle von O'Donnells Schwester Mary Cash geerbt. Wenn es so ist, dann gehorcht O'Donnell Berger zumindest bis zu einem bestimmten Punkt, aber nur so lange, wie die dominierende Persönlichkeit Ezrael ist und nicht Eamon. In dieser Hinsicht bin ich jedoch auf das angewiesen, was Ulrike Berger berichtet. O'Donnell hat in den letzten Tagen keine ... Aufzeichnungen gemacht«, dozierte Bruijn.

»Welche Hölle gebiert ein solches Ungeheuer?« sagte Katje de Groot und schnaufte.

Auch dieser Kommentar gefiel Bruijn nicht. »Über achtzig Prozent der in Gefängnissen sitzenden Mörder wurden als Kind mißhandelt. Und bei über der Hälfte der Mörder ist die Nervenfunktion im Stirnlappen des Gehirns schwächer als bei ... gesunden Menschen. Wir erforschen unablässig, warum die Hemmungen und Einschränkungen, die in der Regel die Menschen kontrollieren, im Gehirn eines Psychopathen nicht funktionieren. Ein Psychopath denkt nicht einmal, daß es falsch ist, zu morden«, erklärte der Psychologe in einem rechtfertigenden Tonfall.

»Niemand ist gezwungen, Löcher in die Schädel lebender Menschen zu bohren oder seine Opfer zu verstümmeln oder aufzuessen«, erwiderte de Groot erregt. »Versuchen Sie aus Bestien Opfer zu machen?«

Bruijns Blick wurde härter. »Das versuche ich nicht. Ich habe nur Tatsachen dargestellt. Es ist übrigens interessant, daß Sie die Wörter ›Bestie‹ und ›Opfer‹ verwendet haben. Diese Wörter verwendet auch Eamon O'Donnell.«

Ratamo bemerkte, daß dieses Gespräch in einen Streit auszuarten drohte. Er überlegte, inwieweit Eamon O'Donnell wohl seine eigene Lage verstand, und so rutschte ihm die Frage heraus: »Weiß O'Donnell, daß er böse … oder anormal ist?«

Das erste Mal schien Bruijn das ganze Gespräch satt zu haben. »Sie spielen mit Wörtern. ›Normal‹, ›anormal‹, ›gut‹ und ›böse‹ sind Begriffe, die auf einer Übereinkunft der Mehrheit der Gesellschaft beruhen. Auf diese Frage müssen Sie bei Philosophen eine Antwort suchen, ich untersuche Kranke und versuche sowohl ihnen als auch Ihnen – uns allen zu helfen.«

Timmerman krempelte die Ärmel seines Hemds hoch, es sah so aus, als wollte er an die Arbeit gehen. »Wie können wir diesen … Patienten fassen, bevor er wieder mordet?«

Bruijns Gesichtsausdruck wurde noch düsterer. »Sie müssen versuchen, O'Donnells Denken zu beeinflussen und über diesen Weg auch sein Verhalten. Ich glaube allerdings nicht, daß jemand anders als Ulrike Berger einfach so fähig ist, Zugang zu der Welt von O'Donnell zu finden«, erwiderte er mürrisch.

Ein Klopfen an der Tür schnitt wie ein Messer durch den Raum der operativen Zentrale. »Gute Neuigkeiten«, sagte der holländische Ermittler, obwohl er niedergeschlagen aussah. »Es wurden endlich Fotos von Eamon O'Donnell gefunden. Mit deren Hilfe hat man den Mann sowohl in Schiphol als auch auf dem Dulles-Flughafen in Washington erkannt. Die schlechte Nachricht ist, daß er schon durch die Einreisekontrolle hindurchgekommen ist. O'Donnell läuft frei in Washington herum.«

Timmerman entfuhr ein Fluch. »Was zum Teufel macht er dort?«

»Hat Ulrike Berger nicht erwähnt, daß auf der Liste der zu ermordenden Physiker jemand von der University of California steht«, erinnerte sich Ratamo laut. »Vielleicht ist Washington nur eine Zwischenetappe.«

Bruijn schlug mit der Faust auf den Tisch. »Sie wollten konkrete Ratschläge, hier ist einer: Bitten Sie Ulrike Berger, bei der Suche nach Eamon O'Donnell zu helfen.«

Timmerman dachte einen Augenblick darüber nach und fragte dann Katje de Groot: »Hast du herausbekommen, warum Berger Kontakt zu John Dexter hatte?«

»Nein. An dieser Denunziation ist außerdem irgend etwas faul, ein Teil der E-Mails wurde von Ulrike Bergers Computer in Österreich zu einem Zeitpunkt abgeschickt, als die Frau nachweislich ganz woanders war.«

Timmerman schaute Bruijn zögernd an. »Kann man der Berger vertrauen, die Frau ist doch an alldem beteiligt: An dem Anschlag von Final Action, an der Flucht O'Donnells ...«

»Das Risiko sollte man eingehen. Eamon O'Donnell muß jetzt gestoppt werden«, sagte Bruijn resolut.

Timmerman schaute auf sein Handgelenk – es war 20.58 Uhr. »Die Maschine nach London ist noch zu schaffen, und von dort kann man auch noch nachts über den großen Teich fliegen.«

Er betrachtete Bruijn abschätzend ein paar Sekunden lang und wandte sich dann Katje de Groot zu. »Kläre, ob Ulrike Berger bereit ist, nach Washington zu reisen und bei der Suche nach O'Donnell zu helfen.«

41

Riitta Kuurma stand, die Hände in die Hüften gestützt, auf dem winzigen Vorhof des dreigeschossigen dunkelbraunen Gebäudes der Europol, als Ratamos Taxi vor ihr auf dem Raamweg anhielt, der zwischen dem Europol-Hauptquartier und dem Kanal lag.

»Das sieht ja aus wie ein englisches Internat«, rief Ratamo beim Aussteigen. Er warf seinen Priem unbemerkt auf den Rasen und blieb stehen, um die beleuchtete, mit Efeu bedeckte Fassade, die Gitterfenster sowie die millimetergenau beschnittenen Sträucher zu betrachten. Riitta hatte versprochen, ihm das Hauptquartier von Europol zu zeigen, obwohl es schon um neun war. Er ärgerte sich fast, daß er keine Kamera besaß. Doch irgendwann in seiner Jugend hatte er beschlossen, seine alten Tage nicht mit Erinnerungen an die Vergangenheit zu verbringen.

»Wie konnte die Fahrt vom AIVD hierher so lange dauern?« fragte Riitta mit säuerlicher Miene und ging voran.

Die Frau wirkte starr wie Lots Weib; Ratamo hatte den Verdacht, daß auch Riitta die Ereignisse des Nachmittags bereute. »Ich habe mir hier in der Nähe das Hauptgebäude von Dutch Oil angesehen. Kein leichtes Objekt für einen Terroranschlag, zwischen den Kanal und einen Park gebaut und genau bewacht.« Er stellte erst jetzt fest, daß sich Riitta nicht mehr so hippiemäßig kleidete wie in den Zeiten bei der SUPO.

»Fangen wir dann sofort an, wenn wir noch essen gehen wollen?« sagte Riitta.

Ratamo nickte. Er bereute es, daß er dieses Treffen vorgeschlagen hatte, sie benahmen sich beide genauso verlegen wie Teenager beim ersten Date.

Einen Meter vor dem Eingang von Europol klingelte Ratamos Handy. Henk Timmerman klang ungeduldig: »Hast du in den letzten Minuten mit Lasse Nordman gesprochen?«

»Vor einer Weile im Taxi. Ich war etwas überrascht, daß Nordman Ulrike Bergers Reise nach Washington für eine gute Idee hielt. Eben noch hat er sich doch gefreut, daß er die Frau lebendig zurückbekommen hat. Nordman wollte allerdings Garantien dafür, daß Berger in Washington geschützt wird …«

Timmerman unterbrach ihn gereizt: »Die Lage hat sich inzwischen etwas verändert. Auch Lasse Nordman hat ein Ticket für einen Flug nach Washington gebucht. Das Überwachungssystem hat natürlich sofort Alarm ausgelöst, als es Nordmans Namen im Passagierverzeichnis fand, und man hat Kontakt zu uns aufgenommen. Jetzt weigert sich Ulrike Berger, ohne ihn nach Washington zu fliegen. Vom Standpunkt der Ermittlungen …«

Ratamos finnische Flüche unterbrachen Timmerman. Nordman hatte ihn dreist angelogen.

»… also vom Standpunkt der Ermittlungen wäre es wichtig«, fuhr Timmerman fort, »daß Ulrike Berger nach Washington fliegt, deshalb haben wir mit den Amerikanern vereinbart, daß wir Lasse Nordman reisen lassen. Ich dachte nur, daß du das wissen willst. Solltest du nicht auf Nordman aufpassen?«

Ratamo brauchte nicht lange zu überlegen. Man hatte ihm den Befehl erteilt, Lasse Nordman zu beschützen. Timmerman versprach, Ratamo ein Ticket für den gleichen Flug zu buchen, und dann wurde das Gespräch beendet.

»Was ist jetzt los?« Riitta sah besorgt aus.

»Sorry, aber ich muß als Kindermädchen von Lasse Nordman nach Washington fliegen. Lieber würde ich eine Woche lang mit einem Penner in der Straßenbahn sitzen«, fügte Ratamo hinzu, um die Stimmung aufzulockern. Er mußte jetzt sofort Ketonen anrufen, denn er brauchte die Genehmigung für die Reise nach Amerika. »Wir sehen uns dann spätestens nach dem Urlaub, wenn du also nach Finnland zurückkommst.« Ratamo bereute seine kühlen Abschiedsworte, als sie noch in der Luft hingen, und drückte seiner ehemaligen Lebensgefährtin einen Kuß auf die Wange. Riitta wirkte nun noch irritierter und auch beleidigt. Ratamo fluchte, daß er nicht fähig gewesen war, die Situation besser zu meistern, aber ihm gingen jetzt einfach zu viele Dinge durch den Kopf.

Bis zum Hotel war es weniger als ein Kilometer, also beschloß er zu laufen und ging auf den Raamweg in Richtung Bahnhof. Er schlug den Kragen seiner Jeansjacke hoch, der Abend hatte die Kälte mitgebracht. Sein Telefon klingelte, gerade als er Ketonen anrufen wollte.

Ratamo holte seinen Paß aus der Brieftasche, las der frohgelaunten Angestellten der Fluggesellschaft die Nummer vor und antwortete eilig auch auf die anderen Fragen.

»Von Schiphol gibt es heute keinen direkten Flug nach Washington mehr. Also ist für Sie ein Platz im Flug von Easyjet zweiundzwanzig Uhr fünfzehn nach London und von dort mit American Eagle ...«

»Danke, die restlichen Informationen finde ich sicherlich auf den Tickets«, entgegnete Ratamo unfreundlich, beendete das Gespräch und wählte hastig die Nummer des Chefs der SUPO.

»Ketonen.« Der Chef meldete sich schon nach dem ersten Ruf, und Ratamo erzählte von seiner Entscheidung, im Windschatten von Nordman nach Washington zu reisen.

»Gut, mein Junge. Entscheidungen muß man dann treffen, wenn sie fällig sind«, sagte Ketonen. »Der AIVD hat uns übrigens endlich Fotos von Eamon O'Donnell geschickt. Sowohl die Kellnerin im Hotel Lord als auch der Zeuge im Treppenhaus haben den Mann sofort erkannt.

Wenn O'Donnell gefaßt wird, werden die DNA-Proben endgültig bestätigen, daß er der Mörder von Elvas ist – hoffentlich. Das heißt, die Ermittlungen sind hier so gut wie abgeschlossen, dieser Besuch von Nordman in Lauttasaari wird allerdings immer noch überprüft.«

Die Männer unterhielten sich noch über die allerletzten Wendungen bei den Ermittlungen, bis Ratamo in seinem Hotel eintraf.

Jussi Ketonen befahl Musti, das Sofa in seinem Arbeitszimmer zu verlassen, und schob die Hände unter die Hosenträger. Für ihn würden sich diese Ermittlungen wohl kaum zum rasanten Schlußakkord seiner Karriere bei der SUPO entwickeln, Ratamo hingegen durfte wieder durch die Weltgeschichte reisen. Neidisch war Ketonen nicht, er akzeptierte, ohne zu murren, daß nun die Jüngeren an der Reihe waren, mit wehenden Haaren zu schuften. Es bereitete Ketonen jedoch Sorgen, daß ihm immer wehmütiger zumute wurde, je näher sein letzter Arbeitstag rückte. Es war ein merkwürdiges Gefühl, sich vorzustellen, daß er es möglicherweise nur noch – wie jeder andere Finne – in den Medien verfolgen würde, wenn bei diesen Ermittlungen nachgewaschen wurde.

Ossi Loponen unterbrach seine Überlegungen und schob gemächlich den Videowagen in Ketonens Zimmer. »Was wollte sich der Herr Polizeirat denn anschauen?«

Der Chef hob den Finger und neigte ihn in Richtung Tür. Als Loponen gegangen war, holte Ketonen aus einer Schublade seines Schreibtischs ein Video, auf dem ein Bartmensch, der aussah wie eine Kreuzung aus Weihnachtswichtel und Kommandosoldat, mit ernster Miene dreinschaute. »Elchjagd heute« stand auf dem Video.

Ketonen seufzte. Marketta tat alles, um sich für ihn neue Hobbys für seine Tage als Rentner auszudenken. Ihrer Meinung nach kannte sie zu viele Direktoren, die ein paar Jahre nach ihrer Pensionierung starben, weil ihnen keine andere Beschäftigung mehr eingefallen war. Natürlich waren auch Ketonen solche Fälle zu Ohren gekommen, aber er hatte nicht vor, auf seine alten Tage noch zum Elchjäger zu werden, selbst wenn der Nordpol abbrannte. Das Video würde er sich jedoch wohl oder übel anschauen, denn man mußte in der Lage sein, die Elchjagd mit Sachkenntnis abzulehnen.

Die von Kriegsfilmen bekannte pathetische Musik und die banale Einführung sorgten dafür, daß Ketonen sich von Beginn an amüsierte. Dann fing der Sprecher an, die Bekleidung des modernen Jägers zu beschreiben. »... als unterste Schicht sollte man aus Polyester hergestellte Spezialunterwäsche wählen ... das für die Zwischenschicht geeignete Material ist beispielsweise Fleece ... und die äußere Bekleidungsschicht sollte wasser- und windabweisender, aber dennoch atmungsaktiver, mit Polytetrafluoräthylenfolie behandelter Mikrofaserstoff sein, dessen Futter aus Outlast-Faser besteht ... Gemäß den gesetzlichen Vorschriften muß ein Jäger eine rote Weste und eine rote Mütze tragen ...«

Ketonen lachte schallend. Wer hatte denn dieses Video gedreht, Juhan af Grann oder Hannu Karpo?

»... batteriebeheizte Socken und mit Gore-Folie geschützte wasserdichte hohe Schuhe halten die Füße trocken und warm ...«

Ketonens Interesse wäre fast erloschen, als der monotone, aber eifrige Sprecher mit einer detaillierten Besprechung der Waffen für die Elchjagd begann. Gerade wollte er das Band weiterspulen, als schon ein neues Thema in Angriff genommen wurde.

»... eine besonders notwendige Zusatzausrüstung ist ein unter der Jacke versteckter Getränkerucksack, aus dem sich mit Hilfe eines Schlauches leicht belebende Flüssigkeit saugen läßt ... weitere Ausrüstungsteile sind ein Klappmesser ganz aus Metall, mit dessen am Schaft befestigten Spezialklingen das Abziehen des Fells erleichtert wird ... ein Universalmesser, in dessen Griff sich ein Minikompaß befindet ... ein wasserabweisendes LA-Telefon ... ein statisches Kletterseil ...« Ketonen lachte leise, der Film war lustiger als viele Komödien.

»... der Satellitennavigator bestimmt die Position des Jägers mit einer Genauigkeit von wenigen Metern ... der Gamefinder-Hitzemelder zeigt in einem Radius von einhundert Metern Elche an, die sich verstecken ... Die Mikrofone des elektronischen Gehörschutzes verstärken das Gehör des Jägers, aber ein lautes Geräusch schließt die Mikrofone innerhalb von fünf Millisekunden ... Laser-Entfernungsmesser ... Schützenbrille ... Radarband für den Hund ... viele Ersatzbatterien ...«

Ketonen lachte so laut und so heftig, daß sein Bauch wackelte und Mustis Interesse geweckt wurde. Sie lief zu ihrem Herrchen hin, setzte sich zu seinen Füßen auf den Boden und hob fragend die Pfote.

Der Höhepunkt des Werbevideos bahnte sich an, als der Sprecher mit Dramatik in der Stimme versicherte, daß ein Elch auch nach einem tödlichen Treffer noch bis zu einhundert Meter laufen könne.

»Na, das ist garantiert mehr, als auch nur ein einziger Jäger mit dieser Ausrüstung schafft«, sagte Ketonen zu Musti und hielt das Video an.

42

Ezrael saß im Acela-Express auf der Fahrt von Washington nach Baltimore, betrachtete die vorüberfliegende Industrielandschaft und dachte auch in dem fast leeren Wagen daran, daß er sich unter Sündern befand. *»Wohl dem, der nicht wandelt im Rat der Gottlosen noch tritt auf den Weg der Sünder.«*

Plötzlich dröhnte die tiefe Stimme des Soldaten genauso deutlich in seinen Ohren wie das Rattern der Räder auf den Schienenstößen, sie riß ihn um Jahrzehnte zurück in jene abgelegene Industriehalle in Dundalk, wo der Soldat ihn gezwungen hatte zuzuschauen, wie ein Loyalist beim Verhör mit Elektroschocks gequält wurde. Der Geruch der verbrannten Haut des Opfers und dessen angstgeweitete, um Gnade flehende Augen ließen es in Ezraels Schläfen rauschen. Eamons Erinnerungen wurden stärker und die von Ezrael schwächer, so geschah die VERÄNDERUNG. Er beschloß, sich selbst zu testen, und war erleichtert, daß er bei dem Gedanken an die Verräter, die er ins Land der Todesschatten geführt hatte, immer noch Stolz empfand.

Natürlich mußte er einen Platz in einem Wagen bekommen, in dem der fromme Prediger irgendeiner Sekte das Große Buch in den Händen hielt und mit einem verständnisvollen Lächeln auf den Lippen zum Fenster hinausschaute. Amerika war ein krasses Beispiel dafür, was geschah, wenn die Sünder die Macht bekamen: Die Kirche zerfiel in Hunderte kleine Gemeinden, und ihre wahre Botschaft ging verloren.

Bisher war alles planmäßig verlaufen: Der Flug nach Washington D. C., die Taxifahrt vom Dulles-Flughafen zur Metro-Station West Falls Church, das Umsteigen von einem Zug der orangefarbenen Linie in einen der roten Linie auf dem Bahnhof Metro Center und der Kauf der Fahrkarte auf dem Bahnhof Union Station für den Zug 15.08 Uhr nach Baltimore. Während des Flugs hatte er Lamm gegessen, so wie der Meister bei seiner letzten Mahlzeit.

Die Idee, nach Baltimore zu fahren, hatte der Engel der Offenbarung gehabt. In der dreißig Meilen von Washington entfernten Stadt mit zweieinhalb Millionen Einwohnern würde man ihn kaum suchen, selbst wenn die Behörden herausfänden, daß er sich in den USA aufhielt. Er würde in der Masse der Sünder untertauchen. Der Engel der Offenbarung verwirrte Ezrael immer mehr, er interessierte ihn auf andere Art als das Mädchen in der Shankill Road. Eamons Gefühle durchbrachen schon die von Ezrael errichteten Mauern; auch die Gestalt des rothaarigen kleinen Mädchens Mary und des Boten verschmolzen miteinander.

Ezrael strich über seinen Fingerstumpf, schloß die Augen und vertiefte sich in seinen Plan. Diese Rache würde völlig anders verlaufen als alle anderen, weil er diesmal vielleicht nicht das Überraschungsmoment auf seiner Seite hatte. Es konnte sogar sein, daß er kämpfen mußte, damit John Dexter ihm in die Hände fiel. Der Anschlag mußte besser geplant werden als jeder andere, schlauer. Wie sollte er die Sicherheitsleute ausschalten? Das größte Problem war jedoch die Beschaffung des Materials für den Sprengstoff: Brennstofftabletten bekam man in Amerika in den Geschäften für Wanderbedarf und Ammoniumnitrat in den meisten Apotheken, aber es könnte sich als schwierig erweisen, Salpetersäure zu finden.

Der Zug traf auf die Minute pünktlich in Baltimore ein. Das Geräusch seiner Schritte auf dem Marmorfußboden der hundert Jahre alten neoklassizistischen Pennsylvania Station hörte sich imposant an. Hier roch es nach Verzweiflung. In ihm tauchte ein Braun auf, ein dunkles und stickiges Braun, ein wirres Gemisch von Schmutz und Sünde.

Als er vor dem Bahnhof auf ein Taxi wartete, fing es plötzlich an zu regnen, die Stimmung wurde noch düsterer, nun war es fast ein Schwarz. Im selben Augenblick fiel ihm das Farbgel in seinen Haaren ein, wurde es vom Regen ausgewaschen? Die Sorge verschwand, als er sofort in ein Taxi steigen konnte; es fuhr durch ein Industriegebiet, in dem an den Wänden der Lagerhallen Graffiti in grellen Farben zu sehen waren. Das ließ vor Ezraels Augen Erscheinungen auftauchen: Bilder der kunstvollen Wandmalereien in der Belfaster Falls Road; die Gesichter von Bobby Sands, Kieran Doherty, Tom Williams und anderen republikanischen Märtyrern.

Der Taxifahrer fand Clyde's Sport Shop, ein Geschäft für Jagdbedarf in der Hammonds Ferry Road, obwohl sich Ezrael nicht an die Hausnummer erinnerte. Er drückte dem Chauffeur fünfzig Dollar in die Hand und bat ihn, zu warten. Ezrael, der einen dünnen blauen Pullover und helle Baumwollhosen trug, spürte, daß er sich von den anderen Kunden unterschied wie eine Nonne von den Huren. Ein Yankee in Flanellhemd und weiten Jeans und mit Basecap warf ihm einen neugierigen Blick zu.

Ezrael wollte gar nicht erst versuchen, sich eine Schußwaffe zu besorgen, das wäre für einen Ausländer einfach zu mühsam. Das Angebot an Messern beeindruckte ihn, obwohl nur einige fast unzerbrechliche Messer mit einer Klinge aus einer Titanium-Metall-Legierung vorrätig waren. Er entschloß sich schließlich, zwei Emerson-Karambit-Klappmesser zu kaufen; deren hakenförmige Klinge, die an die Kralle eines Raubvogels erinnerte, war eine wirksame Nahkampfwaffe. Und dazu nahm er noch zwei Gryphon-Terzuola-Kampfmesser mit einer sechseinhalb Zoll langen Stahlklinge. Das andere Zubehör fand sich schnell.

Der Taxifahrer brachte Ezrael noch zu drei anderen Geschäften; insgesamt dauerte das Besorgen der Ausrüstung fast zwei Stunden. Als nächstes stand die Suche nach Informationen auf dem Plan.

Eine Stunde später schaltete Ezrael den Internet-Zugang im Cybercafé The Strand in der Nähe des Binnenhafens von Baltimore ab, ging hinüber in das Restaurant und bestellte einen Salat und Wasser. Im Hafen schaukelten die

Luxusbote, und das riesige gitarrenförmige Werbeschild des Hard Rock Café ragte auf dem Dach eines alten Hauses, nur einen Granatwurf weit entfernt, in den Himmel. Die Sünder glaubten, in Amerika sei alles in Ordnung, aber sie irrten sich. Die modisch gekleideten jungen Leute blickten amüsiert zu ihm herüber, und als er mit seinem bezauberndsten Lächeln antwortete, wurden ihre spöttischen Bemerkungen noch lauter. Jetzt bemerkte er diese Dinge schon. Und dennoch interessierte es ihn nicht im mindesten, was die Sünder von ihm dachten. Seinerzeit hatten die Sünder auch von Johannes gesagt, daß *»er den Teufel hat und unsinnig ist«*.

Wenn es nach ihm ginge, würde die ganze Welt so werden wie Irland zu der Zeit, als der heilige Patrick im fünften Jahrhundert den christlichen Glauben auf die Grüne Insel gebracht hatte. Damals funktionierte die katholische Kirche Irlands perfekt. Es gab keine Erzbischöfe, und die Gemeinden wurden von Bischöfen geführt, deren Amt vom Vater auf den Sohn vererbt wurde. Die Pfarrer zahlten Steuern wie alle anderen auch, und Zehnte oder Kirchensteuern brauchte man nicht zu erheben, weil die freiwilligen Spenden reichten. Die Kirche Irlands war so selbständig, daß sie sogar Ostern zu einer anderen Zeit feierte als die Kirchen der anderen Länder; eine Lehre oder andere Einflüsse von außen wurden nicht akzeptiert, nur der Meister wurde als Gebieter anerkannt. Aber die Kirche Irlands war ja auch auf dem Klosterwesen begründet gewesen, während die Kirche von Rom das zentralisierte Verwaltungsmodell des Römischen Reiches kopierte, dem Vorbild der Sünder folgend.

Ezrael zuckte zusammen, als auf seiner Netzhaut das Bild der Frau auftauchte, die Papierengel ausschnitt und am Weihnachtstag 1979 das letzte Mal einen Kuß auf Eamons Stirn drückte. Die Veränderung widerte ihn an. Dann schoß das Bild des Mädchens von der Shankill Road in sein Bewußtsein, ihr Körper, der sich unter ihm wand. *»Merke auf, du Menschenkind! Denn dies Gesicht gehört in die Zeit des Endes«,* murmelte er und verließ das Internetcafé.

Es hatte aufgehört zu regnen. Er ging am Ufer des Hafens entlang und beobachtete die Fahrzeuge, die an den Straßenrändern parkten, bis er fand, was er suchte: ein Motorrad, eine alte Fünfhunderter-Kawasaki. Er brauchte nur wenige Sekunden, bis es ansprang; in seiner Jugend hatte er auf den Straßen von Belfast das eine oder andere gelernt.

Der Helm saß straff auf Ezraels Kopf, als er auf der feuchten Hauptstraße zum Juweliergeschäft Liberty Jewelry in der ruhigen Gegend von Timonium fuhr, die etwa zwanzig Kilometer nördlich vom Zentrum Baltimores lag.

Er betrat das Geschäft, lächelte den Verkäuferinnen höflich zu und nahm sich einen Prospekt aus dem Regal, um Zeit zu gewinnen und die Räume beobachten zu können. Er wußte schon, daß in diesem Geschäft Schmuck sowohl entworfen als auch hergestellt und repariert wurde, und er wußte natürlich auch, daß zur Reinigung von Gold und Silber Salpetersäure verwendet wurde.

Durch die Fenster in den Innenwänden der Verkaufsräume sah man die Angestellten, die mit unterschiedlichen Arbeiten beschäftigt waren. Ezrael ging an eins der Fenster, dann an ein anderes und entdeckte, was er suchte: eine Flasche mit der Aufschrift »Nitric Acid HNO_3«, und sie war fast voll. Perfekt. Im Geschäft befanden sich drei Verkäuferinnen und ein phlegmatisch wirkender Wachmann, der abwechselnd mit jeder von ihnen flirtete. Ezrael war der einzige Kunde. Nun fühlte er eine befreiende Glut aufsteigen, das Blut strömte in den Kopf, und er spürte seinen Geschmack im Mund. Das Rot herrschte und mit ihm die Bestie.

Er klopfte dem Wachmann auf die Schulter, der Mann drehte sich um, und Ezraels Hand schloß sich wie eine

Zange um seinen Hals. Er schob den Kopf des Wachmanns nach oben; das Gesicht des Yankees wurde dunkelrot, und die Augen traten hervor. Der Wachmann griff nach seinem Hals und versuchte vergeblich, Ezraels Griff zu lösen. Eine der Verkäuferinnen kreischte, eine andere drückte auf den Alarmknopf, und dann verschwanden alle drei im hinteren Raum.

Die Farbe des Blutes überzog das ganze Gesichtsfeld, selbst eine leichte Berührung durch die Bestie würde tödlich sein. Ezrael betrachtete das Gesicht des sich wehrenden Wachmannes, und es fiel ihm zu seiner Überraschung leicht, zu verstehen, daß dies kein Verräter war, er mußte ihn leben lassen. Er schlug mit dem Ellbogen heftig auf die Stirn des Wächters; der schlaffe Körper glitt zu Boden, und Ezrael nahm die Waffe des Mannes.

Das Plexiglas zur Werkstatt zerplatzte, als Ezrael schoß. Er trat das Scherbenmosaik ein, sprang in die Werkstatt und ergriff die Flasche mit der Salpetersäure. Jetzt war er bereit: *»... so wird das Tier, das aus dem Abgrund aufsteigt, mit ihnen einen Streit halten und wird sie überwinden und wird sie töten.«*

43

Jeff Hanes, der Chef der Critical Incident Response Group, fingerte an dem FBI-Ausweis herum, der am Kragen seiner Anzugjacke hing, und starrte auf das Washington Monument. Die Granitspitze des gewaltigen Obelisken war aus dem Fenster des Büros im Energieministerium der USA zu sehen. Auf dem Gesicht des dunkelhäutigen Mannes spiegelte sich seine Verärgerung wider, die er zu unterdrücken versuchte.

Er mußte sich eine Flut von Fragen John Dexters anhören, der Abteilungsleiter für fossile Energie schien besorgt zu sein. Das FBI leitete die Fahndung nach Eamon O'Donnell und versuchte außerdem zu klären, ob Informationen in der Nachricht an den AIVD, in der Dexter denunziert wurde, zutrafen. Dexter und sein alter Freund vom NSA, Matt Kendall, saßen auf dem Sofa an der Stirnseite des Dienstzimmers, das so groß wie eine Wohnung war, und Hanes hockte in einem unbequemen Sessel und betrachtete sie prüfend. Er vermutete, daß die beiden mehr wußten, als sie verrieten.

»Nein, das FBI weiß nicht, wo Eamon O'Donnell sich versteckt«, sagte Hanes, als er endlich zu Wort kam. »Wir wissen noch nicht einmal, wie es ihm gelungen ist einzureisen, obwohl die Behörde für Verkehrssicherheit äußerst umfassende Sicherheitskontrollen bei allen Passagieren vornimmt, die einreisen wollen. Sämtliche Informationen werden überprüft: Kreditkarten, Krankheiten, spezielle Diäten …«

Dexter unterbrach ihn: »O'Donnell hat also anscheinend nirgendwo ein Psychopathenessen bestellt, soviel Verstand hat auch ein Verrückter. Alle wissen doch von diesen Kontrollen«, sagte er mit beißendem Spott und schaute Hanes über seine Adlernase hinweg herablassend an.

Kendall, der Vizechef des NSA, beschloß, Hanes zu unterstützen. »Auch wir haben in den Flugbuchungssystemen jede Person gründlich überprüft, die heute in den USA eingetroffen ist. Keiner der Passagiere ist von CAPPS II auch nur in die niedrigste Gefahrenkategorie eingestuft worden. Die Systeme funktionieren fehlerfrei.«

Diese Erklärungsversuche entfachten Dexters Zorn erst recht, und er schnauzte Kendall an: »Computerprogramme können sich also irren, damit wäre auch das bewiesen.« Er fuhr sich mit den dürren Fingern durch die graue Mähne. Das Gespräch wurde unterbrochen, als seine Sekretärin ein Tablett mit Kaffee hereinbrachte. Auch unter dem Hosenanzug dieser Frau steckte ein nackter Körper, dachte Dexter ungewollt und beschloß, diese Vorstellung zu nutzen, wenn er das nächste Mal seine Gelüste unterdrücken mußte.

Hanes bemühte sich weiter, Dexter zu besänftigen. »Niemand kommt auch nur in Ihre Nähe, dafür garantiert das FBI. Das Foto von Eamon O'Donnell ist auf den Flugplätzen, an die Fluggesellschaften und an jeden Polizisten im Gebiet von Washington verteilt worden, und ich habe befohlen, daß zwei Autos und sechs Männer zu Ihrem Schutz abgestellt werden. Nach Ansicht der Holländer könnte es außerdem sein, daß dieser O'Donnell nach Irvine in Kalifornien will, um an irgendeinen Physiker heranzukommen.«

Dexter seufzte und lockerte den Knoten seiner Krawatte. Ich werde von einem Psychopathen im Kamelhaarumhang gejagt, hätte er am liebsten gesagt, aber er durfte dem FBI nicht zu viel erzählen. Das FBI schützte ihn, aber es stellte auch Nachforschungen zu seiner Person an.

»Warum bist du übrigens so sicher, daß es O'Donnell auf Dexter abgesehen hat? Hat der NSA Beweise dafür?« fragte Hanes Kendall, schaute aber abwechselnd beide Gesprächspartner an.

Kendall schien keine Lust zu haben, die Frage zu beantworten, und suchte mit einem Blick Unterstützung bei Dexter.

»O'Donnell steht irgendwie im Zusammenhang mit Final Action, und die Umweltterroristen muß man ernst nehmen«, erwiderte Dexter und hörte sich jetzt schon versöhnlicher an. »Vergeßt nicht, daß auch die Bombenattentäter von Oklahoma City die Globalisierung aufhalten wollten.«

Hanes setzte sich in seinem Sessel gerade hin, man sah ihm an, daß er die Bemerkung für einen Vorwurf gegen das FBI hielt.

Dexter stand auf, ging ans Fenster und spähte hinaus. Die

wiegenden Hüften einer Frau auf der Independence Avenue zogen die Blicke der Männer an wie ein Magnet das Eisen. »Irgend jemand versucht den Eindruck zu erwecken, ich hätte die Morde von wer weiß wie vielen Physikern organisiert. Dieser Lügner muß, egal, in welcher Kloake, gefunden und ausgegraben werden«, verkündete Dexter, ging zur Tür und öffnete sie. »Ein paar Worte unter vier Augen, Matt«, sagte er zu Kendall, und Hanes verließ aufgebracht den Raum.

»Kannst du herausfinden, wer mich denunziert hat?« fragte Dexter seinen Freund vom NSA und hielt den Bericht des AIVD aus Holland hoch.

»Nein, dafür braucht man hieb- und stichfeste Beweise und nicht anonyme Denunzianten«, erwiderte Kendall, er sah frustriert aus und ging, ohne die Antwort seines Freundes abzuwarten.

John Dexter ließ sich auf das Sofa fallen, legte sich hin und atmete tief durch, aber der Druck ließ nicht nach. Das von van der Waal geführte Konsortium, die Morde an den Physikern und das ganze geheime energiepolitische Programm der USA waren bedeutungslose Projekte im Vergleich zu dem wichtigsten Vorhaben einer kleinen Gruppe von neokonservativen Spitzenpolitikern. Ihr Ziel war der Kern des Bösen – der Iran. Dessen islamische Staatsführung akzeptierte dic Nutzung des Terrorismus als Mittel der Politik und war weltweit die größte Stütze des Terrorismus. Die iranische Einheit Qods Force bildete islamische Fundamentalisten zu Terroristen aus und stellte ihnen nachrichtendienstliche Informationen zur Verfügung, die sie sammelte. Und auf der Gehaltsliste der Qods Force selbst standen über zehntausend im Ausland tätige Terroristen. Bei Hunderten Terroranschlägen, die unter der Mitwirkung des Iran durchgeführt wurden, waren überall in der Welt zahllose Menschen gestorben.

Machtpolitik war ja immer kaltblütige Berechnung, die auch den Verlust von Menschenleben einkalkulierte, aber so weit war noch niemand gegangen: Morgen würden iranische Terroristen einen Anschlag auf das Kernkraftwerk Calvert Cliffs, vierzig Meilen von Washington, vom Herz der Nation, entfernt, ausführen, weil ein Terroranschlag auf die USA einen militärischen Racheakt gegen den Iran rechtfertigen würde.

John Dexter spürte, wie sich eine unsichtbare Schlinge um seinen Hals allmählich zuzog: Er mußte schnell Ergebnisse vorweisen, oder die Schlinge würde sichtbar werden. Der erste Tag des nächsten Angriffskrieges der USA rückte unausweichlich immer näher. Und der psychopathische Killer auch.

Jaap van der Waal zog die Gardinen in der Bibliothek seines Schlosses im Zentrum von Den Haag auf und schaute über den künstlichen Teich Hofvijver hinüber auf achthundert Jahre holländischer Geschichte: den prächtigen Rittersaal aus dem dreizehnten Jahrhundert, das Alte Schloß, das moderne Parlamentsgebäude ... Nachts verdarben die Möwen den Anblick nicht, aber Lady jaulte und störte die friedliche Stimmung.

Van der Waal hatte sein klassisches Schloß, das 1658 an der Straße Lange Vijverberg erbaut worden war, vor Jahren gekauft, als es weltweit zu besonders heftigen Demonstrationen gegen das Vorgehen von Dutch Oil in Nigeria gekommen war. Das Gebäude ließ sich leicht überwachen, weil es auf einer Seite an dem künstlichen Teich lag und ansonsten von einem hohen Metallzaun umgeben wurde. Er schlurfte zum Barschrank und goß sich Genever in ein Kristallglas.

Er schämte sich, zugeben zu müssen, daß er nach dem Tod von Mary Cash die Rache des Zornesengels sogar noch mehr fürchtete als die gänzliche Aufdeckung des Konsortiums. Als die Ermittler des AIVD am Abend bei ihm gewesen waren, um ihn wegen Pieters Tod zu verhören, war der Ton der Fragen anders als früher gewesen, aggressiver. Das überraschte ihn nicht: Die Polizei wußte, daß seine Sicherheitsleute sowohl Jorge Oliveira als auch Mary Cash getötet hatten. Verdammt, er würde jetzt doch nicht etwa ins Gefängnis müssen?

Ein Tag war vergangen seit seiner Drohung, John Dexter zu denunzieren, wenn man ihm nicht half, dem Zangengriff der Polizei zu entkommen. Wäre es klug, noch zu warten? Und wie lange? Er wollte niemanden verraten, welchen Nutzen brächte das. Dieses Spiel, dessen Regeln der Anschlag der Ökoterroristen durcheinandergebracht hatte, als Sieger frei und lebendig überstehen, das war alles, was er wollte. Wartete er umsonst? Niemand hatte Kontakt zu ihm aufgenommen, und die Amerikaner übermittelten ihm keine Informationen mehr, weder über die Bewegungen des Zornesengels noch über irgend etwas anderes. Würde man ihm helfen, oder würde man ihn opfern?

Van der Waal versuchte sich zu beruhigen. In seinem Schloß war er in Sicherheit, vor allem jetzt, da der AIVD draußen wachte und er selbst nach dem Tod von Pieter fast zwanzig neue Sicherheitsleute eingestellt hatte. Er würde das Haus nicht verlassen, bevor alles vorbei war. Der Engel des Zorns konnte auf keinen Fall in das Gebäude gelangen.

Jedes Spiel endete entweder mit dem Sieg, der Niederlage oder einem Remis. Aber in einem Spiel, in dem es keine Regeln gab, ließ sich das Endergebnis unmöglich voraussagen. Und dies war genau so ein Spiel. Van der Waal fürchtete, daß es so ausgehen würde wie in der Dogger Bay. Er schloß die Augen und sah vor sich, was vor mehr als zweihundert Jahren geschehen war:

Konteradmiral Johan Arnold Zoutman kommandiert im

Jahre 1781 den Geleitschutz einer Gruppe holländischer Handelsschiffe auf dem Weg ins Baltikum. In der Nähe der Dogger Bay kreuzen sie den Weg von englischen Kriegsschiffen unter Vizeadmiral Hyde Parker. Es kommt zu einem Gefecht.

Der Kapitän des holländischen Schiffes Batavier, Wolter Jan Gerrit, Baron von Bentinck, wird gleich zu Beginn der Schlacht tödlich verwundet, beide Seiten verlieren mehrere Kriegsschiffe, aber alle holländischen Handelsschiffe gelangen sicher an ihr Ziel. Der Kampf endet mit einem Remis, und beide Länder erklären sich zum Sieger. In Holland wird die Nachricht vom Ausgang der Schlacht mit Freude aufgenommen, und der im Kampf gefallene Baron Bentinck wird mit feierlichem Zeremoniell zu Grabe getragen und zum Nationalhelden erhoben.

Van der Waal ging zur Wand, beugte sich über eine Vitrine aus Edelholz und betrachtete die Medaillen, die zu Ehren des Sieges von Dogger Bay vor über zweihundert Jahren angefertigt worden waren. Er wollte kein toter Held werden wie Baron Bentinck; wenn er nicht bald Hilfe erhielt, würde er Seraphim wieder anrufen.

MITTWOCH

44

Die prachtvolle Arie aus der Faust-Oper von Charles Gounod übertönte alles andere, während Ulrike Berger auf dem Dulles-Flughafen in Washington D. C. zur Paßkontrolle ging. Sie versuchte gar nicht, sich auf die Musik zu konzentrieren, die Kopfhörer sollten nur verhindern, daß Ratamo und Lasse sie beim Nachdenken störten. Jetzt wußte sie, was sie tun würde: Den Befehl, den sie Ezrael gegeben hatte, würde sie nicht zurücknehmen, selbst wenn sie Gelegenheit dazu erhielte. Zumindest jetzt noch nicht. Der Anruf von Seraphim in Den Haag war dafür entscheidend gewesen. Der Mann hatte ihr versprochen, bei der Entlarvung von John Dexter zu helfen, und zwar so, daß niemand starb. Er hatte ihr gesagt, sie solle abwarten, am Vormittag würde sie genaue Anweisungen erhalten. Ulrikes Gedankengang wurde unterbrochen, als ihr geschienter Daumen schmerzte. Das Bild vom zerschmetterten Finger des kleinen nordirischen Jungen tauchte vor ihr auf und quälte sie noch mehr als bisher. Ulrike holte die Medikamente aus der Tasche, stopfte sich ein paar Pillen in den Mund und warf einen Blick auf Lasse. Zumindest war sie nicht mehr allein.

Trotz Seraphims Versprechen hatte Ulrike Angst, daß ihr Befehl zum Tod Dexters oder Ezraels führen könnte. Zu ihrem Entsetzen war sie jedoch bereit, dieses Risiko einzugehen. Es stand so viel auf dem Spiel. Was war eigentlich in den letzten Tagen mit ihr passiert? Die Angst brodelte in ihr; sie benutzte Ezrael als Mittel zum Zweck genau wie Mary Cash vor ihr. Warum gab ihr Gewissen keine Ruhe, obwohl sie sich immer wieder sagte, daß ihre Tat Millionen Menschen Nutzen bringen würde. Aus irgendeinem Grund fiel ihr plötzlich der Traum des jungen Ezrael ein, auf den Berg Croagh Patrick zu gehen und dort zu fasten. Gerade jetzt faszinierte Ulrike dieser Gedanke, vielleicht weil der über Tage anhaltende Streß jeden Muskel ihres Körpers anspannte. Oder vielleicht wollte sie nur vor der allzu großen Verantwortung fliehen, vor einer Situation, die sie nicht völlig beherrschen konnte. Sie spürte die Müdigkeit in den Beinen und dann eine Berührung auf ihrer Schulter.

»Folgen Sie mir, stellen Sie sich hinter mir in der Schlange an«, sagte Ratamo zu Lasse Nordman, während Ulrike noch die Kopfhörer herunternahm. Ratamo wunderte sich über die angespannte Miene des Paares, hatten sie vor irgend etwas Angst? Er spürte den von der Klimaanlage verbreiteten Geruch, den er von seinen beiden bisherigen USA-Reisen schon kannte; er erinnerte ihn an die finnischen Eishallen.

Die FBI-Agenten, die hinter der Paßkontrolle warteten, sahen auf fast amüsante Weise typisch aus: dunkle Anzüge und Schlipse, ordentlich gekämmte, kurze Haare und starr wie Steinplatten. Ratamo fiel ein, daß man die FBI-Agenten bei den Yankees »Hoovers« nannte, genau wie die Staubsauger. Auf dem Flughafen Dulles war es ruhig, in den frühen Morgenstunden landeten nur wenige Maschinen.

Der Beamte dankte höflich, als Ratamo ihm seinen Paß reichte und das im Flugzeug ausgefüllte Formular, mit dem er auf Ehre verneinte, Kriegsverbrecher oder Terrorist zu sein. Mit diesen Formularen würden die US-Behörden vermutlich nicht sehr viele Psychopathen schnappen, überlegte er verärgert. Er war müde, die innere Uhr richtete sich noch nach der holländischen Zeit, und dort war jetzt schon Donnerstag morgen. Auch sein Gehirn, das nur stockend funktionierte, sehnte sich nach Schlaf. In der Maschine war es ihm nur gelungen, einmal kurz einzunicken, seine Platznachbarn, ein Kleinkind auf dem Schoß seiner Mutter und der stockbetrunkene Eigentümer einer Erdbaufirma, hatten ihn abwechselnd belästigt. Interessanter war das gewesen, was das Kind von sich gegeben hatte, vor allem als der Knirps ihm die Hälfte seines Breis auf die Jeans kotzte.

Wegen der späten Buchung war Ratamo ein Platz in einem anderen Teil der Maschine zugewiesen worden, aber Nordman hatte Ratamos Gesellschaft gesucht, um sich mit ihm zu unterhalten. Die von einer Kognak-Fahne umwehten Ergüsse des Ex-Offiziers fielen Ratamo nun wieder ein. Nordman glaubte wirklich, daß die besten Eigenschaften der Finnen, also Ehrlichkeit, Zähigkeit, Mut, zerstört wurden, weil die Menschen vom Wohlstand abgestumpft waren und das Geld anbeteten … Vielleicht war da etwas dran.

Ratamo schreckte aus seinen Gedanken auf, als der Paßkontrolleur nach dem Zweck der Reise fragte. Er antwortete, daß er auf einer Dienstreise sei, hörte, wie die Stempel knallten, und bekam seinen Paß zurück. »Dieses Gebäude ist übrigens von einem Finnen entworfen worden«, rief ihm der Mann zum Abschied nach.

Ratamo traute sich nicht, zu fragen, von wem, erinnerte sich jedoch, daß zumindest Eero Saarinen irgendwann in den USA gearbeitete hatte. Er ging zu seinen Kollegen im schwarzen Anzug und gab ihnen die Hand. Der etwa vierzigjährige, breitschultrige dunkelhäutige Mann, der ihr Chef zu sein schien, betrachtete Ratamo und dessen Jeans abschätzend und zeigte dann seinen Ausweis aus Plastik, auf dem in großen blauen Buchstaben »FBI« und der Name »Jeff Hanes« zu lesen waren. Der Mann kaute auf seinem Kaugummi, als wollte der ihm aus dem Mund springen.

Im gleichen Augenblick hörte man in der Schlange an der Paßkontrolle einen heftigen Wortwechsel: Lasse und Ulrike stritten sich mit einem Angestellten, der auf einen

Nebenraum wies. Hanes, der Chef des Empfangskomitees, ging zu dem Paßkontrolleur, zeigte ihm seinen Ausweis und klärte die Situation.

Die müden Reisenden wurden durch die Räume des Personals in das unterirdische Parkhaus geführt, wo es nach Abgasen stank, die sich im Beton festgesetzt hatten, obwohl die Lüftungsanlage ratterte. Hanes blieb einen Augenblick vor einem Dodge Viper stehen und verschlang den tollen Sportwagen mit seinem Blick wie ein Centerfold.

Schließlich stieg die Gruppe in einen amerikanischen Kleinbus. »Jeff Hanes«, sagte der große dunkelhäutige Mann und reichte den Ökoterroristen mit einem Lächeln die Hand. Dann stellten sich auch die anderen Reisenden vor und schwankten, als sie sich erhoben, um sich die Hand zu geben; der Fahrer hatte bereits Gas gegeben.

»Ist Eamon O'Donnell schon gefunden worden?« fragte Ratamo ungeduldig.

Hanes schüttelte den Kopf. »Wir versuchen zu klären, ob der Mann immer noch in Washington ist. Per Flugzeug, Zug oder Bus hat er die Stadt nicht verlassen, aber es dauert, bis man alle Autohändler durch hat, und wenn er per Anhalter gefahren ist, finden wir ihn wahrscheinlich erst, wenn er an seinem Ziel angekommen ist.«

»Auch Sie wissen also nicht, ob er wegen des kalifornischen Physikers hier ist?« sagte Ratamo wie zu sich selbst und schaute hinaus auf ein Industriegelände, das von den Straßenlaternen nur dürftig beleuchtet wurde.

»Der NSA glaubt, daß O'Donnell Jagd auf John Dexter macht. Aber die Situation hier ist völlig unter Kontrolle. Für die physische Sicherheit Dexters sind wir verantwortlich ...« Hanes öffnete die Gardine am Heckfenster einen Spalt, hob die Hand zum Gruß, und auch auf dem Beifahrersitz in dem dunklen Pkw, der ihnen folgte, wurde eine Hand gehoben. »... das heißt, das FBI. Dieser Verrückte hat ungefähr genauso gute Chancen, Dexter in die Finger zu bekommen, wie Elvis.«

Ratamo war erleichtert. »Haben Sie die gegen John Dexter erhobenen … Vorwürfe geprüft?«

Hanes lachte wohlwollend. »Wir sind hier in den USA. Was NSA, FBI, CIA, DIA, NDIC und die anderen Nachrichtendienste nicht herausfinden, das ermitteln die Journalisten. Ich wette um meine Zähne, daß sich hinter diesen Vorwürfen politische Motive finden.«

Ratamo stellte noch ein paar Fragen zu Einzelheiten der Suche nach Eamon O'Donnell, erhielt aber von Hanes ziemlich ausweichende Antworten. Der Mann vom FBI teilte ihm den Grund für seine Schweigsamkeit mit, indem er mit hochgezogenen Augenbrauen zu Nordman und Berger hinschaute.

»Treffen wir uns morgen gleich früh?« erkundigte sich Ratamo zum Schluß.

Hanes strich über sein pechschwarzes kurzgeschorenes Haar und wirkte verlegen. »Wir können uns morgen früh treffen, rufen Sie an, wenn Sie wach sind«, sagte er zu Ratamo und wandte sich dann Ulrike Berger zu. »Zu Ihnen wird Kontakt aufgenommen, sobald O'Donnell lokalisiert ist. Ich habe es so verstanden, daß er möglicherweise … auf Sie hört. Wir garantieren natürlich für Ihre Sicherheit. Zwei meiner Leute bleiben in Ihrem Hotel.«

Ratamo gab sich mit der Antwort zufrieden, holte sein Handy aus der Tasche und schaltete es ein. Es piepte sofort. »Eskelinen hat ein Bild verkauft!! Wir vertrinken gerade das Geld. Schade, daß du nicht dabei bist …« So lautete die Nachricht von Ilona. Ratamo mußte lächeln. Er entspannte sich auf dem bequemen Sitz, warf einen Blick auf das endlose Industriegelände und schloß die Augen. Die Yankees hatten die Situation so gut unter Kontrolle, daß die ganze Reise überflüssig erschien. In diesem Land wurde die Einhaltung der Gesetze heutzutage in krankhafter Weise ernst genommen. Er vermutete, daß man Eamon O'Donnell aufspüren und jagen würde wie einen Fuchs in der englischen Heide, und die Polizei würde höchstens auf Ulrike zurückgreifen, wenn der Mann überredet werden mußte, sich zu ergeben. Vielleicht würden diese Ermittlungen doch nicht so schwierig, wie er befürchtet hatte. Wenn O'Donnell gefaßt war, würde alles andere im Laufe der Zeit mit der herkömmlichen Polizeiarbeit aufgeklärt werden. Der Streß ließ nach, und der Alltag kehrte zurück. Er beschloß, Nelli sofort anzurufen, wenn er die Gelegenheit bekam, und wunderte sich dann lange, warum er zuweilen an Ilona dachte, aber überhaupt nicht an Riitta.

Das Trio wurde vor dem Hotel Best Western Pentagon abgesetzt, und zwei Männer des FBI hefteten sich an die Fersen von Ulrike und Lasse.

Der helle, flache Gebäudekomplex erschien Ratamo in seinen Dimensionen auf ganz unamerikanische Weise maßvoll. Im selben Augenblick hob ein junger Mann mit Bürstenhaarschnitt in einem gelben Umhang einen Pudel, der einen Overall in den Farben der amerikanischen Flagge anhatte, vor Ratamos Gesicht und bat um eine Spende für die Aktivitäten der ehemaligen Mitglieder der Hare-Krishna-Bewegung auf dem Gebiet der Landesverteidigung.

»Houston, we have a problem«, murmelte Ratamo und ließ klirrend eine Münze in den Becher des Fanatikers fallen.

45

Lady schnaufte auf ihrem Kissen und lief in ihrem Hundetraum über die saftigen Wiesen, die Morgensonne wurde durch die hellen Seidenvorhänge um das Himmelbett gefiltert und erschien Jaap van der Waal wie ein Schleier. Er hatte das Gefühl, Gefangener in seinem eigenen Haus zu sein. In der Regel genoß er die Untätigkeit, aber nun machte ihn die Angst unruhig. Heute war auch noch der Bevrijdingsdag, und ganz Holland würde feiern. Oder zumindest all jene, die keine Angst vor dem Engel des Zorns hatten.

Er wußte nun, daß seine Drohung, John Dexter zu entlarven, ein Fehler gewesen war. Irgend etwas hatte man mit ihm vor, das schien sicher, denn seit fast zwei Tagen hatte niemand Kontakt zu ihm aufgenommen. Von dem, was im Gange war, wußte er nur, daß die Polizei seine Aktivitäten mit großem Eifer untersuchte, daß Ulrike Berger, Lasse Nordman und der Engel des Zorns frei herumliefen und er selbst in seinem Schloß schlummerte wie Dornröschen. Aber heute würde er seinen Fehler korrigieren und erneut Seraphim anrufen, der würde auf gar keinen Fall das Risiko eingehen, daß den Behörden verraten wurde, welche Rolle er spielte. Ein Spiel war ein Spiel.

Lady erwachte, leckte das Gesicht ihres Herrchens und erhielt als Lohn ein paar Leckerbissen. Van der Waal hatte immer Schokoladenplätzchen auf dem Nachttisch liegen, um den Hund zu bestechen, damit er ihm als Fußwärmer diente. Er fühlte sich etwas besser. Letztendlich war er nicht in allzu großer Bedrängnis: Nur Pieter hätte beweisen können, daß er die Befehle zur Ermordung von Jorge Oliveira und Mary Cash erteilt hatte. Und Cash wiederum war das einzige Verbindungsglied zwischen ihm und den Morden an den Physikern. Die Amerikaner würden ganz sicherlich nicht zulassen, daß die Beweise, die sich im Besitz des Zornesengels befanden, in die Hände der Behörden gelangten: Das Video von seinem Treffen mit John Dexter würde die USA mit dem Konsortium und den Morden an den Physikern in Verbindung bringen. Auch die Ökoterroristen könnten ihn letztlich nicht ernsthaft in Gefahr bringen, denn anhand der wenigen Sätze, die sie im Gebäude von Dutch Oil gehört hatten, würde ihn kein einziges Gericht auf der Welt verurteilen.

Vor dem Spiegel im Badezimmer rieb sich van der Waal Haaröl auf den Kopf und kämmte die wenigen Haare sorgfältig nach hinten. Ob das neue Diorama einer Seeschlacht schon im Arbeitszimmer auf ihn wartete? Man hatte zugesagt, es am frühen Morgen zu bringen und aufzubauen.

Er warf sich den Morgenmantel über, fuhr mit den Füßen in die Pantoffeln und betrat den Flur im ersten Stock, wo ihn ein Wächter, der am Türrahmen lehnte, müde begrüßte. Van der Waal konnte sich nicht erinnern, den Mann schon einmal gesehen zu haben. Es war ärgerlich, wenn man sein Leben Sicherheitsleuten anvertrauen mußte, die man nicht kannte, auch wenn sie von derselben Firma kamen wie die entlassenen. Die Neuen waren nicht einmal alle Holländer.

Die Tür des Fahrstuhls im Erdgeschoß öffnete ein anderer stummer Mann im dunklen Anzug, und im großen Arbeitszimmer wartete ein dritter. Van der Waal reagierte gereizt, beruhigte sich aber schnell wieder, denn schließlich war es besser, fremde Wachleute ertragen zu müssen als ungebetene Fremde. Er konnte jedoch nicht akzeptieren, daß sich der Mann auf den Tisch mit der Seeschlacht lehnte und sie so betrachtete, als verstünde er etwas davon.

»Pardon«, sagte van der Waal, um den Mann auf sich aufmerksam zu machen, und zeigte dann mit der Hand auf die Empire-Stühle an der Wand neben den Bücherregalen, *»alstublieft.«* Der Zwischenfall dämpfte seine Freude darüber, daß man das neue Diorama schon geliefert und rechtzeitig aufgebaut hatte.

Das Hausmädchen brachte van der Waal eine große dampfende Tasse. Die Frau wußte, daß sie keinen Mucks sagen durfte: Der Hausherr, der ein Morgenmuffel war, brauchte seinen Milchkaffee und die Morgenzeitung vor dem Frühstück. Auf den Wirtschaftsseiten des Dagblad van het Noorden fanden sich schlechte Neuigkeiten: Die Talfahrt des Aktienkurses von Dutch Oil ging weiter, während die Kurse von Exxon Mobil, Pennzoil, BP und Texaco weiter stiegen.

Van der Waals Laune wurde noch schlechter, als sein Blick auf ein Buch fiel, das gestern vom Versandhandel gekommen war: Die Seekriege zwischen England und Holland 1652 – 1674, von Roger Hainsworth, Assistenzprofessor für Geschichte an der Universität Adelaide. Was wußte denn ein Schotte schon von der Seekriegsgeschichte? Er hatte das Buch bestellt, um darin sachliche Fehler zu suchen und Hainsworth einen Fan-Brief zu schicken.

Jetzt kam der Höhepunkt des Tages, beschloß van der Waal und watschelte zum Tisch mit dem neuen Diorama. Voller Begeisterung betrachtete er die Konstellation der Schlacht von Texel zwischen der holländischen Flotte und jener der englisch-französischen Koalition, so wie sie der Oberbefehlshaber der holländischen Flotte Michiel de Ruyter am 21. August 1673 erlebt hatte. Die Schnitzarbeit war meisterlich, er erkannte sogar die Miniatur de Ruyters auf der Kommandobrücke der De Zeven Provinciën, des Flaggschiffs der aus einhundertfünfzehn Kriegsschiffen bestehenden holländischen Flotte. Auch die Menschen, die am Ufer von Kijkduin die Schlacht verfolgten, sahen fast lebendig aus.

Gerade als sich van der Waal in die Schlacht hineinversetzt hatte, war neben den Bücherregalen das Rauschen eines Sprechfunkgeräts zu hören, und der Wächter verließ gemächlich das Zimmer.

Van der Waal beschloß, den interessantesten Zusammenstoß der Schlacht von Texel durchzugehen, und beugte sich über das Diorama.

Das von Vizeadmiral Spragge kommandierte französische Schiff Royal Prince greift das Schiff Gouden Leeuw des Holländers Cornelis Tromp an. Spragge will sich an Tromp für die demütigende Niederlage in der Schlacht von Schooneveld rächen. Tromp wiederum hat den brennenden Wunsch, die Royal Prince zu attackieren, sieben Jahre zuvor hatte er in einem vier Tage währenden Kampf vergeblich versucht sie zu zerstören.

Van der Waal ging ungewöhnlich flink an das andere Ende des drei Meter langen Dioramas und konzentrierte sich.

Am Ende des heftigen Kampfes hat Spragges Royal Prince zwei Maste verloren, und auch Tromps Gouden Leeuw ist schwer beschädigt. Beide Kommandanten müssen ihre Schiffe verlassen ...

Plötzlich erstarrte van der Waal, sein Blick heftete sich auf das Schiff Royal Prince: Es waren drei gebrochene Masten und nicht zwei, wie es hätte sein müssen. Der Hersteller des Modells würde sich bei einem so wichtigen Detail ganz gewiß nicht irren. Van der Waal fluchte so heftig, daß ihm die Stimme versagte. Der Wächter hatte doch nicht etwa an den Modellen herumgespielt und den dritten Mast abgebrochen? Die Wut brannte in den Schläfen; hatte sich der Wächter eben aus dem Zimmer davongemacht, weil er ahnte, daß seine Missetat entdeckt werden würde?

Van der Waal beugte sich über das Diorama, entdeckte den ein paar Zentimeter langen Mast neben dem Schiff und beruhigte sich etwas. Er würde ihn da wieder befestigen, wo er hingehörte. Van der Waal holte auf seinem Schreibtisch eine Tube Leim, griff nach dem Mast, hob ihn hoch und sah, wie sich ein dünner Faden an dem Mast spannte. Ein Knacken war zu hören. Jaap van der Waal begriff noch, daß er das Spiel verloren hatte, und seine Ohren registrierten das Geräusch des Todes – die Explosion.

46

Ezrael keuchte. Er hatte das Grundstück des Verräters Dexter zunächst im Radius von einem Kilometer, dann von einem halben Kilometer umkreist, und der dritte Kreis, den er eben geschlossen hatte, war noch etwa zweihundert Meter von dem Gebäude entfernt. Die Polizei überwachte das Haus des Verräters nicht, es war also möglich, daß man seine Absichten noch nicht kannte. Er witterte dennoch den widerwärtigen Gestank der Gefahr, alles schien zu funktionieren, aber ein bißchen zu gut. Auch die Farben kündigten die Gefahr an; schon jetzt schoß ihm das Rot durch den Kopf, das Gelb und Orange vermischten sich zu einem grellen Wirrwarr. Die Gerüche und Farben, die er mit seinen Sinnen spürte, waren jedoch schon bedeutend schwächer als vorgestern, vor dem Beginn der Veränderung.

Sein Atem beruhigte sich schnell, und sein Hirn registrierte die Umgebung, aber die Gedanken schweiften ab. Als er früh am Morgen eingenickt war, hatte er zum wiederholten Male einen Traum vom Berg Croagh Patrick gehabt, von einem Mönch und dem Engel der Offenbarung. Das mußte etwas zu bedeuten haben. Die Erinnerung an den Ausflug zum Croagh Patrick mit der Frau, die Papierengel ausgeschnitten hatte, tauchte wieder vor Ezrael auf, das war Eamons liebste Erinnerung, die er ganz tief in sich eingeschlossen hatte. Die Mutter hatte nach dem Ausflug nur noch ein Jahr gelebt.

Ezrael drückte sich eng an den Stamm der Kiefer mitten in dem lichten Wäldchen und richtete das Fernglas auf den Hof des Hauses, der in der Morgensonne lag. Die Familie des Verräters schien oft Zeit in ihrem Patio zu verbringen, denn auf dem Tisch der Terrasse lagen auch jetzt Teller und Besteckteile herum, und der Deckel des Gasgrills stand offen.

John Dexter wohnte mit seiner Familie im Vorort Bethesda, dreizehn Kilometer nordwestlich von Washington D. C. In Nordirland hätte man das Gebäude aus braunen Ziegeln mit seinen zwei Stockwerken und dem Giebeldach für das Haus eines Gutshofes gehalten, aber hier galt es wohl nur als etwas größeres Eigenheim. Es war gefährlich, sich dem Objekt zu nähern, denn das Haus wurde in einem Radius von hundert Metern von offenem Rasengelände umgeben, das nicht den geringsten Sichtschutz bot.

Unmöglich war es jedoch nicht, das Ziel zu erreichen, und das genügte Ezrael. Hier würde er seine Rache ausführen. Es war sein Glück, daß der Verräter Dexter nicht in einem scharf bewachten Wohnhaus des Staates lebte wie einige der Spitzenbeamten. Er durfte keinen einzigen Fehler begehen, und das würde auch nicht geschehen. Er wußte schon, wie er vorgehen würde.

Plötzlich tauchte auf dem Hof ein Sicherheitsmann im dunklen Anzug auf, aus dessen Ohr die Leitung eines Knopfhörers unter den Kragen der Jacke führte. Ging der Verräter so früh zur Arbeit? Ezrael hörte ein surrendes Geräusch und sah den Rand der Garagentür, die sich hinter dem Haus öffnete. Er eilte gebückt durch das Wäldchen, um in die Garage hineinblicken zu können. Vor dem Haus stand ein zweiter Wächter. Ezrael richtete sein Fernglas auf die Garage und sah neben dem Verräter zwei Wächter und zwei Autos, deren Motoren schon liefen, mit den Fahrern waren es also insgesamt sechs Sicherheitsleute. John Dexter blickte in die Sonne, beugte sich vor und stieg ein.

Ezrael schloß die Augen, er hatte den Verräter gesehen, doch das löste nur eine schwache Reaktion aus. *»Heutigestages wird dich der HERR in meine Hand überantworten, daß ich dich schlage und nehme dein Haupt von dir und …«*

Er wußte, daß diese Rache schwieriger werden würde als jede andere vorher. Er hatte keine Angst vor einem Mißerfolg, im Gegenteil, in gewisser Weise wartete Ezrael voller Interesse auf seinen eigenen Tod. Manchmal träumte er davon, einen wirklichen Test bestehen zu müssen und auf eine Art sterben zu dürfen, bei der sich zeigen würde, aus welchem Holz er geschnitzt war. Wenn sich ihm solch eine Gelegenheit böte, würde er sich wie ein stiller und demütiger Märtyrer verhalten. Wie einer der namenlosen Urchristen, die bei den Verfolgungen in Rom oder im Kolosseum gelitten hatten. Solche Märtyrer, die völlig Selbstlosen, hob der Meister am allerhöchsten. Solche wie Eamon. Ezrael spürte bereits Gefühle, die Eamon gehörten: Einsamkeit und Angst, und jetzt begann er sich schon nach seiner Schwester zu sehnen. Er erinnerte sich auch daran, wie Mary mit dem Riemen Prügel bekommen hatte, als sie den Soldaten daran hindern wollte, Eamon diese grausamen Dinge anzutun.

Er wartete noch ein paar Minuten und rannte dann über den Rasen zum Patio und hockte sich vor die Terrassentüren. Die Bewegungsmelder schienen Qualitätsware zu sein, ebenso die Alarmanlagen der Schlösser, aber an den Fensterscheiben waren keine Sensoren. Er ging um das Haus herum und spähte durch alle Fenster hinein, die man von der Straße aus nicht sehen konnte, und zeichnete in seinem Gehirn ein Bild vom Grundriß der Wohnung. Als er die offene Kellertür erblickte, tauchte plötzlich vor ihm ein Bild auf, das Kellerloch und das, was der Soldat nachts mit Mary gemacht hatte, aber er verdrängte es aus seinem Bewußtsein. Noch durfte Eamon die Herrschaft nicht übernehmen.

Nachdem Ezrael genug gesehen hatte, verschwand er wieder in dem Wäldchen und rannte auf schmalen Wegen über Hinterhöfe und abgelegene Pfade in Richtung des Zentrums von Bethesda. Die Werbeschilder der Restaurants schimmerten durch die Wipfel der Linden. Taco Bell, Burger King, Wendy's, Kentucky Fried ... Er schämte sich, daß er schon Appetit auf dieses minderwertige Essen hatte. Ezrael zauberte den Anblick vom Tod der Märtyrer vor sein geistiges Auge. In Rom wurden auf die Haut der Urchristen die Felle von wilden Tieren genäht, damit die Bluthunde sie noch rasender zerfleischten. Und Kaiser Nero erleuchtete seinen Garten, indem er Christen wie gewaltige Kerzen verbrannte. Warum wurde von diesen Helden nicht gesprochen, nur selten hatte man von ihren mutigen Taten auch nur gehört.

Ezrael glaubte, daß er sogar zum Märtyrium des Polykarp, des Bischofs von Smyrna, imstande war. Als der im Jahre 155 gefangengenommen und in das Amphitheater von Smyrna geführt wurde, befahl der römische Prokonsul Statius Quadratus dem alten Mann, hier vor den Augen Tausender Zuschauer seinem Gott abzuschwören. Polykarp gehorchte natürlich nicht, also ordnete der Prokonsul an, ihn bei lebendigem Leibe zu verbrennen. Als der Scheiterhaufen errichtet wurde, bat Polykarp darum, nicht gefesselt zu werden, er wolle seinen Tod als freier Mann empfangen. Wenn Polykarp dazu in der Lage war, warum dann nicht auch er?

Das geschäftige Treiben in der Vorstadt Bethesda zwang Ezrael, sich wieder auf den Auftrag zu konzentrieren. Unter den Sündern muß man sich verhalten wie die Sünder ... In Amerika sahen auch die Vororte mit ihren gewaltigen Bürogebäuden und breiten Straßen groß aus. Er holte die Dose aus der Tasche und steckte sich ein paar Pillen in den Mund. Heute war die Wirkung schon deutlich zu spüren, er schrak vor Ekel zusammen, als er sich daran erinnerte, wie das Urumi-Schwert in Gloria Davegnas Fleisch eindrang.

Ezrael ging auf dem Old Georgetown Boulevard zur Metrostation und war zufrieden, daß auf diesen Straßen nicht das gleiche dichte Gedränge herrschte wie in den größten Metropolen. Im selben Augenblick traf sein Blick auf einen jungen Mann in Frauenkleidern, und die Bestie trat so unerwartet zu, daß er sich in die Wange biß und den Geschmack des Blutes im Mund spürte.

An der Kreuzung des Boulevards und der Wilson Lane fiel ihm ein schrilles Klingeln auf, das mitten im Verkehrslärm zu hören war. Die Städter eilten an der Telefonzelle vorbei, ohne ihr Tempo zu verlangsamen, nur ein gebeugt gehender älterer Herr mit Schirmmütze blieb einen Augenblick stehen. Ezrael betrat die Telefonzelle und hob den Hörer ab.

»Ich bin Seraphim«, sagte die Männerstimme, und Ezrael erkannte sie.

»Ich will dir helfen, wie ich es versprochen habe. John Dexter wird heute um dreizehn Uhr in seiner Wohnung allein sein. Handle schnell, viel Zeit kann ich dir nicht garantieren.«

Ezrael legte den Hörer auf und lächelte, jetzt sah es schon so aus, als wäre es möglich, Rache zu nehmen. Der Allerhöchste sorgte immer für die Seinen. Das erste Mal seit Monaten mußte er sich dazu zwingen, an den Satz zu denken: *»Denn das ist des HERRN Rache. Rächt euch an ihm, tut ihm, wie er getan hat.«*

47

Der stellvertretende US-Verteidigungsminister Robert Wolferman grüßte den Wachsoldaten vor dem Pentagon und strich mit der Hand über den garantiert staubfreien Hut der Bronzebüste von General Dwight D. Eisenhower. Es war richtig, daß der wichtigste Flur im Verteidigungsministerium der USA den Namen des Oberkommandierenden bei der Landung in der Normandie trug. Der zweitwichtigste Mann des Pentagon ging durch das Büro seiner Sekretärin in sein Zimmer, wo Amanda Moreno, die operative Chefin des DIA, des Nachrichtendienstes der Armee, schon auf ihn wartete.

»Wer hat Jaap van der Waal liquidiert?« fragte Wolferman zur Begrüßung. Der dunkelhaarige kleine Mann reichte so bis zur Augenhöhe von Moreno.

»Die Freiheitskämpfer des militärischen Flügels der MEK, der iranischen Mujahideen-e-Khalq«, antwortete Moreno und zupfte eine unsichtbare Fussel vom Kragen ihres pinkfarbenen Hosenanzuges.

Wolferman räusperte sich. »Also auch Iraner. Das paßt glänzend ins Gesamtbild. Erzählen Sie mehr.«

»Die MEK strebt den Sturz der islamischen Republik im Iran an und hat etwa zehntausend Mitglieder. Früher war sie antiwestlich orientiert, aber nach dem Ende der Regierung von Saddam Hussein fiel ihr wichtigster Geldgeber weg, und jetzt übernimmt sie Aufträge und Geld von jedem, auch aus dem Westen. Die Jungs sind übrigens sehr effektiv«, Moreno lachte, »im Jahre 2000 gelang es ihnen mit einem Granatenanschlag sogar, den Befehlshaber der iranischen Streitkräfte zu ermorden und um ein Haar auch Präsident Khatami.«

Wolferman griff nach der aufgeschlagenen Mappe mit der Aufschrift »Lasse Nordman« und blätterte zum x-tenmale darin. »Dieser Name Seraphim war eine gute Idee«, sagte er lächelnd zu Moreno. »Bald wird er nicht mehr gebraucht – der Fall John Dexter ist in Kürze Geschichte«, verkündete Wolferman wie in einem Gebet. Er griff zum Telefon und rief die Zimmernummer 2228 im Hotel Best Western Pentagon an.

Das Klingeln wurde in Lasse Nordmans Traum zum ohrenbetäubenden Lärm der Alarmanlage des brennenden Gebäudes, er trat lange nach seiner Decke, bis er schließlich aufwachte und begriff, daß es das Telefon war, das klingelte.

Er langte nach dem Hörer auf dem Nachttisch und deckte Ulrikes Beine zu, doch die Frau drehte sich plötzlich auf die Seite, schaltete den Lautsprecher des Telefons ein und kroch unter seine Achseln. Die blutroten Ziffern des Radioweckers zeigten 11.13 Uhr an.

»Es ist wenig Zeit. Hängt diesen finnischen Polizisten ab, und kommt zur Wohnung von John Dexter.« Seraphim las die Adresse vor und wartete einen Augenblick, damit Nordman sie notieren konnte. »Ich sorge dafür, daß Dexter dort um ein Uhr allein ist. Alles ist bereit. Auch Eamon O'Donnell ist dorthin … eingeladen. Erpreßt von Dexter ein detailliertes Geständnis, und verschwindet dann. Ich komme nicht hin, ich bin … zu nahe dran am Geschehen«, sagte Wolferman.

Auf dieses Gespräch hatte Lasse Nordman gewartet. Und davor hatte er Angst gehabt. Er hatte nicht die geringste Ahnung, was in Dexters Wohnung passieren würde, wenn auch Eamon O'Donnell dort auftauchte. Das Leben bestand aus Entscheidungen. Das war jetzt der Zeitpunkt, um eine wichtige Entscheidung zu treffen. »Ich versuche mein Bestes, aber für das, was dieser Verrückte tut, kann niemand eine Garantie abgeben.«

»Das wichtigste ist, daß der entscheidende Anschlag ausgeführt wird«, stellte Wolferman ganz ruhig fest.

Lasse fluchte im stillen, Ulrike hörte im Lautsprecher jedes Wort. Er spürte, wie sich ihr Körper an seiner Seite spannte.

»Kümmert euch um Dexter. Das ist das letzte Mal, daß ich dir helfe. Gleich kannst du an der Tür ein Paket abholen.« Wolferman beendete das Gespräch zufrieden. Jetzt war alles bereit. Bald würde der Krieg beginnen.

Ulrike starrte Lasse wütend an. »Das wichtigste ist, daß der entscheidende Anschlag ausgeführt wird …«, wiederholte sie. »Das ist das letzte Mal, daß Seraphim dir hilft.

Was zum Teufel bedeutet das? Kennst du diesen … Seraphim?«

Lasse knurrte ungeduldiger als beabsichtigt, zog eine Weile das Telefonkabel auseinander, das sich zusammengerollt hatte, und schaltete dann mit der Fernbedienung den uralten, am Fußboden befestigten Fernseher ein.

»Antworte!« schrie Ulrike. Die Wut stieg in ihr hoch, zwischen ihnen sollte es doch keine Geheimnisse geben.

»Der entscheidende Anschlag, das ist das Treffen mit Dexter. Natürlich kenne ich Seraphim nicht, aber er hat uns ja schon viele Male geholfen. Er hat Ezrael in dem Keller, mich und dich in Den Haag angerufen …« Das Klopfen an der Tür war die Rettung für Lasse und verhinderte, daß er zuviel ausplauderte. Er sprang rasch in seine Jeans, zog sich das T-Shirt über, öffnete die Tür und begrüßte einen der beiden zu ihrem Schutz abkommandierten FBI-Männer. Der Schrank im dunklen Anzug reichte ihm eine Papiertüte.

Ulrike war verwirrt. Die Worte Seraphims und Lasses Antworten standen im Widerspruch zueinander, ihr war nur nicht klar, wie. Drehte sie jetzt auch langsam durch, litt auch sie schon unter Verfolgungswahn? Sie hatte doch mit Lasse zusammen ein gemeinsames Ziel. Ulrike stieg aus dem Bett und ging auf dem hellblauen abgenutzten Fußbodenbelag zum Bad.

Lasse schloß die Tür des Hotelzimmers, nahm aus der Papiertüte ein dickes Handtuch und sah die Waffen – zwei halbautomatische Pistolen der Marke Beretta. Nachdem er geprüft hatte, ob die zehn Patronen fassenden Magazine gefüllt waren, lud er die Waffen und sicherte sie.

Lasse war nervös. Ulrike mißtraute ihm eindeutig. Es war nur eine Frage der Zeit, bis alles herauskam. Allerdings fürchtete er das nicht mehr so sehr, schließlich hatte auch Ulrike ihre Seele verkauft, als sie Ezrael den Befehl zum Töten gab. Ulrike akzeptierte die Möglichkeit, daß Ezrael Dexter umbrachte oder bei dem Versuch, ihn zu töten, selbst starb, genauso wie er akzeptierte, daß der Anschlag von Calvert Cliffs Menschenopfer fordern würde. Bisher hatte sich Ulrike verhalten wie eine verträumte, reine Idealistin. Begriff sie jetzt endlich, daß man den Krieg nicht ohne Kompromisse in einzelnen Schlachten gewinnen konnte? Nur der Sieg hatte Bedeutung, um ihn zu erreichen waren alle Mittel erlaubt. Und ein Sieger benutzte nie falsche Mittel, egal, was er tat, weil der Sieger die Geschichte seiner Taten schreiben konnte. Das zeigte vor allem die Kriegsgeschichte ganz nüchtern und schmucklos. Lasse verstand nicht, warum er sich trotzdem für seine Entscheidung schämte, und dafür, daß er sie vor Ulrike geheimgehalten hatte.

Die Badezimmertür knallte, und Ulrike ging entschlossen auf Lasse zu. »Wir marschieren also um ein Uhr in die Wohnung von John Dexter, bitten Ezrael um die Beweise und zeichnen Dexters Geständnis auf. Das heißt, wir entlarven sowohl das Konsortium als auch das US-Energieministerium einfach so.«

Lasse nickte mit ernster Miene, steckte die Pistole in den Gürtel, zog das T-Shirt darüber und reichte Ulrike die andere Waffe. »Du behauptest ja selbst, daß Ezrael dir gehorcht.«

Ulrike lachte lustlos. »Das hört sich etwas zu einfach an. Glaubst du, daß der Verrückte mir die Beweise einfach so gibt? Vielleicht ist Ezrael auf der Hut und nimmt sie gar nicht mit. Und was ist, falls Dexter nicht bereit ist, zu gestehen, auch nicht, wenn er bedroht wird? Was macht Ezrael, wenn ich doch nicht zulasse, daß er Dexter umbringt?« Ulrike stellte all die Fragen mehr sich selbst als Lasse. Sie wollte einen Weg finden, sie wollte Erfolg haben. Solch eine Gelegenheit bekam man nur einmal.

»Dexter wird schon reden. Auf die eine oder andere Weise.« Lasse klang so, als wäre er sich seiner Sache sicher.

Urplötzlich schoß Ulrike eine Idee durch den Kopf. Das war die Lösung, das Mittel, mit dem sie alles erreichen würde! So könnte sie ihren Auftrag ausführen und ihre Spuren in der Geschichte hinterlassen. Vielleicht würde es gelingen. Sie schaute auf die Uhr und griff nach ihren Jeans, die auf dem Fußboden lagen, und nach ihrem Hemd auf dem roten, von der Sonne ausgebleichten Sessel. »Ich kenne ein paar Orte, an die Ezrael vor dem Anschlag gehen wollte. Wir haben noch fast zwei Stunden Zeit, komm, wir suchen ihn und besprechen alles vorher. Wenn ich die Beweise vor dem Treffen mit Dexter bekomme, kann ich Ezrael, wenn nichts anderes hilft, mit der Waffe unter Kontrolle halten.«

Lasse griff nach Ulrikes Schulter. »Das ist keine gute Idee. Der Mann, von dem du sprichst, ist ein geisteskranker Killer, mit so einem kann man keine Vereinbarungen treffen.«

»Ein Versuch lohnt sich immer. Ich bin schließlich Ezraels Bote.« Ulrike war wütend, weil sie diese Idee erst jetzt hatte. Und auch, weil sie nicht einmal mehr in Erwägung zog, den Befehl an Ezrael zurückzunehmen; sie wollte etwas Bedeutungsvolles erreichen. Auch auf die Gefahr hin, daß jemand starb.

Sie zog die Enden der Binde um ihren geschienten Daumen fester. Die Unruhe in ihr wuchs. Die Ereignisse der letzten Tage hatten sie vorwärts geschoben wie auf Schienen, es kam ihr so vor, als hätten das Zusammentreffen so vieler unterschiedlicher Dinge und auch die Überraschungen sie auf diesen Augenblick zugetrieben. Ganz so, als wäre alles organisiert und bereit für das große Ziel.

Es war Zeit aufzubrechen. Ulrike riß die gelbbraunen Gardinen auf, öffnete die Balkontür und trat hinaus in den Sonnenschein. Die Höhe bis zum Rasen erschien ihr nicht der Rede wert.

48

Die Ermittlerin Saara Lukkari schaute in der von Lasse Nordman gemieteten Garage in Lauttasaari ihrem Kollegen zu. Ossi Loponen mühte sich schon minutenlang mit dem schwachen Schloß von Nordmans Schreibtischschublade ab; er fluchte wie eine ganze Kirche voller Ketzer, aber das Schloß ging nicht auf.

»Dieser Loponen kriegt nicht mal einen Fünf-Euro-Schein kaputt«, spottete Saara Lukkari, die eine Fleecejacke des Eira-Fitneßclubs trug, und schaute dabei Ketonen an.

Der Chef der SUPO lächelte. So lebendig und glücklich hatte er sich seit ewigen Zeiten nicht gefühlt: Bei seinem letzten Fall war er schon das dritte Mal vor Ort im Einsatz. »Bevor du jemanden kritisierst, fahr in die Stiefel des anderen und betrachte die Situation mit Abstand«, sagte er übertrieben ernst. »Wenn du dann kritisierst, bist du schon weit weg, und der andere ist barfuß.« Ketonen grinste. »So, Loponen, nun hör endlich auf, da rumzufummeln, verdammich, und geh mal da weg«, sagte er und machte ein paar Schritte in Richtung Schreibtisch, doch im selben Augenblick flogen Holzsplitter durch die Luft, und Loponen landete mit seinem Hinterteil auf dem Betonfußboden.

Lukkari schaute abschätzend in das halbleere Schubfach und begann dann den Inhalt zu durchsuchen. Zwischen Visitenkarten, uralten Flugtickets und Stiften fand sich jedoch nichts Interessantes. Sie schaute zu Ketonen und schüttelte den Kopf, während in der Garage nebenan jemand ein Motorrad startete, das einen besseren Schalldämpfer gebraucht hätte.

Vor der Garage fielen Regentropfen auf den Asphalt, aber das Geräusch beruhigte Ketonen nicht; ihm gingen die Ereignisse des Tages durch den Kopf. Die ausländischen

Kollegen hatten am Nachmittag bestätigt, daß Eamon O'Donnell wahrscheinlich auch für den Mord an dem italienischen und dem deutschen Physiker verantwortlich war. Dank den Fotos kamen jetzt von überallher Informationen, wo O'Donnell in Europa unterwegs gewesen war. Die Existenz des Konsortiums konnte nicht mehr bezweifelt werden.

»Dauert es noch lange?« fragte Ketonen Mikko Piirala, der am Computer beschäftigt war und etwas Unverständliches murmelte. Aus irgendeinem Grund war der Chef der Abteilung für Informationsmanagement der SUPO ganz gegen seine sonstigen Gewohnheiten auf eigenen Wunsch mit zu diesem Einsatz gekommen. Ketonen beobachtete verwundert den Computerfreak, der auf der Tastatur herumtippte, und überlegte, ob dies das erste Mal war, daß er Piirala arbeiten sah. In der Regel fand man den Mann, der leidenschaftlich gern flirtete und sich stets nach der neuesten Mode kleidete, am ehesten in den Kaffeeräumen der SUPO oder beim Schwatz mit einer der Sekretärinnen, meist redete er gerade mal wieder von seinem Geländewagen, seinem Motorschlitten oder …

»Jetzt ist er geknackt«, sagte Piirala und unterbrach Ketonens Überlegungen. »Auf diesem Computer ist vorgestern eine Nachricht angekommen, und es ist auch eine abgeschickt worden.«

»Lies die eingegangene zuerst«, drängelte Saara Lukkari.

Piirala hämmerte eine ganze Weile im Kreuzfeuer der Blicke seiner Kollegen auf der Tastatur herum. »Die Situation hat sich verändert. Der entscheidende Anschlag muß so schnell wie möglich stattfinden«, las er schließlich vor. »Unterschrieben von ›Seraphim‹.«

Die Mitarbeiter der SUPO blickten sich unruhig an, die Nachricht verriet zu wenig. »Und die abgeschickte?« befahl Ketonen.

Die Sekunden vergingen, Piirala tippte auf Hochtouren, und das Hämmern auf der Tastatur hallte von den Wänden der Garage wider. Ketonen klopfte mit dem Schuh auf den Fußboden und schaute besorgt auf seine Uhr. Dann sah er, wie Piirala einen Blick auf Saara Lukkari warf, und begriff schlagartig, warum der Mann so scharf darauf gewesen war mitzukommen.

Piirala gab so etwas wie ein Juchzen von sich, in der Garage wurde es ganz still, und er las vor: »Führt den Anschlag von Calvert Cliffs am Mittwoch, dem fünften Mai, zwölf Uhr aus. Der Chef.«

Die Gesichter der SUPO-Mitarbeiter verrieten, daß jeder von ihnen verstand, was die Nachricht bedeutete. »Lasse Nordman ist der Chef von Final Action«, Ketonen kleidete die Gedanken aller in Worte. »Aber was zum Teufel ist Calvert Cliffs?« Er schaute auf seine Uhr – es zwar zehn vor sieben abends –, und ihm fiel ein, daß der Zeitunterschied zur Ostküste der USA sieben Stunden betrug. Sie würden zu spät kommen.

Piirala zauberte die Google-Suchmaschine auf den Bildschirm. »Calvert Cliffs muß mit irgend etwas zusammenhängen, was Ökoterroristen interessiert: Luftverschmutzung, Kinder als Arbeitskräfte, Umwelt ...«

»Das war übrigens eine verdammt gute Arbeit«, sagte Ketonen, klopfte Piirala auf die Schulter und tadelte sich dafür, daß er Zweifel an den Fähigkeiten des Mannes gehabt hatte.

»Calvert Cliffs ergibt fünfundzwanzigtausend Treffer.« Piirala las konzentriert Überschriften der Seiten.

Schritt für Schritt wurde Ketonen der Ernst der Lage klar. Der Führer von Final Action, Lasse Nordman, hatte von Finnland aus für diesen Tag einen Terroranschlag organisiert, und er, die SUPO, hatte das zu spät herausgefunden. Die Fakten mußten sofort geklärt werden und noch schneller in das Land, das Ziel des Anschlags war, übermittelt werden, ansonsten würde die Glaubhaftigkeit der SUPO einen schweren Schlag erleiden, und das gerade an der Schwelle seiner Pensionierung. Ein solches Erbe wollte Ketonen nicht hinterlassen. Sein Puls hämmerte so, daß der Stoff seines Hemdes vibrierte. Genau wegen solcher Augenblicke hatte er der SUPO zweiunddreißig Jahre seines Lebens geopfert – und genau wegen dieser Augenblicke wollte er in Rente gehen.

»Oh, verflucht!« rief Piirala.

»Was ist es?« brüllte Ketonen.

»Calvert Cliffs ist ein Kernkraftwerk, vierzig Meilen von Washington entfernt. Final Action will einen Anschlag auf ein Kernkraftwerk im Herzen der USA ausführen«, murmelte Piirala.

Saara Lukkaris Telefon klingelte, sie hörte zu, nuschelte etwas Unverständliches und schob das Telefon wieder in die Tasche. Sie wirkte konfus. »Jaap van der Waal ist ermordet worden, er wurde bei sich zu Hause in die Luft gesprengt. Die Liquidierung der Zeugen geht weiter und …«

»Nur Nordman und Berger sind noch übrig.« Loponen ergänzte den Satz.

»Gottverdammich«, Ketonen ging schon zum Auto, holte sein Handy aus der Tasche und wäre beinahe auf einen Dackel getreten, der sein Herrchen ausführte. Vom Regen wurde Ketonens ausgebleichter Popelinemantel sofort dunkel. »Ihr berichtet das den Yankees, ich rufe die Regierung und Ratamo an«, befahl er Saara Lukkari. Ketonen wußte schon, daß sie zu spät kämen: Der Anschlag auf Calvert Cliffs würde in fünf Minuten stattfinden.

49

Die weiße Fassade von Calvert Cliffs glänzte hell im Licht der Scheinwerfer, und die Lichtkegel der mobilen Leuchten rissen die Dunkelheit des Waldgebietes auf, das dieses Kernkraftwerk umgab. Das Hauptgebäude des Kraftwerks sah mit seinen großen Fenstern wie ein gewaltiges Luxushotel aus, das jemand, der zufällig vorbeisegelte, am Ufer der Chesapeake Bay, sechzig Kilometer von der Hauptstadt der USA entfernt, nicht erwartet hätte. Die zwei Reaktoren von Calvert Cliffs standen auf einem abgelegenen und ruhigen einhundertzweiundfünfzig Hektar großen Grundstück, das ein mehrere hundert Hektar großes naturbelassenes Gebiet umgab. Auf dem Grundstück des Kraftwerks waren die Bäume abgeholzt worden, und die großen Rasenflächen wirkten wie die Grünanlagen eines Golfplatzes für Riesen, doch hinter dem vier Meter hohen Elektrozaun ragten saftige Laubwälder in den Himmel.

Der Kommandotrupp, der aus drei iranischen Terroristen bestand, wartete ungeduldig, daß die Säure die Metalldrähte des dicken Maschendrahtzauns zerfraß. Der bittere Geruch schmelzenden Metalls stieg ihnen in die Nase. Sie trugen eine leichte Ausrüstung: feuerfeste schwarze Nomex-Overalls, Gesichtsmasken, Kampfstiefel, Scheinwerfer und einen Gürtel mit Zubehör. Für alle Fälle hing bei jedem auf dem Rücken eine Maschinenpistole der Marke Steyr AUG-P, obwohl Widerstand nicht zu erwarten war.

Schließlich trat der Chef des Kommandotrupps den Zaun ein, und die Männer schlüpften durch das Loch auf das Gelände des Kernkraftwerks. Alarm wurde nicht ausgelöst, und auch die Scheinwerfer richteten sich nicht auf sie. Das durfte auch nicht geschehen, sie befolgten pedantisch genau die Anweisungen, die sie von den Amerikanern erhalten hatten. Die amerikanischen Soldaten, die das Gelände des Kernkraftwerkes bewachten, waren schon vor einer Stunde abgezogen worden, im selben Augenblick, als man den Strom im Zaun abgeschaltet hatte.

Die Männer rannten in verschiedene Richtungen, jeder von ihnen würde im Gelände des Kernkraftwerkes zwölf ein Kilo schwere Hexogen-Sprengladungen anbringen. Diese Menge würde vollkommen genügen, denn die Gruppe hatte von den Amerikanern genaue Anweisungen erhalten, wo die Sprengladungen angebracht werden sollten. Der Rasen dämpfte ihre Schritte.

Acht Minuten später vereinigten sich die Wege der Männer wieder, und sie rannten an der Wand des Reaktorgebäudes entlang weiter, bis der Chef die Hand hob und das Trio sich hinhockte. Er befestigte die letzte Hexogen-Sprengladung an der Wand des Reaktorgebäudes, an einer Stelle, unter der das Wasser aus der Chesapeake Bay in das Kühlsystem des Kernkraftwerks floß. Alles klappte planmäßig.

»*Ân yeki râ be man behadid*«, sagte der Chef der Gruppe in farsisch, woraufhin ein anderer Iraner die Zeituhr nahm, die an seinem Gürtel hing, und ihm reichte.

Der Chef des Trupps blickte auf seine Uhr. Es war 11.55 Uhr; sie hatten für die Vorbereitungen nur elf Minuten gebraucht, und Alarm war immer noch nicht zu hören. Schon bald würde es zu spät sein, und sie hätten etwas geschafft, wozu bisher noch kein Terrorist imstande gewesen war – einen Atomanschlag in den USA.

Der Chef drückte auf die Tasten, ein Piepen war zu hören, und die roten Ziffern auf der LED-Anzeige begannen ihren Tanz. Er gab seiner Gruppe fünf Minuten Lebenszeit, befestigte die Schaltuhr an der Sprengladung und wandte sich lächelnd seinen Männern zu.

»*Cheshm-e shomâ rowshan.*« Mit diesen Worten gratulierte der dritte Iraner seinem Chef.

Die Männer erhoben sich, im selben Augenblick wurden

sie von Scheinwerfern geblendet, Alarmsirenen heulten auf, und hinter dem Hügel stieg am Horizont eine ganze Reihe von Black-Hawk-Hubschraubern auf. Die Iraner griffen zu ihren Maschinenpistolen und hatten noch Zeit, ein paar Schritte zu machen, bevor sie erstarrten: Dutzende amerikanische Soldaten rannten auf sie zu und waren nur etwa zwanzig Meter entfernt. Dann stimmten die Waffen ihr Lied an, und die Iraner zitterten vom Einschlag der Kugeln. Sie würden nie irgend jemandem die Wahrheit berichten.

50

Im hellen Restaurant des Best Western Pentagon speisten nur ein paar Geschäftsleute, die so aussahen, als hätten sie es eilig. In der Luft hing der Geruch von Bratenfett, und die Lautsprecher posaunten die energischen Werbespots irgendeines Radiosenders hinaus. Ratamo fragte eine attraktive Latinokellnerin, die am Kragen ein Schild mit dem Namen »Caroline« trug, welches Gericht schnell fertig wäre, bestellte aufgrund ihrer Antwort einen Texas Chili Burger und überlegte, ob er bei diesen Ermittlungen überhaupt noch gebraucht wurde.

Die Untätigkeit wurmte Ratamo, er war nicht über den Atlantik geflogen, um hier herumzusitzen und zu warten, er brannte darauf, an den Ermittlungen teilzunehmen. Auch die Müdigkeit plagte ihn, der Jetlag hatte in der letzten Nacht dafür gesorgt, daß er nur ein paar Augenblicke geschlafen hatte, und die auch noch unruhig. Der späte Abend war am Telefon mit Nelli vergangen, und zu seiner Überraschung hatte er auch Ilona angerufen.

Der gewaltige, brutzelnde Hamburger, der von Pommes frites und Salat eingerahmt wurde, erschien genau drei Minuten und einundvierzig Sekunden nach der Bestellung vor ihm auf dem Tisch, und Ratamo machte sich darüber her wie ein Specht. Das Geschmackserlebnis erinnerte ihn an das Gericht, das er vor Jahren bei seiner Rucksackexpedition in einer Nebengasse von Saigon gegessen hatte, erst mit Hilfe des Wörterbuchs hatte sich herausgestellt, nachdem die Hälfte der Portion schon gegessen war, daß es sich bei den stark gewürzten, zähen Fleischstücken um Rattenfleisch handelte.

Lasse Nordman und Ulrike Berger pflegten offensichtlich ihre Beziehung im Zimmer, vermutete Ratamo; er hatte das Paar den ganzen Vormittag nicht gesehen. Er hätte auch lieber die Freuden der Liebe genossen als ein Mittagessen im Hotel. Mit seinen Reisegefährten war er in einer halben Stunde, um zwölf, verabredet, sie wollten sich vor den Zimmern treffen. Ihm war es gelungen, Jeff Hanes zu überreden, sie alle zu einem Besuch in den Räumen des FBI um ein Uhr einzuladen. Jetzt würde für die Verliebten das Mittagessen ausfallen.

Das Klingeln seines Telefons wirkte fast befreiend. Ratamo schob die Reste seiner Portion weiter weg, spülte den Geschmack des Bratenfettes mit einer Cola aus dem Mund und meldete sich.

»Jussi hier, grüß dich. Ist alles in Ordnung?« Ketonen hörte sich so an, als würde er vor lauter Lust, sich zu unterhalten, fast zerspringen.

»Es paßt jetzt nicht so gut. Nordman und Berger haben das Mittagessen ausgelassen und …«

»Also ist alles in Ordnung. Hör zu. Lasse Nordman ist der Chef von Final Action, und seine Organisation hat vor einem Augenblick einen Anschlag auf das Kernkraftwerk von Calvert Cliffs, sechzig Kilometer von Washington entfernt, versucht. Hast du schon davon gehört?«

Ratamos Anlaufmarkierungen gerieten mit einem Schlag völlig durcheinander. »Was zum Teufel …«

Und Ketonen ließ noch die nächste Bombe platzen: »Außerdem ist Jaap van der Waal in Den Haag ermordet worden«, er wartete darauf, daß die Fluchlitanei von Ratamo zu Ende ging. »Irgend jemand eliminiert weiterhin die Zeugen, nur Nordman und Berger sind noch am Leben. Jeff Hanes vom FBI weiß das alles.«

Ratamo schnaufte einen Augenblick und wußte nicht, was er sagen sollte. Sein Gehirn versuchte die neuen Informationen in das Gesamtbild der Ermittlungen einzuordnen. Nordman ist der Chef von Final Action ... Anschlag auf ein Kernkraftwerk ... Berger und Nordman will man umbringen ... »War sonst noch was?« sagte er und rannte schon zu den Aufzügen und beendete das Gespräch sofort nach Ketonens Antwort.

Beide Aufzüge waren oben, also stürmte Ratamo die Treppe hinauf in die erste Etage und hätte um ein Haar die Reinemachfrau umgerannt, die plötzlich hinter der Ecke auftauchte.

Die FBI-Männer, die zum Schutz der Ökoterroristen vor dem Zimmer standen, lachten, als Ratamo an die Tür hämmerte. Einer der beiden Yankees, ein breitschultriger Mann mit Bürstenhaarschnitt, deutete auf das Zimmer und drückte ein paarmal seine Zunge in die Wange. Dann stieß er mit dem Zeigefinger in einen Ring, den er mit den Fingern der anderen Hand bildete, gab ein rhythmisches Zischen von sich und wiegte sich in den Hüften. Ratamo hätte den beamteten Pantomimen um ein Haar angebrüllt, doch da öffnete sich die Tür zum benachbarten Zimmer, und eine wütende Frau mit Lockenwicklern in den Haaren forderte sie, gespickt mit nuancenreichen Flüchen, auf, den Krach zu beenden, sonst würde sie die Polizei anrufen.

»Die verschwinden schon nicht«, sagte der kleinere der FBI-Männer zu dem finnischen Ermittler und grinste wohlwollend.

Ratamos Sorge wuchs mit jeder Sekunde, die verging,

ohne daß die Tür sich öffnete. Schließlich holte er sein Mobiltelefon aus der Tasche und rief erst die Nummer im Hotelzimmer der beiden Finnen und dann Nordmans Triband-Handy an. Keine Antwort. Er traf seine Entscheidung.

»Brich die Tür auf!« brüllte Ratamo, und in den breitschultrigen FBI-Agenten kam Leben. Der Mann trat die Spanplattentür ein, und Ratamo stürmte hinein. Das Zimmer war leer wie eine Reuse aus Gummi, und die Balkontür stand sperrangelweit offen. Er machte einen Satz auf den Balkon, der in der Sonne badete, und sah sofort, wie Berger und Nordman verschwunden waren: Bis hinunter auf den Rasen waren es nur ein paar Meter.

»Ihr habt sie entkommen lassen«, knurrte Ratamo.

Der kleinere Agent schnaufte. »Wir sollten sie schützen und nicht überwachen, was sie tun.«

Ratamo schaltete den Fernseher ein und zappte rasch alle Kanäle durch, aber zu seiner Erleichterung fand er keine Bilder von einem gesprengten Kernkraftwerk. Dann suchte er vergeblich in jedem Winkel des Zimmers, dessen Einrichtung anscheinend aus den sechziger Jahren stammte, nach Hinweisen, wohin die beiden verschwunden sein könnten. Die Visitenkarte von Jeff Hanes hingegen fand sich schnell in einer Tasche seiner Jeans, Ratamo überlegte einen Augenblick, was er sagen sollte. Plötzlich spürte er Angst. Der Gedanke schoß ihm durch Kopf, daß er Nordman und Berger auf dem Gewissen hätte, wenn sie getötet würden, und diese Aussicht war nicht verlockend.

Hanes antwortete nach dem ersten Ruf, man hörte, wie er schmatzend seinen Kaugummi bearbeitete.

»Lasse Nordman und Ulrike Berger sind aus dem Hotelzimmer verschwunden«, sagte Ratamo keuchend.

Hanes war in Eile und hatte keine Zeit, sich zu unterhalten. Er stellte ein paar Fragen und befahl Ratamo, ins Hauptquartier des FBI zu kommen.

51

Ulrike und Lasse rannten auf der Pennsylvania Avenue nach Westen, passierten das von der Sonne beschienene Weiße Haus, bogen, ohne ihr Tempo zu verringern, in die 17th Street ab und blieben vor einem rotorangenen zweistöckigen Haus stehen, um nach Luft zu schnappen. Die gutgekleideten Städter eilten durch die Straßen, der Verkehr lärmte im Fahrspurdschungel der Pennsylvania Avenue, und es stank nach Abgasen. Als Ulrike wieder etwas bei Atem war, stellte sie sich in die Schlange an der Kasse der Renwick-Galerie, die zum Smithsonian, dem berühmtesten Museum Amerikas, gehörte. Sie war völlig durchgeschwitzt.

Lasse Nordman folgte Ulrike wie ein Schatten, sein Gehirn arbeitete auf Hochtouren und versuchte die verworrene Situation zu ordnen. Der Anschlag auf Calvert Cliffs war ausgeführt, das war das wichtigste. Aber für das, was in Dexters Wohnung geschehen würde, konnte niemand eine Garantie geben. Mitgehen mußte er, Ulrike brauchte jemanden zu ihrem Schutz. Vielleicht würde sich alles regeln lassen, redete sich Lasse ein, obwohl vor ihm schlimme Bilder auftauchten, die sich nicht verdrängen ließen. Wenn sie durch Ezraels Hand umkämen, wäre das nicht ganz so ehrenvoll wie der Tod von Präsident Kyösti Kallio, der im Dezember 1940, in der Zeit zwischen Winterkrieg und Fortsetzungskrieg, auf dem Bahnhof von Helsinki starb, während die Ehrenkompanie den Marsch der Männer von Pori spielte. Lasse war selbst von seinem Sarkasmus überrascht. Er hatte das Gefühl, alles andere zu sein als ein Held, in Calvert Cliffs waren auch wegen ihm Menschen gestorben.

Endlich war Ulrike an der Reihe, sie schob der Frau an der Kasse der Kunstgalerie ungeduldig den Geldschein für die Eintrittskarten hin und schaute auf die Uhr. Bis zum

Treffen mit Dexter blieb nur noch eine Stunde, vielleicht war Ezrael schon hier gewesen. Dann erschien vor ihr das Bild von Ezrael, der im Kamelhaarumhang auf dem Dielenfußboden seiner Kirche saß und erzählte, wie er einmal sechs Stunden lang den Engel auf dem Gemälde »Madonna in der Felsengrotte« von Leonardo da Vinci in der Londoner National Gallery betrachtet hatte.

Die beiden Finnen betraten das Museum, und Ulrike wurde, als sie um sich herum Hunderte Gemälde sah, sofort klar, daß nicht zu schaffen war, was sie sich vorgenommen hatte. Sie würde niemals das Bild finden, das Ezrael sich ansehen wollte, kurz bevor er Dexter umbringen würde. Wenn sie sich doch nur an den Namen des Gemäldes erinnern könnte. Sollten sie besser draußen am Ausgang warten? Doch es gab zu viele Ausgänge, und sie hatten ja nicht einmal Zeit zu warten.

Ulrike schaute sich um, sie suchte den Informationsstand. Im Foyer standen zwei dunkel gekleidete Frauen, deren Namensschilder verrieten, daß sie Museumsführerinnen waren. Sie rannte zu der älteren Frau, um sie zu fragen. »Ich suche ein Gemälde mit einem Engelsmotiv ... oder genauer gesagt, ein Gemälde, auf dem ein Engel ist ... so ein ziemlich großes ... Ich erinnere mich nicht, wie es heißt ...« stammelte Ulrike, der Titel fiel ihr nicht ein, obwohl sie ihr Gedächtnis durchwühlte.

»Ich bedaure, aber das Engelthema ist in der Malerei sehr beliebt. Wenn Sie es ein wenig genauer ...«, die Führerin musterte die verängstigte, schwitzende junge Frau mit der geschienten Hand so, als müßte sie jeden Moment die Sicherheitsleute alarmieren.

»An dem Bild muß irgend etwas Besonderes sein ... etwas Verführerisches ...« Ulrike wurde klar, daß der Versuch vergeblich war.

»Vielleicht möchten Sie das Gemälde in unserer elektronischen Datenbank suchen. ›Joan of Art‹ befindet sich dort«, die Führerin wies auf einen einsamen Computer.

Ein Lächeln breitete sich auf Ulrikes Gesicht aus. Die Bezeichnung für das Computerprogramm war eine spielerische Veränderung des Namens von Jeanne d'Arc. Wieder ein Zufall in der langen Kette von Zufällen. »Jetzt erinnere ich mich. Das Gemälde, das ich suche, stellt Jeanne d'Arc da, die Jungfrau von Orleans. Wo ist es?«

»Sie meinen bestimmt ›Die Anbetung von Jeanne d'Arc‹. Das ist im ersten Stock ausgestellt, der letzte Saal linker Hand.«

Die beiden stiegen die breiten Treppen hinauf, eilten über die Teppiche, die den dunklen Edelholzfußboden bedeckten, und betrachteten dabei aufmerksam die anderen Museumsgäste. Im hintersten Saal sprach Ulrike wieder eine Museumsführerin an. »Die Anbetung von Jeanne d'Arc?« fragte sie.

Die Führerin wies auf ein großes, dreiteiliges Kunstwerk, das am Ende des prächtigen Saales hing. »Ein verwirrendes Triptychon auf Holz, nicht wahr? J. William Fosdick schuf es durch Brennen und Ätzen im Jahre 1896.«

Ulrike erstarrte, als sie vor dem Gemälde einen blonden Mann sah, der die linke Hand in der Hosentasche hielt. Sie erkannte Ezrael von hinten, die Hoffnung erwachte, vielleicht würde sich alles klären lassen. Ulrike versuchte ihr Gehirn auf die Frequenz einzustellen, die für die Rolle des Boten erforderlich war, trat langsam hinter Ezrael und sprach ihn mit seinem Namen an. Der Mann drehte sich um.

Das picklige Gesicht eines unbekannten jungen Mannes machte alle Hoffnungen auf einen Schlag zunichte. Ulrike lief noch eine Weile in der Nähe des Kunstwerks umher, aber nirgendwo war ein Mann zu sehen, der Ezrael ähnelte. Sie kehrte zu der Führerin zurück. »Hat irgend jemand heute besonderes Interesse für die ›Anbetung der Jeanne d'Arc‹ gezeigt?«

»Sie erhält immer sehr viel Beachtung«, sagte die Führerin und lächelte stolz. »Aber kurz bevor Sie kamen, hat ein charmanter junger Mann eine ganze Weile vor ihr gestanden und so detaillierte Fragen zu dem Gemälde gestellt, daß auch ich sie nicht beantworten konnte. Er sagte, das Engelthema wäre sein Spezialgebiet.«

Ulrike griff nach Lasses Ärmel und zog den Mann zur Treppe. »Ezrael kann nicht weit weg sein, nach seinem Plan fährt er mit der U-Bahn zu Dexters Wohnung.«

Auf dem Fußweg rannte Ulrike los, faltete in vollem Lauf die Karte der Metrolinien auseinander, die sie im Hotel gekauft hatte, und nahm Kurs auf die Station, die den Namen des Smithsonian trug und sich an der Independence Avenue, Ecke 12th Street, befand.

Sie schlängelten sich im Laufschritt auf dem breiten, von Bäumen gesäumten Fußweg durch den Menschenstrom. Nur ein paar Jungs im Hiphop-Outfit kamen mit ihren Rollern schneller voran. Die beiden mußten sich mit ihrem Tempo zurückhalten, denn sie durften nicht zu sehr auffallen, möglicherweise suchte die Polizei sie schon. Jemand drückte so heftig auf die Hupe seines Autos, daß Ulrike zusammenfuhr. Der Gestank der Abgase kratzte im Hals.

Der Buchstabe M auf einer Säule verriet schon von weitem, wo sich der Eingang zur U-Bahn befand. Sie fuhren zwei Stationen mit der Orange Line und stiegen dann auf dem futuristisch wirkenden Bahnhof Metro Center in die rote Linie um. Ulrike zählte die Haltestellen auf dem Streckenplan an der Wand des Wagens: Bethesda war die achte Station. Ihre Armbanduhr zeigte 12.37 Uhr an, die Zeit wurde knapp, aber vielleicht würden sie Ezrael in der Nähe der Metrostation von Bethesda oder der Wohnung Dexters antreffen. Oder irgendwo anders.

Ulrike versuchte dem Blick des ihr gegenübersitzenden selbstbewußten Latinomannes auszuweichen, der sie zum Flirt herausforderte. Sie bereute ihre Entscheidungen der letzten Tage schon so sehr, daß ihr der Kopf glühte. Was geschah, wenn sie ihren Befehl zum Töten zurücknahm, Ezrael aber nicht gehorchte? Sie hatte ihm Dexter auf den Hals gehetzt, ohne Garantien dafür, daß sie imstande war, den Mord zu verhindern. Woran, zum Teufel, hatte sie in den letzten Tagen eigentlich gedacht? An ihre glänzende Zukunft als Weltverbesserer oder an ihren Wunsch, um jeden Preis ein Held zu werden? Beim Kaffeeklatsch konnte sie das Gute natürlich vom Bösen unterscheiden, aber wenn es darauf ankam …

Jetzt war es zu spät für jede Reue, jetzt mußte gehandelt werden, beschloß Ulrike, als die Metro in Bethesda anhielt. Mut bedeutete, daß nur man selbst von seiner Angst wußte.

52

Das Taxi überquerte den Potomac, fuhr an den gewaltigen Gebäuden auf dem Capitol-Hügel vorbei und raste die Pennsylvania Avenue entlang in Richtung Weißes Haus, bis es schließlich vor dem beigefarbenen siebenstöckigen Gebäude anhielt, das den Namen J. Edgar Hoovers trug. Das Hauptquartier des FBI sah aus wie eine Kreuzung von Bürogebäude und Bunker. Ratamo bezahlte das Taxi, umkurvte auf dem Weg zum Haupteingang die Blumenkästen aus Beton und mußte sich einer Sicherheitskontrolle unterziehen. Dann begleitete ihn ein junger Mann im dunklen Anzug durch die labyrinthischen Gänge zum Zimmer von Jeff Hanes. Das sah so aus, als wäre die Putzfrau gerade dagewesen, obwohl überall Papierstapel und Mappen herumlagen.

Der großgewachsene Yankee saß an seinem massiven Schreibtisch, las Zeitung und schien auch nicht sehr besorgt zu sein, als Ratamo noch einmal berichtete, daß Nordman und Berger verschwunden waren. »Kurz vor deinem Anruf wollte ich gerade meine Männer losschicken, um Nordman wegen Calvert Cliffs zum Verhör zu holen. Was glauben die denn, wohin sie fliehen können?« fragte Hanes, und seine dunkle Stirn legte sich in Falten.

»Du bist ja wohl derjenige, der das wissen müßte«, entgegnete Ratamo verärgert. »Ulrike Berger sollte euch doch helfen, wenn O'Donnell gefaßt wird. Hat es einen Anschlag auf dieses Kernkraftwerk gegeben?«

»Die Spezialeinheiten der Armee, die Calvert Cliffs schützen, haben die Situation bereinigt«, antwortete Hanes überraschend gelassen. Dann verfinsterte sich sein Gesicht, und der Kaugummi wurde noch heftiger bearbeitet. »Wir haben schließlich manches aus dem September 2001 gelernt. Und John Dexter bleibt für alle Fälle zu Hause und wird von sechs Agenten bewacht, bis Eamon O'Donnell gefaßt ist. Bei der Fahndung nach dem Wahnsinnigen treten wir bedauerlicherweise auf der Stelle.«

»Berger und Nordman sind wegen O'Donnell hier. Vielleicht sind sie verschwunden, um diesen Verrückten zu suchen, vielleicht wissen sie, wo O'Donnell zu finden ist«, schlug Ratamo vor.

»Die Situation ist unter Kontrolle. Nordman wurde schon zur Fahndung ausgeschrieben, der Mann wird gefunden. Alles geht seinen Gang, glaub mir. Ein frei herumlaufender Psychopath und ein Terroranschlag auf ein Kernkraftwerk reichen wahrhaftig aus, um das FBI aufzuwecken.« Hanes versuchte die Stimmung aufzulockern, griff nach einer Sprühflasche und benetzte die Blätter seiner Drachenpalme mit einem Wassernebel.

Ratamo wollte Hanes' Bemerkung gerade kommentieren, da wurde die Tür einen Spalt geöffnet, und das Gesicht eines Mannes tauchte auf. »Die Pentagon Force hat Eamon O'Donnell geschnappt«, sagte der Leiter der für die Einhaltung der Gesetze zuständigen Dienste des FBI und zeigte ein breites Lächeln.

»Wer hat ihn geschnappt?« Ratamo hörte jetzt das erste Mal von der Pentagon Force.

Hanes sah besorgt aus. »Die Pentagon Force Protection Agency. Sie wurde nach dem September 2001 gegründet, um alle das Verteidigungsministerium bedrohenden Gefahren zu beseitigen, und zwar mit Gewalt, wie der Name schon sagt. Zu ihr gehören die Polizei des Pentagon und vielerlei Spezialeinheiten.«

Die Antwort genügte Ratamo nicht. »Wie hat die … Polizei der Armee O'Donnell denn gefunden?«

Der Vorgesetzte von Hanes, ein älterer Mann mit Halbglatze, hatte keine Lust hereinzukommen. »Wie ich gehört habe, wurde die auf O'Donnell angesetzt, nachdem der DIA, der Nachrichtendienst der Armee, herausgefunden hatte, was für einen Paß Eamon O'Donnell verwendet. Er tritt jetzt unter dem Namen Aidan Cahill auf«, sagte der Mann und schloß die Tür, öffnete sie aber gleich wieder einen Spalt. »Ach übrigens, Dexter ist nicht mehr in Gefahr. Du kannst deine Männer aus seiner Wohnung abziehen.«

Hanes, der nach dem Anruf bei seinen Männern sichtlich entspannt wirkte, stand auf und bat Ratamo mitzukommen. Sie gingen den langen Flur entlang in die gleiche Richtung, aus der Ratamo kurz zuvor gekommen war.

»Ich informiere dich sofort, wenn Nordman und Berger gefunden werden«, sagte Hanes freundlich. Erst jetzt kapierte Ratamo, daß der Yankee ihn gerade aus dem Gebäude des FBI hinausbeförderte.

»Haben Sie es eilig?« fragte der Taxifahrer Ratamo einen Augenblick später in der Pennsylvania Avenue. Da der

Kunde, der wie ein Ausländer aussah, nicht antwortete, schlug er vor, über die Roosevelt-Brücke zum Hotel zu fahren, vorbei am Arlington-Friedhof und am Pentagon.

Ratamo kniff die Augen zusammen, als das Sonnenlicht in das Auto flutete, und dachte über die Ereignisse der letzten Stunde nach. Es war eine Erleichterung, zu wissen, daß Eamon O'Donnell niemanden mehr töten würde. Er steckte sich einen Priem unter die Lippe und spürte, wie er sich noch mehr entspannte. Beim Anblick der Wellen des Potomac dachte er an den Sommer in Finnland und an seinen Urlaub in zwei Monaten.

Der mit weißen Kreuzen übersäte trostlose Rasenteppich des Nationalfriedhofs Arlington schien kein Ende zu haben. Die Tausenden kleinen Steinplatten der Heldengräber ließen Ratamo an Tapanis künftige Grabstelle denken. Müßte er sich darum kümmern, oder hatte Vater einen Platz neben Mutter auf dem Friedhof von Malmi? Der Gedanke war deprimierend. Dann tauchte das Pentagon auf. Der Büroriese mit dem fünfeckigen Grundriß sah aus wie ein ganzes Stadtviertel.

Ratamo lenkte seine Gedanken wieder zu den Ökoterroristen, und die ganze Lockerheit verschwand mit einem Schlag: Seine Aufgabe hier bestand darin, Lasse Nordman zu bewachen, und der Mann war verschwunden. Was gab es da eigentlich nachzudenken? Für ihn hing das Verschwinden der Ökoterroristen offensichtlich irgendwie mit Dexter zusammen: Berger hatte ja Kontakt zu dem Mann gehabt. Einer Eingebung folgend, beschloß er, herauszufinden, ob seine Vermutung richtig war, und schon bald machte das Taxi eine Kehrtwendung um hundertachtzig Grad. Was konnte ihm schon passieren, Eamon O'Donnell saß in der Zelle. Und er erinnerte sich an Ketonens Anweisungen für Gefahrensituationen: Wenn du siehst, daß jemand, der eine Bombe entschärft, rennt – dann folge ihm.

53

Ezrael ließ den Glasschneider kreisen und zog das am Saugnapf hängende runde Glasstück mit einem vorsichtigen Ruck aus der Scheibe der Wintergartentür heraus. Es war exakt ein Uhr. Der warme Sonnenschein und die Symphonie der Vögel erschienen ihm unwirklich. Jetzt mußte er noch einen Abstecher in den Keller machen, dann war alles bereit. Er betrat den Wintergarten im Haus des Verräters, aber das Rot des Schlachtblutes erschien nicht in seinen Augen, nicht einmal das Orange der Flammen, die zum Rot führten. Wegen der Veränderung war alles anders als früher, diese Rache roch nach Heuchelei. Er erinnerte sich schon an zu vieles aus dem Leben Eamons, auch daran, daß Eamon nicht einmal gekämpft hatte, als sein Finger zerschmettert wurde. Nun hatte sich die Bestie zu früh beruhigt.

Er ging durch den Wintergarten und öffnete die Tür zum Wohnzimmer vorsichtig mit seiner vierfingrigen Hand. Alle sechs Wachmänner hatten vor kurzem das Haus des Verräters verlassen, aber er konnte nicht sicher sein, ob der Verräter allein war. Ezrael vergewisserte sich im Erdgeschoß und in der ersten Etage, daß sich sonst niemand im Haus befand. Dann besiegelte er seinen Plan im Keller.

John Dexter klopfte mit den Fingern auf den Schreibtisch, fuhr sich durch seine lockeren grauen Haare und hielt den Hörer des Telefons schon zum sechstenmal innerhalb einer Minute ans Ohr und hörte wieder nur ein ohrenbetäubendes Heulen. Auch mit dem Handy kam er nicht ins Netz. Die Angst wurde zur Panik. Eine Alternative nach der anderen entfiel, bis nur noch die schlimmste übrigblieb und ihn anstarrte: Robert Wolferman; mit Hilfe von Amanda Moreno konnte der seine Telefone durch den Nachrichtendienst der Armee zum Schweigen bringen lassen. Und Wolferman konnte auch dafür sorgen, daß die FBI-Männer abgezogen wurden. Aber er begriff nicht, warum Wolferman das tun sollte, auch der stellvertretende Verteidigungsminister war doch wohl nicht so tollkühn, daß er ihn umbringen ließ. All das mußte irgendwie mit Calvert Cliffs und Eamon O'Donnell zusammenhängen.

Der Fernseher im Bücherregal von Dexters Arbeitszimmer zeigte auf allen Kanälen Nachrichten von Calvert Cliffs. Der Terroranschlag war genauso ausgegangen, wie es Dexter schon im voraus von Matt Kendall gehört hatte. Aber niemand verfügte über Beweise gegen Wolferman. Was zum Teufel sollte er tun? Er konnte auch nicht hier sitzen bleiben und warten. Sollte er hinausstürzen und eine gewöhnliche Polizeistreife suchen? Dexter stand auf, und im selben Augenblick erschien Eamon O'Donnell mit bedrohlich ausdruckslosem Gesicht an der Tür.

»Und der Engel Ezrael bringt die Seelen der Getöteten herbei; und sie sehen die Qual derer, die sie getötet haben, und sie sagen untereinander: ›Gerechtigkeit und Recht ist das Gericht Gottes.‹« Ezrael versuchte die Bestie freizulassen, aber sie tobte nicht mehr in ihm. Die Veränderung war schon zu weit fortgeschritten.

Dexter sank auf den Stuhl, schaute seinen Scharfrichter an und erinnerte sich an die Informationen über die von O'Donnell begangenen Morde. Die Bilder, die ihn nun lähmten, liefen vor ihm ab: der in seinem Wagen verbrennende Italiener, der langsam ertrinkende Franzose, der zwischen Autos zerquetschte Deutsche, die vom Schwert Verstümmelten … Plötzlich bemerkte er, daß die Hände des Killers wie gewaltige Krallen aussahen, er kniff die Augen zusammen: Der Verrückte hielt in beiden Fäusten Messer mit gebogener Klinge.

Die Haustür klappte. Schritte näherten sich. Dexter betete, daß sich O'Donnell noch ein paar Sekunden nicht von der Stelle rührte. Er würde also doch gerettet werden …

Ulrike Berger sah Ezrael und blieb an der Tür stehen, um nach Luft zu schnappen. Sie wagte es erst, sich dem Mann zu nähern, als sie gesehen hatte, daß die Bestie nicht freigelassen war, zumindest nicht so wie vor dem WTC. »Ezrael. Dein Bote ist extra hierhergekommen, um dir einen neuen Befehl zu erteilen«, sagte sie ganz ruhig.

Ezrael wandte sich um und starrte den Engel der Offenbarung an. Seine Hände zitterten leicht. Dann blitzte das Metall der Messer auf, und er trat vor den Verräter hin. *»Dies ist die Zeit der Rache des HERRN, der ein Vergelter ist …«*, sagte er, aber in seiner Stimme lag nicht dasselbe prophetische Feuer wie gewöhnlich vor der Rache. Die Bestie erwachte nicht.

Man hörte, wie eine Pistole entsichert wurde, Ulrike drückte dem Wahnsinnigen den Lauf an die Schläfe. »Ezrael, du darfst dich nicht an diesem Verräter rächen. Dexter wird gebraucht, um die Verbrechen der anderen Verräter zu bezeugen. Gehorche mir!« befahl Ulrike und betete, daß sie nicht schießen müßte.

Ezrael ließ die Messer sinken. »Schieß nur. Zeige die letzte Farbe. Den Glanz und das Licht kann man nur in dem Augenblick sehen, wenn die Bestie stirbt«, sagte er leise.

»Setz dich«, sagte Ulrike wie zu einem Hund und zeigte mit ihrer geschienten Hand auf das Sofa.

Ezrael begriff, daß man dem Boten gehorchen mußte, zögerte aber dennoch einen Augenblick, bevor er sich setzte. Dann schreckte er zusammen, als er spürte, wie sehr Eamon den Engel der Offenbarung mochte.

Die Situation beruhigte sich, als Ezrael erstarrt auf dem Rand des Sofas saß; auch Dexter schien nun weniger Angst zu haben. Lasse Nordman holte aus seinem Rucksack eine kleine Videokamera und bereitete das Gerät zum Filmen vor. Er überlegte fieberhaft, wie er seine Entlarvung vermeiden konnte. Wieviel wußte Dexter?

Ulrike setzte sich auf den Rand eines Sessels und hielt ihre Waffe so, daß sie auf Ezrael zeigte. Sie beobachtete den Killer verblüfft: Der Mann sah müde aus und verhielt sich völlig anders als früher, irgendwie resigniert. Warum griff die Bestie nicht an, das sollte doch die letzte Rache des Zornesengels sein.

»Das ist der Engel des Zorns?« fragte Dexter leise und starrte O'Donnell an. Der Mann gehorchte wie ein Kind und sah aus wie ein Student, der sich auf dem Campus verirrt hatte. Und müßte O'Donnell nicht über dreißig Jahre alt sein?

Als Ezrael anfing, vor sich hin zu summen, schauten alle zu ihm hin. Jetzt fiel ihm ein, was Eamon mit anderen Unsichtbaren zusammen unter dem Stammtisch des Soldaten in Cagneys Bar gesungen hatte. Auf dem Rücken liegend, hatten sie auf der Unterseite des Tisches aus Kaugummi und Zigarettenkippen Engel geformt.

In Ulrikes Adern rauschte das Adrenalin, möglicherweise hatte sie also doch Erfolg. Sie richtete ihre Waffe auf Dexter. »Wir wollen von Ihnen ein volles Geständnis. Erzählen Sie, wie Sie das Konsortium gegründet haben, wie Sie Mary Cash und Eamon O'Donnell für die Morde an den Physikern bezahlt haben … alles …« In ihrer Stimme lag viel Kraft.

Dexters Gehirn arbeitete auf Hochtouren, die Puzzleteile nahmen ihren Platz ein, und zu seinem Erstaunen brach er in Gelächter aus. Robert Wolfermans Plan war genial.

»Ich habe niemanden töten lassen«, sagte er ruhig. »Ich habe nur zu Anfang an dem Fusionsprojekt teilgenommen, als alles noch legal ablief … vielleicht ethisch nicht akzeptabel, aber legal. Wolferman hat es so inszeniert, daß ich der Schuldige bin, er hat schon Mary Cash und Jaap van der Waal hinrichten lassen …«.

»Was zum Teufel redet …« Lasse hob die Hand zum Schlag, brach die Bewegung aber ab, als Ulrike ihn anbrüllte, er solle das sein lassen.

Dexter fuhr fort und sah genauso verblüfft aus wie seine Zuhörer. »Ich habe die großen Ölkonzerne an einen Tisch gebracht, um zu planen, wie man auf legalem Wege die Entwicklung des Fusionsreaktors bremsen kann. Es gibt nämlich auch legale Mittel: Wir können geeignete Forschungsergebnisse beschaffen, die besagen, daß Öl ausreichend vorhanden und umweltfreundlich ist, wir können die Heizölpreise mit Hilfe von Kartellen auf einem erträglichen Niveau halten …«

»Das wissen wir schon«, unterbrach ihn Ulrike resolut. Sie begriff nicht, worauf Dexter hinauswollte, bedeutete dem Mann jedoch mit der Waffe fortzufahren. Sie hörte, daß Ezraels Summen lauter wurde.

»Wolferman hat es irgendwie geschafft, mich aus dem Konsortium zu verdrängen, und hat das Projekt auf seine eigene Weise fortgeführt, aber euer Anschlag auf Dutch Oil hat alles geändert. Ihr habt versehentlich die Existenz des Konsortiums enthüllt und Robert Wolferman gesehen«, sagte Dexter und wirkte dabei überzeugend.

Lasse schnaufte. »Ich weiß nicht einmal, wie Wolferman aussieht.«

»Der kleine dunkelhaarige Mann, der nichts gesagt hat«, erwiderte Dexter und starrte Nordman an. »Du hast Wolfermans Stimme Dutzende Male gehört. Er ist Seraphim. Es war nur eine Frage der Zeit, bis du ihn beispielsweise im Fernsehen sehen und die Stimme mit der Person in Verbindung bringen würdest.«

Lasse begriff, daß Dexter die Wahrheit sprach, und gleichzeitig verstand er, warum es ihm in Helsinki fast gelungen wäre, Wolferman, den er bei Dutch Oil gesehen hatte, mit Seraphim in Verbindung zu bringen. Er mußte Wolferman schon irgendwo in den Nachrichten oder anderswo gesehen haben. Das Gespräch verlief aus seiner Sicht in eine Richtung, die gefährlich war.

»Wolferman beschloß, alle Beweise für das Konsortium zu vernichten, bevor es den Behörden gelänge, ihn damit in Verbindung zu bringen. Aber das Konsortium ist nur ein unbedeutender kleiner Teil seines Plans«, fuhr Dexter trokken fort.

»Der worin besteht?« fragte Ulrike schroff.

»Meine Kontaktperson in der NSA glaubt, daß Wolferman die Terroranschläge benutzt. Es sieht so aus, als ob das Pentagon sowohl Terroranschläge in Auftrag gibt als auch nicht verhindert, um die Berechtigung für militärische Vergeltungsschläge zu erhalten. Der Tod von ein paar hundert Zivilisten bei Anschlägen der Terroristen in Saudi-Arabien, Jemen, Indonesien oder Marokko läßt sich leicht akzeptieren, wenn er dem Pentagon das Recht gibt, Vergeltungsschläge auszuführen, die möglicherweise den Tod Tausender Amerikaner verhindern. So funktioniert Wolfermans Denkmodell. Das Pentagon hat fast die ganze Welt an seine Leine gelegt, indem es die Angst vor dem Terrorismus schürt. Und mit militärischen Vergeltungsschlägen verwirklicht es seine eigene Außenpolitik. Die NSA versucht fieberhaft Beweise gegen Wolferman zu beschaffen, weil bloße Worte sofort als politisches Intrigenspiel abgestempelt werden würden.«

Ulrike war so verblüfft, daß sie nicht wußte, was sie sagen sollte. Wenn das alles stimmte und es ihr gelänge, das aufzudecken, würde sie für die Welt ein größeres Vorbild werden als … Gandhi. Was zum Teufel sollte sie jetzt tun? Ulrike suchte mit einem Blick vergeblich Hilfe bei Lasse. Und Ezrael saß auf dem Sofa, versunken in seine eigene Welt, vom Engel des Zorns war keine Spur mehr zu sehen.

»Das ist Blödsinn, was du da redest. Du lügst.« Lasse Nordman hörte sich nicht sehr sicher an, er hatte Angst vor dem, was Dexter als nächstes enthüllen würde.

Dexter zündete die nächste Bombe: »Wir alle werden in diesem Zimmer sterben«, sagte er mit bleichem Gesicht. »Wolferman läßt niemanden am Leben, der von seiner Rolle im Konsortium weiß. Wenn diese Kleinigkeit erst mal ans Licht käme, würden die Massenmedien, die Untersuchungsausschüsse des Kongresses und unser Aufklärungsapparat seine wahren Ziele herausfinden. Das will Wolferman natürlich nicht zulassen, es würde seinen Untergang bedeuten und dazu führen, daß die USA in die größte innenpolitische Krise seit dem Bürgerkrieg getrieben wird. Wolferman benötigt einen Sündenbock – mich. Er will es so inszenieren, als wäre ich bei dem ganzen Fusionsprojekt der Drahtzieher hinter den Kulissen, und er will alle zum Schweigen bringen, die zu viel wissen, auch euch, weil ihr ihn in Den Haag gesehen habt. Wir sind die letzten Opfer. Das ist Wolfermans Plan. Er ist Seraphim, und der heutige Anschlag auf Calvert Cliffs soll dem Pentagon die Berechtigung zum Angriff …«

Dexters letzter Satz brach ab, als eine Kugel seine Stirn durchschlug. Sofort danach zischte ein zweiter, ein dritter Schuß … Lasse Nordman heulte auf, als er von einem Querschläger getroffen wurde, er fluchte, fiel hin und hielt sich den Bauch. Ulrike stürzte zu Lasse, und Ezrael versenkte all seine vier Messer in der Füllung des Sofas.

Ein Blutstropfen rollte von dem kleinen dunklen Loch auf der Stirn John Dexters zum Auge, die vier Soldaten mit ihrer Kommandoausrüstung, die in der Tür standen, sah er nicht mehr, und auch nicht Amanda Moreno, die Chefin der operativen Abteilung des DIA, des Nachrichtendienstes der Armee.

54

Arto Ratamo bezahlte das Taxi in der Wisconsin Avenue im Zentrum der Vorstadt Bethesda, reichlich einen Kilometer von John Dexters Wohnung entfernt, und überlegte, ob man die hellen Wohnhäuser ringsum in Finnland als Wolkenkratzer bezeichnen würde. Der Dutzende Meter hohe Glockenturm sah echt amerikanisch aus.

Nach einem Blick auf die Karte ging er langsam in Richtung Südwesten, wo zwischen den Schönwetterwolken die Sonne hervorlugte. Ein altes Kino mit seinem breiten Eingang und dem über den Fußweg ragenden Vordach erinnerte an amerikanische Schwarzweißfilme. Er hatte niemandem von seiner Fahrt hierher erzählt, aber das war auch egal, er brauchte ja wohl keine Genehmigung für einen Besuch in einem Vorort. Außerdem wollte er ja nur überprüfen, ob sich Ulrike Berger und Lasse Nordman in Dexters Wohnung befanden. Das war immer noch besser, als untätig im Hotel herumzuhocken.

Bethesda machte einen angenehmen Eindruck. Auf den Straßen lag kein Müll herum, Bäume und Blumenbeete lockerten das Grau des Asphalts auf, und auch die Autos sahen neu aus. Der Spaziergang bei dem schönen Wetter entspannte Ratamo jedoch nicht, denn sein Gehirn verarbeitete die Ereignisse der letzten Stunden. Warum war Lasse Nordman bereit gewesen, einen Anschlag auf ein Kernkraftwerk zu organisieren? Wenn der gelungen wäre, hätte er Tausende Menschenleben gefährdet und riesige Gebiete verseucht. Final Action sollte schließlich gegen die Zerstörung der Umwelt kämpfen; und die Organisation akzeptierte es doch nicht, daß bei ihren Anschlägen Gewalt angewendet wurde, ganz zu schweigen davon, daß Menschenleben geopfert wurden.

Als die Wohngegend begann, blieb Ratamo an der Ecke

einer von Linden gesäumten Straße stehen, blickte auf die Karte und ging etwas langsamer weiter. Das war das Haus Nummer 2140, dann kam die 2142 … 2144, die Richtung stimmte, Dexters Wohnung war schon zu sehen. Die Gegend war wohlhabend: große Holzhäuser, ausgedehnte Rasenflächen, teure Autos …

Plötzlich hörte Ratamo das gedämpfte Geräusch von Schüssen, er blieb eine Sekunde stehen und rannte dann los. Nirgendwo war Bewegung zu sehen, keine fliehenden Autos oder kreischenden Menschen. Er blieb keuchend vor Dexters Haus stehen. Was sollte er tun? Er hatte keine Waffe, und bei diesen Ermittlungen war der Tod ziemlich häufig zu Gast. Ratamo holte sein Mobiltelefon aus der Tasche, drückte auf den Wahlwiederholungsknopf und klopfte mit dem Fuß auf den Asphalt.

»Jeff Hanes«, sagte der Mann vom FBI nach einer halben Minute, die Ratamo wie eine Ewigkeit vorkam.

»Hier Ratamo … der finnische Polizist. Ich bin in der Nähe von John Dexters Wohnung und habe Schüsse gehört«, sagte er, betonte dabei jedes Wort und wartete auf eine Antwort. Die schien auszubleiben.

»Ich schicke meine Männer hin«, sagte Hanes schließlich, beendete das Gespräch und schaute seinem Vorgesetzten in die Augen.

Der Leiter der Dienste des FBI für die Einhaltung der Gesetze schüttelte mit ernster Miene den Kopf. »Das ist eine Sache der großen Jungs, in Dexters Wohnung sind schon die Männer vom DIA, soviel weiß ich. Ich habe von oben den Befehl erhalten, mich in keiner Weise in die Angelegenheit einzumischen«, sagte er und strich über seine Halbglatze.

Jeff Hanes starrte seinen Chef ungläubig an, seine Kiefer mahlten den Kaugummi. Was zum Teufel war hier im Gange? Es war nicht alles so, wie es sein sollte, das verriet schon der ausweichende Blick seines Vorgesetzten.

Ratamo stand vor Dexters Wohnung, schaute auf sein Triband-Handy und wunderte sich, wie kurz angebunden Hanes gewesen war. Er hatte zumindest irgendwelche Anweisungen erwartet. Vielleicht wurmte es die Yankees, daß ein Außenstehender Augenzeuge ihrer Fehler war.

John Dexters Haus schien leer zu sein. Ratamo umging das Grundstück, das an ein Wäldchen grenzte, bis er hinter dem Haus war. Er kniff die Augen zusammen und versuchte aus hundert Metern Entfernung drinnen etwas zu erkennen. »Wenn der Feind in Schußweite ist, dann bist du es auch.« Die Worte des Rekrutenausbilders bei der Armee fielen ihm nach Jahren ein. Dann sah er in einem Zimmer eine Bewegung und beschloß, sich näher heranzutrauen.

Einen Meter vom Gebäude entfernt, hörte Ratamo hinter sich ein gedämpftes Knacken und sah im Spiegel des Fensters, wie eine unscharfe, dunkle Gestalt ausholte, um mit irgendeiner Waffe auf ihn einzuschlagen. Er beugte sich vor, drehte sich um und schlug mit der Handkante kraftvoll auf das dunkle Visier eines Soldatenhelms. Er spürte den heftigen Schmerz im Handgelenk, wandte sich zum Wald und konnte noch einen Schritt machen, bevor er begriff, daß er in den Lauf der Maschinenpistole eines anderen Soldaten starrte.

Der leblose Oberkörper John Dexters lag über dem Schreibtisch, Blut floß auf den Tisch und in einem dünnen Rinnsal über den Rand auf den roten orientalischen Teppich. Die Anwesenheit des Todes und der Angst war zu spüren. Lasse Nordman klagte nicht über seine Schmerzen, aber die angespannten Wangenmuskeln und das blutverfärbte Hemd sagten genug aus. Offenbar war das Seraphims Art, Probleme zu beseitigen, vielleicht würde er doch nicht entlarvt werden. Er drückte seine Hand auf die Wunde, griff mit der anderen nach der Videokamera auf dem Fußboden und richtete sie auf Amanda Moreno. Er mußte seine Rolle bis zum Ende spielen.

Zwei Soldaten in schwarzen Kampfstiefeln und Overalls, mit kugelsicheren Westen und Spezialhelmen hielten Maschinenpistolen im Anschlag. Die Aufschrift auf dem Rükken ihrer Westen lautete »Emergency Response Team« und auf der Brustseite »ERT«. Mit Hilfe der an den Helmen installierten Sprechfunkgeräte und Videokameras hörte und sah der DIA, der Nachrichtendienst der Armee, in seiner Kommandozentrale alles, was auch die Soldaten hörten und sahen. Einer der beiden Männer bemerkte, was Lasse Nordman versuchte, und trat auf die Videokamera zu.

Amanda Moreno rief ihn zurück:. »Die Kamera ist bedeutungslos, sammelt die Waffen ein.«

Ezrael saß auf dem Sofa, schien überhaupt nicht zu beachten, was in dem Raum geschah, nicht einmal, als die Soldaten seine Messer fanden. Er summte nicht mehr vor sich hin, er roch die Bestie. Diesmal war sie nicht in ihm, sondern in diesem Zimmer. Jetzt waren die Gefühle Eamons von Nutzen.

Alle schauten auf, als die Haustür knallte, kurz danach führten zwei Soldaten Ratamo in den Raum. Er wischte sich das Blut aus dem Mundwinkel und konnte seine Augen nicht von Eamon O'Donnell lösen. Das von seinem Vater gequälte Menschenungeheuer ... Ezrael, der Engel des Zorns, ist ein Beutejäger ... ohne Gewissen ... Zu seiner Verwunderung schienen die Berichte des Psychologen Bruijn über den unmenschlichen Psychopathen überhaupt nicht zu diesem jungen Mann zu passen. O'Donnell machte einen sanften und ruhigen Eindruck.

Moreno wußte, wer Ratamo war, und schien sich nicht für ihn zu interessieren. »War er allein?«

Einer der Soldaten nickte.

Moreno schaute direkt in Nordmans Videokamera.

»Schön, daß ihr alle hier eingetroffen seid. Aus diesem Haus bekommt man keinen Kontakt zur Außenwelt, mit keinem Mittel, und meine Untergebenen im DIA überwachen die gesamte nähere Umgebung mit Hilfe von Satellitenbildern. Bedauerlicherweise möchte Robert Wolferman, daß ihr diesen Ort nur auf der Bahre verlaßt.«

»Was … was zum Teufel hat das zu bedeuten?« Ulrike verstand überhaupt nichts mehr. Die Schüsse dröhnten immer noch in ihren Ohren. Sie sah Lasses blutiges Hemd und fürchtete, einen Schock zu erleiden. Warum hatten die Soldaten Dexter erschossen und nicht Ezrael … Sie blickte auf den Nordiren und hoffte das erste Mal, daß sich der Engel des Zorns zeigen möge. Aber der Mann saß nur auf dem Sofa und wirkte abwesend.

Moreno machte sich nicht die Mühe, eine Antwort zu geben. »Es hat sich herausgestellt, wer hinter dem Anschlag von Calvert Cliffs steckte, und bald startet die großartigste außenpolitische Operation, die von der USA jemals durchgeführt wurde.«

»Was für ein Anschlag?« fragte Ulrike erschüttert. Sie wurde noch verwirrter, als sie auf Ezraels Gesicht ein Lächeln bemerkte.

Moreno antwortete wieder nicht, sie schaute Lasse Nordman unverwandt an. »Du warst nicht gerade von Nutzen, als es darauf ankam. Das habe ich gleich vermutet, nachdem ich dein Personenprofil gelesen hatte, das stank geradezu nach Geltungsbedürfnis. Nur der Ehrgeiz motiviert einen Menschen mehr als Geld«, sagte Moreno abfällig.

Ulrike verstand kein Wort. Sie trat vor Lasse hin, nahm seinen Kopf und drehte sein Gesicht zu sich hin. »Was meint diese Frau damit?«

Lasse Nordman bekam kein Wort heraus, er sah erst Ulrikes ungläubigen Blick und dann die Verachtung. Eine Erklärung für die Situation fand er nicht, aber zumindest war ihm klar, daß Moreno ihn verraten wollte. Warum? Die Wunde schmerzte so, daß er ächzte.

Moreno genoß Ulrikes Verwirrung. »Robert Wolferman hat deinen Freund ... geschützt. Der DIA hat schon im letzten Winter alles über Lasse Nordman und Final Action erfahren. Du weißt anscheinend wirklich nicht, daß dein Mann der Chef von Final Action ist. Wir ließen ihn Anschläge ausführen, weil Final Action perfekt in unser Konzept paßte.«

Ulrike zuckte zusammen und zog ihre Hand von Lasses Schulter weg. Sie starrte den vom Blutverlust blaß gewordenen Mann an wie einen Leprakranken, Enttäuschung und Trauer wogten in ihr. Dann rauschte die Wut in ihre Schläfen. Wer war dieser Mann eigentlich?

»Wo sind die Beweise?« Moreno vermied den Blickkontakt mit Ezrael, der scheinbar aus seinem Koma erwacht war und das Geschehen nun aufmerksam verfolgte. »Die Polizei muß sie hier finden, das Video von dem Treffen zwischen Dexter und van der Waal ist das letzte Puzzlestück, das Dexter zum Schuldigen macht.« Sie ließ ihren Blick von Ezrael zu Ulrike und dann zu Lasse wandern, aber niemand reagierte. »Sucht die Beweise«, befahl Moreno den Soldaten und wies auf Ezrael.

Ezrael mußte sich hinlegen, und zwei Soldaten zielten mit ihrer Waffe auf ihn, während der dritte eine Leibesvisitation durchführte. »Nichts.«

»Sucht in den umliegenden Räumen«, befahl Moreno in strengem Ton, zeigte dann überraschend ein stolzes Lächeln und nickte abwechselnd in Richtung Lasse, Ulrike, Ezrael und Ratamo. »Nach eurem Tod wird niemand mehr Robert Wolferman mit dem Konsortium in Verbindung bringen und seinen ... größeren Plan zunichte machen.«

Ratamo verstand nur Bruchstücke des Ganzen. Er versuchte zu lachen, aber das Geräusch, das aus seinem Mund kam, klang nicht überzeugend. »Sie werden damit auffliegen. Dieser Fall wird in vielen Ländern untersucht, wir sind ...«

Moreno unterbrach ihn wütend: »Sie sind ein unbedeutender ausländischer Polizist, der bald sterben wird.« Dann wandte sie sich Ulrike zu. »Und Sie wird man für eine Komplizin Dexters halten. Den Nachrichtendiensten ist schon Material zugespielt worden, das Sie mit ihm in Verbindung bringt. Und Ihr Freund Nordman hat den Anschlag auf das Kernkraftwerk von Calvert Cliffs organisiert.«

Ulrike sah, daß Lasse noch blasser wurde; die Behauptungen von Moreno stimmten also. Lasse hatte sowohl sich selbst als auch Final Action verkauft, dachte Ulrike, und wußte nicht, ob sie den Mann bemitleiden oder hassen sollte.

Lasse zitterte, als würde er frieren, selbst das Blut auf seinem Bauch fühlte sich nicht mehr warm an. »Ich wußte nur, daß drei iranische Terroristen sterben würden, sonst nichts von alldem. Das war der Preis für Final Action.« Noch während er sprach, wußte er schon, daß nichts Ulrike besänftigen würde, was immer er auch sagte.

Ratamo versuchte seiner Stimme Sicherheit zu verleihen. »Es bleiben zu viele Dinge, die keinen Sinn ergeben. Warum hat die Polizei des Pentagon dem FBI vorgelogen, sie habe O'Donnell gefaßt, und warum haben die Soldaten Dexter erschossen?«

Moreno lachte. »Im nachhinein stellt sich natürlich heraus, daß die Polizei des Pentagon einen ... bedauerlichen Fehler gemacht hat, als sie statt dieses Sonderlings den falschen Mann verhaftet hat.« Sie schaute zu Ezrael hin und trat einen Schritt zurück, als sie auf seinen Blick prallte. »Aber man kann diesen Fehler nicht mit mir oder mit Wolferman in Verbindung bringen, zumindest nicht nachweislich. Diese Bühne hier wird nach eurem Tod sorgfältig präpariert. Und diese Männer werden dorthin verschwinden, woher sie gekommen sind, und das ist sehr weit weg von Washington«, sagte sie und zeigte auf die Soldaten.

»Das FBI wird jeden Moment hier eintreffen«, versuchte Ratamo zu erklären.

»Das wird es nicht. Diese Situation hat einzig und allein der DIA unter Kontrolle«, sagte Moreno mit markiger Stimme.

Die Soldaten, die nach Ezraels Beweismaterial gesucht hatten, kehrten mit leeren Händen in Dexters Arbeitszimmer zurück.

»Das reicht jetzt langsam. Die Beweise!« brüllte Moreno und richtete ihre Waffe auf Ulrike. »Oder dieser Bote wird zu Grabe getragen.«

Ulrike kam nicht einmal dazu, den Mund zu öffnen, da sprach Ezrael schon. »Im Loch. Sie sind im Loch«, sagte er mit kräftiger Stimme. Eamon hatte ihm geholfen, einen Weg zu finden. Der Engel des Zorns würde noch einmal fliegen. *»Siehe, ich will dir zeigen, wie es gehen wird zur Zeit des letzten Zorns.«*

»Loch bedeutet Keller. Er hat die Beweise im Keller versteckt«, sagte Ulrike und sah Ezraels Gesichtsausdruck an, daß gleich etwas geschehen würde. Die vertraute Ahnung kehrte zurück: War Ezrael doch nicht so verwirrt, wie er zu verstehen gab? Was war mit dem Mann in den letzten Tagen geschehen?

»Wo ist dieses …«, konnte Moreno nur sagen, da rief Ezrael schon mit dröhnender Stimme, daß sich die Kellertür in der Küche befand.

Zwei Soldaten verließen den Raum und betraten den Flur, der in die Diele führte, der Teppichboden dämpfte die Schritte der Kampfstiefel. Auf dem hellen Marmorfußboden der Diele hörte man ihre Schritte deutlich, ebenso auf den braunen Klinkern in der Küche. Ein Soldat öffnete eine weiße Tür und zuckte zusammen, als ihm ein Besen vor die Füße fiel. Der andere griff nach der Klinke der Tür daneben, man hörte das Quietschen der Türangeln, ein metallisches Knacken, und dann erschütterte die Explosion der von Ezrael hergestellten Hexogen-Sprengladung das Haus. Die Druckwelle drang in Dexters Arbeitszimmer und warf die Menschen um, das Gebäude ächzte, und Gegenstände flogen durch die Gegend.

Ezrael warf sich in Richtung Schreibtisch, als die Soldaten sich erst erhoben. Er griff nach Lasse Nordmans Pistole, im selben Augenblick nahm Ulrike ihre Beretta.

Ezraels Pistolenlauf bohrte sich in Amanda Morenos Schläfe, und Ulrike drückte ihre Waffe auf Ezraels Stirn. Die Konstellation sah aus wie eine Szene beim Flamenco. Dann richteten beide Soldaten ihre Maschinenpistolen auf Ezrael, der sich in die Ecke drückte und Moreno in die Schußlinie hielt.

Moreno war das Blut aus dem Gesicht gewichen. Sie starrte Ulrike Berger in die Augen. Wenn jemand schoß, würde sie sterben.

Ratamo fürchtete, daß jemand den Abzug drückte und einen Kugelregen auslöste. Er beschloß, für eine Entspannung der Situation zu sorgen. »Niemand braucht zu sterben. Befehlen Sie Ihren Soldaten, ihre Waffen fallen zu lassen, dann werden Ulrike Berger und O'Donnell ihre gleichzeitig herunternehmen.«

»Wir sind einverstanden«, versicherte Moreno sofort und warf einen ängstlichen Blick zuerst auf Berger, dann auf Ezrael. Beide nickten. Rauch drang in den Raum, und die Temperatur stieg.

Die Soldaten ließen auf Morenos Befehl ihre Waffen fallen, Lasse Nordman zog sie mit dem Fuß zu sich hin, und alle hefteten ihre Blicke wieder auf Moreno, Ezrael und Ulrike Berger.

Ratamo ging durch den Sinn, daß O'Donnell sehr wohl

Zeit hatte, sowohl Moreno als auch Berger zu töten. Wie viele Patronen waren in dem Magazin, würden sie für die Soldaten und auch für ihn reichen? Er hatte dafür gesorgt, daß die Soldaten ihre Waffen niederlegten, das bereute er jetzt schon.

Ulrike hatte so große Angst, daß sie zitterte. Wenn Ezrael nicht auf seine Waffe verzichtete, müßte sie wählen, wer sterben sollte – Ezrael oder Moreno. »Ezrael, leg deine Waffe nieder. Wir ergeben uns zusammen, und du kommst in Behandlung.«

»Wo ich hingehe, da könnet ihr nicht hinkommen.« Ezrael krümmte den Finger am Abzug so langsam, daß Ulrike und Moreno mit Sicherheit seine Absicht erkannten.

Ulrike mußte in weniger als einer Sekunde eine Entscheidung treffen. Sie ließ die Waffe sinken.

»Erschießt dieses ...«, der Tod unterbrach Morenos lauten Befehl, und die Frau stürzte mit langgestreckten Beinen zu Boden und fiel auf ihren blutigen Hinterkopf, während Ezrael im selben Augenblick schon das Feuer auf die ungeschützten Hälse der Soldaten eröffnete, die nach ihren Waffen griffen. Die Männer fielen um. Er vollendete seine Arbeit aus der Nähe und richtete seine Waffe auf den Kopf von Lasse Nordman.

Ezrael kämpfte gegen die Bestie, Nordman war in gewisser Weise ein Verräter, und das Rot schrie nach mehr Blut. Ezrael zuckte vor Erleichterung, als Eamon sanft die Macht über seine Seele erlangte. Die Bestie beruhigte sich. Ezrael sammelte die Maschinenpistolen ein, die zu Nordmans Füßen lagen, und hob die Videokamera auf. Er untersuchte die Kamera eine Weile, bevor er sie schließlich Ulrike reichte. »Bald werde ich vom Berge Sinai auf das Meer schauen«, sagte er, und Ulrike verstand.

55

»Das ist ein trauriger Tag für uns alle, ich habe geglaubt, daß ein derartiger … Terroranschlag in den USA nicht mehr möglich wäre. Zumindest nicht hier in Washington.« Die Stimme des stellvertretenden Verteidigungsministers Robert Wolferman klang etwas tiefer als gewöhnlich und zitterte leicht. Er starrte auf das Foto an der Wand seines Büros im Pentagon, auf dem der legendäre General Douglas MacArthur wie üblich mit einer Maiskolbenpfeife im Mund und einer Sonnenbrille posierte. »Ich sorge dafür, daß die bei Auslösung des Roten Codes erforderlichen Maßnahmen auch bei uns schnell durchgeführt werden«, sagte der kleine dunkelhaarige Mann, er legte den mit dem Adlersymbol markierten Hörer des Verteidigungsministeriums auf, stieß die Faust in die Luft und gab einen lautlosen Freudenschrei von sich.

Die letzte Phase des Plans begann wie vorgesehen. Das Ministerium für Innere Sicherheit hatte den Roten Code in Kraft gesetzt, die höchste Terroralarmstufe. Die USA bereiteten sich derzeit auf weitere Anschläge vor: Mitarbeiter, die frei hatten, wurden in die Krankenhäuser, zum Rettungsdienst und zur Polizei gerufen, und Einheiten, die für Notfall- und Spezialaufgaben ausgebildet waren – von den Gruppen für die Erkennung biologischer Waffen bis zu den Streifen mit Bombenhunden –, wurden zum Dienst gerufen. In die Nähe kritischer Objekte verlegte man zusätzliche Truppen, der Verkehr zu Land, zu Wasser und in der Luft wurde überwacht und eingeschränkt, und staatliche Behörden wurden geschlossen.

Wolfermans Plan war aufgegangen. Bald würde die ganze Welt wissen, daß iranische Terroristen versucht hatten, das Kernkraftwerk von Calvert Cliffs in die Luft zu sprengen. In Wirklichkeit hatte überhaupt nicht die Absicht bestanden, das Kernkraftwerk zu zerstören, es genügte, daß der drohenden Gefahr in letzter Minute Einhalt geboten worden war und daß es so aussah, als wäre dem Iran fast der zerstörerischste Terroranschlag in der Geschichte gelungen. Die ganze Welt würde glauben, daß die Einheit Qods Force des iranischen Auslandsnachrichtendienstes hinter dem Anschlag steckte. Dafür würde der DIA, der Nachrichtendienst der US-Armee, sorgen, indem er der Welt umfangreiches gefälschtes Aufklärungsmaterial vorlegte. Der Panik würden die Erschütterung und die Wut der internationalen Gemeinschaft folgen. Und dann der Vergeltungsschlag.

Das war Wolfermans tatsächliches Ziel: ein Vergeltungsschlag gegen die größte Stütze des Terrorismus in der Welt, gegen den Iran, ein Angriffskrieg und die Eroberung. Er und die anderen Väter einer US-Militärpolitik der harten Linie hatten endgültig die Nase voll vom Iran, seit der Aufklärungsapparat der USA Beweise dafür gefunden hatte, daß der Iran auch hinter den Terroranschlägen vom September 2001 steckte. Und außerdem war der Iran der zweitgrößte Ölproduzent im ganzen Nahen Osten, zweimal größer als der Irak zu seinen besten Zeiten.

Das Telefon unterbrach Wolfermans Überlegungen. »Harris, aus der Kommandozentrale des DIA. Ich bin für die Bethesda-Operation verantwortlich. In Dexters Haus hat es irgendeine ... Explosion gegeben. Moreno und das Kommando der ERT sind getötet worden, und eine der Zielpersonen konnte fliehen, dieser Verrückte. Der Mann kannte das Gelände und wußte, wie man der Satellitenüberwachung ausweicht. Wir ...«

Wolfermans Stimmung fiel innerhalb eines Augenblicks in den Keller, eben noch hatte er in den Wolken geschwebt, nun stürzte er tief. »Warten Sie einen Augenblick«, sagte er und schloß die Tür zum Eisenhower-Flur. Der Soldat in Paradeuniform, der vorüberging, erhielt keine Antwort auf seinen Gruß.

Wolferman griff wieder nach dem Hörer. »Und die Beweise von O'Donnell und die Ökoterroristen?«

»Zu den Beweisen gibt es keine Information, aber die Terroristen sind weiterhin in dem Haus, ebenso ein ausländischer Polizist. Sie haben den größten Teil von dem, was Moreno erzählt hat, mit der Videokamera gefilmt«, sagte der DIA-Oberst.

»Und was hat Moreno erzählt?« Wolferman ahnte Schreckliches.

»Nicht alles, aber zuviel. Die Sache muß jetzt sofort bereinigt werden, bevor die Vertreter der Medien am Haus von Dexter auftauchen. Ich habe schon zusätzliche Männer dorthin beordert.«

Wolferman brauchte nicht über Alternativen nachzudenken. »Erledigt die Sache. Sofort und endgültig«, befahl er und beendete das Gespräch. Das hatte er einfach nicht befürchtet, die Tötung Dexters und der Ökoterroristen sollte der leichteste Teil des Plans sein.

Wolferman ging zu der Vitrine aus Edelholz, die neben der Sitzgruppe stand. Er wußte immer noch nicht, welche Preise und Geschenke sie enthielt, und es interessierte ihn auch nicht. Probleme traten auf, aber daran sollte nicht alles scheitern, beschloß Wolferman. Sie würden einen gerechten Krieg gegen den Iran beginnen. Dafür war ein Anlaß erforderlich, und für den hatte er heute gesorgt, als es den iranischen Terroristen fast gelungen wäre, Calvert Cliffs zu sprengen.

Diesmal würden sie es schaffen, daß auch die Europäer in die Kriegskoalition eintraten, das hatte er schon vor langer Zeit sichergestellt, als er der Final Action von Nordman befohlen hatte, Anschläge gegen europäische Unternehmen durchzuführen. Es schadete nichts, daß keine Zeit geblieben war, alle Anschläge auszuführen, denn der DIA hatte mappenweise gefälschte nachrichtendienstliche Dokumente über die Anschläge von Final Action, die nicht ausgeführt worden waren. Demnach war es das wahre Ziel von Final Action, europäischen Großunternehmen Schaden zuzufügen. Auch die europäischen Staaten, die sich beim Irakkrieg wie Feiglinge verhalten hatten, würden den Vergeltungsschlag gegen den Iran akzeptieren, wenn der DIA Beweise vorlegte, daß Final Action mit iranischen Terroristen zusammengearbeitet hatte. Durch die Verbindung Lasse Nordmans mit dem Anschlag in Calvert Cliffs würde das leichtfallen. Das Pentagon beging selten zweimal denselben Fehler, es hatte tausendmal mehr Beweise gegen den Iran als seinerzeit gegen den Irak, und auch die drohende Gefahr von Massenvernichtungswaffen brauchte man diesmal nicht zu erfinden – der Iran stand schließlich kurz davor, ein Kernwaffenstaat zu werden.

Robert Wolferman würde der nächste Verteidigungsminister werden und danach noch wer weiß was …

56

Drei Minuten nach der Explosion von Ezraels Bombe brannte der eine Giebel von Dexters Haus wie eine Fackel, und ein Teil des Daches war eingestürzt. Die Hitze spürte man auch schon im Arbeitszimmer, obwohl die Flammen noch weit entfernt loderten. Die Leichen Morenos und der zwei Soldaten lagen auf dem Fußboden, und das geronnene Blut auf dem Schreibtisch umgab Dexters Kopf wie ein Heiligenschein.

Ratamo schmiß die Maus gegen den Monitor des Computers. Moreno hatte die Wahrheit gesagt: Aus Dexters Wohnung bekam man keinerlei Kontakt zur Außenwelt. Er schmeckte den Staub im Mund und versuchte seine Gedanken zu sammeln. Ein Hubschrauber ratterte über dem

Haus, das dumpfe Dröhnen seiner Rotorblätter vermischte sich mit seinem Puls, der in den Ohren hämmerte. Ihm kam ein düsterer Gedanke: Hatte er mit seinem Vorschlag den Tod zweier Soldaten und Amanda Morenos verursacht?

Ratamo hielt die Videokamera fest in der Hand. »Die muß aus dem Haus hinausgebracht werden. Hier können jeden Moment noch mehr Soldaten eintreffen.«

»Die Übergabe der Kassette an die Behörden ist das Ende von Final Action. Und von mir«, murmelte Lasse Nordman mit schwacher Stimme und erwartete vergeblich, daß Ulrike irgend etwas sagte. Nach diesem Tag würden sie sich nie wieder treffen. Das zuzugeben fiel Lasse zumindest genauso schwer wie das Nachdenken über die Folgen seiner Taten: Wie viele Menschenleben wären verschont geblieben, wenn er sich seinerzeit geweigert hätte, Seraphim-Wolfermans Vorschlag für eine Zusammenarbeit anzunehmen? Jorge, Scott und auch Gloria waren gestorben – und wofür?

Ulrike saß auf dem Fußboden und starrte auf ihre Schuhspitzen. Sie wirkte ruhig und beachtete Lasse überhaupt nicht. Die Trauer drückte in der Brust, sie würde sich später damit beschäftigen, dann, wenn dieser Alptraum vorüber war. Und das war er ganz und gar nicht. Sie hustete und stand auf, als sie bemerkte, daß am Fußboden Qualm hereindrang.

Ratamo musterte Nordman: Der Mann sah bleich aus, und sein weißes Hemd war von der Taille bis zum Kragen vom Blut verfärbt. Vom Eifer des Offiziers war keine Spur mehr zu sehen, er hatte Lust zu sticheln, daß die Liste der Ehrenmänner in der nächsten Familienchronik der Nordmans heute einen Namen kürzer geworden sein dürfte. Ratamo öffnete die blumengemusterten Gardinen einen Spalt und schaute auf die Straße: In der Nähe des brennenden Hauses gingen etwa zwanzig lebhaft gestikulierende Bewohner der näheren Umgebung auf und ab. Jemand wagte sich bis an die Haustür heran, aber der Lautsprecher des Armeehubschraubers befahl dem Mann in scharfem Ton, den Platz zu räumen. Die Alarmsirenen waren gedämpft irgendwo in der Ferne zu hören.

Ulrike schrak aus ihren Gedanken auf. »Die Vertreter der Massenmedien werden auch bald hier sein. Wenn wir ganz ruhig auf die Straße hinausgehen, kann zumindest niemand auf uns schießen.«

Ratamo glaubte seinen Ohren nicht zu trauen. »Wenn dieses Video den Soldaten in die Hände fällt, werden die Enthüllungen von Moreno niemals an die Öffentlichkeit gelangen. Und ihr zwei werdet ins Gefängnis gesteckt; wenn ihr Glück habt, nicht nach Guantanamo oder Abu Ghraib.«

»Was können wir tun? Mit dem PC oder den Telefonen bekommt man keinen Kontakt nach draußen«, sagte Ulrike leise. Sie schien den Kampf aufgegeben zu haben.

»Das muß den Massenmedien übergeben werden.« Ratamo schwenkte die Videokamera in der Hand und appellierte an die anderen: »Versuchen wir es wenigstens. In der Garage steht ein Auto, wir haben noch etwas Zeit, bevor die Soldaten kommen.«

Ulrike kratzte gleichgültig ihre geschiente Hand. »Gut.«

Lasse Nordman kämpfte darum, bei Bewußtsein zu bleiben, der Blutverlust schwächte ihn, und die Haut fühlte sich kalt an. Er fror. Nichts würde ihn mehr vor der Verhaftung und den Prozessen retten. Er würde für seine Taten den vollen Preis bezahlen müssen, ihm schien es fast so, als würde er besser davonkommen, wenn er vor der Hinrichtungskompanie stünde wie zu Kriegszeiten. Aber nur fast. Er beschloß, lieber der Polizei gegenüberzutreten als den Soldaten, und richtete sich auf und stellte sich neben Ratamo. Die Niederlage war schon vollkommen.

Die drei gingen durch die innere Tür in die Garage, in deren Ecken alles mögliche Gerümpel lag: ein Schaukelstuhl, ein schwarz gewordener Gasgrill, Fahrräder ... Ratamo setzte sich hinter das Lenkrad von Dexters Cadillac Seville, war erleichtert, als er die Schlüssel sah, und startete das Auto. Warum hatte er das Gefühl, daß sie schon bald die Tiefe des Wassers mit beiden Beinen prüfen würden? Die Tätowierung, die unter dem Träger von Nellis Sommerkleid hervorschaute, ging ihm durch den Sinn, jetzt tat auch dieses Erinnerungsbild seiner Seele gut.

Lasse Nordman, der sich den Bauch hielt, setzte sich auf den Beifahrersitz, und Ulrike kroch auf den Rücksitz. Der Bordcomputer erwachte zum Leben, ebenso das Kommunikationssystem. Ulrike schaltete den am Verdeck des Wagens angebrachten Minifernseher ein, zappte die Kanäle durch, die das Kernkraftwerk Calvert Cliffs zeigten, und verstand mit jedem Augenblick mehr.

Die Kipptür der Garage öffnete sich, und die Lautsprecher des Hubschraubers brüllten den Neugierigen, die sich vor dem Haus versammelt hatten, Anweisungen zu. »Verlassen Sie das Gelände ...« Ratamo beschleunigte den Wagen, fuhr auf die von Laubbäumen gesäumte ruhige Vorortstraße und bog an deren Ende in Richtung Vorstadt-Zentrum ab. Das Auto kam ins Schleudern, das Tempo war zu hoch. Man sah schon den Glockenturm. »Einer von uns könnte mit dem Video aus dem Auto fliehen, wir müssen irgendwo hinkommen, wo man uns vom Hubschrauber aus nicht sieht, in einen Tunnel oder so, und zwar schnell, bevor die Soldaten auftauchen ...«

»Ich kann nicht ...«, klagte Lasse.

Ulrike schaute ihn nicht einmal an. »Du hast auch schon genug angestellt. Außerdem ist das sowieso umsonst ...«

Ratamo drehte heftig am Lenkrad, als sich ein Transporter an der Kreuzung vor ihn setzte. Er warf Ulrike einen Blick zu. »Mir fällt nichts anderes ein. Ich versuche es ...«

Im selben Augenblick sah er an einem vorbeirasenden Transporter das Logo von News Channel 8, er bremste und wendete den Wagen. Wenn sie die Kassette in die Nachrichten bringen könnten, würde alles gut ausgehen. Wenn …

Er drückte den Fuß auf das Gaspedal, und die Digitalziffern des Tachometers in dem massiven Auto zeigten innerhalb von Sekunden sechzig Meilen in der Stunde an. Die Fußgänger auf der Wisconsin Avenue drehten sich um. Wo zum Teufel steckte die Polizei, wenn man sie brauchte? Dann tauchte der schwarze Hubschrauber wie aus dem Nichts vor ihnen auf und schwebte so weit unten, daß seine Kufen fast den Asphalt berührten.

Für eine Mikrosekunde überlegte Ratamo, ob er an der Seite vorbeifahren könnte, aber die Straße war zu schmal, und auf den Fußwegen standen Menschen, die den Zwischenfall beobachteten, er war gezwungen zu bremsen. Das Auto blieb auf dem trockenen Asphalt wie an einer Mauer stehen. Im selben Augenblick tauchten auf beiden Seiten und hinter ihnen Transporter auf, deren Hecktüren sich öffneten, und dann umzingelten etwa zwanzig ERT-Soldaten ihr Auto.

»So ist das also zu Ende gegangen«, Lasse Nordmans enttäuschte Stimme kam von irgendwoher ganz tief in ihm. Er schaute Ulrike an und versuchte sich ihr Gesicht einzuprägen.

»Genauer gesagt, so«, sagte Ulrike und drehte die Lautstärke des Minifernsehers auf. Der Nachrichtensprecher des Fernsehkanals ABC hörte sich ernster an als gewöhnlich: *»Wenn diese Videoaufzeichnung echt ist, dann bringt sie den stellvertretenden Verteidigungsminister Robert Wolferman und die Chefin der operativen Abteilung des DIA Amanda Moreno in Verbindung mit den Ereignissen im Kernkraftwerk Calvert Cliffs.«*

Ulrike schaute sich mit strahlendem Gesicht das in John Dexters Arbeitszimmer aufgezeichnete Video an. Sie hatte gesehen, wie Ezrael die DV-Kassette gegen eine andere ausgetauscht hatte. Aber warum hatte sie darauf vertraut, daß er die Kassette an die Öffentlichkeit bringen würde? In Dexters Haus war auch vieles andere passiert, was sie noch nicht vollständig begriff. Eines war ihr allerdings jetzt schon klar: Sie hatte zugelassen, daß Ezrael Amanda Moreno tötete.

Ratamo erinnerte sich, wie O'Donnell die Videokamera Ulrike Berger vor seinem Verschwinden gegeben hatte, er begriff, was geschehen sein mußte, und öffnete den Deckel der Kamera. Auf die DV-Kassette hatte jemand mit schöner Handschrift *»Weihnachtsabend 1995 – Die Familie Dexter«* geschrieben.

Ezrael schaute auf den riesigen Plasmafernseher bei Radio Shack, einem Geschäft für Haushaltsgeräte, nur ein paar Dutzend Meter von Bethesda Computers entfernt, einem Computerladen, in dem er vor ein paar Minuten die Videoaufzeichnungen der Ereignisse in Dexters Haus auf elektronischem Wege an die drei größten Fernsehkanäle der USA geschickt hatte.

Eine junge energische Verkäuferin stellte sich neben Ezrael und betrachtete ihn mißtrauisch, vielleicht hätte er irgend etwas antworten müssen, als das Mädchen ihn fragte, was er suchte. Aus der Pizzeria nebenan stiegen ihm Gerüche in die Nase, die ihn nicht mehr anekelten, im Gegenteil.

Die Ereignisse in Dexters Haus flimmerten über den Bildschirm, und sie schwirrten Ezrael durch den Kopf. Der Engel der Offenbarung sah auch im Fernsehen schön aus, genau so wie eine Frau, in die sich Eamon verlieben könnte. Vielleicht würde das auch geschehen, dann, wenn die Veränderung endgültig vollzogen war.

Er war erschöpft, müder als je zuvor. Es war schwierig, die Gefühle sowohl von Eamon als auch die von Ezrael zu kontrollieren: Angst, Schuldgefühle, Reue, Erleichterung, Scham ... Einer von ihnen beiden mußte weichen. Er spürte brennende Sehnsucht nach einem ähnlichen Augenblick voller Sicherheit und Glück, wie er ihn mit der Frau, die Papierengel ausschnitt, vor einer Ewigkeit auf dem Berg Croagh Patrick erlebt hatte. Bis zu seinem Geburtstag hatte er noch fünfzig Tage Zeit, und er brauchte zum Fasten nur vierzig. Aber er mußte noch nach Irland gelangen.

»... und predigt ihr, daß ihre Dienstbarkeit ein Ende hat, denn ihre Missetat ist vergeben; denn sie hat Zwiefältiges empfangen von der Hand des HERRN für alle ihre Sünden.«

57

In seinem Arbeitszimmer im Pentagon drückte Robert Wolferman auf die Fernbedienung und versuchte einen Fernsehkanal zu finden, auf dem Amanda Moreno nicht erzählte, Robert Wolferman habe die iranischen Terroristen beauftragt, das Kernkraftwerk Calvert Cliffs zu sprengen. Schließlich fand sich so ein Kanal: Das brennende Haus John Dexters loderte einen Augenblick auf dem Bildschirm, dann schaltete Wolferman den Fernseher aus. Er hatte die Operation des Nachrichtendienstes der Armee abgebrochen, und das FBI verhörte schon die Ökoterroristen und den finnischen Polizisten. Und ihn selbst würde man jeden Moment abholen. Sein Gehirn weigerte sich, die Ereignisse der letzten Minuten zu verstehen. Die Porträts der Heldengenerale, das Sternenbanner und die Gegenstände, die an die ehrenvollsten Kämpfe in der Geschichte der USA erinnerten, schienen ihn von der Wand aus vorwurfsvoll anzuschauen.

Es war Ironie des Schicksals, daß er wegen der Entlarvung des Konsortiums der Ölkonzerne scheitern würde: Das

Konsortium war nur deswegen gegründet worden, damit man die Morde an den Physikern bei den Ermittlungen auf keinen Fall mit den USA in Verbindung bringen konnte. Das gesamte energiepolitische Programm der USA war bedeutungslos, verglichen mit den außenpolitischen Vorhaben, die er und die anderen wahren Patrioten anstrebten. Sie hatten schon vor Jahren begriffen, daß die USA allzu ängstlich darauf bedacht waren, sich außenpolitisch korrekt zu verhalten: Man mußte es aber wagen, militärische Macht einzusetzen, wenn die politischen Mittel unwirksam waren. Amerika mußte ungeniert die Rolle als Führer der ganzen Welt anstreben. Zur Verwirklichung dieses Ziels wurde das Projekt »Das neue amerikanische Jahrhundert« schon 1997 in Angriff genommen. Ihrer Meinung nach mußte sich die USA überall in der Welt aggressiver verhalten, insbesondere im Nahen Osten. Nur unter der Führung Amerikas würden in der Welt der Frieden erhalten bleiben und Demokratie und Freiheit zunehmen.

Am Anfang hatten sie auch Glück gehabt: Der 11. September 2001 wurde für sie zu einem absoluten K.o.-Sieg. Dank dem Schock, den dieser Tag ausgelöst hatte, waren die Grundsätze ihres Projekts heute offizielle Außenpolitik der USA, und von den achtzehn neokonservativen Politikern und Beamten, die damals die Erklärung zum »Neuen amerikanischen Jahrhundert« unterschrieben hatten, arbeiteten heute zehn an der Spitze der Machtpyramide der Vereinigten Staaten.

Nun war alles vorbei, aber vielleicht sollte er es trotzdem versuchen ... Wolferman drückte die Tasten des Telefons, und die Zentrale im Weißen Haus antwortete sofort. Er nannte seinen Namen und bat, ihn mit dem Präsidenten zu verbinden.

»Robert, du wußtest, daß es so kommen konnte.« Der Präsident, der vor den großen gewölbten Fenstern des Blauen

Salons stand, kam sofort zur Sache. »Wie ich schon vor langer Zeit gesagt habe, will ich von dieser Operation nichts wissen.« Der Präsident schaute auf die helle, glänzende Kuppel auf dem Turm des Kongreßgebäudes weit weg auf dem Capitol.

Wolferman hatte die erwartete Antwort bekommen, bevor er überhaupt eine Frage stellen konnte.

»Wie zum Teufel konnte alles so schiefgehen?« fragte der Präsident in seinem Befehlston.

Wolferman wollte noch nicht aufgeben. »Und wenn ich zusammen mit dem DIA die Sache so darstelle, daß Moreno die einzige Schuldige ist? Wir könnten behaupten, daß sie unter psychischen Problemen litt und versucht hat, mich zum Schuldigen zu machen, als ihr klar wurde, daß sie …«

»Robert, du mußt jetzt stark sein. All das wird man unter Einsatz von Hunderten Menschen in vielen verschiedenen Behörden und in vielen Ländern untersuchen. Denke an die Partei und an die nächsten Wahlen. Und an das Land. Unsere diplomatische Verläßlichkeit ist dahin, wenn eure wahren Ziele entlarvt werden. Es muß so aussehen wie die private Mission von Einzelpersonen.« Das Gesicht des Präsidenten zeigte Enttäuschung, als er sich umwandte, um auf die weiße Perücke des Porträts von Präsident John Adams zu schauen.

Wolferman vermochte nichts zu antworten, ihm fiel nichts ein, was er hätte sagen können. Auch der letzte Hoffnungsfunken erlosch, und der kleine Mann sank auf seinem Stuhl in sich zusammen. Er begriff, daß nun das Spiel zu Ende war. Kein einziger der dreiundzwanzigtausend Mitarbeiter des Pentagon könnte ihm helfen, wenn der Präsident nicht auf seiner Seite stand.

»Versuche nun die richtigen Schlußfolgerungen zu ziehen. Nach alldem wirst du in jedem Falle vernichtet und verurteilt.« Der Präsident beendete das Gespräch im selben Augenblick, als eine fit aussehende dunkelhaarige Frau, ohne anzuklopfen, das Zimmer betrat und auf dem runden blauen Teppich stehenblieb.

»Wir waren so nahe dran«, sagte die sicherheitspolitische Beraterin des Präsidenten mit gepreßter Stimme.

Robert Wolferman überlegte einen Augenblick, ob er seine Frau anrufen sollte, und holte dann aus dem Schubfach seines Schreibtischs eine Pistole.

DONNERSTAG

58

Der kleine Beratungsraum im Hauptquartier des FBI war karg eingerichtet. Verglichen mit den Verhörräumen der Behörde, wirkte er allerdings wie die Suite eines Luxushotels. Ratamo war gestern bis spät in die Nacht und heute von früh bis abends befragt worden. Jetzt war es kurz vor sieben Uhr, und er hoffte immer noch, daß er den Flug der Air France über Paris nach Helsinki um 22.15 Uhr schaffte. Im Laufe des Tages hatte er so viel Unbegreifliches über Robert Wolfermans Aktivitäten gehört, daß er viel Zeit und Kautabak brauchen würde, um die Informationen zu verdauen. Aber zu geistiger Arbeit wäre er erst wieder fähig, wenn er einen Tag oder zwei geschlafen und Nellis Lachen gehört hatte.

Ratamo warf einen Blick auf Ulrike Berger, sie warteten zu zweit auf Jeff Hanes vom FBI. Wie mochte sich die Frau fühlen? Sie war in Dexters Haus gezwungen gewesen, über Leben und Tod zu entscheiden, und ein schwereres Kreuz war kaum vorstellbar. Auch Ratamo hatte noch nicht Frieden mit sich schließen können. Wenn er nicht vorgeschlagen hätte, daß die Soldaten ihre Waffen niederlegen sollten, würden sie und Moreno vielleicht noch leben und Eamon O'Donnell wäre tot. Dieses »vielleicht« schien ein wichtiges Wort zu sein. Ratamo versuchte sich selbst zu beweisen, daß er niemanden umgebracht hatte.

Hanes stand in der Tür und glaubte wohl, vor Blicken geschützt zu sein, denn er stopfte sich hingebungsvoll ein mit Puderzucker überzogenes Gebäck, das so groß wie ein Baguette war, in den Mund. Schließlich trat der großgewachsene Mann herein und wischte sich die Mundwinkel ab. »Was euch angeht, sind die Verhöre beendet, ihr seid frei und könnt gehen.«

Ulrike schreckte auf, zog den Mullverband ihrer geschienten Hand zurecht und fragte: »Und Lasse Nordman?«

»Er wird für seine Beteiligung an dem Anschlag auf Calvert Cliffs angeklagt, obwohl es nur ein Bluff war«, sagte Hanes wütend. »Etwas hätte schiefgehen können, das begreift selbst ein Dummkopf. Der Zeitzünder der Sprengladungen war schon eingestellt.« Hanes bemerkte, daß er sich aufregte, und setzte sich an den Beratungstisch. »Und natürlich wird Nordman als Chef von Final Action auch für den Anschlag der Organisation in Indien zur Verantwortung gezogen.«

Ulrike versuchte ihre Trauer zu ersticken, indem sie auf sich selbst wütend wurde. Warum war ihr nicht klargeworden, daß Lasse Final Action führte? Warum hatte sie keine Anzeichen des Verrats gesehen, obwohl Lasse viel Zeit allein verbrachte und zuweilen überraschende Auslandsreisen unternahm.

Gut, daß Nordman schon vor geraumer Zeit aus der finnischen Armee ausgeschieden war, so würde er zumindest deren Ruf nicht schädigen, dachte Ratamo. »Hat man etwas von O'Donnell gehört?« fragte er und zuckte zusammen, als die Klimaanlage ein schrilles Geheul von sich gab.

»Der Mann wird natürlich gefunden. So ein Verrückter läuft hier nicht lange frei herum«, antwortete Hanes verärgert. »Der Name in dem Paß, den O'Donnell verwendete, Aidan Cahill, hat uns außerdem schon geholfen, ihm auf die Spur zu kommen. Der Mann war in Belfast lange in psychiatrischer Behandlung, Aidan Cahill sind im Laufe der letzten Jahre mehr Beruhigungsmittel und antipsychotische Medikamente verschrieben worden als ganz Hollywood. Die Liste der Bezeichnungen ist endlos: Thioridazin, Haloperidol, Perphenazin, Amitryptilin, Maprotilin, Chlorbrom, Pacinol, Melleril, Orsanil ... Schließlich hat ein Mittel namens Risperidon bei ihm gut gewirkt«, las Hanes aus seinen Unterlagen vor. »Es sieht so aus, als hätte man O'Donnells Krankheit mit den Medikamenten ziemlich gut unter Kontrolle gehabt, bis dann Mary Cash ins Bild trat und ihren Bruder zwang, ihr zu helfen.«

Waren das Medikamente, was Ezrael in dem Kellerloch genommen hatte, überlegte Ulrike und war schockiert. Hatte er die Medikamente gesucht, als er in den Taschen und der Handtasche seiner toten Schwester wühlte? So mußte es gewesen sein. Mary Cash hatte die Medikamentendosierung ihres Bruders reduziert und damit den Gesundheitszustand seiner Psyche reguliert. Vielleicht hatten die Medikamente in den letzten Tagen die gesunden Schichten in Eamons Psyche wiederbelebt, zumindest teilweise. Oder bildete sie sich das nur ein?

»Ezrael braucht eine Behandlung«, sagte Ulrike leise. »Vielleicht hat er nach Jahren der Therapie etwas Hoffnung. Ein Mensch kann ja wohl nicht schlecht sein, wenn er nicht mal begreift, daß er Böses tut?«

»Ich würde O'Donnell auf den elektrischen Stuhl setzen«, schnauzte Hanes so heftig, daß er beinahe seinen Kaugummi verschluckt hätte.

Genau so einen Kommentar hatte Ulrike erwartet. »Wem würde das nützen? Rache erzeugt nur neue Wunden und neue Rächer.«

Ratamo wollte vermeiden, daß aus dem Gespräch ein Streit wurde. »Das FBI hat sicher umfangreiche Informationen darüber, was Ungeheuer wie O'Donnell entstehen läßt.«

Die Antwort kam von Ulrike. »Gewalt erzeugt wieder Gewalt. Denken Sie mal an die Kindheit von Ezrael, das war nichts als psychischer und physischer Sadismus.«

Auch Hanes ging nicht auf Ratamos Versuch ein, die Atmosphäre zu entspannen. »Man kann die Eltern und die Kindheit nicht für alles verantwortlich machen. Jedes Individuum hat die freie Wahl und eine dementsprechende Verantwortung.«

»Es wird ja wohl kein Verrückter solch ein Leben freiwillig wählen«, sagte Ratamo verwundert.

Hanes lachte. »Gerade ein Verrückter tut das«, erwiderte er. Im selben Moment kam ein junger Mann von kaum zwanzig Jahren herein und brachte ein Tablett mit Kaffee. Keiner interessierte sich für die Thermoskanne und die Kekse.

Ratamo beschloß, die Streiterei zu beenden. »Sie sind nicht verantwortlich für das, was O'Donnell getan hat«, sagte er zu Ulrike. »Sie haben doch versucht, den Mann zur Aufgabe zu bewegen. Sie haben versucht zu verhindern, daß O'Donnell tötete.« Ratamo war erstaunt, als er die Härte in Ulrikes Blick sah.

»Nein. Ich wußte, daß Ezrael Moreno erschießen würde, und habe es zugelassen.«

»Es gibt Situationen, in denen man nur das Schlechte wählen kann«, sagte Ratamo, obwohl ihm klar war, daß seine Worte nicht im geringsten trösten würden.

Ulrike schwieg, der Disput würde zu nichts führen. Sie würde vielleicht nie die Wahrheit über Ezrael erfahren. Wie verwirrt war er zu welchem Zeitpunkt in der letzten Woche gewesen? Letztendlich hatte Ezrael dennoch im entscheidenden Augenblick Widerstand gegen das größte Übel geleistet, indem er die Videokassette an die Öffentlichkeit weitergegeben hatte. Kam das durch die Medikamente? Am meisten beschäftigte Ulrike, warum Ezrael gewartet hatte, daß sie ihre Waffe sinken ließ, bevor er Moreno erschoß. Hatte Ezrael sie absichtlich gezwungen zu wählen?

»Die Taten von Robert Wolferman werden natürlich intensiv untersucht«, vermutete Ratamo.

Hanes überlegte einen Augenblick, was er antworten sollte, und seine Hand wanderte über seine pechschwarzen Haarstoppeln. »Nach Wolfermans Tod wird es möglicherweise schwierig sein, das Ziel seines Planes zu ermitteln.«

»Moreno sprach von irgendeiner außenpolitischen Operation«, erinnerte sich Ulrike.

»Dexter könnte auch wirtschaftliche Vorteile angestrebt haben, seiner Frau gehört ein großes Stück der Firma Houston Oil. Nach Auffassung des FBI sollte man die Vermutungen besser sein lassen, man sollte nicht noch mehr Öl in die Flammen dieser Katastrophe schütten.« Hanes schaute hinaus auf die Pennsylvania Avenue, die von der untergehenden Sonne vergoldet wurde, und vermied es, seinen Gästen in die Augen zu sehen. Schweigen senkte sich über den Beratungsraum.

Ratamo hatte das Gefühl, daß Hanes die ganze Kette von Ereignissen am liebsten totgeschwiegen hätte.

»Alles hängt immer von so kleinen Dingen ab«, sagte Hanes schließlich. »Wolfermans Plan geriet wegen des Anschlags von Final Action in Gefahr, da man ihn im Beratungsraum von Dutch Oil gesehen hatte und die Information über das Konsortium bei der Polizei landete. Eine ganze Reihe von Zeugen, die Wolferman gefährlich werden konnten, lief frei herum: Scott Andersen, Gloria Davegna, Mary Cash, Eamon O'Donnell, Lasse Nordman, Ulrike Berger und John Dexter, der von Wolfermans Verbindung zum Konsortium wußte. Und schließlich auch Jaap van der Waal, der versuchte seine Haut zu retten, indem er Wolferman mit seinen Kenntnissen erpreßte. Wenn in Dexters Haus alles nach Wolfermans Plan verlaufen wäre, dann wären auch die letzten Zeugen gestorben, und alle Behörden hätten Dexter für den gehalten, der hinter dem Konsortium und den Morden steckte und im Hintergrund die Fäden gezogen hatte. Der Plan war ausgezeichnet«, sagt Hanes fast bewundernd.

Das Treffen ging zu Ende, Hanes sammelte seine Unterlagen ein und versprach, Ratamo und Berger hinauszubegleiten. Auf den Fluren des Hoover-Gebäudes spürte man das Adrenalin und die Hektik. Die dunkel gekleideten, sauberen und gepflegten Agenten erinnerten Ratamo aus irgendeinem Grund an den sich selbst klonenden Agenten in den Matrix-Filmen. Hieß er Smith?

Ulrikes Unsicherheit wuchs mit jedem Schritt. Sie hatte Angst vor dem, was sie draußen erwartete, auf alle Fälle eine Armee von Reportern. Sie hatte ihren Traum verwirklicht, jetzt war sie für jeden Aktivisten auf der Welt eine Heldin, aber um welchen Preis? Dexter und vier Soldaten waren gestorben, und sie hatte zugelassen, daß Ezrael Moreno tötete. Wie sehr unterschied sie sich letztlich von Ezrael und Mary Cash? Auch sie hatte sich von der Gesellschaft losgesagt und Menschenleben für ihre Ziele geopfert.

Die drei trafen im Foyer des Edgar-Hoover-Gebäudes ein. Vor dem Ausgang wimmelte es von Medienvertretern, sie glichen einer Herde von Hyänen, die auf Beute lauerten, und der hinter ihnen gleichmäßig wie ein Metallteppich dahinströmende Verkehr auf der Pennsylvania Avenue erinnerte Ulrike daran, daß die Ereignisse der letzten Tage nicht die ganze Welt ändern würden. Sie zählte sechs Übertragungswagen von Fernsehsendern. Die Abendsonne ließ sie daran denken, welche Aussicht man wohl um diese Jahreszeit vom Berg Croagh Patrick auf den Atlantik hatte. Bestimmt eine schöne. Wollte Ezrael den einzigen glücklichen Augenblick seiner Kindheit neu erleben und auf den Berg reisen, so wie er es angedeutet hatte, als er Dexters Haus verließ? Warum hatte Ezrael ihr dieses Geheimnis anvertraut? Stellte er sie abermals auf die Probe?

Aus irgendeinem Grund hatte Ulrike der Polizei noch nicht erzählt, was Ezrael beim Abschied gesagt hatte, vielleicht würde sie das später tun. Sie hoffte, daß Eamon die Macht über Ezrael gewann, obwohl sie der Gedanke mit Angst erfüllte, daß sie verantwortlich wäre, wenn Ezrael wieder töten würde. Doch ohne ihn wäre sie jetzt entweder tot oder verhaftet, und Wolfermans Plan würde unaufhaltsam verwirklicht. Ezrael hatte eine Chance verdient.

FREITAG

59

Die indische Tänzerin Arulmoli Biswasi in ihrem Salvarkamiz-Hosenanzug zuckte anmutig mit den Hüften. Die schönen, kunstvoll fließenden Bewegungen interessierten die etwa zwanzig Freunde des Biers nicht sonderlich, deren stiere Blicke aus geröteten Augen das wippende Hinterteil der Frau verfolgten.

In die Zitar-Musik mischte sich der Ruf »Der Start ist geglückt!«. Jussi Ketonens Abschied wurde im Restaurant Herttua gefeiert, weil die Gaststätte in Herttoniemi nach Meinung von Mikko Piirala, der die Feier organisiert hatte, das einzige Restaurant in Helsinki war, in dem man Pferdewetten abschließen konnte. Die indische Tänzerin war für diesen Auftritt engagiert worden, weil Ketonen Yoga trieb und Piiralas Bemühungen, eine Yoga-Vorführung zu buchen, gescheitert waren. Die Tänzerin Biswasi stammte aus Indien, genau wie Yoga, und das genügte Piirala.

Jussi Ketonen fühlte sich wohl und genoß den Abend, er hantierte so begeistert wie ein Teenager mit den Wettscheinen und hätte beim Finish auf der Zielgerade während des fünften Rennens beinahe seine Hosenträger zerrissen. Er hatte viel verloren, doch dann gewann »Bouletten-Expreß« das sechste Rennen, und Ketonen hatte einen Zweiereinlauf; mit dem Gewinn von hundertzwanzig Euro würde er mühelos den ganzen restlichen Abend spielen können.

Kein SUPO-Mitarbeiter bemerkte, daß Ratamo ins Restaurant kam und seine Jacke an der Garderobe abgab. Er wurde erst entdeckt, als er an den Tresen trat. Ein Kollege nach dem anderen kam zu Ratamo und tauschte mit ihm Neuigkeiten aus, und alle wunderten sich über sein schwarzes T-Shirt mit der Aufschrift »Tanz Foxtrott oder stirb!«. Auch Seppo Liimatta, der Chef der Antiterroreinheit, war aus dem Ausland zurückgekehrt.

Es war sieben Uhr abends, Ratamos Maschine war vor einer Stunde gelandet. Er überlegte, ob die Quittung für die Taxifahrt von zu Hause zum Restaurant bei der Reiseabrechnung akzeptiert werden würde; er mußte ja wohl zumindest die Sachen wechseln. Nachdem der Streß nachgelassen hatte, betäubte die Müdigkeit seine Gedanken noch gründlicher als vorher. Doch die zweite Atlantiküberquerung innerhalb von drei Tagen hatte seine innere Uhr so total durcheinandergebracht, daß es ihm noch lange Zeit nicht gelingen würde, richtig zu schlafen. Die Ermittlungen kamen ihm wohl oder übel in den Sinn. Warum meinten so viele Menschen, die fanatisch an ihre Sache glaubten, daß gerade ihnen alle Mittel erlaubt waren?

Ratamo hielt Ausschau nach dem Mann, dem die Feier galt, und fand ihn an der Wand vor einem in voller Lautstärke dröhnenden Fernseher. Er sah Ketonen jetzt zum zweitenmal in seinem Leben in einer Bar; im vergangenen Sommer hatte man ihn, als Elvis verkleidet, ins Restaurant Kantis entführt, wo er Karaoke singen mußte. Vor dem Chef standen auf dem Tisch mehrere leere Gläser, er schien ein wenig betrunken zu sein, was Ratamo amüsierte. Er bestellte sich ein zweites Glas.

»In Amsterdam scheint es krankhaft gutaussehende Frauen zu geben, in vieler Hinsicht«, witzelte Ossi Loponen, der neben Ratamo aufgetaucht war.

Auch Ratamo lächelte. »Ich war in Den Haag, von Amsterdam habe ich nur den Flughafen gesehen.«

»Das reicht doch«, erwiderte Loponen, bekam sein Glas und verschwand genauso unauffällig, wie er gekommen war.

Ratamo entdeckte an einem Tisch hinter der Tanzfläche einen zur Decke strebenden schwarzen Turm, der sich als Ulla Palosuos Frisur erwies; das Haar sah noch dichter aus als sonst. Für die oberste Toupierung brauchte man wahrscheinlich eine Leiter, überlegte Ratamo. Palosuo schien sich auch in ihrer Freizeit ganz in Schwarz zu kleiden.

Ratamo bemerkte, daß auf der Bank an der Fensterwand noch Platz war, und beschloß, sich eine Antwort auf eine Frage zu holen, die ihn schon eine Weile beschäftigte. Er setzte sich neben Ulla Palosuo und wartete darauf, daß die ihre Unterhaltung mit Saraa Lukkari beendete. »Darf man nach dem Lied fragen, das du am Anfang der Ermittlungen vor dich hin gesummt hast, es kam mir irgendwie bekannt vor«, erkundigte er sich neugierig, als sich die Gelegenheit endlich bot.

Ulla Palosuo sah ihn prüfend an, ob er betrunken oder echt interessiert war oder sie ärgern wollte. »Das war ›Yellow Submarine‹. Ich gehöre zum Beatles-Chor von Vuosaari, habe allerdings nicht viel Werbung dafür gemacht, wir singen mit den Mädchen zusammen zu unserer eigenen Freude.«

Jetzt durfte er nicht lachen. Ratamo hatte das Gefühl, daß Ulla Palosuo ihm gerade ein Geheimnis anvertraut hatte. »Das hört sich ja interessant an. Ihr hattet damals Proben, oder ...«

»Vorgestern abend hatten wir ein Konzert im Vuotalo. Und im letzten Jahr sind wir während der Helsinkier Festwochen im Restaurant Motti aufgetreten«, erzählte Ulla Palosuo begeistert, und auch Saara Lukkari beteiligte sich an der Unterhaltung.

Alle haben eben ihre Geheimnisse, dachte Ratamo. Was würde sich bei Ulla Palosuo noch herausstellen? Für einen Augenblick hatte er Lust, seine Hand probehalber in die Frisur der Frau hineinzustecken und zu fühlen, was sich dort fand, aber es gelang ihm, dieser Versuchung zu widerstehen. Zum Glück war er noch nicht betrunken. Ulla Palosuo würde schließlich bald die Chefin der SUPO sein, und nach dem ersten Fall zu urteilen, war sie ein strenger Chef. Aber jemand, der im Beatles-Chor von Vuosaari sang, konnte kein schlechter Mensch sein.

Endlich bemerkte auch Ketonen Ratamo und winkte ihn an seinen Tisch.

»Ist alles in Ordnung?« fragte Ketonen, während sein Blick auf die Quoten im Fernsehen geheftet war.

»Ich habe in der Maschine nicht eine Minute schlafen können«, klagte Ratamo und schob sich einen Priem unter die Lippe.

Ketonen machte ein paar Kreuze auf seinen Wettschein. »Bei den Ermittlungen hat es dann noch ziemlich überraschende Wendungen gegeben. Hierzulande wird in den Nachrichten kaum über etwas anderes gesprochen.«

»Ich habe es während der Taxifahrt im Radio bemerkt. Willst du etwas über die Hintergründe hören?« Ratamo wartete auf eine Antwort, aber Ketonen war in die Vorstellung des nächsten Rennens vertieft. »Mich würden die Motive dieses Wolferman interessieren. Warum zum Teufel mußte er iranische Terroristen nutzen …«

Ketonen kommentierte das nicht, er lächelte nur. Dann sah Ratamo, wie Ketonens Blick sich schärfte, als er eine Weile das Treiben seiner jüngeren Kollegen im Restaurant verfolgte. Es schien fast so, als wären seine Augen feucht geworden. Dann ertönte der laute Ruf: »Im Ziel ist die Zehn – ›Auf der Flucht vor dem Schlächter‹!« Auf Ketonens Gesicht erschien ein Breitwandlächeln.

Sie saßen schweigend nebeneinander. Das vierte Bier bewirkte ein angenehmes Rauschen hinter Ratamos Stirn, langsam ertränkte es den Streß. Trotz der Müdigkeit und der Ereignisse der letzten Tage tat es gut, den Abend mit den Kollegen zu verbringen. Manchmal mußte man das Leben auch genießen, kontrollieren konnte man es ohnehin nicht, es hatte seinen eigenen Willen. Nur die kleinen Dinge verlaufen manchmal so, wie man sie plant, die großen niemals, überlegte Ratamo und ging zum Tresen, um zu fragen, ob sich im Hause ein Calvados fand.

EPILOG

Der zweiunddreißigjährige grellgelbe VW fuhr mit heruntergelassenem Dach auf der Albertinkatu in Richtung Süden, und Nelli Ratamos lange blonde Haare flatterten im Wind. Das Mädchen hob die Hand gegen den Luftstrom, als ihr Vater den dumpf surrenden Wagen beschleunigte. Die salopp gespielte Gitarre von J. J. Cale begleitete träge das Stück »Call the Doctor«, aber diesmal sprang das entspannte Feeling nicht auf Ratamo über. Der Titel paßte zu gut zum Thema des Sonntagvormittags: Sie kamen von einem Besuch bei Tapani Ratamo im Krankenhaus.

Am Tag vorher hatte Ratamo Ilona angerufen, war mit Nelli im Kino, in der Tagesvorstellung, gewesen, hatte seinen zusammenfassenden Bericht über die Ermittlungen geschrieben und auf seinem Computer in der E-Mail der französischen Botschaft gelesen, daß in der Botschaft während der gesamten sechziger Jahre kein einziger Finne gearbeitet hatte. Das reichte Ratamo. Die Suche steckte in der Sackgasse; er wollte sich damit zufriedengeben, daß er nicht wußte, von wem er die Hälfte seiner Gene bekommen hatte.

»He, Vater, paß ein bißchen auf!« Nelli stieß Ratamo in die Seite, und der Käfer stoppte mit quietschenden Reifen auf der Kreuzung von Albertinkatu und Bulevardi an der roten Ampel, einen Meter von einem blonden jungen Mann entfernt, der den Fußgängerschutzweg überquerte.

»Du solltest nachts schlafen und nicht auf der Straße«, sagte Nelli grinsend.

Das Mädchen hatte recht, überlegte Ratamo und beobachtete gelassen, wie der junge Mann ihm den Mittelfinger zeigte. Er sah Eamon O'Donnell so weit ähnlich, daß die traurigen Gestalten der vorgestern abgeschlossenen Ermittlungen vor ihm auftauchten. Wie lange würden sie ihn begleiten? Und wann wäre er imstande, den Vorschlag, den er in Dexters Haus gemacht hatte, und dessen Folgen zu vergessen?

Schon bald tauchte der Käfer durch die Toreinfahrt ihres Hauses in der Korkeavuorenkatu und rollte auf den Innenhof, Nelli eilte nach Hause, und Ratamo schloß das Verdeck. Er hörte hinter sich Bremsen quietschen und sah, wie der Student, der am Ersten Mai die Motorsäge benutzt hatte, sein Fahrrad im Ständer abstellte. Der junge Mann grüßte ihn gutgelaunt, und Ratamos Laune besserte sich.

Die etwa zwei Meter hohe Standuhr im Flur schlug zur vollen Stunde, als Ratamo seine Schlüssel auf den Spiegeltisch im Flur warf und auf die Küche zusteuerte. Er wollte Fajitas, Nellis neues Lieblingsessen, zubereiten, das war einfach und ging schnell. Er klapperte in den Küchenschränken und suchte zusammen, was er dafür brauchte, dann unterbrach die Klingel an der Tür seine Arbeit. »Nelli, mach mal auf!«

Die Tür klappte zu, Ratamo hörte das Kratzen der Hundepfoten auf dem Dielenfußboden, wußte, daß Ketonen gekommen war, und griff nach der Kaffeepackung.

»Wie geht es hier so?« sagte Ketonen zur Begrüßung an der Küchentür.

»Es geht mir wie dem Mann der Witwe in der Nachbarschaft. Es dauert bestimmt noch ein paar Tage, bis man sich von dem Zeitunterschied erholt hat.«

Ketonen setzte sich an den alten Bauerntisch und betrachtete Ratamo, der aussah wie das Gebet eines Schlafenden.

»Das waren wohl nicht gerade die schönsten Augenblicke des Lebens dort in Dexters Haus?«

Ratamo strich sich über seine Bartstoppeln und überlegte, was er sagen sollte. Das Böse in Eamon O'Donnell würde nicht verschwinden, wenn man darüber redete. »Wollen wir nicht später einmal darüber reden? Es kann gut sein, daß das FBI und die Holländer noch zusätzliche Fakten zu alldem herausfinden.«

»Was von beidem ist die größere Bedrohung für die Demokratie, der Terrorismus oder die Tatsache, daß man beim Kampf gegen den Terrorismus die Gesetze vergißt?« Ketonen sah Ratamo an, daß der tatsächlich noch Zeit brauchte, um die Belastungen der Reise und der Ermittlungen allmählich abklingen zu lassen. »Hör mal, Junge. Ich wollte dir ein kleines Geschenk zu meinem Abschied machen«, sagte er mit ernster Miene. »So klein ist es aber gar nicht.«

Ratamo war überrascht, fast gerührt. Ketonen wollte doch nicht etwa an der Schwelle zu seiner Pensionierung sentimental werden? Dann fiel ihm ein, daß der Chef möglicherweise auch seine anderen Kollegen am Ende der Woche auf Arbeit bedacht hatte.

»Du bekommst meinen Hund«, sagte Ketonen, »Marketta ist allergisch. Ansonsten muß ...«

»Rede keinen Blödsinn. Wer soll sich bei uns um sie kümmern? Ich bin auf Arbeit, und Nelli ... schafft es nicht, sich längere Zeit für irgend etwas zu interessieren«, appellierte Ratamo an seinen Chef, erinnerte sich allerdings nur zu gut, daß er vor Jahren Nelli einen Hund gewissermaßen versprochen hatte. Doch damals war sie dann auf die Idee gekommen, Geige zu spielen, und das Betteln um einen Hund geriet in Vergessenheit.

»Toll. Sie kann in meinem Zimmer schlafen«, jubelte Nelli und stürzte sich auf die alte Hundedame, um sie zu streicheln.

Ratamo zögerte immer noch, er fürchtete, daß nach Nellis erster Begeisterung das morgendliche Gassi-Gehen an ihm hängenbleiben würde. Obwohl das eigentlich auch egal war, dann würde er sich wenigstens mehr bewegen. »Ich weiß nicht …«

Ketonen räusperte sich, und seine starre Miene sagte, wie wichtig ihm die Bitte war. »Ich habe dir auch im Laufe der Jahre manchen kleinen Gefallen getan.«

Damit bekäme auch Nelli gleichzeitig ein neues Hobby, vielleicht würde es ihr guttun, wenn sie sich um den Hund kümmern müßte, sagte sich Ratamo. »Das hast du ohne Zweifel. Gut, aber du wirst ja wohl manchmal als Kindermädchen für den Hund kommen können.«

Ketonens Miene leuchtete auf wie ein Eimer voll Petroleum. »Wenn es sein muß, jeden Tag.«

Im selben Augenblick wurde Ratamo klar, wie sehr sich seine Wohnung für die Unterbringung von Musti eignete. Ketonen und Marketta wohnten nur ein paar hundert Meter entfernt, also könnte der Chef seinen Hund so oft begrüßen, wie er wollte. »Du trinkst sicher einen Kaffee.« Ratamo schaltete die Maschine ein, ohne eine Antwort abzuwarten, und setzte sich neben Ketonen. Auf dem Tisch lag ein Stapel Zeitungen und Post, der einen halben Meter hoch war und darauf wartete, wie ein Fisch ausgenommen zu werden.

Nelli kraulte den Hund, ihre Tätowierung war immer noch zu sehen, obwohl sie, wie Ratamo bemerkte, schon allmählich verblaßte. Das war wirklich eine echte Kernfamilie: ein Ermittler der Sicherheitspolizei und alleinerziehender Vater, eine zehnjährige Tochter, Halbwaise und im Trotzalter, der todkranke Großvater Tapani Ratamo, der mit den anderen Familienmitgliedern überhaupt nicht verwandt war, und jetzt noch ein uralter Labrador.

Ketonen tätschelte seinen Hund. »Na also, mein Mädchen, es ist egal, wo man wohnt, Hauptsache, man weiß, wo man herkommt.«

Plötzlich entdeckte Ratamo, daß mitten in dem Zeitungsstapel die Ecke einer Ansichtskarte hervorschaute. Er zog die Karte heraus und war verblüfft, als er sah, daß auf der weißen Vorderseite in blutroten zerflossenen Buchstaben geschrieben stand: *»Erste Chronik, 21:27«*.

Ratamo spürte einen Frosch im Hals, drehte die Karte langsam um und las den Text: *»Und der HERR sprach zum Engel, daß er sein Schwert in seine Scheide kehrte.«*